J...

Né en 1931 à ... Claude Carrière, ancien ... normale supérieure de Saint-Cloud, a ... une formation d'historien. En 1957 paraît son premier roman, *Lézard*. Parallèlement, il commence aux côtés de Pierre Étaix une carrière de scénariste qui l'amène à collaborer avec les plus grands cinéastes, parmi lesquels Luis Buñuel (six films ensemble, dont *Belle de Jour* et *Le charme discret de la bourgeoisie*), Volker Schlöndorff (*Le tambour*), Jean-Luc Godard (*Sauve qui peut la vie*), Milos Forman (*Valmont*), et Nagisa Oshima (*Max mon amour*). Il s'est aussi consacré au théâtre en tant que dramaturge ou adaptateur, et a notamment travaillé avec Jean-Louis Barrault et Peter Brook (*Le Mahabharata*).

Romancier, auteur de *La controverse de Valladolid* (1992), et *Simon le mage* (1993), il a apporté sa contribution aussi bien au *Dictionnaire de la bêtise* (1992) qu'à des entretiens sur des questions de mystique ou de métaphysique, notamment *La force du bouddhisme* (1994), *Conversations sur l'invisible* (1996) ou les *Entretiens sur la fin des temps* (1998). Après avoir raconté son enfance languedocienne dans *Le vin bourru* (2000) et éclairé une période charnière de la société à la lueur de ses propres souvenirs dans *Les années d'utopie* (Plon, 2003), Jean-Claude Carrière révèle une autre facette de son talent dans *Les à-côtés, Chroniques matinales* (2004). Son dernier roman, *Les fantômes de Goya*, en collaboration avec Milos Forman, est paru en 2007.

LE CERCLE DES MENTEURS

CONTES PHILOSOPHIQUES DU MONDE ENTIER

DU MÊME AUTEUR
CHEZ POCKET

LE MAHABHARATA
LA CONTROVERSE DE VALLADOLID
LE CERCLE DES MENTEURS
LES ANNÉES D'UTOPIE

OUVRAGES EN COLLABORATION :

LA FORCE DU BOUDDHISME
avec Sa Sainteté le DALAÏ-LAMA

LES FANTÔMES DE GOYA
avec MILOS FORMAN

JEAN-CLAUDE CARRIÈRE

LE CERCLE DES MENTEURS

CONTES PHILOSOPHIQUES DU MONDE ENTIER

PLON

Le papier de cet ouvrage est composé de fibres naturelles, renouvelables, recyclables et fabriquées à partir de bois provenant de forêts plantées et cultivées durablement pour la fabrication du papier.

ISBN 978-2-266-08787-2

Ici il y a de la lumière

Pareilles à des vers de terre qui, dit-on, fécondent la terre qu'ils traversent aveuglément, les histoires passent de bouches à oreilles et disent, depuis longtemps, ce que rien d'autre ne peut dire. Certaines tournent et s'enroulent à l'intérieur d'un même peuple. D'autres, comme faites d'une matière subtile, percent les murailles invisibles qui nous séparent les uns des autres, ignorent le temps et l'espace, et simplement se perpétuent. Ainsi, cette entrée clownesque bien connue, où un auguste cherche un objet perdu dans un rond lumineux, non pas parce que l'objet a été perdu dans cet endroit-là, mais « parce que ici il y a de la lumière », se trouve dans des recueils arabes et indiens dès le dixième siècle, et peut-être avant. Remarquons aussitôt qu'elle a un sens caché, comme l'objet que l'on recherche. Elle nous dit, par-delà la saveur de l'anecdote, qu'il vaut mieux chercher dans la lumière. Si nous ne trouvons pas l'objet perdu, nous trouverons peut-être autre chose ; tandis que dans le noir nous ne trouverons rien.

Cette histoire — comme des milliers d'autres — a survécu aux guerres, aux invasions, à l'effacement des empires. Elle a résisté aux siècles. Elle a cheminé à travers nos mémoires comme un grand nombre de nos secrets.

Si le conte, plaisir ancien, universel, que nous réclamons dès l'enfance, conserve cette ténacité, c'est sans doute qu'il renferme quelque vertu, quelque singulier principe de permanence. Sa première force est évidemment de nous transporter en quelques mots dans un autre monde, celui où nous imaginons les choses au lieu de les subir, un monde où nous dominons l'espace et le temps, où nous mettons en mouvement des personnages impossibles, où nous peuplons à volonté d'autres planètes, où nous glissons des créatures sous les herbes des étangs, entre les racines des chênes, où des saucisses pendent aux arbres, où les ruisseaux remontent à la source, où des oiseaux bavards enlèvent des enfants, où des défunts inquiets reviennent en silence réparer un oubli, un monde sans limite et sans règle, où nous organisons à notre gré les rencontres, les combats, les passions.

Le conteur est avant tout celui qui vient d'ailleurs, qui regroupe sur la place d'un village ceux qui n'en sortiront jamais, et qui leur fait voir d'autres montagnes, d'autres lunes, d'autres terreurs, d'autres visages. Il est le colporteur des métamorphoses.

En ce sens, c'est par le « il était une fois » que le dépassement du monde, autrement dit la métaphysique, s'introduit dans l'enfance de chaque individu, et peut-être aussi dans celle des peuples, au point souvent d'y vriller une racine si forte que nous tiendrons nos inventions humaines, toute notre vie, pour une réalité sans discussion. Après l'émerveillement et le transport, l'histoire qu'on nous a racontée est la base même de nos croyances.

Cependant elle ne se limite pas à ce dépassement, ou si l'on veut à cette transgression. Par obligation naturelle, parce qu'elle est essentiellement une relation entre humains, elle se rapporte toujours au public qui écoute, quelquefois même — d'une manière moins visible — au conteur en personne. Elle est comme un de ces objets magiques qu'elle a si souvent utilisés, par exemple un miroir qui parle.

L'histoire est publique. En se racontant, elle parle. Narcisse, qui ne pense qu'à lui-même, ne peut ni inventer, ni raconter. Il est perdu dans son reflet muet. Le récit d'une histoire, cette action publique qui aide sans doute à maintenir la cohérence des nations, est aujourd'hui largement présente dans les films de tous ordres que montre sans relâche la télévision. Jamais sans doute, dans le passé, n'avons-nous eu autant de drames, de comédies, de feuilletons, de sagas historiques, à la disposition de nos yeux. En quantité, l'histoire rivalise avec l'omniprésente image à laquelle, depuis cent ans, elle s'est unie. En quantité seulement : pour le reste on ne peut rien dire.

Plus diffusée que jamais, plus affaiblie et plus vulgarisée peut-être (mais pas toujours), l'histoire racontée subsiste dans les médias modernes. Si nous nous demandons pourquoi, nous penserons aussitôt au divertissement, c'est-à-dire au détournement de notre pensée, de notre souci. L'histoire est là pour nous faire oublier la hideur sanglante du monde ou sa bêtise monotone. Elle est évasion, elle nous transporte au pays d'oubli.

Mais, quand elle est habile, elle nous ramène vite à ce monde dont nous avions cru nous affranchir. Le miroir apparaît. Dans la fiction, nous nous reconnaissons bientôt.

Plus même : si l'histoire — invention construite dans un certain ordre, baptisée « fiction » — est souvent clairement annoncée comme telle, elle peut être aussi, très souvent, clandestine. Elle peut se cacher partout. Elle peut être là sans que nous le sachions.

Car tout est histoire, même l'Histoire. Tout est raconté comme une série d'actions successives, dont l'une fait suite à l'autre, qu'elle efface en la remplaçant. Il y eut ceci, puis cela. Les journaux d'information, qui passent par la personne d'un interprète, conteur des bonnes et mauvaises nouvelles, sont inévitablement dramatisés. Une prise d'otages, une négociation difficile, un meurtrier traqué, un exploit sportif sont autant de récits, de drames. La guerre de Troie, nous la vivrions aujourd'hui en direct, avec des interviews d'Achille d'un côté, d'Hélène de l'autre ; des dieux aussi, qui sait ?

Nous racontons comme autrefois. Et pour longtemps, sans doute, encore. Il est clair, aussi, que nous aimons nous raconter nous-mêmes. Sais-tu ce qui m'est arrivé hier ? Non ? Écoute-moi. Et nous écoutons. Souvent même, quand nous vivons avec quelqu'un, nous l'écoutons patiemment raconter la même histoire à divers amis. Nous faisons cet aimable sacrifice. Nous savons qu'il (ou elle) aime ça, se placer au centre d'un récit. Capter l'attention, pour quelques minutes. C'est un vrai moment d'existence.

Nous vivons dans une histoire, la nôtre, et aussi dans l'histoire de quelques personnes proches de nous. Et nous vivons aussi dans d'autres histoires, que nous partageons avec nos voisins, avec notre peuple, avec la terre entière quelquefois.

Aussi ne sommes-nous jamais satisfaits de nos conteurs, de nos scénaristes par exemple. Et c'est normal. Aucun miroir ne peut être totalement satisfaisant. Tous les peuples, dans tous les temps, ont été déçus par leurs auteurs, par leurs conteurs. Tous ont souhaité de meilleures histoires. Parce qu'ils sont faits de cette substance. Ils s'y reconnaissent, s'y identifient. Ils voudraient que leurs histoires soient meilleures, car ils se rêvent eux-mêmes meilleurs.

Notre vie est aussi faite d'autres éléments, cela va de soi. Nous ne sommes pas que des récits. Mais sans récit, et sans possibilité de dire ce récit, nous ne sommes pas, ou nous sommes peu. Et comme une histoire est avant tout mouvement d'un point à un autre, qui ne laisse jamais les choses dans l'état du commencement, nous vivons dans cet écoulement, dans cette mouvance. Nous avons un début; nous aurons une fin.

On dit — sans preuve — que l'Art majuscule est un défi lancé au temps qui nous emporte et qui nous ronge, que les pyramides de Gizeh sont des appels à l'éternité, comme les phrases de Rimbaud ou le plafond de la Sixtine. Je n'en suis pas sûr. On met tout dans le même panier, et « *le dur désir de durer* » (puisque moi je ne dure pas, qu'au moins de moi quelque œuvre dure) n'explique pas tout, loin de là.

L'histoire populaire, dite à l'oreille, sans nom d'auteur, n'a pas cette ambition de solidité. Elle s'accommode de la négligence, et de longs passages dans l'oubli. Si elle se perd, après tout tant pis. Il y en aura d'autres. N'accusons personne, surtout. Un ancien poète soufi le disait ainsi : « *La nuit s'est achevée, et mon histoire n'est pas terminée. En quoi la nuit est-elle coupable ?* »

Raconter une histoire, outre le départ vers l'ailleurs, c'est une manière particulière de se couler dans le temps, en le niant du même coup. Un temps de narration s'est installé presque sans effort dans le lit du maître irrésistible. Celui-ci semble perdre pour un moment toute influence, et comme toute action sur nous-mêmes. Nous sommes en lui, au creux de sa vague, nous sommes lui. Toute grande œuvre dramatique qui nous emporte abolit le temps — auquel l'ennui, gardien vigilant, nous ramène quand il le faut.

L'intérêt dramatique, ce vieux moteur, a probablement beaucoup à voir avec cette affirmation implicite, qu'à chaque instant répète le conteur, de sa maîtrise sur le temps.

Je demandai un jour au neurologue Oliver Sacks ce qu'est à ses yeux un homme normal. Question bateau, sans grande importance. Mais en sa qualité de neurologue, Oliver Sacks avait un point de vue. Il hésita puis me répondit qu'un homme normal, peut-être, est celui qui est capable de raconter sa propre histoire. Il sait d'où il vient (il a une origine, un passé, une mémoire en ordre), il sait où il est (son identité), et il croit savoir où il va (il a des projets, et la mort au bout). Il est donc situé dans le mouvement d'un récit, il est une histoire, et il peut se dire.

Que ce rapport individu-histoire vienne à se rompre, pour quelque raison physiologique ou mentale, voici le récit brisé, l'histoire égarée, la personne projetée hors du cours du temps. Elle ne sait plus rien, ni qui elle est ni ce qu'elle doit faire. Elle s'accroche à quelques semblants d'existence. L'individu, sous l'œil du médecin, apparaît alors à la dérive. Bien que ses mécanismes corporels fonctionnent, il s'est perdu en route, il n'existe plus.

Ce qui se dit d'un individu, peut-on le dire d'une société ? Certains le pensent. Ne plus pouvoir se raconter, s'identifier, se placer normalement dans le cours du temps, pourrait conduire des peuples entiers à s'effacer, coupés des autres et surtout d'eux-mêmes faute d'une mémoire constamment ravivée. Ainsi aujourd'hui les peuples africains, sud-américains. Ils sont en danger de silence. Exposés à la censure numéro un, qui est commerciale, et qui s'avance sous la bannière de la « libre compétition » (la Californie et le Mali sont « libres » de rivaliser, par exemple, dans le domaine de la production télévisuelle : qu'est-ce que cela signifie vraiment ? N'est-ce pas, une fois de plus, le renard libre dans le poulailler libre ?), nombreux sont les conteurs aujourd'hui bâillonnés. Purification esthétique et ethnique ont toujours été sœurs jumelles. S'y ajoute aujourd'hui le prétendu libéralisme, qui vient tout simplement nous dire : taisez-vous.

*

* *

Pour toutes ces raisons — et quelques autres de pur caprice — naît la tentation, quand on est un conteur professionnel, de composer un jour un recueil de ses histoires favorites.

Mais quelles histoires, quels contes choisir ? Comment, dans l'océan, repérer, préférer quelques gouttes ? Obligatoirement, même à regret parfois, il faut trier, il faut éliminer.

Ainsi les histoires que j'ai réunies et racontées à ma façon (qui est une façon parmi d'autres, à un moment donné, à un endroit donné) ne sont pas des histoires mythiques. Même si quelquefois elles portent trace du grand souci de l'origine, de l'obligation d'être tels, elles ne viennent pas de cet immense territoire, si méthodiquement exploré à l'heure même où il s'efface, ce territoire qui vit certains hommes, pendant longtemps, assurer leurs parents et voisins, en leur racontant des histoires généralement fabuleuses, qu'ils n'étaient dans ce monde ni par hasard ni par erreur, qu'un lien ancien, surnaturel, les unissait à leur coin de terre et que cette naissance précise les contraignait à une manière de vivre ensemble, première conscience d'humanité.

J'ai renoncé à ces récits mythiques, ou mythologiques, par manque non pas d'intérêt, mais de place. Ils sont souvent assez longs et frappés d'une obscurité, le fameux brouillard des commencements, où nous pouvons nous égarer. A quoi s'ajoute le fait que d'excellentes collections, dans différents pays, rassemblent et publient ces relations de l'origine.

J'ai pareillement laissé de côté, presque totalement, l'immense tricot de récits merveilleux, contes de fées, de génies, de fantômes écossais ou chinois, de spectres graves, de monstres, de sorcières blafardes, de princesses endormies, de fausses grenouilles et de vrais démons, qui peuplent ce bâtiment à jamais inachevé où notre imagination cherche un autre monde, qui prolonge et menace le nôtre.

Si ces contes ont un sens, au-delà de l'apparence de maléfice ou d'enchantement qu'ils nous présentent, ce sens est secret, même pour les auteurs sans doute. C'est au moins ce que nous disent des analystes convaincus. Nos peurs réelles sont clandestines. Elles s'expriment comme elles peuvent, tout près de nos sombres désirs.

On peut aussi — mais prudemment — à propos de ces contes que nous appelons « fantastiques », c'est-à-dire issus de la fantaisie, parler de naïveté, d'un besoin enfantin de rêve, d'une trouée dans l'objectivité oppressante, d'un jeu subtil et continu entre la terreur et le bonheur. Depuis longtemps déjà, les historiens ont exprimé la complexité de leur domaine. Ils ont reconnu qu'une suite d'événements ne suffit pas à raconter un peuple. Nos monstres aussi nous révèlent. La réalité au sens strict — ce que nous avons fait, ce qui s'est passé çà et là — est impotente à rendre compte de ce que nous fûmes, si nos imaginaires successifs, et forcément enchevêtrés, ne viennent pas l'illuminer.

Toutes ces approches sont fertiles. Notre enfance est constamment renouvelée, constamment bercée et ravie. Mais le fleuve du fantastique est si large qu'il supposerait un long cortège de volumes pour y présenter une sélection convenable. Et l'autre monde, à la longue, peut devenir aussi fastidieux que celui-ci.

J'ai également éliminé — sauf dans une douzaine de cas — les histoires brèves qui me semblaient tendre à une moralité, à une recommandation de prudence ordinaire, et en tout premier lieu les fables, composées dans un but précis, pour tirer une conclusion, donner un conseil, pour exprimer une petite idée, de convenance ou de bon sens. Malgré leur succès planétaire — du *Panchatrata* à La Fontaine —, ces fables me paraissent fermer au lieu d'ouvrir. Je ne les aime pas souvent. Elles m'ennuient, ne me surprennent pas. La vie qu'elles offrent est étroite.

La moralité m'en apparaît toujours factice, discutable et de toute manière inutile. La sagesse des nations est prudemment contradictoire. On y trouve tout et le contraire de tout, *Pierre qui roule n'amasse pas mousse* et *Les voyages forment la jeunesse,* ou bien *La fortune appartient à celui qui se lève tôt* et *La fortune vient en dormant*. Tous les proverbes sont des gants. Ils se retournent. Et même les anti-proverbes, qui se laissent prendre au piège qu'ils tendent. *Vérité en-deçà des Pyrénées, erreur au-delà.* C'est une grande vérité que Pascal nous a dite là. Mais pour quel côté des Pyrénées ?

*
* *

Peu à peu, en composant ce livre, ce qui me prit plus de vingt-cinq ans, je me rendis compte que je cherchais un autre type de contes et d'histoires, presque partout présents, mais si difficilement classables que je ne savais comment les appeler. Histoires de sagesse ? C'est plat comme une distribution de prix. Histoires de savoir-vivre ? D'enseignement ? Histoires divertissantes et instructives, comme on eût dit jadis ? Drôles d'histoires ? Mais cela s'annonce comme un recueil de blagues. Contes de l'espace et du temps ? D'ici et d'ailleurs ? D'hier et de toujours ? Rien ne m'allait.

Lorsque je revenais aux récits que j'aimais vraiment, je voyais qu'ils se situaient toujours dans ce monde, mais que souvent ils le dépassaient, le bouleversaient. Ils offraient un sens, et même plusieurs sens cachés les uns derrière les autres. Il s'agissait d'histoires réfléchies, élaborées, faites pour aider à vivre, éventuellement à mourir, conçues et racontées dans des sociétés organisées et rassurées, se croyant durables, et pour ainsi dire civilisées.

Ces histoires — dont on ne sait jamais quel génie

méconnu un jour les inventa — arrivent à point nommé pour semer le doute, pour renforcer ou ébranler les lois, pour raffiner et pervertir nos rapports familiaux, sociaux, pour dérouter la politique, pour provoquer constamment l'au-delà, qui se garde bien de répondre. Elles sont un supplément d'inattendu, de curiosité, d'inquiétude dans le bien-être. Elles touchent gracieusement à tous les points de l'interrogation humaine, comme des étincelles autour d'un même feu. Elles méritent bien, il me semble, le nom de « contes philosophiques ».

Souvent ces histoires nous étonnent, elles font rire, ce qui est une technique pour nous mettre en alerte et aussi pour nous désarmer. Celui qui a ri accepte plus facilement l'inacceptable et même l'insolent, l'obscur.

Souvent elles s'achèvent sur une note indéfinie, qui semble refuser de conclure, qui élargit notre regard, qui prolonge la situation jusqu'aux frontières du mystère. Souvent elles sont belles, c'est tout ce qu'on peut en dire, mais la beauté est évidemment philosophique, avant toute autre qualité.

L'ancienneté en est extrêmement variable et l'origine généralement inconnue, car elles sont un bien qu'on se vole de peuple à peuple. Je n'ai pas hésité à mettre côte à côte d'antiques paraboles et des histoires appelées drôles d'aujourd'hui, dont certaines dérangent comme à plaisir les structures communes de l'esprit.

Ces voisinages paraîtront sans doute artificiels à ceux qui veulent ignorer que le très vieux chaque jour nous habite et nous pousse à l'acte. C'est ainsi, pourtant. Nous venons de loin, déjà. Comme on observe en astrophysique une « lumière fossile », qui scintille autour de nous depuis la naissance des mondes, on peut entendre çà et là, en ouvrant largement l'oreille, des murmures d'avant l'histoire.

Les rêves d'autrefois sont parents des nôtres. Si nous rêvons tous, ou presque tous, que de temps en temps nous tombons soudainement dans notre sommeil, cela pourrait venir, nous dit-on, de ce temps très ancien où nous étions encore des lémuriens, ou des sortes de singes, qui dormaient la nuit dans les arbres, craignant à chaque instant de s'abîmer dans la gueule ouverte des fauves. Qui sait si, dans les pages qui viennent, ne se trouvent pas quelques récits qui se disaient déjà dans les repaires de la préhistoire, où ils faisaient rire ou frémir, il y a trois cents siècles ou même davantage, alors qu'aucun État, aucune société à notre ressemblance n'existait encore, mais que les peintures rupestres brillaient déjà d'une très haute lueur.

Ainsi, tout en reconnaissant à ces histoires une qualité sociale, on pourrait dire intellectuelle, nous sommes amenés à nous reporter maladroitement à notre origine si lente et longue, et si difficile à percer. A quel étage commence une civilisation ? A quels signes la reconnaît-on ? Peut-être à cet indice précis : un homme, ou une femme, ou un groupe d'hommes et de femmes, à un moment donné, s'écartant de la tradition mythique, de la répétition des vérités premières, *invente* une situation, des personnages, une action structurée, un mot de la fin, une *histoire*.

L'auteur est né, même encore anonyme. Il est le premier menteur collectif (nous en connaîtrons des millions d'autres). Son histoire est une fausseté, une affabulation. Mais elle a plu, on se la répétera, elle vient d'entrer sans effort dans l'existence quotidienne, d'où on ne l'arrachera plus. Le mensonge, sous une forme narrative, devient ainsi l'allié de tous, le maître à vivre, le trait d'union, l'inséparable.

Le mythe n'a pas suffi, ni la fable, ni l'épopée. En prenant des éléments aux uns et aux autres, un autre type d'histoires apparaît, qu'on pourrait appeler même métaphysiques, car elles nous obligent elles aussi à déformer ce monde-ci, à l'épicer, à le quitter pour mieux y revenir, comme si la seule manière de le comprendre et de l'apprivoiser était pour un moment de le regarder de loin, de ne voir en lui qu'une faible copie d'autre chose, un modèle perdu, un idéal gâché. Au moment même où la civilisation s'affirme, où elle inscrit sa gloire dans la pierre, quelque chose nous dit, sous une forme ironique et discrète, que nous n'avons entre les mains qu'un brouillon, ou bien un déchet.

*
* *

Le vrai danger, répétons-le, dans l'art d'inventer des contes, est qu'on peut finir par préférer cet autre monde à celui-ci. On peut se réfugier — qui n'en connaît des dizaines d'exemples ? — dans la compagnie des anges ou des fées, accueillir chaque nuit des spectres, bavarder avec des planètes. On peut aussi véritablement quitter ce monde, comme nous l'avons vu dans cette fin de siècle à plusieurs reprises, chevaucher brutalement une comète de passage, chercher un repos définitif dans une lointaine Sirius.

Au point extrême, notre esprit se recourbe sur lui-même et nous croyons à la réalité de nos propres rêveries. Notre imaginaire est si vaste, et par endroits si affirmatif, si précis, qu'il en vient à supplanter le réel trompeur et masqué, et à se prétendre, lui brouillard, la vérité suprême, inaltérable, autoritaire. Les dieux, ou Dieu, personnages changeants d'une histoire humaine, en viennent ainsi à détrôner leurs inventeurs et nous nous prosternons sans résultat devant nos fantômes. Nous sommes comme Balzac qui, dit-on, sur son lit de mort, appelait au secours un de ses personnages, Horace Bianchon, seul médecin en qui il eût encore confiance.

Heureusement les histoires que nous nous sommes racontées sont souvent conscientes de ce détour, de cette perversion. Si elles restent toujours ouvertes à autre chose, comme une fenêtre entrebâillée par où se faufilent, une nuit d'été, les parfums mélangés du jardin et les échos d'une fête assourdie, elles savent nous ramener à nous-mêmes quand il le faut, elles savent se montrer sévères et dérisoires. A chaque instant, elles nous rappellent leur tromperie, et l'illusion dont elles sont capables.

Elles sont vives, déroutantes, légères. Elles sont comme des fleurs, ou des sucreries, que des convives échangent en souriant à la fin d'un repas — sans prétention à une hauteur de pensée, loin du sermon, de la pesanteur, du didactisme. Montaigne disait qu'il racontait, qu'il n'enseignait pas. Le conteur qui annonce l'œuvre, au début de la *Kaïdara*, le *jantol* peul, nous prévient en douce : « *Je suis futile, utile, instructif.* »

Elles sont comme des pièces de monnaie qu'on se passe de l'un à l'autre et qui à la fin forment un trésor.

*
* *

D'où viennent-elles ?

Certains peuples ont aimé les histoires avec une sorte de passion, y déposant la plus grande part de leurs vrais soucis, et par conséquent de leur savoir-vivre.

Au premier rang, dans ce livre, figurent les histoires relevant du bouddhisme *zen* ou de la tradition *soufi*, car dans ces deux cas l'histoire a été considérée comme l'outil même de la connaissance. D'évidence, ici, les histoires, spécialement conçues et racontées, visent à un enseignement à plusieurs degrés. Pour y parvenir, elles excitent et souvent déçoivent l'esprit.

Mais ces deux sources sont relativement récentes, elles puisent à des réservoirs plus anciens qui seront ici très largement représentés : tradition indienne d'abord, dont on a cru parfois (absurdement) qu'elle était à l'origine de toutes les histoires connues, tradition africaine aussi, et chinoise. Le monde islamique — outre le soufisme — a merveilleusement aiguisé l'art du récit, l'a entrelacé, orné, cousu d'or et d'ombre.

Dans le monde juif, sous d'autres influences, et sous l'effet d'un humour persistant, né de l'exil et du regard sur soi, les mêmes histoires prennent un autre ton, donc un autre sens. Ici, la manière de raconter l'histoire (même quand elle est sacrée) est au moins aussi importante que l'histoire elle-même. La tradition juive suppose souvent derrière les mots, et l'ordre des mots, et la place même des lettres, une sorte de structure secrète, un message placé là par on ne sait qui, un autre sens, qui est le vrai, comme si l'apparence du conte n'était qu'un masque.

Les traditions européennes et amérindiennes sont aussi présentes. Si les histoires purement chrétiennes y apparaissent clairsemées, c'est parce que, la plupart du temps, elles nous sont venues comme des récits édifiants, destinés à persuader et à convertir. La dimension du trouble, de l'inachevé, leur échappe — et la même remarque vaut pour l'ensemble du légendaire religieux, en quelque continent qu'on le rédige.

*

* *

La seule ambition du conteur est d'apparaître nécessaire. Comme un paysan ou un boulanger. Ni plus, ni moins. Car les histoires qu'il raconte dévoilent certains aspects de l'esprit qui ne sont pas autrement perceptibles. De très puissantes civilisations l'ont placé au centre des carrefours, parfois au centre même du palais, et leur sainte patronne est évidemment une femme, la très illustre Schéhérazade, qui jouait une tête dans chaque récit, qui enchantait soigneusement la nuit et se taisait, rêveuse, à la vue de l'aurore.

C'est dire l'importance d'une narration bien menée. Elle joue avec la vie, avec la mort. Peut-être même — revenons-y — ne sommes-nous qu'une histoire, avec un début et une fin. Mais dans ce cas qui la raconte ?

Une autre vision allégorique, que nous retrouverons plus loin, présente le conteur debout sur un rocher, racontant ses histoires à l'océan qui lui fait face. L'océan l'écoute, doucement agité, fasciné. A peine une histoire se termine-t-elle qu'une autre aussitôt doit surgir, car il n'y a pas de dernier mot. Et l'allégorie nous dit avec force : *Si un jour le conteur se tait, ou si on le fait taire, personne ne peut dire ce que va faire l'océan.*

Cette place imposante suppose une condition que la plupart de nos contemporains trouvent douloureuse : le conteur ne doit jamais parler de lui-même. C'est une règle d'or. Y faillir, c'est permettre à l'océan de balayer la roche méprisable où un homme, un jour, s'est trouvé digne d'être dit. Le vrai conteur est presque une brume, une haute tour percée de trous par le hasard. Des vents s'engouffrent dans cette tour, porteurs de messages lointains, et la tour résonne au passage des vents, au point que par moments on croit reconnaître une voix.

Une erreur commune est de croire qu'on peut fortifier une histoire en la plantant dans la réalité. C'est tout le contraire. Beaucoup de nos amis, et nous-mêmes sans doute, commencent par dire : « Il est arrivé une chose extraordinaire à mon oncle, ou à telle personne que je connais. » Et ils racontent alors, en un mensonge étrangement sincère, une histoire vieille de plusieurs siècles, dont on ne peut pas dire qui l'a vécue, ni qui l'a inventée.

La beauté d'une histoire vient presque toujours de l'obscurité. Les grands auteurs sont inconnus. Qui a écrit la Bible, le *Mahâbhârata* ? Quelle sorte d'homme était Shakespeare ? Quand on entend une histoire désopilante, qui aujourd'hui nous pousse à rire et qui quelquefois nous fait réfléchir, on se demande presque toujours : mais qui peut inventer de semblables merveilles ? La réponse est secrète comme la plupart des réponses. Nous nous racontons sans doute les histoires dont nous avons besoin et elles naissent dans telle bouche ou dans telle autre, surgies d'une vibration presque noire, commune à tous, inexplorable, où le mot « imagination » n'a plus de sens. C'est pourquoi les très belles histoires n'appartiennent véritablement à personne. Aucun conteur ne peut affirmer : cette histoire est à moi. La bouche d'ombre parle pour tous. L'immense popularité, le sommet de la gloire, c'est en définitive l'anonyme.

Comme d'autres structures (peut-être), puisque les histoires ne sont là que pour mettre en relation celui qui parle et ceux qui écoutent, et à travers eux la matière même qui les unit et le mouvement qui les emporte, ces histoires changent de couleurs et de formes, elles changent même de noms selon le temps qui les raconte. Quelquefois le sens même en est mystérieusement faussé. Lorsque Victor Hugo, dans un poème de *La Légende des siècles* intitulé *Suprématie,* adapte la *Kéna Upanishad,* il change délibérément la fin, affaiblissant en quelque sorte la puissance du dieu Indra face à l'inconnu qui le provoque. Déformation consciente ou subie ? On ne peut pas le dire. Victor Hugo écrivait de lui-même, et son temps écrivait en lui. Il était, en un siècle où les vents soufflaient, une des tours sur la haute montagne.

Par respect pour l'obscurité, je n'ai alourdi ces belles histoires d'aucune espèce de commentaire. J'en indique simplement l'origine supposée, sous toute réserve. J'ai banni l'érudition, qui voudrait tant cataloguer le vent.

L'expression populaire, née dans le mouvement sinueux de la foule, dans une certaine attente, dans un vague besoin — même si tel ou tel auteur célèbre, on en trouvera plus loin des exemples, n'hésite pas à l'accaparer — est justement ce qui échappe à l'étiquette, à l'analyse, ce qui est par nature fuyant, instable, ambigu quelquefois jusqu'à l'incohérence, en un mot vivant. Toute classification systématique — par époque, par peuple, par thème, par style — risquerait d'étouffer cette imperfection si précieuse.

*
* *

On n'est pas sûr que l'Histoire se répète. Le phénomène est souvent discuté. Mais l'histoire — h minuscule — aime à se répéter inlassablement. Nous le savons tous : ce qu'un jour nous avons entendu, et qui nous a plu, nous sentons comme une nécessité, comme un devoir léger, de le transmettre. Ici pas de secret, pas de garde jalouse. A la fin d'un repas, dès qu'un des convives délivre une histoire, un autre lui répond, soucieux de mieux faire, et ainsi de suite. Cela peut occuper la nuit. Échange très ancien sans doute, qui ressemble à un rituel souple, où l'histoire racontée chaque fois se rogne, se transforme, parfois s'affaisse et parfois s'enrichit.

Cette répétition de l'histoire rappelle les récits toujours recommencés des mythes, comme si dans les deux cas nous étions toujours en danger d'oubli. Le mythe se dit vrai, l'histoire se dit fausse : ainsi peut-on sommairement les distinguer. Mais les deux se répètent, parce que les deux sont menacés. Vérité et mensonge reviennent régulièrement sur nos lèvres, tous deux, à n'en pas douter, indispensables.

*
* *

Un grand nombre des histoires qui suivent m'ont été racontées, ici ou là. La plupart, je les ai trouvées dans des livres (plus de deux mille). J'ai essayé de les rapporter simplement, avec un minimum de littérature, en m'efforçant de m'effacer comme il est d'usage, pour placer le récit au-devant du conteur. Toute transcription de ce type de conte est nécessairement fautive. Cela n'est pas fait pour être lu. J'espère que la simplicité de ma livraison permettra à d'autres conteurs — de vive voix — des broderies, des divagations, un jeu, une séduction personnelle.

Pourtant, il fallait bien un ordre. Quoi qu'on fasse, il en faut toujours un. Même un zigzag a un début et une fin.

Je me suis alors rappelé mon incapacité ancienne et tenace de lire un *Manuel de philosophie* et même de comprendre le sens de cette bizarre expression. Et je me rappelle m'être dit : Pourquoi ne pas essayer un jour d'écrire mon propre manuel, qui ne serait composé que d'histoires ? Parler ici de philosophie serait sans doute déplacé, à la fois prétentieux et assez limité. Disons un manuel de tout et de rien, mais plutôt de tout que de rien, où seraient évoquées, par ce biais inhabituel, les questions que nous nous posons quelquefois, les lumières qui nous appellent, les surprises qui nous amusent, les illusions qui nous égarent, bref notre rapport aussi fragile que nécessaire avec le monde, au cours de cette brève ouverture d'une fenêtre entre deux néants que nous appelons notre vie.

J'ai composé des chapitres en y disposant des histoires, j'ai mis des titres à ces chapitres, puis j'ai longtemps joué avec les pièces de ce jeu immense que je m'étais fabriqué moi-même. Que garder et qu'éliminer ? Que mettre après quoi ? Notre perception du monde ne suit aucun ordre de connaissance et nos réactions sont chaotiques. Même notre culture est un désordre.

Je m'étais dit : Mettons toutes les histoires dans un grand sac et, si nous avons une bonne question, tirons au hasard, comme pour un loto. L'histoire qui sortira, nous l'accepterons comme la réponse.

J'ai finalement tenté de tracer, avec le fil des histoires choisies, une sorte de chemin hésitant, loin du rectiligne, plus court que je l'avais d'abord imaginé, un chemin avec des ombrages, des haltes, des escarpements, des terrains arides, des rencontres réjouissantes et d'autres moins, des ponts, des gués, des embranchements mal indiqués, des bornes à demi enfouies dans les herbes.

Mais un chemin, si beau que par moments il apparaisse, et si renforcée qu'en soit la chaussée, n'a pas grand intérêt hors des pays où il s'avance et qu'il a mission de réunir. Les grands chemins modernes, qui sont désormais électroniques, ont même pour effet de violer à jamais les territoires traversés. Parmi d'autres respects, on a perdu celui du paysage, au-dehors aussi bien qu'au-dedans. Le chemin que j'ai essayé de tracer aurait rêvé de s'égarer définitivement dans les buissons, devenant inutilisable. Il n'est, à la fin, qu'une proposition faite au voyageur. J'encourage vivement celui-ci à franchir les fossés, à renverser les palissades.

1

Le monde est ce qu’il est

Le destin du chevreau

Rabindranath Tagore a raconté cette histoire brève, venue probablement de la tradition populaire indienne :

Le chevreau se rendit un jour auprès de Brahma, le créateur, et se plaignit très amèrement de sa condition.

— Toutes les créatures, dit-il, veulent faire de moi leur nourriture. Comment se fait-il, ô puissant Brahma, que je leur serve ainsi d'aliment ? Trouves-tu cela juste ?

Brahma l'écouta et lui répondit :

— Que te dire, mon fils ? Moi-même, quand je te vois, j'en ai l'eau à la bouche.

Leçon donnée à un bossu

Un prédicateur, en chaire, aimait à démontrer que l'œuvre de Dieu est sans reproche.

L'histoire — qui est européenne, probablement française — raconte qu'un bossu, écoutant le prédicateur, avait de la peine à le croire. Il l'attendit un jour à la sortie de l'église et lui dit :

— Vous prétendez que Dieu fait bien tout ce qu'il fait, mais regardez comme je suis bâti !

Le prédicateur l'examina un moment et lui répondit :

— Mais, mon ami, de quoi vous plaignez-vous ? Vous êtes très bien fait pour un bossu.

Le support du monde

Le grand Euclide donnait un jour une leçon et, entre autres sujets, il parlait du monde. Le jeune Ptolémée — sans conteste le meilleur élève de sa classe — leva la main et lui demanda sur quoi le monde reposait.

— Il repose, lui répondit Euclide, sur les épaules d'un énorme géant.

Ptolémée baissa la tête et la classe continua.

Un moment plus tard, le jeune Ptolémée releva la tête et se permit de demander sur quoi reposait le géant.

— Il repose, lui répondit Euclide, sur la carapace d'une énorme tortue.

Et aussitôt, sans attendre une autre question de son élève, Euclide ajouta, en élevant sévèrement la voix :

— Et au-dessous, il n'y a que des tortues !

Le coq, l'éléphant et la souche

Une histoire africaine, qui vient précisément du Rwanda, raconte qu'un certain nombre de créatures commencèrent un jour à se plaindre.

On entendit d'abord les récriminations du coq, qui disait ceci :

— Moi qui règle le temps pour tous les peuples, pour les hommes, pour les femmes et même pour le roi, moi qui chaque matin appelle le soleil, moi qui suis le grand ordonnateur et maître du temps, comment se fait-il que je passe mes nuits perché sur un arbre même sous l'orage, alors que les chèvres dorment dans des maisons ? Et comment se fait-il que, lorsque je cherche à restaurer mes forces en picorant quelques grains de sorgho fraîchement germé dans un champ, comment se fait-il que l'homme, que la femme, que l'enfant, que tout le monde me jette la pierre ?

Profondément irrité, le coq se mit en route pour se

plaindre au grand dieu Imana. En chemin, il rencontra l'éléphant, à qui il fit sa longue plainte.

L'éléphant à son tour se plaignit, disant ceci :

— Regarde-moi ! Comment se fait-il que moi, le plus puissant des animaux, si noble d'allure, si magnifiquement proportionné, comment se fait-il que je ne puisse avoir qu'un enfant à la fois ? Trouves-tu normal que la poule, quand tu lui donnes une progéniture, produise jusqu'à vingt ou vingt-cinq poussins ? Qu'une chatte donne naissance à cinq, ou six, ou même sept petits ? Trouves-tu acceptable que la chèvre, qui est infiniment moins belle et moins forte que moi, donne naissance à deux, à trois chevreaux ? Et que moi je ne puisse produire qu'un éléphanteau à la fois ? Attends-moi, je me prépare et je viens avec toi.

En cours de route, ils virent une souche de bois, au bord du chemin, et la souche leur demanda le motif de leur déplacement, car il était rare de voir un coq et un éléphant voyager ensemble.

Pour la souche, les deux animaux firent entendre une nouvelle fois les raisons de leurs plaintes.

Et la souche à son tour se lamenta, disant ceci :

— Regardez-moi. Je passe ma vie au bord de ce chemin, dans un endroit sans intérêt. Je ne demande de la nourriture à personne, ni de l'eau. Je me contente de la pluie du ciel quand elle tombe et je ne demande à personne de me tailler, de me polir. Quand un homme passe, il me donne un coup de pied. Quand une femme passe, elle me donne un coup de son outil et me fend en deux. Quand un enfant passe, il fait de même, il m'écorche, ou bien alors il me frappe avec une pierre. Quelle faute ai-je commise pour être traitée de la sorte ? Attendez-moi, je viens avec vous, car moi aussi je dois me plaindre à Imana.

Parvenus en présence du dieu, ils lui exposèrent largement les motifs de leur mécontentement, et dirent pourquoi ils se sentaient défavorisés.

Imana prit trois décisions. Il renvoya la souche à sa place et lui dit qu'il la rappellerait. Il installa l'éléphant dans un entrepôt où se trouvaient des réserves de nourriture pour l'ensemble de la population. Quant au coq, il lui fit donner une chambre confortable et des domestiques pour préparer son lit.

A peine installé dans l'entrepôt, l'éléphant, affamé par le voyage, se jeta sur la nourriture. En deux jours, il avala toutes les réserves. Au troisième jour, au quatrième jour, il resta sans manger. Imana lui dit :

— Vois. Tu as tout mangé, très vite. Et tu voudrais avoir deux rejetons au lieu d'un ? Mais où trouverais-tu une forêt pour ta pâture ? Ne vois-tu pas que ta race disparaîtrait ? Si tu n'as qu'un enfant, c'est par faveur spéciale, pour que ta race se perpétue. J'espère que tu l'as compris. Va-t'en.

L'éléphant regagna sa forêt.

Imana donna une corbeille à un des employés et lui dit ceci :

— Tu vas aller auprès de la souche, et tu vas recueillir soigneusement tous les morceaux d'ongle et de peau, même les plus petits, qu'elle arrache aux passants.

L'employé resta le temps nécessaire auprès de la souche et revint auprès d'Imana avec une corbeille presque pleine. Imana fit appeler la souche et lui dit ceci, très sévèrement :

— Tu te plains des coups de pied que tu reçois au passage, comme si on te les donnait avec l'intention de te blesser. Mais toi ? N'arraches-tu pas les ongles des humains et des animaux quand ils veulent te saisir ? Et des morceaux de leur peau ? Ne les écorches-tu pas sans pitié ? Va-t'en.

La souche, sans protester, retourna à son chemin.

Quant au coq, dès la première nuit, soigneusement dorloté dans son lit, il perdit toute notion du temps, ne sachant plus s'il faisait jour ou s'il faisait nuit et oublia tout simplement de se réveiller, et de réveiller les autres.

Imana le fit ramener près de lui. Voici les paroles sévères qu'il dit au coq :

— Je t'ai fait préparer un lit confortable, et tu ne l'as pas quitté depuis des semaines ! Tu n'as pas chanté une seule fois, toi dont le rôle est d'annoncer à la nature l'apparition d'un jour nouveau ! On m'a dit que tu as laissé tes excréments dans ton lit, et autour de ton lit ! N'as-tu pas honte ? Tu es trop sale pour vivre en compagnie des autres ! Remonte sur ton arbre ! Affronte l'orage qui éclate la nuit ! Et ne reviens jamais te plaindre, ou je te fais griller pour la grande joie de mes employés !

Le coq épouvanté s'enfuit en toute hâte et remonta sur sa branche d'arbre, aux aguets du soleil.

Un grand nombre de créatures, qui désiraient suivre l'exemple du coq, de l'éléphant et de la souche, préférèrent renoncer à leurs plaintes.

Où habite Dieu ?

Un grand maître de la tradition hassidique, Yitzhak Méir, était encore enfant, quand quelqu'un lui dit en s'amusant :

— Je te donne un florin si tu me dis où habite Dieu.

— Et moi, répondit l'enfant, je te donne deux florins si tu me dis où il n'habite pas.

L'enfant prodige

La tradition chinoise propose une autre histoire d'enfant prodige — personnage privilégié de toutes les traditions, par la bouche de qui passe souvent la vérité, au point même qu'en Inde cette vérité est parfois proclamée avant la naissance, dans le ventre de sa mère, ce qui permet alors de parler d'un fœtus savant.

Un jour, au cours de ses pérégrinations, Confucius rencontra un enfant qui bâtissait une citadelle avec de la terre et des cailloux, au milieu du chemin.

Confucius fit arrêter ses chevaux et demanda à l'enfant :

— Pourquoi tu ne t'écartes pas devant mon char ?

— On m'a toujours dit, répondit l'enfant avec assurance, que les chars contournent les villes, et que les villes ne s'écartent pas devant les chars.

Etonné, Confucius mit pied à terre, s'approcha de l'enfant et lui demanda :

— Comment, si jeune, as-tu tant de sagesse ?

L'enfant répondit :

— Trois jours après sa naissance, un enfant fait la distinction entre son père et sa mère. Trois jours après sa naissance, un lièvre court à travers les champs. Trois jours après sa naissance, un poisson nage dans le fleuve. C'est naturel. Il n'y a aucune sagesse là-dedans.

— Qui es-tu ? Où habites-tu ?

— Je n'ai pas de nom, répondit l'enfant. J'habite la maison du vent.

— Je voudrais me promener un moment avec toi. Acceptes-tu ?

— Chez moi, dit l'enfant (qui n'hésitait pas à se contredire), j'ai un père vénérable que je dois servir, une mère que je dois nourrir, un frère aîné dont je dois suivre les conseils, un frère cadet que je dois protéger et instruire. Où trouverais-je le temps de me promener avec toi ?

— Tu me parais extraordinaire, lui dit Confucius. Veux-tu que, toi et moi, nous nivelions le monde ?

— Pourquoi niveler le monde ? Si nous aplatissions les montagnes, les oiseaux n'auraient plus de gîte. Si nous comblions les fleuves et les lacs, les poissons n'auraient plus de gouffres où se réfugier. Si nous chassions les princes, le peuple discuterait sans fin pour savoir où est le bien, où est le mal. Si nous chassions les dieux, ils reviendraient. Le monde est si vaste. Comment pourrait-on le niveler ?

Ils bavardèrent encore longtemps. Confucius posa à l'enfant un certain nombre de questions et obtint des réponses inattendues. A son tour, l'enfant lui demanda :

— Combien d'étoiles dans le ciel ?

— Je ne peux parler que des choses que j'ai devant les yeux, dit Confucius.

— Alors, combien de poils sur tes sourcils ?

Confucius sourit et ne répondit pas. Il dit à ceux qui l'accompagnaient :

— Les jeunes sont à craindre. Les nouvelles générations vaudront peut-être les anciennes.

Selon d'autres traditions, il serait remonté sur son char en maugréant et en disant :

— Les enfants précoces ne feront rien de bon plus tard.

Le goût du melon

Un maître zen offre un melon à son disciple et lui demande :

— Comment trouves-tu ce melon ? Il est bon ?

— Oui, il a très bon goût, répond le disciple.

— Où se trouve ce goût ? demande alors le maître. Dans le melon ou sur ta langue ?

Le disciple réfléchit et commence à se lancer dans des explications compliquées :

— Ce goût provient d'une interdépendance entre le melon et ma langue, car ma langue seule, sans le melon, ne peut pas...

Le maître l'interrompt brutalement :

— Triple idiot ! Que vas-tu chercher ? Ce melon est bon. Ça suffit.

Le rossignol

Une autre histoire japonaise, à raconter la nuit, met en présence deux hommes. L'un dit à l'autre :

— A chaque nuit de la nouvelle année, le rossignol chante.

Entendant cela, le rossignol s'écria :

— Comment saurais-je que c'est la nouvelle année ? Je chante, c'est tout.

La joie des poissons

A propos de l'évidence du monde, un dialogue célèbre, qu'on trouve déjà dans Tchouang-tseu, a parcouru toutes les traditions orientales. En Corée, où il est très populaire, il oppose deux sages, Zhuangzi et Huizi. Voyageant ensemble, ils franchirent une passerelle sur un ruisseau, et virent des poissons qui bondissaient hors de l'eau.

Zhuangzi s'arrêta un instant pour dire à son compagnon :

— Vois comme ces poissons bondissent de joie !

— Tu n'es pas un poisson, dit Huizi. Comment peux-tu savoir ce qui fait la joie des poissons ?

— Tu n'es pas moi, lui dit Zhuangzi. Comment

peux-tu savoir que j'ignore ce qui fait la joie des poissons ?

— Il est exact que je ne suis pas toi, dit Huizi, et que je ne sais pas ce que tu sais et ce que tu ignores. Mais je sais une chose, c'est que tu n'es pas un poisson. Et que par conséquent tu ne sais pas ce qui fait la joie des poissons.

— Je reviens à ta première question, dit alors Zhuangzi. Tu m'as demandé : « Comment peux-tu savoir ce qui fait la joie des poissons ? » En me posant cette question, tu as admis que je connaissais la réponse. Sinon, tu ne me l'aurais pas demandé.

— Eh bien, comment l'as-tu su ? demanda Huizi.

— Mais c'est tout simple : en franchissant la passerelle !

L'enfant de Satan

La tradition arabe raconte que, chassés du paradis, Adam et Eve trouvèrent quelque part un refuge. Chaque matin, Adam partait en quête de gibier. Eve restait seule.

Un jour, Satan vint trouver Eve et lui confia son enfant, qui s'appelait Khannas, en lui demandant de le garder un moment.

Quand Adam revint de la chasse, et qu'il aperçut l'enfant de Satan, il s'écria, pris de colère :

— Pourquoi as-tu accepté un enfant de Satan ? Une fois de plus, te voilà dupe de ses mensonges !

Il tua l'enfant, le coupa en morceaux et les emporta jusqu'au désert pour les disperser. Mais Satan, qui connaissait les sortilèges nécessaires, reconstitua son fils déchiqueté et le conduisit à nouveau, un autre jour, près d'Eve.

Khannas se lamentait de telle sorte qu'Eve ne put résister à ses larmes et accepta de le reprendre. A son retour, pris de fureur et aussi de terreur, à l'idée des flammes de l'enfer qui les guettaient à cause de l'enfant de Satan, Adam alluma un feu énorme et y jeta Khannas malgré ses cris.

Puis il dispersa les cendres à tous les vents. Mais Satan le Noir apparut, riche d'autres phrases magiques. Obéissant à ses appels, les cendres vinrent de toutes les parties de l'air et se rassemblèrent. L'enfant fut ainsi reconstitué et Satan, qui usait d'une voix plaintive, persuada Eve de le garder et de ne pas le tuer une troisième fois.

— Je n'ai pas le temps de m'occuper de lui maintenant, dit-il, mais je reviendrai le chercher bientôt.

Il s'en alla.

Adam revint. A la vue de Khannas, il trembla de colère, il accusa sa compagne d'avoir fait alliance avec le démon, ensuite il tua l'enfant pour la troisième fois. Avec sa chair, il prépara un repas. Il partagea ce repas avec Eve. Après quoi, il retourna à ses occupations.

Satan réapparut. Eve était seule. Satan se mit à appeler à grands cris son enfant, et celui-ci lui répondit. Satan reconnut la voix de son fils, qui sortait du corps de la femme.

— C'est bien, dit-il, j'ai atteint mon but. Reste où tu es.

L'oreille de Ch'hâ

Dans les traditions du Moyen-Orient se rencontre un personnage insupportable et délicieux, qui s'appelle généralement Nasreddin Hodja. Ses histoires (innombrables) sont racontées partout, de la Turquie à la Perse, de la Syrie à l'Egypte, où il est appelé Goha. Ces mêmes histoires se retrouvent dans la tradition populaire juive, où le personnage s'appelle Ch'hâ, et en Afrique du Nord, où il est plus connu sous le nom de Djeha. On suit sa trace jusqu'en Pologne, où son nom est Srulek.

Cet homme offre un étonnant mélange de naïveté, voire de bêtise, et de roublardise extrême. Grand donneur de conseils qu'il se garde bien de suivre, il s'avance porteur de tous les défauts des hommes : il est avare, menteur, envieux, jaloux, lâche et rigoureusement égoïste. La vie lui apparaissant absurde, il adapte son comportement à cette absurdité. C'est ce prince de la logique populaire que Gurdjieff, dans les *Récits de Belzébuth à son petit-fils*, plaçait au sommet de la sagesse humaine.

Pour introduire ce personnage essentiel, que nous

retrouverons souvent sous des noms différents, le voici d'abord sous sa forme juive.

Donc, quand on demandait à Ch'hâ : Où est ton oreille ? il passait son bras droit par-dessus sa tête et touchait son oreille gauche en disant :

— Elle est là.

— Mais pourquoi te sers-tu de ton bras droit ? lui demandait-on. Pourquoi ne te sers-tu pas de ta main gauche, qui se trouve du même côté que ton oreille gauche ?

— Parce que, répondait Ch'hâ, si je faisais comme tout le monde, alors je ne serais plus Ch'hâ.

Comment faire venir la pluie

Puisque nous en sommes toujours à l'ordre apparent du monde, restons un moment avec ce même personnage, cette fois sous son nom très illustre de Nasreddin Hodja.

On raconte en Perse qu'un jour, par un temps de sécheresse tenace, une délégation vint le trouver pour lui demander s'il connaissait un moyen de faire venir la pluie.

— Bien sûr, dit-il, j'en connais un.

— Vite. Dis-nous ce qu'il faut faire.

Nasreddin demanda qu'on lui apportât une bassine pleine d'eau, ce qui fut fait, non sans grande peine. Quand il eut la bassine, il ôta sa robe et, à l'étonnement de tous, se mit tranquillement à la laver.

— Comment ! s'écria-t-on. Nous avons rassemblé toute l'eau qui nous restait et toi tu t'en sers pour laver ta robe !

— Ne vous inquiétez pas, répondit Nasreddin, je sais très bien ce que je fais.

Il prit tout le temps nécessaire, malgré les insultes et les menaces. Il lava sa robe avec minutie puis il dit :

— Il me faut maintenant une seconde bassine d'eau.

Les membres de la délégation crièrent encore plus fort. Où trouver cette seconde bassine ? Et pour quoi faire ? Avait-il donc perdu l'esprit ?

Nasreddin resta très calme et obstiné.

— Je sais très bien ce que je fais, disait-il.

On chercha partout, on pressa l'argile des puits, on vola jusqu'à l'eau des enfants, on apporta enfin la seconde bassine.

Nasreddin y trempa sa robe et la rinça soigneusement.

Les autres regardaient, stupides. Ils n'avaient même plus la force de hurler.

Il leur demanda enfin de l'aider à tordre sa robe, pour bien l'égoutter. Après quoi il l'apporta dans sa petite cour et l'accrocha à un fil pour la mettre à sécher.

Presque aussitôt de gros nuages se formèrent, s'approchèrent et la pluie tomba largement.

— Voilà, dit posément Nasreddin. C'est chaque fois pareil dès que j'étends mon linge.

Les graines de la discorde

Un soir, un paysan africain vit la Discorde qui semait des graines dans son champ.

Il se garda d'intervenir et l'observa. Quand elle eut terminé, et qu'elle fut partie, il passa toute la nuit, à l'aide d'une lanterne, à ramasser les graines dangereuses.

Il en remplit un sac et le ramena dans sa case, sans en dire un mot à sa famille.

Le lendemain, pour se débarrasser des graines, il en donna une poignée aux poules de sa basse-cour. Mais à peine les avaient-elles picorées qu'elles se mirent à batailler furieusement, jusqu'à se tuer. Le paysan dut les enfermer chacune dans une cage, et ce fut un travail pénible. Il avait les mains et les bras couverts de méchants coups de bec.

Cherchant un autre moyen de se débarrasser des graines, il en jeta une poignée dans le fleuve. Mais les poissons, les anguilles et même les hippopotames entreprirent aussitôt de se déchirer, tandis que des vagues énormes soulevaient le fleuve habituellement paisible, si énormes qu'une partie de la plaine fut inondée.

Le paysan décida alors de brûler une partie des graines. Mais la fumée qui jaillit du feu s'élança toute tordue dans l'air comme une trombe véritable, comme un typhon gesticulant qui dévasta près de la moitié du village.

Ne sachant que faire de ces graines, le paysan, un autre jour, eut l'idée d'en broyer une poignée et de demander à sa femme, sans lui dire de quoi il s'agissait, de lui préparer une galette.

Il se mit à manger cette galette. Mais à peine avait-il avalé la première bouchée qu'il la trouva mal cuite, trop salée, et qu'il commença d'en faire le reproche à sa femme.

Celle-ci, qui venait d'avaler la première bouchée de sa part de galette, répliqua d'une manière particulièrement colérique, criant qu'elle avait fait cuire la galette comme à l'ordinaire, et que si son mari la trouvait mal cuite et trop salée, cela signifiait simplement qu'il était un imbécile, ce qu'elle avait toujours pensé.

Le paysan lui jeta un objet au visage, elle hurla de douleur, ils s'élancèrent l'un vers l'autre malgré la présence de leurs enfants et il fallut l'intervention rapide de leurs voisins pour les séparer et les maintenir à distance.

Quelques semaines passèrent. Ils retrouvèrent petit à petit leur calme mais le paysan, qui avait perdu sommeil et sourire, ne pensait qu'aux graines qui lui restaient. Il pensa faire le voyage jusqu'à quelque lointain pays, pour déposer les graines à un coin de rue, ou bien dans un puits inconnu. Cependant, comme il avait le cœur d'un brave homme, il se disait que les pays lointains étaient ensemencés d'assez de graines de Discorde pour pouvoir se passer des siennes. Il pensa même se diriger jusqu'à la mer pour y jeter son sac de graines, mais il craignit d'appeler la levée d'une tempête sans égale. Il y renonça, pour les mêmes bonnes raisons.

D'ailleurs, lié à son champ, il ne pouvait jamais trouver le temps de s'absenter.

Lorsque les premières pousses apparurent, il vit avec bonheur qu'une récolte exceptionnelle s'annonçait. Dans les champs voisins, d'autres paysans s'affairaient pour trier les mauvaises herbes. Quant à lui, il n'avait rien à faire. La récolte poussait, splendide et saine. Chaque matin il observait l'approche de sa prospérité. Il restait oisif. Il en profita même pour rendre visite à des cousins, à deux ou trois jours de marche de là.

A son retour, les lamentations de sa femme et de ses enfants l'accueillirent. En quelques heures un vol d'oiseaux de passage venait de dévaster son champ. Il ne restait plus une seule pousse.

Les sages du village trouvèrent la raison de ce malheur particulier. Dans les autres champs, dirent-ils (les autres champs étaient restés préservés des oiseaux), il y avait toujours un homme au travail, qui s'agitait, qui faisait du bruit avec ses outils. C'est pourquoi les oiseaux s'étaient tous portés sur le seul champ qui ne fût occupé par personne. Un champ magnifique, d'ailleurs.

Le paysan attendit en réfléchissant la venue de la nuit. Quand sa femme et ses enfants furent endormis, il se leva sans bruit et saisit, dans la cachette qu'il connaissait, le sac qui contenait les dernières graines de discorde. Il alla jusqu'au champ, en pleine nuit, et mit les graines dans son propre sol, une à une, à des intervalles assez réguliers.

En revenant au village, il aperçut au loin la Discorde qui semait des graines dans un petit bois qui appartenait à un de ses amis. Un ami qu'il aimait beaucoup, et qu'il se garda bien de prévenir.

Ce qu'il faut au lion

Une autre histoire africaine, qui nous vient du Sénégal, raconte que tous les animaux de la brousse décidèrent un jour de se réunir et de parlementer, sous la présidence du lion, pour trouver une solution à un problème fondamental. Les animaux avaient en effet constaté, depuis des générations et des générations, qu'ils se dévoraient entre eux. Trouvant cet état des choses inadmissible, cruel, absurde et tout ce qu'on voudra, ils se réunirent et commencèrent à parler.

Chacun exposa ses griefs, untel parce qu'il était dévoré par untel, untel par tel autre — même l'éléphant qui disait :

— Moi je ne mange que de l'herbe, mais les moustiques me dévorent ! Et quelquefois même les souris, qui pénètrent dans ma trompe !

A quoi les minuscules insectes qui vivent dans l'herbe répondaient :

— Tu dis que tu ne manges que de l'herbe ! Mais nous sommes cachés dans l'herbe et tu nous avales sans nous voir !

Bref, tout le monde se plaignait. Et tout le monde était d'accord pour arrêter de s'entre-dévorer.

Quand vint le tour du lion, il dit ceci, écouté par tous :

— Je comprends très bien toutes vos plaintes, et je les approuve. Mais je sais très bien ce qu'il me faut. Et ce qu'il me faut, c'est de la viande. Je ne peux pas manger d'herbe. Je ne peux manger que de la viande.

Alors l'éléphant lui fit remarquer :

— Mais toute viande est viande d'animal ! Comment feras-tu pour manger de la viande sans dévorer un animal ?

— Je ne sais pas comment je ferai, répondit le lion. Mais je sais très bien ce qu'il me faut. Et ce qu'il me faut, c'est de la viande.

Les animaux reprirent leur argumentation, qui dura longtemps. Le lion ne cessait de répéter qu'il ne pouvait manger que de la viande et les autres animaux protestaient très, très vivement.

Tout à coup le lion dit :

— Cette discussion dure depuis des heures, il me semble ?

— Pourquoi dis-tu ça ? demanda quelqu'un.

— Parce que je commence à avoir faim.

Un frémissement parcourut le grand cercle des négociateurs.

— Oui, reprit le lion, j'ai faim, je le sens aux contractions de mon estomac. Quand j'ai faim, je suis comme tout le monde, il faut que je mange. Pour manger, il me faut de la viande. Je vais donc dévorer quelqu'un. Un de ceux qui sont assis tout autour de moi.

Il n'avait même pas fini sa phrase que tous les autres avaient détalé. Ils grimpaient aux arbres, ils s'enfouissaient dans la terre, ils se ruaient jusqu'à l'horizon dans la poussière.

Quand il fut seul, le lion se mit en chasse.

Le lion qui se croyait mouton

Autre histoire de lion, qui nous vient de l'Inde.

Un jeune lionceau abandonné fut recueilli par des moutons, qui l'élevèrent à leur manière. Le lionceau s'efforçait de manger de l'herbe, ce qui ne l'enchantait guère, et de bêler, ce qui lui était difficile.

Quand un chacal s'approchait du troupeau, le jeune lion s'enfuyait épouvanté, imitant en cela les moutons.

Un jour, un lion adulte surgit en haut d'un rocher dominant la plaine. Tous les moutons s'enfuirent, et le lionceau avec eux.

Le lion poursuivit le troupeau et saisit le lionceau par la peau du cou. Il l'emporta. Le petit lion frissonnait de peur et se voyait déjà croqué.

Ils arrivèrent au bord d'un fleuve. Le lion déposa le lionceau sur la berge et le poussa jusqu'au bord de l'eau. Puis il s'assit à côté de lui et pencha sa tête sur l'eau du fleuve.

Le lion et le lionceau se reflétaient ainsi côte à côte. Le lionceau vit qu'il ressemblait au lion. Il se rassura.

Les deux animaux se désaltérèrent, puis ils s'éloignèrent ensemble.

Le partage de Dieu

Ailleurs, en Inde, deux paysans se disputent. Les pommes d'un arbre qui appartient au premier sont tombées sur une terre qui est la propriété du second. Vieille situation paysanne : chacun des deux hommes prétend que les pommes lui reviennent.

Passe un brahme, qu'enveloppe une réputation de sainteté. Les deux hommes lui demandent de trancher.

Le saint homme leur demande :

— Préférez-vous un partage fait selon le jugement des hommes, ou selon le jugement de Dieu ?

Les deux paysans répondent d'une même voix :

— Selon le jugement de Dieu.

— Vous ne discuterez pas ce choix, c'est assuré ?

— C'est assuré.

Alors le brahme ramasse les pommes. Il en fait un

gros tas d'un côté, et de l'autre il place une seule pomme. Après quoi il donne le tas à l'un des paysans et la pomme à l'autre, sans même regarder à qui il s'adresse.

Puis il s'en va, sans un mot de plus.

Le lièvre et la lionne

Une autre histoire de lion, probablement très ancienne, nous est racontée par le fabuliste Loqman.

Une femelle lièvre rencontre une lionne et lui dit :

— Je fais chaque année un grand nombre de petits, et toi tu ne peux en produire qu'un !

— C'est vrai, lui répondit la lionne. Je ne fais qu'un petit. Mais c'est un lion.

C'est comme ça

Une histoire américaine du vingtième siècle présente un assez pauvre paysan, qui tous les jours va travailler aux champs, avec sa vache. C'est un homme honnête, qui peine à nourrir sa femme et sa famille. Un jour le ciel se déchire, un orage se déchaîne et la foudre tue son unique vache.

— Mais pourquoi moi ? s'écrie le paysan en s'adressant à Dieu. Que t'ai-je fait ? Pourquoi m'as-tu frappé ? Ne suis-je pas déjà assez misérable ?

Dieu ne lui répond rien.

Les mois, les années passent. Le paysan, de plus en plus appauvri, va travailler seul, de ses mains fatiguées. Sa femme, de temps à autre, vient l'aider. Elle lui apporte une maigre nourriture. Un autre orage bouleverse le ciel, la foudre perce les nuages et tue la femme.

Le paysan se tord les mains de désespoir et crie, les yeux au ciel :

— Mais pourquoi ? Que t'ai-je encore fait ? Je suis très pauvre et très pieux ! Pourquoi as-tu frappé ma femme ? Réponds-moi ! Que t'ai-je fait ?

Alors les nuages sombres s'entrouvrent, une immense lumière apparaît et la voix de Dieu dit :

— Tu ne m'as rien fait. Mais de temps en temps tu m'énerves.

Une explication de Goha

Afin d'expliquer, après beaucoup d'autres, pourquoi le monde est fait comme nous le voyons, l'Egyptien Goha, dit Goha le simple, demandait un jour à ceux qui l'entouraient :

— Savez-vous pourquoi Allah le Très-Haut — qu'il soit honoré et glorifié ! — n'a pas donné d'ailes au chameau et à l'éléphant ?

— Non, nous n'en savons rien, répondirent-ils en riant. Mais tu vas nous le dire et ainsi tu nous instruiras.

— Oui, je vais vous le dire. Si le chameau et l'éléphant avaient des ailes, ces ailes ne pourraient pas les porter. Alors, ils s'abattraient sur les fleurs de vos jardins et les écraseraient.

Les pois et les cosses

L'écrivain japonais Urabe Kenkô a raconté cette histoire rêveuse.

Un moine au cœur très pur, au cours d'un voyage, s'arrêta pour la nuit dans une auberge. Fatigué, il s'approcha du feu. Il vit qu'on faisait cuire des pois et que le feu était alimenté par les propres cosses des pois.

Un bruit singulier lui parvint. Il approcha son oreille des flammes et, comme il avait l'âme pure, il entendit les pois qui disaient aux cosses :

— Vous qui ne nous êtes pas étrangères — brr, brr — pourquoi mettre tant de hargne à nous cuire ? Pourquoi — brr, brr — tant de méchanceté ?

Et le moine entendit les cosses qui répondaient :

— Est-ce que par hasard vous croyez — css, css — que de vous cuire nous donne de la joie ? Est-ce que vous ne voyez pas que nous brûlons nous-mêmes ? Et que par malheur nous n'y pouvons rien ?

Les deux mortiers

Dans un ancien recueil, lui aussi japonais, le *Shasekishû*, nous pouvons lire qu'un moine dit un jour à ses disciples :

— Les habitants de ce bas monde sont stupides et peu attentifs à ce qu'ils font. Moi, par exemple, j'ai imaginé un procédé très intéressant pour piler du grain dans deux mortiers, à l'aide d'un seul pilon.
— Et comment cela ? demande un disciple.
— C'est très simple. L'un des mortiers sera placé sur le sol, comme d'habitude, et l'autre sera accroché en l'air, tourné vers le bas. Ainsi, en élevant et en abaissant le pilon, on frappera dans les deux mortiers à la fois.
— Oui, dit un autre disciple. On pourrait en effet pilonner de cette façon, à condition que le grain, dans le mortier du dessus, puisse être maintenu en place.
— Voilà, dit le maître. C'est justement là le problème.

Les bambous

Toujours au Japon, dans la riche tradition zen, où la brièveté des contes les laisse parfois comme suspendus, on raconte qu'un disciple demanda à son maître la signification réelle du bouddhisme.
— Attends que nous soyons seuls, dit le maître, et je te répondrai.
Quand ils furent seuls, le disciple posa de nouveau la question. Le maître lui fit signe de le suivre et le conduisit jusqu'à un jardin. En silence, il lui montra un bosquet de bambous.
Le disciple ne comprenait toujours pas. Alors le maître lui dit :
— Voici un bambou long, et en voici un court.

La grenouille et le scorpion

L'histoire suivante est sans doute la plus fameuse que la tradition africaine nous ait laissée. On se souvient qu'Orson Welles la racontait dans son film *Monsieur Arkadin*.
Un scorpion, qui désirait traverser un fleuve, s'adressa à une grenouille :
— Prends-moi sur ton dos.
— Que je te prenne sur mon dos ! répondit la gre-

nouille. Mais tu n'y penses pas ! Si je te prends sur mon dos, je te connais, tu vas me piquer et me tuer !

— Ne sois pas stupide, lui dit alors le scorpion. Ne vois-tu pas que si je te pique, tu vas couler au fond de l'eau, et que moi aussi, qui ne sais pas nager, je vais me noyer ?

Les deux animaux argumentèrent de la sorte pendant un moment, et le scorpion se montra si persuasif que la grenouille accepta de lui faire traverser le fleuve. Elle le chargea sur son dos glissant, où il se cramponna, et ils commencèrent leur passage.

Parvenus au milieu du grand fleuve, là où se creusent les gouffres, soudain le scorpion piqua la grenouille. Celle-ci sentit le poison fatal se répandre dans son corps et, tout en coulant, et en entraînant le scorpion, elle lui cria :

— Tu vois ! Je te l'avais dit ! Mais qu'est-ce que tu as fait ?

— Je n'y peux rien, répondit le scorpion avant de disparaître dans les eaux glauques. C'est ma nature.

*
* *

On peut noter que cette histoire se trouve déjà dans les anciennes fables indiennes attribuées à Bidpaï. Cependant dans la fable indienne, nous avons une tortue à la place de la grenouille. Le scorpion tente de la piquer, en disant qu'il ne peut pas aller contre sa nature, mais il ne peut percer la carapace.

La tortue le réprimande, puis elle plonge et noie son agresseur.

Ce que répondit le ver luisant

Saâdi, le poète persan, raconte ceci :

Un promeneur curieux d'esprit demanda à un ver luisant :

— Pour quelle raison ne brilles-tu que pendant la nuit ?

Le ver, dans son langage particulier, lui fit cette lumineuse réponse :

— Je reste dehors le jour comme la nuit, mais quand le soleil est dans le ciel, je ne suis rien.

L'ermite et la souris

C'est en Inde que prit sans doute naissance l'histoire de la souris, qui devait traverser le monde (on la trouve dans le *Panchatrata)* :

Un ermite dont l'esprit, par la solitude et la pénitence, se trouvait enrichi d'une puissance incomparable, se tenait en méditation, les mains ouvertes et tournées vers le ciel, dans le désert où il passait sa longue vie.

Un vautour traversa l'espace au-dessus de lui et laissa tomber dans l'une de ses mains une petite souris grise. L'ermite contempla cette souris avec un émerveillement presque naïf. Elle se mit à courir familièrement sur ses bras, ses épaules et même sa tête, tandis qu'il se disait :

— Voici une créature vivante que le ciel m'envoie comme compagne. Je dois interpréter les désirs du ciel. Comme je suis trop âgé pour prendre une épouse, c'est sans doute ma fille qui vient de tomber dans ma main. Oui, je n'ai jamais eu d'enfant, ce qui est la faute la plus grave, et le ciel me le fait savoir. Cette souris va devenir ma fille.

Assemblant tous les pouvoirs de son esprit, il prononça les paroles qu'il connaissait, auxquelles la matière elle-même ne résiste pas, et la souris se métamorphosa en une radieuse jeune fille qui baisa les pieds de l'ermite en l'appelant tout aussitôt « mon père ».

Elle se mit à le servir. Le vieil homme se réjouissait de la voir aller et venir, portant de l'eau et du bois, chassant les mouches persistantes et s'asseyant par moments sur la terre pour coiffer les cheveux, pour nettoyer les ongles de son père.

Lorsque deux années furent écoulées, remarquant quelques traces de mélancolie sur le visage de la jeune fille, l'ermite comprit qu'il était temps de lui trouver un époux. Mais comme elle était d'origine magique, et envoyée du ciel, il lui fallait un époux d'exception. L'ermite réfléchit et lui dit :

— Voici le temps venu de te marier.
Elle s'en montra très satisfaite, ses yeux brillèrent.
— Qui te donnerai-je comme époux ? Veux-tu le soleil ? Veux-tu que je te marie au soleil ?
La jeune fille leva les yeux vers le soleil, en se protégeant avec sa main, et dit avec une grimace :
— Oh, le soleil, c'est loin, c'est brûlant, et ça disparaît chaque nuit. Non, je veux un époux qui soit plus fort que le soleil !
— Plus fort que le soleil ? dit l'ermite, en réfléchissant avec force. Eh bien, veux-tu que je te marie au nuage ? Car le nuage cache le soleil.
— Le nuage, dit la jeune fille avec une moue, c'est gris, c'est froid, c'est humide. Par moments la foudre le déchire et il gronde, il me fait trembler. Non, je veux un époux qui soit plus fort que le nuage.
— Je ne vois que le vent, dit le vieil homme, car le vent disperse les nuages et les chasse au loin. Veux-tu que je fasse du vent ton époux ?
— Non, dit la jeune fille, je n'aime pas le vent. Il est brutal et indiscret. Parfois, des colères énormes le soulèvent. Et il est fuyant, et menteur. Je veux un époux qui soit plus fort que le vent.
— La montagne, dit l'ermite. Oui, la montagne est plus forte que le vent, car elle l'arrête. Je vais te marier à la montagne !
La jeune fille eut un mouvement de dégoût et dit à son père :
— La montagne est lourde et immobile. Elle est triste. Je la trouve même assez bête. Je veux un époux qui me comprenne, qui puisse rire et voyager avec moi. Je veux un époux qui soit plus fort que la montagne.
Cette fois, malgré de longues réflexions, l'ermite ne put trouver aucune réponse. Assez humilié, il se mit en marche pour aller trouver un autre ermite, qui vivait à quelque distance dans le même désert. Et il lui exposa son cas.
— Je ne vois qu'une chose qui soit plus forte que la montagne, lui dit l'autre ermite, après de très longues pensées.
— Qu'est-ce ? Je t'en prie, dis-moi la réponse.
— C'est la souris, lui répondit l'ermite, car elle peut

creuser des galeries dans la montagne et vivre d'elle, sans que la montagne puisse lui nuire.

L'ermite revint à sa place. Il faisait nuit. Il trouva la jeune fille endormie, doucement souriante, caressée par les lueurs de la lune, qui lui donnaient un surcroît de beauté. L'ermite la regarda un instant dormir, puis il entra en méditation, réunit les forces de son esprit et prononça les paroles indispensables.

Dans son sommeil, la jeune fille redevint une petite souris grise, qui se mit à courir sur le sable et sur les rochers. Dès le jour suivant, elle rencontra un mâle. Et ils menèrent leur vie de souris tout près de l'ermite, qui vit ainsi se multiplier leur progéniture, que les vautours venaient chasser.

2

Le monde n'est pas ce qu'il est

Le silence de la nuit

Quelque part en Arabie, un maître et son disciple marchaient à pas lents sur une terrasse, au milieu de la nuit.

Soudain le disciple dit à mi-voix :

— Quel silence...

— Ne dis pas : « Quel silence », lui conseilla le maître. Dis : « Je n'entends rien ».

La forme de la neige

Srulek, le Nasreddin ou le Goha polonais, se rendit un jour auprès d'un aveugle et s'assit auprès de lui[1].

L'aveugle lui demanda :

— Srulek, dis-moi, elle est comment, la neige ?

— Elle est blanche, répondit Srulek.

— Ah, dit l'aveugle.

Après un moment, il demanda encore :

— Mais c'est comment, blanche ?

— Blanche, dit Srulek en cherchant ses mots, blanche, c'est comme du lait.

— Ah, dit l'aveugle.

Et un moment plus tard, il demanda :

— Le lait, c'est comment ?

---

1. Cette histoire polonaise se trouve déjà dans les anciens recueils indiens.

— Le lait, dit Srulek, tu vois, c'est comme des oiseaux qui sont sur la rivière, tu sais, les cygnes...

— Ah, dit l'aveugle.

Et un moment plus tard, il demanda à Srulek :

— Dis-moi, Srulek, c'est comment, un cygne ?

— Eh bien, c'est un grand oiseau, avec de larges ailes, un cou très long et courbé, et un bec comme ça...

Srulek allongea son bras et courba son poignet pour imiter un cygne. L'aveugle tendit la main et caressa le bras et la main de Srulek, lentement, attentivement, avant de dire en souriant :

— Ah oui, maintenant je vois comment elle est, la neige...

Le dragon d'après nature

Lorsque le supérieur du temple de Myoshin-ji, au Japon, voulut faire peindre un dragon sur le plafond central, on lui conseilla de s'adresser au peintre Tanyu, qui enseignait la peinture à l'empereur lui-même. On disait que les dragons peints par Tanyu atteignaient une force de réalité extraordinaire. On racontait même qu'un plafond s'était écroulé, un jour, à cause du mouvement parfait donné par le peintre à la queue de l'animal fabuleux.

Le supérieur du temple se rendit à la demeure du peintre, il examina son travail et lui dit :

— C'est bien, mais je veux que pour le temple de Myoshin-ji le dragon soit peint d'après nature.

— Je suis très étonné, répondit le peintre, et je dois t'avouer que je n'ai jamais vu de dragon.

— En vérité ?

— En vérité. C'est pourquoi je me vois obligé de refuser ta commande.

— Je te comprends. Il serait très déraisonnable de demander la peinture d'un dragon à quelqu'un qui n'a jamais vu de dragon. Mais pourquoi n'essayes-tu pas d'en voir un ?

— Où pourrais-je voir un dragon ? s'écria le peintre. Où vivent-ils ?

— Mais chez nous, par exemple, il y en a beaucoup. Veux-tu venir les voir ?

— J'accepte aussitôt, dit le peintre.

Les deux hommes se mirent en route. Arrivé au temple, le peintre demanda à voir les dragons. Le supérieur tourna son visage dans toutes les directions et dit au peintre, qui se tenait avec lui dans une pièce :

— Ils sont nombreux, ici même. Tu ne les vois pas ?

— Non, dit le peintre. Je ne les vois pas.

— Comme c'est dommage. Sans doute devras-tu prendre patience.

Le peintre passa deux ans dans le temple, pratiquant assidûment le zen. Un matin, frémissant d'excitation, il se précipita vers le supérieur et lui dit :

— J'ai vu un dragon vivant ! Ça y est ! Je l'ai vu !

— Tu es sûr ?

— Je suis sûr ! Je l'ai vu comme je te vois !

— C'est très bien. J'étais certain que tu arriverais à le voir. Et dis-moi ? Comment trouves-tu son cri ?

Toujours les dragons

Le peintre n'avait évidemment pas entendu le cri du dragon. Il lui fallut une autre année d'exercice pour y parvenir. Enfin, il pouvait voir et entendre son dragon. Il en apercevait même d'autres et quelquefois les entendait. Il peignit, sur le plafond central du temple, un dragon qui était l'image de la vie même.

Toutes les histoires de dragons ne sont pas aussi effectives. Zhuangzi, un auteur chinois, raconte qu'un certain Zhu Pingman se rendit auprès d'un maître célèbre pour apprendre à tuer les dragons. Il travailla durement pendant trois ans et consacra toute sa fortune à acquérir l'art du tueur de dragons.

Par malheur, dans la suite de sa vie, il ne rencontra jamais de dragon.

Le secret du sculpteur

Une histoire contemporaine, probablement française[1], montre un sculpteur, qui se fait livrer un gros bloc de pierre et se met au travail.

1. Elle m'a été racontée par le peintre André François.

Quelques mois plus tard, il achève de sculpter un cheval.

Un enfant, qui l'a regardé travailler, lui demande alors :

— Comment savais-tu qu'il y avait un cheval dans la pierre ?

Le paysagiste

Plusieurs histoires chinoises ont pris un peintre comme personnage principal. Marguerite Yourcenar s'est excellemment inspirée d'une de ces histoires pour la première de ses *Nouvelles orientales*. On sait par ailleurs que la peinture de qualité jouissait d'une réputation particulière, qu'elle rivalisait victorieusement avec le réel. Un empereur fit effacer une cascade, dans un tableau de sa chambre, parce que le bruit de l'eau l'empêchait de dormir.

Un peintre de très grand talent fut envoyé par l'empereur dans une province lointaine, inconnue, nouvellement conquise, avec mission d'en rapporter des images peintes. Le désir de l'empereur était de connaître ainsi cette province.

Le peintre voyagea longuement, il visita tous les détours des nouveaux territoires, mais il revint à la capitale sans une seule image, sans même une esquisse.

L'empereur s'en étonna, et même s'en irrita.

Le peintre, alors, demanda qu'on lui confiât un vaste pan de mur dans le palais. Sur ce mur il représenta tout le pays qu'il venait de parcourir. L'empereur, quand le travail fut terminé, vint visiter le grand tableau. Une baguette à la main, le peintre lui expliquait tous les recoins du paysage, des montagnes, des fleuves, des bois.

Quand la description fut achevée, le peintre s'approcha d'un étroit sentier qui partait du premier plan du tableau et semblait se perdre dans l'espace. Les assistants eurent le sentiment que le corps du peintre s'engageait dans le sentier, qu'il s'avançait peu à peu dans le paysage, qu'il rapetissait. Bientôt un tournant du sentier l'effaça aux regards. Et tout le paysage à l'instant disparut, laissant le grand mur nu.

L'empereur et les personnes qui l'entouraient regagnèrent leurs appartements en silence.

Le peintre sauvé

Autre histoire chinoise :

Coupable d'arrogance envers l'empereur, un grand peintre fut condamné à être pendu par les deux gros orteils. Comme ultime faveur, le peintre demanda à n'être pendu que par un seul orteil, ce qui lui fut accordé.

L'empereur et sa suite se retirèrent, assurés que la mort serait longue à venir et par conséquent atroce.

Resté seul, pendu, la tête en bas et les mains attachées, le peintre réussit à atteindre le sol avec son orteil libre. Il dessina des souris dans le sable, au-dessous de lui, en utilisant le bout d'un ongle. Ces souris étaient si parfaitement représentées qu'elles montèrent le long de la corde et la rongèrent jusqu'à la rompre.

Le peintre savait que l'empereur ne reviendrait pas de sitôt. Aussi s'éloigna-t-il sans se presser, en emmenant les souris avec lui.

L'homme dans la fresque

Ce passage dans un autre monde, grâce aux sortilèges de la représentation, se rencontre dans cette troisième histoire chinoise.

Deux hommes visitaient un monastère sous la conduite d'un vieux moine. Les murs étaient couverts de fresques de haute qualité et sur une de ces fresques, au milieu d'un groupe de personnages féeriques, on voyait une jeune fille radieuse. A ses longs cheveux dénoués on devinait qu'elle était encore une jeune fille car en ce temps-là, après leur mariage, les femmes se coiffaient obligatoirement avec un chignon.

L'un des deux hommes s'arrêta devant cette peinture et la regarda. Il lui sembla que son corps perdait toute pesanteur et qu'il s'élevait dans les airs, comme porté par un nuage. Il se retrouva de l'autre côté du mur, dans la fresque, perdu au cœur d'une architecture inconnue.

Là il aperçut la jeune fille, qui s'éloignait en riant. Il la suivit, il parvint à une maison aux formes nouvelles et la jeune fille, d'un regard et d'un geste, l'invita à pénétrer dans cette maison. Ils y devinrent aussitôt mari et femme et vécurent un temps de bonheur.

Après ce temps (dont la durée est incertaine), les compagnes de la jeune fille surgirent et firent remarquer à leur amie qu'elle devait adopter maintenant la coiffure d'une femme mariée, le chignon. Ce qu'elle fit, avec des épingles et des bandeaux.

Soudain, hors de la maison, on entendit des pas lourds, une voix criante et des bruits de chaîne. La jeune épouse parut singulièrement effrayée et dit à l'homme de se cacher sous le lit, sans attendre. Un individu parut, noir et menaçant, vêtu d'une armure d'or, portant des fouets et des chaînes. Les jeunes femmes se tinrent auprès de lui comme une ronde et il leur demanda si par hasard quelque mortel ne s'était pas glissé au milieu d'elles.

— Etes-vous toutes là ? dit-il.

— Oui, nous sommes toutes là.

Le tout nouvel époux, couché sous le lit, osait à peine respirer. Il entendit que les pas du terrifiant visiteur s'éloignaient, mais de tous côtés des gens semblaient aller et venir comme s'ils cherchaient quelque chose (ou quelqu'un). Allongé, tout recroquevillé dans un endroit étroit, il souffrait des oreilles et des yeux.

Cependant, dans les couloirs du monastère, l'ami du nouvel époux avait remarqué sa disparition. Il en parla au vieux moine qui lui dit :

— Oh, il est allé prêcher la loi.

— Où donc ?

— Pas très loin sans doute.

Alors le vieux moine, s'adressant à la fresque, dit :

— Qu'est-ce qui te retient si longtemps ?

On vit une ombre se dessiner de l'autre côté du mur, dans la fresque. On reconnut la silhouette du disparu, qui semblait écouter à travers le mur, et le moine lui dit :

— Votre ami vous attend et s'impatiente.

Alors l'homme sortit du mur, le regard fixe, les jambes raides et tremblantes. Il dit que, caché sous son lit, il avait entendu un bruit énorme, comparable à un coup de tonnerre, et qu'il était sorti pour connaître la raison de ce bruit.

Les trois hommes, en regardant la fresque, remarquèrent que la jeune fille radieuse, toujours présente à la même place, avait changé de coiffure et qu'elle portait maintenant le chignon de la femme mariée.

L'homme qui revenait de la fresque, et dont le corps paraissait secoué par la peur, voulut savoir pourquoi cette coiffure avait changé. Mais le vieux moine lui répondit, avec un léger haussement d'épaules :

— Les visions naissent de ceux qui les regardent. Quelle explication puis-je te donner ?

Les visiteurs descendirent alors le long des marches du temple et s'en allèrent en silence.

Les meilleurs peintres

Toujours à propos de peinture, les Persans racontent qu'un concours de peinture fut organisé, un jour, entre deux groupes d'artistes. Les uns étaient chinois, les autres byzantins. Ils vivaient à la cour du même prince et ne cessaient de rivaliser.

Le prince décida donc de les opposer en un concours.

Les deux groupes de peintres furent placés dans une salle qu'un rideau séparait en deux espaces égaux, et chargés de décorer deux murs se faisant face.

Les Chinois réclamèrent une grande quantité de brosses, de pinceaux et de couleurs de toutes sortes.

Les peintres byzantins, à la surprise générale, ne demandèrent rien.

Au jour de la présentation le roi vint avec toute sa cour. On dévoila d'abord les fresques chinoises et chacun fut émerveillé. On y vit un travail insurpassable.

Alors on découvrit le mur des Byzantins et on vit sur ce mur, mais inversées, les mêmes figures et les mêmes couleurs que sur le mur peint par les Chinois. Les Byzantins s'étaient contentés de polir sans relâche leur mur, au point de le rendre pareil à un miroir étincelant.

Les peintures des Chinois se reflétaient dans ce mur sans souffrir des aspérités du mur lui-même et des défauts ineffaçables de la matière. Les images y gagnaient une pureté, une grâce, une légèreté d'autant plus belles qu'on ne pouvait pas les atteindre.

Le pauvre et le roi d'or

L'autre monde ne fait quelquefois que passer, et même assez rapidement, comme le dit une histoire populaire indienne.

Un pauvre homme, qui vivait dans le gémissement et qui mendiait de porte en porte, aperçut un jour un chariot d'or qui entrait dans le village, et sur ce chariot un roi souriant et splendide.

Le pauvre se dit aussitôt : c'en est fini de ma souffrance, c'en est fini de ma vie démunie. Ce roi au visage doré n'est venu jusqu'ici que pour moi, je le sens. Il va me couvrir des miettes de sa richesse et je vivrai calme désormais.

Comme s'il était venu, en effet, pour voir le pauvre homme, le roi fit arrêter le chariot à sa hauteur. Le mendiant, qui s'était prosterné sur la terre, se releva et regarda le roi, convaincu que l'heure de sa fortune était enfin là. Alors, avec soudaineté, le roi tendit une main vers le pauvre et lui dit :

— Qu'as-tu à me donner ?

Le pauvre, très étonné et très désappointé, ne sut que dire. Est-ce un jeu, se demandait-il, que le roi me propose ? Se moque-t-il de moi ? Est-ce quelque peine nouvelle ?

Puis, voyant le sourire persistant du roi, son regard lumineux et sa main tendue, il puisa dans sa besace qui contenait quelques poignées de riz. Il y prit un grain de riz et le tendit au roi qui le remercia et partit aussitôt, tiré par des chevaux étonnamment rapides.

A la fin du jour, en vidant sa besace, le pauvre y trouva un grain d'or.

Il se mit à pleurer, en disant :

— Que ne lui ai-je donné tout mon riz !

Qu'est-ce que la profondeur ?

Un koan — court récit instructif ou méditatif — attribué à Tchao-Tchan dit ceci.

Un disciple demande à son maître quelle est la profondeur du fleuve Zen.

— Trois pouces, lui répond le maître.

— Alors, demande le disciple, qui peut nager dans ce fleuve ?

— La montagne.

Le peu de confiance

Cet autre monde, qui parfois se glisse comme par inadvertance dans celui-ci, n'est pas toujours rigoureusement convaincant, comme le dit cette histoire juive contemporaine.

Un juif a fait fortune.

Il décide, pour la première fois de sa vie, de se payer des vacances de neige et même de faire du ski.

Inexpérimenté, maladroit, il sort de la piste et tombe dans un ravin. Par un miracle du dernier instant, il s'accroche à un maigre arbuste qui pousse entre les rochers. Au-dessous de lui, le vide et la mort. Ses mains s'agrippent à l'arbuste, mais elles vont bientôt lâcher prise. D'ailleurs l'arbuste craque. Ses racines se déchirent.

Le juif, au sommet de l'angoisse, lève les yeux vers le ciel et crie :

— Il y a quelqu'un ? Il y a quelqu'un ?

— Je suis là, mon fils, lui répond une voix solennelle. N'aie aucune crainte et lâche l'arbuste. Mes anges se saisiront de toi et te déposeront doucement sur le sol.

Le juif réfléchit un instant avant de crier :

— Il y a quelqu'un d'autre ?

Le ciel du moineau

C'est une histoire turque.

Il existait un moineau minuscule qui, lorsque retentissait le tonnerre d'orage, se couchait sur la terre et levait ses petites pattes vers le ciel.

— Pourquoi fais-tu ça ? lui demanda un renard.

— Pour protéger la terre, qui porte tant d'êtres vivants ! répondit le moineau. Si par malheur le ciel tombait brusquement, tu te rends compte ? Alors je lève mes pattes pour le soutenir.

— Tes pattes maigrelettes pour soutenir l'immense ciel ? demanda le renard.

— Chacun ici-bas a son ciel, dit le moineau. Va-t'en, idiot, tu ne peux pas comprendre.

La harpe sans cordes

Dans la tradition soufi, souvent subtile et même secrète, on raconte l'histoire d'un ermite à la réputation immense et aux pouvoirs incomparables, qui vivait retiré dans un désert.

Un jour, alors qu'il restait immobile comme tous les jours à la même place, il vit une sorte de boule de poussière apparaître à l'horizon. Cette boule grossit, grossit encore, et l'ermite reconnut bientôt qu'un homme s'approchait de lui en courant et qu'il soulevait cette poussière.

L'homme, qui était jeune, parvint auprès de l'ermite et se prosterna devant lui. Il haletait. L'ermite le laissa reprendre son souffle et lui demanda :

— Que veux-tu ?

— Maître, lui répondit le jeune homme, je suis venu t'écouter jouer de la harpe sans cordes.

— A ta guise, lui dit l'ermite.

Le saint homme ne changea nullement de position. Il ne prit aucun instrument, il ne fit rien. L'ermite et le fervent disciple restèrent immobiles l'un en face de l'autre pendant « un certain temps », et ce certain temps, selon l'humeur ou la formation des conteurs, dura quelques heures, quelques jours ou quelques années. Cela n'a d'ailleurs que peu d'importance.

Après ce « certain temps », le jeune homme laissa percevoir, par un geste peut-être, par un fléchissement, par un toussotement, un début de fatigue.

— Qu'as-tu ? lui demanda l'ermite.

Le jeune homme mit quelque hésitation dans sa

réponse. Il bredouilla. On ne comprenait pas très bien ce qu'il voulait dire. Pour lui venir en aide l'ermite lui demanda, en se penchant un peu vers lui :

— Tu n'as rien entendu ?

— Non, répondit le jeune homme avec une voix de coupable.

— Alors, lui demanda l'ermite, pourquoi ne m'as-tu pas demandé de jouer plus fort ?

Les deux tailleurs

Deux petits tailleurs juifs, dans un quartier pauvre de Londres, travaillaient l'un en face de l'autre depuis la fin de la Deuxième Guerre mondiale. Ils coupaient et cousaient inlassablement, en parlant de temps en temps de choses et d'autres.

L'un des deux dit à l'autre :

— Tu prendras des vacances, cette année ?

— Non, répondit le second, après un moment de réflexion.

Ils retournèrent au silence. Plus tard, le second tailleur dit soudain :

— J'ai pris des vacances en 1964.

— Tu as pris des vacances en 1964 ? demanda le premier, très étonné.

— Oui.

Le premier tailleur, qui n'avait aucun souvenir d'une absence de son compagnon, lui dit alors :

— Et où as-tu pris des vacances ?

— En Inde.

— En Inde ?

— Oui. Je suis allé chasser le tigre du Bengale.

— Tu es allé chasser le tigre au Bengale ? Toi ?

Les deux hommes s'étaient arrêtés de travailler et se regardaient. Le second tailleur, qui semblait parfaitement calme, reprit alors la parole pour raconter ceci :

— Je partis à l'aube sur un éléphant magnifique que m'avait prêté un grand prince. Armé de quatre fusils aux crosses d'argent, et accompagné de toute une escorte de rabatteurs, je m'aventurai dans une montagne solitaire. Soudain un tigre énorme se dressa devant ma monture en rugissant, le plus gros tigre qu'on ait jamais vu dans cette région du Bengale. Mon éléphant épouvanté bascula en arrière, je tombai dans les broussailles épineuses, le tigre se jeta sur moi et me dévora.

— Il te dévora ? demanda le premier tailleur, qui avait écouté avec stupéfaction.

— Il me dévora entièrement, jusqu'au dernier morceau de ma chair.

— Mais enfin, que me racontes-tu ? Aucun tigre ne t'a mangé ! Tu es encore en vie !

Alors le deuxième tailleur reprit son fil, reprit son aiguille et dit au premier :

— Tu appelles ça une vie ?

Une bonne protection

Nasreddin Hodja entourait un jour sa maison d'un cercle de miettes de pain. Un passant s'arrêta et lui demanda les raisons de cette pratique singulière.

— C'est pour me protéger des tigres, répondit Nasreddin.

— Mais il n'y a pas de tigres ici !

— Oui, dit Nasreddin. Tu vois que ça marche.

L'arbre à souhaits

Autre passage de tigre, cette fois en Inde.

Un voyageur très fatigué s'assit à l'ombre d'un arbre sans se douter qu'il venait de trouver un arbre magique, l'arbre à réaliser les souhaits.

Assis sur la terre dure, il pensa qu'il serait fort agréable de se retrouver dans un lit moelleux. Aussitôt, ce lit apparut à côté de lui.

Étonné, l'homme s'y installa en disant que le comble du bonheur serait atteint si une jeune fille venait masser ses jambes percluses. La jeune fille apparut et le massa très agréablement.

« J'ai faim, se dit l'homme, et manger en ce moment serait à coup sûr un délice. » Une table surgit, chargée de nourritures succulentes. L'homme se régala. Il mangea et il but. La tête lui tournait un peu. Ses paupières, sous l'action du vin et de la fatigue, s'abaissaient. Il se laissa aller de tout son long sur le lit, en pensant encore aux merveilleux événements de cette journée extraordinaire.

« Je vais dormir une heure ou deux, se dit-il. Pourvu qu'un tigre ne passe pas par ici pendant que je dors. »

Un tigre surgit aussitôt et le dévora.

Les nuages d'Utanka

La longue histoire qui suit provient du *Mahâbhârata*. Elle se situe dans le dernier chant du grand poème indien.

A la fin de l'immense bataille de Kurukshtetra, qui avait opposé pendant dix-huit jours les Pandavas et leurs cousins les Kauravas, bataille gagnée par les Pandavas grâce aux conseils rusés de Krishna, celui-ci rentrait chez lui. Il rejoignait avec son escorte sa ville de Dvaraka, au bord de la mer.

En traversant un désert, il se rappela la présence d'un ermite fameux, nommé Utanka, à qui des exercices d'ascétisme particulièrement difficiles avaient donné, à la longue, une puissance prodigieuse.

Krishna décida de faire un détour pour saluer l'ermite. Celui-ci, qui savait que Krishna, quelque temps auparavant, s'était présenté comme ambassadeur auprès des Kauravas pour essayer de préserver la paix, lui demanda :

— Eh bien ? As-tu réussi dans ton ambassade ? Les Pandavas et leurs cousins vivent-ils, grâce à toi, en paix ?

— Tu n'es pas au courant ? lui dit Krishna, qui semblait étonné.

— Au courant de quoi ?

— Mais nous avons connu la guerre !

— La guerre ?

— Une guerre terrible, épouvantable. On dit qu'il y a plus de cent soixante millions de morts. Des armes dévastatrices ont été lancées. Des centaines de rois sont étendus sur la terre. L'Univers tout entier a été frappé d'un danger de mort.

— Cent soixante millions de morts ! s'écria Utanka. Et tu n'as pas empêché ce massacre !

— Ni l'intelligence, ni le travail, ni la puissance de

l'esprit ne peuvent changer le destin. Tu dois bien le savoir, ô grand sage.

Le visage d'Utanka parut tout à coup rougi de colère. Il s'écria :

— Quoi ! Tu n'as rien fait pour éviter toutes ces morts !

— J'ai fait tout ce que j'ai pu, dit Krishna.

— Toi ! Toi qui pouvais empêcher cette guerre, tu as laissé couler ce fleuve de sang ! Je suis possédé par la rage et je vais maintenant te maudire ! Car tu aurais pu les sauver, mais dans ton cœur, je le sais, tu avais condamné les Kauravas !

— Je souhaitais la victoire des Pandavas, dit Krishna, car je suis de ceux qui défendent la vie contre la destruction. Cette victoire, j'ai tout mis en œuvre pour l'obtenir. Je n'ai reculé devant rien, car je plaçais ce que je défendais au-dessus de tout. Mais je n'ai jamais désiré la guerre.

— Tu mens ! s'écria Utanka, hors de lui. Une fois de plus tu mens ! Et je vais maintenant te maudire !

L'ermite leva son bras et ouvrit la bouche pour lancer sa malédiction. Et la force de sa malédiction faisait trembler toutes les créatures.

Krishna fit vivement quelques pas en arrière et dit à Utanka :

— Arrête ! Écoute-moi ! Tu vas commettre la plus grave erreur de ta vie !

L'ermite suspendit un instant sa colère.

— Je connais ce pouvoir irrésistible que tu construis dans la solitude depuis ta jeunesse, lui dit Krishna. Et je ne veux pas que tu le perdes par une malédiction mal placée. Je vais faire pour toi une chose que je fais rarement. Je vais te montrer qui je suis. Regarde-moi.

Alors Krishna, se tenant immobile dans le désert, les yeux mi-clos et la bouche entrouverte, montra à Utanka sa forme universelle. Utanka vit toutes les créatures en une créature, il vit le silence et la lumière, la mort et la vie, il vit les enroulements incompréhensibles du temps, il vit tous les mondes en un point.

— Je suis ébloui, dit l'ermite en tombant à genoux sur la terre desséchée. Je suis ébloui et calmé. Je te remercie.

— Je veux t'accorder une faveur, lui dit alors Krishna en reprenant sa forme douce et bienveillante. Que désires-tu ?

— Je ne désire rien. Te voir me suffit.

— Je te l'ai dit, reprit Krishna non sans quelque insistance, je veux t'accorder une faveur. Dis-moi ton désir.

L'ermite, qui devinait un piège, réfléchit un moment avant de dire :

— Eh bien, je vis comme tu vois dans ces territoires désolés et il m'arrive de manquer d'eau. Fais que je trouve toujours de l'eau quand j'aurai soif.

— C'est accordé, dit Krishna.

Et il poursuivit son chemin.

Quelques années plus tard, marchant dans le désert, la gorge raclée par la soif, Utanka se rappela la promesse de Krishna et il l'appela.

Aussitôt il entendit un bruit terrible et il vit surgir devant lui un personnage effrayant, une sorte de chasseur qu'il reconnut aussitôt pour un homme de la plus basse classe, entièrement nu, velu, chevelu, férocement armé, très sale, couvert de sueur et de bave, les yeux percés de lueurs rouges, entouré d'une meute de chiens hurlants.

Cet homme tenait à la main son énorme verge, d'où de l'urine sortait en abondance.

Il regarda Utanka et lui dit en riant :

— Tu as soif ? Tiens, bois.

— Quoi ? s'écria l'ermite, tout frémissant.

— J'ai beaucoup de pitié pour toi, dit l'homme sauvage en riant. Accepte cette eau.

Utanka se sentit emporté par une colère inconnue, à laquelle se mêlait le sentiment d'une très grande honte.

— Tu me proposes ton urine ? dit-il d'une voix tremblante.

— Oui, puisque tu as soif.

Alors Utanka céda à son caractère irascible. Animé par la plus totale fureur, il proféra des insultes inouïes, en trépignant sur place. Mais le chasseur éclata de rire et disparut avec ses chiens hurlants.

Incapable de rappeler son calme, l'ermite reprit sa route, la gorge pleine de braise. Un peu plus loin, au détour d'une dune, il rencontra soudain Krishna, qui s'avançait vers lui en souriant, et il lui lança les plus durs reproches.

— Comment as-tu pu briser ta promesse? Comment as-tu pu te moquer de moi, m'offrir l'urine d'un vulgaire chasseur ?

— Ce chasseur, c'était moi, lui répondit doucement Krishna, mais tu ne m'as pas reconnu. Et cette boisson que je t'offrais, c'était le nectar d'immortalité. Mais tu es un mortel, Utanka. Et un mortel ne peut pas devenir immortel. C'est pourquoi tu ne pouvais pas me comprendre. Tu m'as rejeté, et avec moi le nectar. Adieu, Utanka. Tu n'auras plus jamais soif, car je te l'ai promis, mais tu resteras soumis à la mort.

Krishna s'éloigna.

Utanka ne devait plus jamais le revoir. Il vécut encore de longues années, il traversa de singulières aventures. Mais au fond de son cœur il gardait une tristesse ineffaçable, car il savait que l'occasion était perdue. Et pourtant, en tous lieux, il était constamment suivi par une masse de lourds nuages noirs, qui lui apportaient la pluie quand il le désirait. On les appelait « les nuages d'Utanka », et les habitants criaient de joie quand ils apparaissaient dans le ciel du désert.

Le ventre de l'enfant

Ce monde a plusieurs fois disparu et réapparu. Ainsi le disent les traditions cycliques, comme la tradition indienne.

Il y a très longtemps, raconte encore le *Mahâbhârata,* à la fin d'une de ces très longues périodes de l'histoire de l'univers qu'on appelle en Inde les *yugas,* toutes les créatures, une fois de plus, avaient péri. Ce monde où nous vivons, la terre, n'était plus qu'un marécage gris, brumeux et froid. Un vieil homme restait seul, épargné pour on ne sait quelle raison par la destruction. Il s'appelait Markandeya. Il marchait, il marchait longuement dans l'eau glauque, épuisé, ne trouvant nulle part un asile, une voix, une trace d'être vivant. Il marchait sans aucun repos, l'esprit désespéré et la gorge pleine d'angoisse.

Soudain, sans savoir pourquoi, il s'arrêta, il se retourna et il vit un arbre surgi tout près de lui dans le marais, un figuier, et au pied de cet arbre un enfant souriant, très beau.

Markandeya regarda, essoufflé, chancelant, ne comprenant pas la présence de cet enfant. Alors l'enfant lui dit, sans perdre son sourire :

— Je vois que tu cherches le repos. Entre dans mon corps.

En entendant ces mots, le vieil homme sentit en lui, subitement, un grand dédain pour une longue vie humaine. L'enfant ouvrit la bouche. Aussitôt un vent violent se leva, une rafale irrésistible, et Markandeya se sentit attiré, emporté vers cette bouche ouverte. Il y entra malgré lui tout entier et tomba dans le ventre de l'enfant. Arrivé là, en regardant autour de lui, il vit un ruisseau, des arbres, des troupeaux, il vit des femmes qui portaient de l'eau. Il se releva, il s'avança, il vit une ville, des rues, des foules, des fleuves. Dans le ventre de l'enfant, à sa grande surprise, il vit la terre entière, calme et belle, il vit l'océan, il vit le ciel illimité.

Il se mit en mouvement et il marcha longtemps, pendant plus de cent ans, sans jamais atteindre la fin de ce corps. Puis le vent puissant se leva de nouveau, Markandeya se sentit aspiré vers le haut, il sortit par la bouche même de l'enfant et il le vit sous le figuier.

L'enfant le regarda en souriant et lui dit :

— J'espère que tu es reposé maintenant.

Le doigt de Bouddha

Une histoire chinoise raconte que le singe s'émerveillait un jour de sa propre agilité.

— Je saute admirablement de branche en branche, je cours comme le vent, je bondis, par moments j'ai presque l'impression que je vole.

Un homme qui passait par là — il s'agissait du Bouddha sous un déguisement mais le singe ne pouvait pas le reconnaître, trop occupé qu'il était de lui-même — entendit les paroles de l'animal et lui dit ceci :

— Vois-tu ce grand poteau qui se dresse là-bas dans la campagne ?

Le singe regarda dans la direction que l'homme indiquait et aperçut en effet un poteau haut dressé, très visible.

— Je te propose une course, poursuivit l'homme. Il s'agit d'aller jusqu'à ce poteau le plus vite possible et de revenir ici.

— Puis-je me servir des arbres ? demanda le singe.

— Naturellement. Tu peux te rendre jusqu'à ce poteau par les moyens que tu désires. Mais afin d'être sûrs, l'un et l'autre, que le sommet du poteau a été atteint, nous devrons y apposer notre marque, notre signature. Acceptes-tu ?

— On va jusqu'au poteau, dit le singe, prudent et rusé, on y grimpe, on y dépose une signature, et le premier qui revient ici a gagné ?

— C'est exactement ça.

Le singe réfléchit un instant et regarda l'homme, qui était âgé et un peu gras.

— Je suis d'accord, dit-il enfin.

Il devinait un piège, mais il ne pouvait en voir la forme.

Le signal du départ fut donné. Le singe s'élança avec une rapidité merveilleuse, passant comme par magie aérienne d'un arbre à l'autre. Il atteignit le poteau, y grimpa sans la moindre apparence d'effort, y déposa très prestement sa signature, redescendit et revint en bondissant vers son point de départ.

Là il retrouva l'homme, qui semblait ne pas avoir bougé et qui l'attendait en souriant.

— J'ai gagné ! dit le singe.

— Non, dit l'homme. Tu as perdu.

— Comment est-ce possible ? J'ai atteint le poteau en moins de trois respirations, je l'ai escaladé, je l'ai marqué de ma signature et je suis revenu ici ! Et toi, pendant ce temps, tu n'as pas bougé !

— Pourquoi aurais-je bougé ? demanda l'homme.

Le singe ne sut que répondre. Il se tenait là, un peu essoufflé tout de même, et déconcerté.

— Regarde, lui dit alors le Bouddha, sous son déguisement d'homme, en lui montrant un de ses doigts.

Le singe regarda ce doigt, et il vit que l'extrémité en était marquée par une claire signature.

Ne comprenant pas, le singe reporta son regard vers la campagne, à l'endroit où, un instant plus tôt, se dressait le grand poteau.

Mais le poteau avait disparu.

3

Si tout n'est peut-être qu'un songe,
qui est le dormeur ?

Le rêve du papillon

L'idée que toute existence est discutable, que toute perception peut être trompeuse, que tout jugement peut être renversé, que toute affirmation qui paraît objective renferme une part secrète d'arbitraire, cette idée court le monde depuis que la pensée a laissé ses premières traces.

C'est une histoire chinoise, extrêmement célèbre, qui est au centre de ces hésitations de l'esprit. Tchouang-tseu nous l'a rapportée.

Un homme rêve qu'il est un papillon. Il voltige légèrement de fleur en fleur, ouvrant et refermant ses ailes, sans le plus léger souvenir de sa nature humaine.

Quand il se réveille, il s'aperçoit avec étonnement qu'il est un homme. Mais est-il un homme qui vient de rêver qu'il était un papillon ? Ou un papillon en train de rêver qu'il est un homme ?

On dit qu'il ne put jamais répondre à cette question.

L'alcool rêvé

Une autre histoire chinoise présente un autre homme qui dort, et qui trouve dans son rêve une bouteille d'alcool de riz. Très heureux — car il est en réalité trop pauvre pour pouvoir s'offrir de l'alcool —, il trouve un réchaud, l'allume, met l'alcool à chauffer, comme il se doit.

Soudain, il se réveille.
— J'aurais dû le boire froid, dit-il.

Le rêve de Ch'hâ

La même structure d'histoire se retrouve un peu partout, comme par exemple dans cette histoire juive.

Une nuit d'entre les nuits, Ch'hâ rêva qu'un inconnu lui rendait visite et lui donnait, sans explication, neuf pièces d'argent.

Mais Ch'hâ les refusait en disant :

— Pourquoi neuf pièces ? Donne-m'en une de plus, que ça fasse au moins un compte rond !

L'homme secoua la tête et refusa. Il ne voulait donner que neuf pièces. Ch'hâ insista, discuta, se plaignit, supplia et se débattit à tel point qu'il finit par se réveiller. Il vit alors qu'il s'agissait d'un rêve. Sa main était vide.

Deux secondes plus tard il se recouchait, refermait les yeux et se rendormait en murmurant :

— Bon, d'accord, donne-moi les neuf pièces.

Le trésor du rabbin

Autre histoire juive célèbre, dont l'origine est peut-être polonaise.

Un vieux rabbin, qui s'appelait Eisik, fils de Jekel, et qui vivait à Cracovie, fit un rêve qui lui ordonnait avec précision de se rendre à Prague. Là, sous le grand pont qui conduisait au château du roi, il découvrirait à coup sûr un trésor.

Le rabbin refusa ce rêve et tenta de l'oublier. Mais le rêve le poursuivit avec ténacité, si bien que le rabbin finalement se mit en route. A Prague le grand pont se trouvait gardé jour et nuit par des sentinelles redoutables, si bien que le rabbin n'osa pas se mettre à chercher le trésor. Mais comme il rôdait tout autour du pont, il finit par se faire remarquer par un capitaine qui lui demanda sévèrement ce qu'il faisait là.

Assez naïvement le rabbin raconta le motif de son voyage, c'est-à-dire son rêve persistant. L'officier se mit à rire en renversant la tête en arrière et en se moquant du rabbin.

— Un rêve ! s'écria-t-il. Tu as pris toute cette peine à cause d'un rêve ?

— Oui, dit le rabbin, à cause d'un rêve.

— Si je te disais, continua le capitaine en riant toujours, si je te disais que moi aussi j'ai fait un rêve ?

— Quel rêve ?

— Une voix me disait d'aller à Cracovie et que je trouverais un immense trésor dans la maison d'un rabbin !

— Dans la maison d'un rabbin ?

— Oui, d'un certain Eisik. Près du poêle.

— Eisik, fils de Jekel ?

— Tu le connais ? demanda le capitaine.

Mais le rabbin ne répondit pas. Il avait déjà tourné les talons. Il rentrait très rapidement à Cracovie.

Quant à savoir s'il trouva un trésor près du poêle, ou s'il fouilla en vain, c'est un point laissé aux bons sentiments du lecteur. Cela dépend de l'humeur du moment, des lueurs qui luisent dans les regards de ceux qui écoutent, et des mouvements invisibles de l'air.

L'argent rêvé

Nasreddin Hodja, à sa manière, choisit entre rêve et réalité. Son fils lui dit un jour :

— Cette nuit, j'ai rêvé que tu me donnais cent dinars.

— C'est parfait, lui dit son père. Comme tu es un enfant très sage, tu peux garder ces cent dinars. Achète-toi ce que tu voudras.

La princesse et l'esclave

La vie comme un songe : une belle histoire persane met en scène cette appréhension de l'esprit.

Au cours d'une promenade, une princesse de haut rang aperçut un esclave d'une beauté extraordinaire. A cet instant son cœur lui échappa et le désir lui fit tout oublier.

Une habile servante, qui l'accompagnait en toutes

places, remarqua ce trouble soudain et en demanda la raison.

— L'amour me domine, dit la princesse. Je suis sans volonté, sans résistance. Tu me vois prête à renoncer à mon honneur et à ma vie.

— L'amour d'un esclave ? demanda la servante.

— Je sais. Tout m'interdit de me mettre en rapport avec lui. Mais la vue de cet homme m'a brûlée. Si je ne lui parle pas, je mourrai dans les gémissements.

— Que voudrais-tu exactement ?

La princesse réfléchit un instant et répondit :

— Je voudrais jouir de sa présence, mais sans qu'il en ait connaissance.

— Nous te l'amènerons cette nuit en cachette, dit la servante, et lui-même n'en saura rien.

La nuit venue, la servante s'habilla agréablement, se parfuma et se rendit auprès de l'esclave comme pour se divertir avec lui. La voyant jeune et désirable, l'esclave la fit asseoir auprès de lui. Elle lui demanda deux coupes de vin, qu'il lui servit. Elle versa dans la coupe de l'esclave une poudre narcotique qu'il avala sans y prendre garde.

Il perdit bientôt le sentiment. Des hommes surgirent et le transportèrent secrètement devant la princesse. On le baigna, on le vêtit de soie, on lui mit des perles sur la tête, on l'assit sur un trône d'or.

A minuit il ouvrit les yeux. Regardant avec étonnement autour de lui, tandis que s'élevait une invisible musique de nuit, il demanda :

— Où suis-je ? Quel est ce palais ? D'où viennent ces tapis ? Ces bougies parfumées d'ambre ? Cette musique ?

La princesse entra à ce moment-là. Elle s'approcha de lui, le prit dans ses bras.

— Je suis stupéfait, dit l'esclave. Je n'ai plus ni raison, ni vie. Je ne suis plus dans ce monde et cependant je ne suis plus dans l'autre.

La princesse ouvrit ses lèvres délicates, montra ses dents parfaites et demanda :

— As-tu soif ?

— Une soif ardente.

— Voici du vin.

Elle lui offrit une coupe de vin frais, qui avait le parfum des fleurs nocturnes. Toute la nuit, le soleil du vin circula à la lumière des bougies. Toute la nuit, l'œil égaré de l'esclave resta attaché au visage de la princesse. Toute la nuit, elle lui fit l'amour avec ardeur et en pleurant.

L'esclave resta dans cette sorte de vision physique jusqu'à l'aurore. Alors, dans une dernière coupe de vin, une nouvelle drogue l'endormit, on lui enleva ses vêtements d'amour, on le ramena dans le logement des esclaves où il était auparavant.

A son réveil il poussa un cri de peur. Les autres esclaves s'en étonnèrent.

— Où sommes-nous ? s'écria-t-il.

— Comment ça, où sommes-nous ?

— Que s'est-il passé ? Aidez-moi !

— La nuit est finie. A quoi bon crier ? De quoi as-tu peur ?

— Ce que j'ai vu, personne ne le verra, personne !

— Qu'est-ce que tu as vu ? Raconte-nous !

L'esclave, qui sentait encore sur ses bras quelques souvenirs des parfums de la nuit, essaya de raconter son aventure exceptionnelle. Mais les mots précis, déjà, lui manquaient. Il ne savait que balbutier :

— Je ne peux rien vous dire... Je suis déconcerté... Ce que j'ai vu, je l'ai vu dans un autre corps. Je n'ai rien entendu, quoique j'aie tout entendu... Je n'ai rien vu, quoique j'aie tout vu.

— Tu as rêvé ! dit un autre esclave.

— Je ne sais pas si j'ai rêvé. Je ne sais pas si j'étais ivre.

En disant ces mots, l'esclave se leva et se dirigea vers la porte. Ses compagnons lui demandèrent :

— Où vas-tu ?

— Je ne sais pas où je vais. Mais je dois partir. Je dois partir.

Il n'avait pas le droit de quitter le palais et le service du prince. Néanmoins personne ne l'arrêta quand il traversa la cour et franchit la porte principale. Peut-être la princesse avait-elle donné, aux gardes du matin, quelques ordres secrets.

Il disparut dans la campagne. Il marcha longtemps, il passa le reste de sa vie à marcher de pays en pays. Les voyageurs qui le rencontrèrent le décrivirent comme « un homme stupéfait ». Il parlait du temps « où il était vivant », ajoutant qu'il avait passé une nuit entière près d'une princesse dont rien n'égalait la perfection.

— Je l'ai vue, et je ne l'ai pas vue, disait-il. Je l'ai touchée, et je ne l'ai pas touchée. Je l'ai aimée, et je ne l'ai pas aimée. Rien dans le monde n'est plus étonnant qu'une chose qui n'est ni claire, ni obscure.

C'était tout ce qu'on pouvait entendre de sa bouche. Il allait, fidèle au même délire. Il ne savait même plus ce qu'il cherchait.

Le rêve du halva

Autre histoire islamique, qu'on trouve en particulier dans le *Masnavi* de Rumi, mais qui a pénétré, sous une forme toujours drolatique, presque toutes les autres traditions.

Un chrétien, un juif et un musulman qui voyageaient ensemble s'arrêtèrent dans une auberge où quelqu'un leur apporta du halva. Le juif et le chrétien n'avaient pas faim. Ils dirent au musulman :

— Nous le mangerons demain.

— Mais pourquoi demain ? s'écria le musulman, qui avait l'estomac vide. Divisons ce halva en trois parts et que chacun dispose de la sienne !

— Pas question ! dirent les autres. Celui qui divise l'œuvre de Dieu mérite l'enfer !

Ils allèrent dormir.

Au matin, après la prière, ils se retrouvèrent et décidèrent de se raconter leurs rêves de la nuit. Celui qui aurait fait le plus beau rêve recevrait la part de celui dont le rêve serait jugé le plus faible.

Le juif commença :

— Sur mon chemin, j'ai rêvé que je croisai Moïse. Je le suivis jusqu'au Sinaï. Une lumière extraordinaire nous entoura, puis je vis que la montagne se séparait en trois. Un gros morceau de la montagne tomba dans la mer, un autre morceau sur la Terre, où des ruisseaux jaillirent...

Et le juif continua, racontant ses rencontres avec des prophètes, avec des prodiges, avec des anges magnifiques.

Après quoi le chrétien prit la parole :
— Jésus m'est apparu, dit-il. Avec lui, je suis monté jusqu'à la hauteur du Soleil. Ce que j'ai vu, je ne peux pas vous le décrire, cela ne se compare pas avec les images de ce monde...
Ils se tournèrent alors vers le musulman, afin qu'il racontât son rêve.
— O mes amis, dit-il, mon sultan Mustapha m'est apparu. Il m'a dit : L'un de tes compagnons de voyage s'est rendu au Sinaï. Il y marche en compagnie de la vraie parole de Dieu. Il est comblé d'amour et de lumière. L'autre est au ciel, où Jésus l'a emmené dans toute sa gloire ! Allons, lève-toi ! Tes amis, cette nuit, ont été largement favorisés. Ils profitent de la compagnie des anges et des étoiles. Toi, profite au moins du halva ! Ne perds pas ton temps !
— Et alors ? demandèrent les deux autres.
— Comment aurais-je pu désobéir à cet ordre saint ? Je me suis levé, et j'ai mangé le halva !

Le rêve du pain

La tradition soufi rapporte la même histoire de cette manière.
Trois voyageurs, au long d'un dur voyage, s'unirent d'amitié. Ils partageaient les plaisirs et les peines.
Alors qu'ils traversaient difficilement un désert, ils s'aperçurent qu'il ne leur restait qu'une galette de pain et la moitié d'une gourde d'eau. Qui pouvait manger ce pain et boire cette eau ? L'esprit de querelle les déchira. Ils essayèrent de partager le pain et l'eau et y renoncèrent, en raison de la quantité trop restreinte.
Comme la nuit tombait, l'estomac tiré par la faim, ils décidèrent de s'allonger et de dormir.
— Au réveil, dirent-ils, nous nous raconterons nos rêves. Celui qui aura le plus beau rêve proposera sa solution.
Et les autres lui obéirent.
Ils se levèrent, le lendemain matin, avec le soleil qui illuminait le désert.
— Voici mon rêve, dit le premier voyageur. Je me déplaçais légèrement dans des contrées indescrip-

tibles, d'une beauté calme et touchante. Là, je rencontrai un homme au regard brillant, qui me parut la sagesse même et qui me dit : c'est toi qui mérites le pain, en raison de ta vie passée et aussi de ta vie future, qui sont dignes de l'admiration des hommes.

— Comme c'est étrange ! s'écria le second voyageur. Car dans mon rêve j'ai vu ma vie passée, j'ai vu ma vie future, et dans cette vie future, point encore née, j'ai rencontré un homme de haute connaissance qui m'a dit : c'est toi qui mérites le pain, bien plus que tes compagnons, car tu es plus instruit et plus patient. Le destin t'a choisi pour diriger d'autres humains. Il importe que tu sois bien nourri.

Le troisième voyageur dit alors :

— Dans mon rêve je n'ai rien vu, je n'ai rien entendu, je n'ai rien dit. Je n'ai rencontré ni ma vie passée, ni ma vie future. Aucun homme sage ne m'a adressé sa parole. Mais j'ai senti une présence toute-puissante, irrésistible, qui m'a forcé à me lever, à trouver le pain, à trouver l'eau, à manger le pain et à boire l'eau. C'est ce que j'ai fait.

La danseuse et le désir

Une histoire d'origine arabe présente une ravissante danseuse, qui achevait la plus voluptueuse des danses, celle des quatre enchantements, à laquelle aucun homme ne résiste. La tête renversée, la bouche entrouverte, les bras tendus, le corps savamment dénudé, elle était passée devant les yeux des princes par tous les frissons de l'amour.

A la fin de la danse, couverte de sueur et le souffle rapide, elle quitta la salle et s'affaissa dans le jardin, près d'un bassin où nageaient des roses, appuyant son front chaud contre le marbre.

Un jeune homme, qui l'avait suivie, possédé par le désir du corps, s'approcha d'elle dans la nuit, lui dit quelques mots de sa danse parfaite et lui demanda à voix basse si elle aimait la volupté.

— Je ne connais pas, lui répondit-elle, le sens de ce mot.

Le miroir chinois

Le miroir est souvent l'accessoire du songe.

Un paysan chinois se rendit à la ville pour vendre son riz. Sa femme lui dit :

— S'il te plaît, rapporte-moi un peigne.

A la ville, il vendit son riz et but de l'alcool avec des compagnons. Au moment de repartir, le souvenir de sa femme lui revint. Elle lui avait demandé quelque chose, mais quoi ? Impossible de se rappeler. Il acheta un miroir dans un magasin pour femmes et revint au village.

Il donna le miroir à sa femme et sortit de la pièce pour retourner aux champs. Sa femme se regarda dans le miroir et se prit à pleurer. Sa mère, qui la vit pleurer, lui demanda la raison de ces larmes.

La femme lui tendit le miroir en lui disant :

— Mon mari a ramené madame Seconde.

La mère à son tour prit le miroir, le regarda et dit à sa fille :

— Tu n'as pas à t'inquiéter, car elle est déjà bien vieille.

Melca l'invisible

Une histoire amérindienne, venue de l'Amérique du Nord, présente un être invisible, à qui l'on pouvait demander toutes choses. Il suffisait de lui poser correctement la question.

Dans un village peuplé par le malheur, un shaman décida d'aller chercher cet être invisible et de lui demander son aide. En chemin, il rencontra une grenouille borgne et lui demanda où se trouvait l'être invisible.

— Je ne connais pas le lieu exact, lui répondit la grenouille. Mais vous trouverez, non loin d'ici, deux femmes-oies qui vous renseigneront.

Le shaman passa la nuit avec la grenouille borgne et se remit en marche le lendemain matin. Les femmes-oies lui indiquèrent sans difficulté la demeure de l'être invisible et lui dirent son nom. Il s'appelait Melca.

Arrivé dans la demeure, une voix lui demanda :
— Que veux-tu ?
— Je viens vous chercher, dit le shaman. Pouvez-vous venir avec moi ?
— Est-ce loin ?
— A trois jours de marche.
— Je vais préparer mes affaires. Attends-moi chez les deux femmes-oies. Ne reste pas ici. Si les gens qui vivent ici te trouvaient, ils te mangeraient.

Le shaman, qui avait vainement regardé de tous côtés, retourna chez les deux femmes-oies, qui lui donnèrent à manger. Pendant qu'il était en train de manger, arriva un homme visible qui lui dit :
— Je suis Melca. Passons la nuit ici. Nous partirons demain.

Le lendemain matin, ils partirent tous les deux et parvinrent au bord de la rivière. Là se trouvait un canoë, et Melca proposa de le prendre.
— Mais on nous verra ! dit le shaman inquiet.
— Non, on ne nous verra pas, répondit Melca.

Ils partirent dans le canoë, qui appartenait à des gens qui vivaient là. Un enfant, qui jouait devant la porte de sa maison, entra pour dire à ses parents :
— Il y a un vieux canoë qui passe sur la rivière, les pagaies bougent et il n'y a personne dedans.

Les gens sortirent rapidement et virent, comme l'enfant le voyait, un canoë vide dont les pagaies bougeaient. Ils suivirent un moment le canoë, le long de la rivière, puis s'en retournèrent.

Quand le shaman arriva dans son village avec Melca, les gens lui demandèrent :
— L'as-tu trouvé ?
— Oui, il est ici.
— Où ?
— Il est ici, avec moi, dans le canoë.
— Dis-lui de descendre !

Le shaman constata que Melca était invisible pour les habitants du village. Le shaman seul pouvait le voir. Il le fit descendre du canoë et le conduisit à sa maison, où sa femme avait préparé un repas. Puis il lui dit :
— Tu vas rester avec nous désormais.

Melca vécut dans le village, présence invisible et

bienfaisante. Le bois s'empilait de lui-même autour des maisons. Les feux s'allumaient. Aussitôt pêché, le poisson était vidé et mis à sécher.

Ainsi, le village oublia le malheur.

Puis Melca mourut. Après sa mort, tout le monde put voir son cadavre. Ce n'était qu'un petit bout d'homme.

Un rêve humide

Une courte histoire zen montre un homme qui désirait ardemment la richesse. Toute sa vie, il ne pensait qu'à l'argent, il ne priait que pour obtenir de l'argent. Un jour d'hiver, en revenant du temple, il vit un gros porte-monnaie, pris dans la glace du chemin.

Pensant que ses prières étaient enfin exaucées, il essaya de s'emparer du porte-monnaie, sans succès. Tenu par la glace, l'objet résistait. Alors, l'homme urina sur le porte-monnaie, pour faire fondre la glace.

Et il se réveilla dans un lit tout mouillé.

L'homme qui ne connaissait pas d'histoire

Une ancienne histoire irlandaise nous emmène d'une autre manière dans les territoires de l'illusion.

Il existait un homme qui s'appelait Brian. Il coupait des roseaux et tressait des paniers. Une année — une année mauvaise — les roseaux vinrent à manquer dans la région. Les seuls roseaux, cette année-là, se trouvaient dans une vallée qu'on disait habitée par des créatures dangereuses.

Brian se décida. Il pria son épouse de lui préparer quelque nourriture et partit pour la vallée solitaire. En peu de temps il coupa un grand fagot de beaux roseaux mais, alors qu'il s'apprêtait à les lier, un brouillard s'épaissit autour de lui. Brian décida d'attendre. Il s'assit et mangea sa nourriture. L'air était si sombre autour de lui qu'il ne pouvait pas même apercevoir les doigts de sa main.

Très effrayé, il se leva. Il regarda vers l'est, il regarda vers l'ouest et il vit une lumière. Tout trébuchant et tombant, il marcha vers cette lumière. Il vit une longue maison. A travers la porte ouverte, et la fenêtre, passait la lumière tranquille.

Brian glissa sa tête par la porte. A l'intérieur de la maison, il vit un vieil homme et une vieille femme, tous deux assis. Ils le saluèrent en l'appelant par son nom et l'invitèrent à prendre place auprès du feu.

Brian s'assit entre les deux. Pendant un moment, ils bavardèrent. Puis le vieil homme lui dit :

— Raconte-nous une histoire.

— Je ne peux pas, répondit Brian. S'il y a une chose que je n'ai jamais faite dans ma vie, c'est raconter une histoire.

— Tu ne connais aucune histoire ?

— Aucune histoire.

Le vieux et la vieille échangèrent un coup d'œil rapide, et la vieille dit à Brian :

— Va tirer un seau d'eau du puits. Fais quelque chose pour te rendre utile.

— Je ferai n'importe quoi, dit Brian, du moment que je ne raconte pas une histoire.

Il saisit un seau, il alla le remplir au puits. Il posa le seau sur la margelle pour le laisser s'égoutter. A ce moment une formidable bourrasque de vent souleva Brian dans les airs. Il fut emporté vers l'est, il fut emporté vers l'ouest et, quand il retomba sur le sol, il ne pouvait apercevoir ni le puits, ni le seau.

Il vit une lumière. Tout trébuchant et tombant, il marcha vers cette lumière. Il vit une longue maison, beaucoup plus grande que la première, deux lumières à l'intérieur et une lumière devant la porte.

Brian passa la tête par la porte. Il vit une pièce où l'on veillait les morts : une rangée d'hommes assis contre le mur du fond, une rangée d'hommes sur le mur de devant. Devant le feu, assise sur une chaise, une fille aux longs cheveux noirs et bouclés. Elle salua Brian par son nom et l'invita à prendre place à côté d'elle.

Timidement Brian s'assit près d'elle. Mais un instant plus tard un homme de forte taille, qui faisait partie de la compagnie, se leva et dit :

— C'est une veillée bien lugubre, ce soir. Nous devrions aller chercher un violoneux. Il nous ferait joliment danser.

— Ah ! dit la fille aux longs cheveux noirs et bouclés. Vous n'avez pas besoin d'aller chercher un violoneux, car nous avons ici ce soir le meilleur violoneux d'Irlande. C'est lui, c'est Brian.

— Je ne peux pas ! s'écria Brian. S'il y a une chose que je n'ai jamais faite dans ma vie, c'est jouer un air sur un violon.

— Tu ne sais pas jouer du violon ?

— Ni du violon, ni d'un autre instrument. Je ne connais pas la musique. Ni le chant.

Elle insista :

— Ne me fais pas mentir, dit-elle. Tu es le violoneux qu'il nous faut. Je le sais.

Subitement Brian tenait entre ses mains un violon et un archet, et il jouait, et il jouait si bien que tous dansaient dans la grande salle en disant qu'ils n'avaient jamais dansé sur une aussi vive musique.

L'homme de forte taille arrêta soudain la danse et dit :

— Il faut maintenant que nous allions chercher un prêtre afin de célébrer la messe, car ce cadavre doit être enterré avant l'aube.

— Ah ! dit la fille aux longs cheveux noirs et bouclés, vous n'avez pas besoin d'aller chercher un prêtre, car nous avons ici ce soir le meilleur prêtre d'Irlande. C'est lui, c'est Brian.

— Je n'ai absolument rien d'un prêtre ! s'écria Brian. Et je ne connais rien à son travail !

— Allons, allons, dit-elle, tu t'en sortiras aussi bien que pour le reste.

Subitement Brian se tenait debout devant un autel, deux acolytes auprès de lui, portant les vêtements sacerdotaux.

Il célébra la messe et récita même les prières d'après la messe. Et toute l'assistance déclara qu'ils n'avaient jamais assisté à pareille messe en Irlande.

Alors on plaça le corps dans un cercueil et quatre hommes chargèrent le cercueil sur leurs épaules. Trois de ces hommes étaient de petite taille. Le quatrième au contraire était grand, si bien qu'ils ballottaient le cercueil de-ci de-là.

— Il faut absolument, dit l'homme qui donnait des ordres, aller chercher un médecin, pour qu'il coupe un bout aux jambes de cet homme. Comme ça, il sera de niveau avec les autres.

— Ah ! dit la fille aux longs cheveux noirs et bouclés, vous n'avez pas besoin d'aller chercher un médecin, car nous avons ici ce soir le meilleur médecin d'Irlande. C'est lui, c'est Brian.

— S'il y a une chose que je n'ai jamais faite dans ma vie, assura Brian, c'est exercer la médecine ! Et même, je ne l'ai jamais étudiée !

— Allons, allons, dit-elle, tu t'en sortiras aussi bien que pour le reste.

Subitement il avait en mains la scie et les bistouris. Il coupa un bout des jambes de l'homme, au-dessous des genoux, il les refixa, et les quatre hommes qui portaient le cercueil marchaient maintenant au même niveau.

Ils marchèrent prudemment vers l'ouest, jusqu'au cimetière. Un haut mur de pierres entourait le cimetière, sans aucune porte. Ils devaient passer un par un par-dessus le mur et redescendre de l'autre côté. Le dernier à passer par-dessus le mur, c'était Brian.

Alors une formidable bourrasque de vent emporta Brian dans les airs. Il fut emporté vers l'est, il fut emporté vers l'ouest et, quand il retomba sur le sol, il ne pouvait apercevoir ni le cercueil, ni le cortège. Il était retombé tout près du puits. Il vit le seau, il vit les gouttes d'eau, qui n'avaient pas encore séché sur la margelle du puits.

Il prit le seau et revint à la maison. La vieille et le vieil homme étaient assis à la même place, là où il les avait laissés. Il posa le seau et vint reprendre sa place entre les deux.

— Alors, lui dit la vieille femme, es-tu toujours incapable de raconter une histoire ?

L'évidence du mensonge

Une histoire coréenne raconte ceci.

A l'époque où le tigre fumait encore la pipe, un vieillard aveugle habitait une maison sans toit. Au plus dur de l'hiver, il portait des vêtements de lin. Occupé à tasser du tabac dans une pipe sans tuyau, l'aveugle regardait le paysage. Sur la montagne d'en face, il vit des arbres sans racines et des pies sans ailes qui apportaient de la nourriture à leurs oisillons sans bec. L'aveugle vit aussi passer en courant un chevreuil sans pattes. Alors, saisissant son fusil sans canon, le vieillard aveugle courut vers la montagne et tira sur le chevreuil sans pattes. Ensuite, il ficela l'animal tué et regarda de nouveau la montagne, dont le versant ensoleillé était couvert d'une neige noire. Il voulut couper de l'herbe avec sa faucille sans lame tranchante, quand soudain surgit une vipère sans tête qui mordit la faucille. De la faucille mordue jaillit un flot de sang. Le vieillard arracha un morceau de coton à sa veste de lin, pansa la faucille qui saignait, coupa des herbes et les chargea sur le dos du chevreuil mort. Suivi de l'animal, il monta sur la montagne, désireux de franchir la rivière sans eau. Mais le flot de la rivière emporta le chevreuil mort, chargé de foin.

Le vieillard aveugle s'écria, tout désolé :

— Au secours ! Au secours ! Mon chevreuil mort s'est noyé dans la rivière sans eau ! Mon chevreuil mort est en train de mourir !

A cet appel qu'on ne pouvait pas entendre, un sourd répondit le premier. Il demanda à un infirme, à un cul-de-jatte, de se jeter dans la rivière pour sauver le chevreuil mort qui allait mourir. A ce moment précis un muet apparut et s'écria :

— Laissez, laissez ! C'est très facile ! Vous allez voir, j'y vais !

Cela dit, le muet plongea dans la rivière et ramena le chevreuil mort. A peine déposé sur la berge, le chevreuil se dressa sur ses quatre pattes et se mit à gambader de-ci de-là, en disant :

— C'est un pur mensonge ! C'est un pur mensonge !

Alors tous les autres, le vieillard aveugle, le sourd et le muet, s'aperçurent avec étonnement que tout ceci n'était en effet qu'un mensonge.

Le rêve du cerf

Lie Tsen a raconté une histoire qui complique à merveille le jeu de la pensée et de l'illusion.

Un homme, dans une forêt, attrapa un cerf et le tua.

Pour le cacher, il déposa le corps de l'animal dans une fosse recouverte de branchages et revint chez lui. C'était l'hiver. La chair du cerf pouvait se conserver.

Quelques jours plus tard, l'homme oublia l'endroit de la cachette. Et même il commença à se demander : N'était-ce pas un rêve ? Il raconta son histoire.

Un autre homme, qui l'avait écouté, réussit à trouver le cerf. Il dit à sa femme :

— Un homme avait rêvé qu'il avait tué un cerf. Moi, je l'ai trouvé. Son rêve était donc vrai.

— Et si c'était le contraire ? lui dit la femme. Si tu avais vu, toi, en rêve, un homme qui avait tué un cerf ? C'est bien possible. C'est donc ton rêve qui est vrai et non pas le sien.

— J'ai trouvé un cerf, dit l'homme. Est-ce moi qui l'ai rêvé ? Est-ce un autre homme qui l'a rêvé ? Aucune importance : j'ai trouvé un cerf.

Le premier homme, celui qui avait vraiment tué le cerf, vit alors en rêve l'endroit où il avait caché le corps de l'animal. Il rêva aussi de l'homme qui l'avait trouvé. Le jour suivant il lui rendit visite, il demanda le cerf, et une vive querelle s'éleva entre les deux hommes. On les emmena devant le juge.

Celui-ci se déclara incapable de trancher, d'autant plus que la femme du premier continuait à prétendre que son mari avait tout rêvé, depuis le début.

— Qui a rêvé ? se demandait le juge. Le premier, qui a cru avoir rêvé, aurait-il vraiment tué le cerf ? Ou bien a-t-il rêvé l'avoir tué ? Le second ne dit pas avoir tué le cerf. Il dit simplement l'avoir rêvé. Serait-il possible qu'il l'ait tué ? Et qu'il ait oublié ?

Le juge réfléchit très longuement sans résultat et ordonna que le cerf fût coupé en deux : une moitié pour chacun des deux hommes.

Un prince, qui avait entendu le jugement, demanda :

— Et si le juge, à son tour, avait rêvé qu'il partageait le cerf ?

Là encore, comme il s'agissait d'un prince, on discuta ferme. Mais sans résultat.

— Personne ne peut vraiment distinguer entre le rêve et la réalité. Les vieux sages, peut-être, en eussent été capables. Mais ils ne sont plus là.

Alors, on partagea le cerf.

Qui es-tu ?

La tradition zen, au Japon, rapporte qu'un disciple demanda au maître Tchao-Tchan comment se libérer du cycle de la naissance et de la mort.

Le maître ferma les yeux, leva sa tasse de thé et demanda :

— Qui es-tu ?
— Je suis Ts'en-Tchên.
— Tu n'es donc pas une ombre.
— C'est possible.
— Tu es une ombre.
— C'est possible.
— Tu n'es donc pas une ombre.

Une voix dans la nuit

Un court poème persan nous dit :

— La nuit dernière une voix a murmuré à mon oreille : « Une voix qui la nuit murmure à votre oreille, ça n'existe pas. »

4

Le moi est tenace, obscur, détestable, peut-être même inexistant

Le goût du miel

Parmi tous les récits, tous les dialogues, toutes les réflexions qui parlent de la condition humaine et de l'existence (ou de l'inexistence) de l'ego, nous pouvons commencer par un texte indien classique, maintes fois cité et commenté, qui figure lui aussi dans le *Mahâbhârata*.

Un homme seul s'avançait dans une forêt obscure et peuplée d'animaux féroces. Un immense filet enveloppait la forêt, mais l'homme ne le savait pas, car le filet restait invisible aux yeux humains.

Une femme aux yeux rouges surveillait toutes choses, qui s'en allaient, à des rythmes différents, vers une fin inévitable.

L'homme ne pouvait pas faire autrement que de passer par cette forêt.

Soudain, à l'écoute des hurlements des fauves, il fut touché par la peur. Il courut et tomba brutalement dans un puits noir. Par un prodige, il resta accroché à des herbes, à des racines enchevêtrées au bord du trou, agrippé par les deux mains.

Il sentait au-dessous de lui le souffle chaud d'un énorme serpent qui ouvrait sa gueule au fond du puits. Il sentait qu'il allait tomber et s'engloutir dans cette gueule hideuse. Au-dessus de lui, écrasant les arbres, il vit s'approcher un éléphant gigantesque qui leva la patte pour l'écraser. Des souris blanches et noires surgirent et se mirent à grignoter les racines auxquelles l'homme se tenait suspendu. Des abeilles dangereuses volèrent à ce moment-là tout autour du trou en laissant tomber des gouttes de miel.

Alors l'homme lâcha l'une de ses mains et tendit le doigt, doucement, avec précaution. Il tendit le doigt pour recueillir les gouttes de miel.

Menacé par tant de dangers, au bord de tant de morts, il ne connaissait pas l'indifférence et le goût du miel l'animait encore.

Qui est là ?

Un autre conte, lui aussi très célèbre et souvent répété, nous vient du Japon, du bouddhisme zen.

Un disciple, qui voulait voir son maître et lui parler, vint frapper à sa porte.

— Qui est là ? demanda le maître.

— Rinzo.

— Va-t'en ! s'écria brutalement le maître.

Il accompagna même cet ordre d'une insulte.

Rinzo s'en alla sans comprendre, revint quelques heures plus tard et frappa de nouveau, mais plus timidement, à la porte.

— Qui est là ? demanda le maître.

— Rinzo...

— Va-t'en !

Et le maître ajouta plusieurs insultes méprisantes.

Rinzo s'en alla, très attristé et désemparé. Il passa toute la nuit à souffrir et à réfléchir. A l'aube suivante, les yeux gonflés, le cœur incertain, il alla une troisième fois frapper à la porte du maître, qui demanda :

— Qui est là ?

— Personne..., répondit faiblement le disciple.

— Ah, Rinzo ! dit alors le maître. Pousse la porte, entre !

L'homme qui cherchait son pareil

L'histoire suivante est africaine. Elle a pris naissance, semble-t-il, dans la tradition Malinké.

Un homme, très fier de sa force, prit un taureau de

trois ans, le mit sous son bonnet et partit à la recherche de son pareil dans le monde.

Quand il arrivait quelque part, il s'écriait :

— Je cherche mon pareil !

— Ton pareil ?

— Oui ! Je cherche un homme capable de mettre un taureau de trois ans dans son bonnet !

— Il n'y a pas ton pareil ici, lui répondait-on.

Il traversa ainsi soixante-dix-sept villages, sans trouver son pareil. Dans le soixante-dix-huitième village, il trouva une vieille femme en train de piler. Il lui dit qu'il cherchait son pareil.

— Mes trois fils sont en brousse, lui dit la femme âgée. Attends-le, ils ne vont pas tarder. Mais ne parle pas de ton pareil en leur présence !

— Bon.

Il s'assit et attendit. La vieille donnait des coups de pilon terribles, qui le faisaient sursauter et se coller contre le mur. Tout à coup, il vit un grand tourbillon de poussière qui se dirigeait vers le village.

— Quel est ce tourbillon ? demanda-t-il.

— C'est la poussière des pieds de mes fils, répondit la vieille. Ils arrivent.

— Que dis-tu ?

— C'est la poussière de leurs pieds.

— Holà !

Quand les trois fils arrivèrent, la vieille dit à son visiteur d'aller les accueillir. Mais le premier lui dit :

— Adresse-toi à mes autres frères !

Et le second lui dit :

— Adresse-toi à mon petit frère !

Le petit frère tenait à la main l'une de ses chaussures, qui était cassée. A la vue de celui qui lui souhaitait la bienvenue, il lui donna sa chaussure. Cette chaussure, à elle seule, écrasa le jeune homme qui portait sur sa tête un taureau de trois ans. Il étouffait, il ne pouvait pas se relever.

Les trois autres s'assirent et demandèrent à leur mère :

— Qui est cet enfant qui est venu nous accueillir ?

— Je lui ai donné ma chaussure, dit le plus jeune, et je ne l'entends plus !

— Va vite enlever ta chaussure, dit la mère, sinon tu vas tuer l'enfant d'une autre femme.

Le plus jeune des frères enleva sa chaussure. L'homme qui cherchait son pareil se releva et s'approcha, avec son taureau de trois ans. L'heure du repas du soir arrivait. La mère versa la nourriture dans une écuelle aussi large qu'un groupe de dix-sept personnes.

Les trois frères et leur mère commencèrent à manger. L'autre, celui qui cherchait son pareil, n'arrivait même pas à l'écuelle. Les autres le saisirent et l'assirent sur le bord. Ses pieds restaient suspendus dans le vide. Alors il glissa et il tomba. Il disparut dans la nourriture.

Le plus jeune des trois frères le saisit par inadvertance et le mit dans sa bouche, sans même remarquer qu'il avalait un homme portant un taureau de trois ans.

Quand ils eurent fini leur repas, la mère demanda :

— Et cet enfant ? Où est-il ?

— Je ne sais pas.

— Quelqu'un ne l'aurait-il pas avalé ?

— Ah, peut-être, dit le plus jeune. J'ai senti une petite saleté dans la nourriture. Ça pouvait être lui.

— Mais si tu ne le fais pas sortir de ton estomac, tu vas le tuer ! lui dit sa mère.

Le plus jeune des frères sortit pour aller vomir son repas.

L'homme revint à l'air libre, avec son taureau de trois ans dans son bonnet.

Quand ce fut le moment de dormir, la mère dit à ses trois fils :

— Il va dormir avec vous.

L'homme se coucha avec eux, avec son taureau de trois ans. Mais chaque fois qu'un des frères respirait, il se sentait très fortement attiré jusqu'à la narine de cet homme et, quand il expirait, il se sentait brutalement rejeté et plaqué contre le mur.

— S'il ne sort pas d'ici, il va mourir ! dit un des frères.

Alors ils lui donnèrent une natte et l'envoyèrent coucher dans la case de leur petite sœur. Elle était couchée sur le dos et elle dormait. Sans le faire exprès, l'homme entra dans le sexe de la jeune fille, avec son taureau de trois ans, il s'y coucha et il y passa la nuit.

Au lever du jour, tout le monde le cherchait.

— Où est cet enfant ? demandaient les frères à leur sœur. Nous l'avons envoyé dormir dans ta case !

— Dans ma case ? Mais non ! Je n'ai vu personne !

Ils le cherchèrent partout sans le trouver. Les trois frères partirent en brousse. La jeune fille alla pisser et l'homme tomba par terre.

— Va-t'en vite ! lui dit la mère. Pars ! Car tu ne dois pas chercher ton pareil dans le monde actuel ! Chercher son pareil, c'est chercher son malheur ! Mais ne prends pas ce chemin-là, celui qui est lisse. C'est le chemin que prennent mes fils quand ils vont chier.

— Je prendrai le chemin que je voudrai, dit l'homme.

Il partit, avec son taureau de trois ans dans son bonnet, il tomba et il s'enfonça dans les excréments des trois frères, il n'y avait plus que le sommet de son crâne qui dépassait, alors un coq qui cherchait sa nourriture arriva, il saisit le jeune homme avec son taureau de trois ans et il le lança dans la paille.

Le jeune homme s'en alla.

Quand les trois frères revinrent, leur mère leur dit :

— Le jeune homme qui était ici, je ne vous l'ai pas dit, mais il était à la recherche de son pareil.

— De son pareil ?

— Oui !

— Tu aurais dû nous le dire !

Furieux, ils se lancèrent à sa poursuite, ils marchèrent, ils marchèrent longtemps, et finalement ils rencontrèrent un homme qui était en train de tisser. Un peu plus tôt, le jeune homme était arrivé auprès de ce tisserand avec son taureau de trois ans, et le tisserand les avait mis tous les deux, l'homme et l'animal, dans sa tabatière, posée dans sa calebasse de tissage.

Les trois frères le saluèrent mais il ne répondait pas. Il se contentait de dire, en imitant le bruit régulier de sa navette :

Je tisse, je ne réponds à personne.
Je tisse, je ne réponds à personne.

Un des trois frères s'approcha, menaçant.
— Qu'est-ce qui me pique ? s'écria le tisserand. Il y a de très gros moustiques par ici !
Quand le deuxième frère s'approcha, le tisserand dit :
— Ah ! Il y a beaucoup de mouches tsé-tsé par ici !
Il tendit la main, saisit le gros fromager sous lequel il était assis, au milieu de la place du village, le déracina, le fit tournoyer au-dessus de sa tête et le lança. Le fromager vola dans l'air et tomba dans le fleuve.
Un crapaud l'avala, avec toutes ses branches.
Les trois frères renoncèrent à trouver le jeune homme avec son taureau de trois ans.
Ils retournèrent auprès de leur mère, qui leur dit :
— Qui que tu sois, tu es au milieu. Il y a des gens devant toi, il y a des gens derrière toi.

Un miroir dans le désert

Le poète persan que nous appelons Rumi raconte, dans le *Masnavi*, l'histoire d'un homme d'une laideur abominable qui traverse à pied le désert.
Dans le sable, il voit quelque chose qui brille. C'est un morceau de miroir. L'homme se baisse, saisit le miroir et le regarde. Il n'a jamais vu de miroir.
— Quelle horreur ! s'écrie-t-il. Pas étonnant qu'on ait jeté ça n'importe où !
Il lance le miroir dans le sable et poursuit sa route.

Le singe et le couteau

Autre courte histoire soufi.
Un homme se précipite affolé chez un derviche, force la porte et s'écrie :
— Vite ! Vite ! Il faut faire quelque chose ! Un singe vient de ramasser un couteau !
— Ne t'inquiète pas, lui dit le derviche. Tant que ce n'est pas un homme...

Le tout-puissant guru

Un disciple vouait à son guru — cela se passe en Inde — une confiance si totale, si inébranlable, qu'il gravissait les plus hautes montagnes et franchissait les fleuves en marchant sur les eaux sans faire autre chose que dire et redire le nom de son maître.

Celui-ci, qui fut témoin de la traversée d'une rivière, se dit : « Mon nom est décidément tout-puissant. J'ai acquis la force de l'univers. »

Le lendemain, il s'élança sur la surface d'une rivière profonde en criant simplement : « Moi ! Moi ! »

Et il se noya, car il ne savait pas nager.

L'homme à la vie inexplicable

Une autre histoire, qui se rattache à la tradition soufi, donne un autre exemple de cette confiance immédiate, et tente d'éclairer — en sachant la chose impossible — les secrets mouvements d'un destin.

Un homme que rien ne distinguait des autres, un nommé Mojud, vivait obscurément. Il travaillait au bureau des Poids et Mesures. Dans un jardin, un jour, il vit se dresser devant lui la silhouette évidente de Khidr, le guide mystérieux des Soufis. Et Khidr lui dit :

— Abandonne ton emploi. Retrouve-moi au bord du fleuve dans trois jours.

Aussitôt Mojud fit part à son chef de sa décision nouvelle. Il allait quitter son travail. Tout le monde en ville le crut fou. Ses amis, sa famille essayèrent vainement de le dissuader. Et très vite, comme de nombreux candidats convoitaient son poste, on l'oublia.

Au jour fixé, il rencontra près du fleuve la forme de Khidr, qui lui dit :

— Déchire tes vêtements. Jette-toi dans l'eau.

Il obéit sans réfléchir. Comme il savait nager, il ne se noya pas. Il fut recueilli par un pêcheur qui le hissa dans sa barque et lui dit :

— Tu as perdu la tête ! Que cherches-tu à faire ?

— Je ne le sais pas vraiment, répondit Mojud.

Mojud resta auprès du pêcheur. Il lui apprit à lire et à écrire, il l'aida dans son travail. Quelques mois s'écoulèrent. Puis la forme de Khidr se dressa près du lit de Mojud et lui dit :

— Lève-toi et va-t'en.

Mojud quitta immédiatement la fragile maison du

pêcheur et marcha jusqu'à une grande route. A l'aube, il rencontra un paysan qui se dirigeait vers le marché avec son âne. Le paysan lui dit :

— Si tu cherches du travail, viens avec moi. J'ai besoin de quelqu'un pour m'aider.

Mojud le suivit sans hésiter et travailla avec le paysan pendant près de deux ans. Il apprit un grand nombre de choses concernant la terre et la culture.

Un après-midi, alors qu'il emballait de la laine, Khidr lui apparut et lui dit :

— Laisse ton travail. Va jusqu'à la ville de Mossul et, avec tes économies, ouvre un commerce de peaux.

Mojud fit ainsi. Pendant trois ans, à Mossul, il exerça le métier de marchand de peaux avec succès. Il avait amassé une certaine somme d'argent et songeait à acheter une maison, quand Khidr apparut et lui dit :

— Donne tout ton argent et va ouvrir une épicerie à Samarkand.

Mojud quitta Mossul sur-le-champ pour ouvrir une épicerie à Samarkand. A cette époque de sa vie, il commença à montrer les premiers signes d'illumination. Il soignait les malades, il se mettait au service des autres. Il pénétrait de plus en plus profondément dans le dur mystère du monde.

Des derviches et des poètes le visitaient et lui demandaient :

— Qui fut ton maître ? Qui t'a enseigné ?

— C'est difficile à dire, répondait Mojud.

— Comment as-tu commencé ta vie ?

— J'étais employé aux Poids et Mesures.

— Et tu as renoncé à ton emploi pour te livrer aux mortifications ?

— Non, non. J'ai renoncé, c'est tout.

Les gens ne le comprenaient pas.

— Raconte-nous ta vie, lui disaient-ils. Qu'as-tu fait exactement ?

— J'ai sauté dans un fleuve, je suis devenu pêcheur, puis je suis parti au milieu de la nuit. J'ai travaillé la terre comme un paysan. Alors que j'emballais de la laine, je suis parti pour Mossul, où je suis devenu marchand de peaux. J'ai économisé l'argent et je m'en suis séparé. Après quoi je suis venu à Samarkand où j'ai ouvert une épicerie. Et voilà tout.

— Ta conduite inexplicable, lui dirent ses visiteurs, ne jette aucune lumière sur l'apparition de tes pouvoirs.

— Je sais bien, dit Mojud. Mais c'est ainsi.

Ils étaient incapables de comprendre la place du monde invisible dans la vie de Mojud, ce monde qui pénètre silencieusement toutes choses et qui rend les événements inexplicables. On croit connaître les causes des événements, se disait Mojud, chacun prétend connaître la raison des choses, et personne ne voit qu'un monde invisible nous agite et nous détermine.

Il mourut à Samarkand, éclairé d'une réputation étrange, et se contentant de répéter à tout venant :

— J'ai fait ceci et cela. C'est ainsi.

Après sa mort, ses biographes lui donnèrent une vie meilleure et terriblement excitante. Car les saints doivent avoir des vies de saints. C'est le désir du lecteur qui l'emporte toujours sur la réalité secrète de l'existence.

La visite de la maison

Une histoire contemporaine — on la racontait aux États-Unis dans les années 1970 — reprend habilement un thème ancien et le développe avec les accents d'aujourd'hui.

Deux amis, qui ne se sont pas vus depuis le collège, se rencontrent. L'un est un modeste professeur de littérature, l'autre a splendidement réussi dans les affaires.

— Il faut absolument que tu viennes chez moi, s'écrie ce dernier. Tiens, regarde ma voiture !

Il lui montre une magnifique Rolls-Royce, toute brillante. Un chauffeur s'approche, casquette à la main.

— C'est mon chauffeur, dit l'homme riche. Monte.

Les deux amis s'asseyent à l'arrière de la voiture féerique. Un moment plus tard ils parviennent devant de hautes grilles qui s'ouvrent automatiquement.

— Mon parc. Mes arbres. Regarde.

Le professeur regarde autour de lui, émerveillé, tandis que la voiture serpente dans les allées d'une propriété immense.

— Mes tennis, mon golf. Là-bas, mes chevaux.

La voiture s'arrête enfin devant la façade monumentale d'une demeure de style victorien. Un domestique se précipite pour recevoir son maître, qui sort de la voiture en disant à son ami :

— Voici ma maison. Mes rosiers. Mon gazon. Mes piscines. Mes garages.

Les deux hommes pénètrent à l'intérieur de la maison et le businessman continue :

— Mon hall, mon escalier. Ici, mon Chagall, mon Renoir. Ma collection de porcelaines. Mes tapis.

Il entraîne le professeur jusque dans une vaste bibliothèque, entièrement couverte de livres rares, très somptueusement reliés.

— Ma bibliothèque, mes incunables, mes maroquins du dix-septième siècle, mes manuscrits à peintures.

Ils font ainsi le tour du rez-de-chaussée, puis ils montent au premier étage pour la suite de la visite.

— Mes tapisseries, mes dessins italiens...

L'homme riche met la main sur la poignée d'une porte en disant :

— Ma chambre.

Il ouvre la porte. A l'intérieur, dans un lit désordonné, se trouvent un homme et une femme au milieu d'une action amoureuse. Ils se désenlacent aussitôt tandis que le businessman, légèrement décontenancé, dit à son ami :

— Ma femme...

Puis, désignant l'homme nu qui se tient assis dans le lit, il ajoute :

— Et là, c'est moi.

Le vide en colère

Un célèbre sabreur japonais, qui se disait adepte du zen, vint auprès du maître Dokuon et lui dit, non sans un certain air de triomphe, que tout ce qui existe est le vide, que rien ne distingue je de toi, etc. Le maître l'écouta un moment en silence, puis il saisit sa pipe et frappa rudement le soldat sur le crâne.

L'homme bondit sur ses pieds, saisit son épée, menaça le moine.

— Eh bien, dit celui-ci, très calmement, le vide est prompt à se mettre en colère.

La lutte difficile

Un maître zen, apprenant qu'un de ses disciples n'avait rien mangé depuis trois jours, lui demanda les raisons de ce jeûne.

— J'essaye de lutter contre mon moi, dit le disciple.

— C'est difficile, dit le maître en hochant la tête. Et ce doit être encore plus difficile avec un estomac vide.

L'éducation du serpent

Une histoire indienne nous renseigne — parmi beaucoup d'autres — sur la nature intime du serpent, et probablement aussi de la nôtre.

Non loin d'un chemin fréquenté se tenait un serpent redoutable qui piquait à mort tous ceux qui passaient près de lui. Les habitants se rendirent en délégation auprès d'un sage pour se plaindre de la férocité de l'animal, qui n'avait nullement besoin de tous ces meurtres pour survivre.

Le sage se rendit auprès du serpent et réussit à se faire entendre de lui. Longuement, l'homme respectable fit sa remontrance à l'animal et lui expliqua qu'on ne trouvait aucune justification à sa conduite, dans aucun des trois mondes, et qu'il n'était par conséquent qu'une lamentable manifestation de ces forces de destruction qui trop souvent frappent et endeuillent la terre.

Le sage trouva des paroles si profondes, des images si fortes, que le serpent fut bouleversé. La lumière se fit dans son cœur et il jura qu'il ne tuerait plus inutilement, qu'il serait un autre serpent.

Et il tint parole.

Le terrifiant reptile devint une sorte de long ver flasque, maigre, dépourvu de toute énergie, qui n'osait même plus avaler un insecte. Les villageois se moquaient de sa faiblesse et disaient, vite oublieux du passé : à quoi bon être un serpent ? A quoi bon ce venin et ces crocs ? Quant aux enfants, ils lui jetaient des pierres en riant.

Après quelque temps de cette vie d'abstinence, où la satisfaction de l'esprit et la paix du cœur ne parvenaient pas à contrebalancer l'extrême faiblesse du corps et toutes les blessures reçues, le serpent réussit à se traîner jusqu'à la cahute du sage, à qui il raconta sa situation nouvelle.

— J'ai fait tout ce que tu m'as commandé, dit le serpent. J'ai renoncé à ma vie criminelle. Mais j'ai l'impression de n'être plus moi-même, car je ne soulève plus la peur dans le cœur des gens. N'étant plus craint, on me méprise et on me bat. Je me sens malheureux. Que peux-tu me dire ?

— Ce que je peux te dire est bien simple, lui répondit le vénérable. Je t'ai interdit de piquer à mort sans raison et de t'attaquer à n'importe qui. Mais t'ai-je interdit de siffler ?

La dernière question est la bonne

Un récit hassidique raconte que, près du terme de sa vie, Rabbi Zousya prononça ces paroles :

— Dans le monde qui vient, la question qu'on va me poser, ce n'est pas : pourquoi n'as-tu pas été Moïse ? Non. La question qui va m'être posée, c'est : pourquoi n'as-tu pas été Zousya ?

L'essentiel

Un vieil Arabe à l'apparence misérable, mendiant sa vie, s'avançait dans les rues d'une ville. Personne ne lui prêtait la plus légère attention. Un passant lui dit avec un vrai mépris :

— Mais que fais-tu ici ? Tu vois bien que personne ne te connaît.

L'homme pauvre regarda calmement le passant et lui répondit :

— Que m'importe ? Je me connais moi-même, et cela me suffit. C'est le contraire qui serait une horreur : que tous me connaissent, et que je m'ignore.

Pas de miracle

Un homme allait çà et là, proclamant qu'il était un prophète et qu'il pouvait accomplir des miracles. Excédé de l'entendre, un marchand l'appela et lui dit :

— Ouvre sans clé cette porte, à la serrure compliquée.

— Ai-je prétendu être serrurier ? répondit l'homme.

Les esclaves et la liberté

C'est une histoire qui vient d'un peu partout. On la retrouve dans presque toutes les cultures.

Le maître un jour dit aux esclaves :

— Vous êtes libres.

— Quoi ? s'écrièrent les esclaves. Mais ce n'est pas à toi d'en décider ! L'initiative doit venir de nous, sinon ça ne compte absolument pas !

— Eh bien, dit le maître, décidez-vous.

— Quoi ? s'écrièrent alors les esclaves. Tu nous donnes des ordres ? Mais à quoi ça sert d'être libres ?

La discussion, qui s'était mal engagée, tourna rapidement à l'aigre. Il s'ensuivit une longue guerre, très longue, si longue que ceux qui y prennent part aujourd'hui ont oublié les raisons pour lesquelles elle a commencé.

Auto-dénigrement

Le culte du moi, si répandu, commence très souvent par le dénigrement de soi-même. Ainsi le montre cette histoire juive contemporaine, qu'on raconte aujourd'hui en Israël.

Trois rabbins sont assis à l'arrière d'un taxi. Le premier soupire et dit :

— Quand je pense à Dieu, je me dis que je suis vraiment très peu de chose.

Le second rabbin dit au premier :

— Si toi, tu es très peu de chose, alors qu'est-ce que je suis ? Je ne suis rien.

Le troisième rabbin dit au second :

— Si toi, tu n'es rien, alors qu'est-ce que je suis ? Je suis moins que rien ! Je suis au-dessous de tout !

Le chauffeur de taxi, qui est noir, se retourne à ce moment-là et leur dit :

— Mais si vous parlez de cette manière, si vous dites que vous n'êtes rien, que vous êtes même moins que rien, alors qu'est-ce que je suis, moi ? Il n'y a même pas de mot pour me décrire ! Je n'existe pas !

Les trois rabbins le regardent et disent alors :

— Mais pour qui il se prend, celui-là ?

L'impureté de la cigogne

Un récit hassidique nous transmet une réponse que fit un jour Yaakov Ytitzhak.

On lui demandait :

— Il est dit dans le Talmud que la cigogne est appelée en hébreu Hassida, ce qui signifie pieuse, ou affectueuse, et cela parce qu'elle aime ses enfants. Alors, pourquoi la fait-on entrer dans la catégorie des animaux impurs ?

Il répondit :

— Parce qu'elle ne donne son amour qu'à ses enfants.

Le chant du boa

La persistance du moi (même illusoire) n'a peut-être jamais été exprimée avec plus de force suggestive que dans cette histoire africaine :

Peu après l'origine des temps, il existait un très vieux boa qui chantait dans une forêt. De l'herbe poussait sur son dos et des oiseaux y déposaient leurs nids. Sa voix familière et ininterrompue berçait la vie de tout le monde. Même le vent la respectait. Des insectes couraient sur son corps. On attribuait à la voix du boa toutes les guérisons et toutes les naissances.

Deux chasseurs étrangers pénétrèrent dans la forêt et annoncèrent qu'ils allaient tuer le boa. Ils ne donnaient aucune raison, car ce boa ne leur avait rien fait, mais sa seule présence, affirmaient-ils, constituait comme une insulte au courage des hommes.

— L'homme doit chasser et tuer, disaient les deux chasseurs. Il est né pour ça. Et il doit tuer, tout particulièrement, ce qui ne semble pas fait pour être tué. Ce qu'on dit qu'on ne peut pas tuer.

Les habitants de la forêt, insensibles à cette logique, essayèrent de sauver le boa, qui faisait partie depuis si longtemps de leur existence. Mais les deux chasseurs étrangers mettaient un véritable point d'honneur à le tuer. Ils prétendaient même que son chant n'était qu'une insupportable provocation.

Aussi s'enfoncèrent-ils dans la forêt avec leurs armes. Quand ils rencontrèrent le boa, celui-ci les regarda fixement et se mit à chanter d'une voix douce. Son chant disait : « Ne tue pas ce serpent. Si tu me tues, je serai toujours avec toi. Car la terre est mon oreiller, et les étoiles sont mes enfants. »

Les chasseurs tuèrent le boa, comme ils avaient promis de le faire. On raconte que la forêt frémit d'émotion, que le vent s'enfuit en hurlant, que les eaux cessèrent de couler au moment du crime.

Les chasseurs se penchèrent pour dépouiller le serpent et le corps de l'animal mort se remit alors à chanter. Son chant était toujours le même : « Ne tue pas ce serpent. Si tu me tues, je serai toujours avec toi. Car la terre est mon oreiller, et les étoiles sont mes enfants. »

Méprisant cette voix, les chasseurs dépouillèrent le corps du serpent, découpèrent la chair et la mirent à sécher pour aller la vendre au marché. Pendant le temps que dura le séchage, aucune mouche ne s'approcha de la viande, aucun oiseau n'apparut dans le ciel.

Au marché, les deux chasseurs disposèrent la viande du serpent sur un étal et attendirent. Mais dès qu'un client se présentait, les morceaux de viande séchée se mettaient à chanter la chanson du vieux boa. Aussitôt les clients s'enfuyaient, secoués par la terreur, si bien que les deux chasseurs, qui semblaient n'avoir peur de rien, décidèrent de manger eux-mêmes le serpent.

Ils firent cuire la viande — non sans mal, car l'eau refusait de bouillir, et le vent de souffler sur le feu — et invitèrent des amis. Mais dès que les amis tendirent la main vers le plat, les morceaux de viande cuite se mirent à chanter la chanson du vieux boa, toujours la même : « La terre est mon oreiller, et les étoiles sont mes enfants. Ne me mange pas. »

Les invités, bien entendu, s'enfuirent à toute vitesse, si bien qu'il ne resta aux deux chasseurs qu'à manger eux-mêmes le serpent. Ce qu'ils firent. Après quoi, ils rotèrent abondamment et s'endormirent pour une lourde sieste.

Au réveil de la sieste, ils sentaient de vives douleurs dans leurs ventres, et ils ne distinguaient plus rien des choses qui les entouraient. Depuis ce jour ils vécurent aveugles. On les voyait souvent assis dans une rue, la main tendue vers les passants. Ils chantaient à mi-voix, tous les deux, la chanson presque méconnaissable du vieux serpent.

L'enfant du hibou

Un hibou qui venait d'être père — quelque part en Afrique — dit à un autre oiseau :

— Je viens d'avoir un enfant ! Il est beau ! Il est magnifique !

L'autre oiseau lui dit :

— Attends qu'il fasse jour, et nous verrons.

Le lion et l'homme

Un homme, un jour, rencontra un lion, raconte Loqman dans une de ses fables. Les deux individus entrèrent dans une discussion sur leurs mérites respectifs, et le lion se targua de sa force et de son impétuosité, qu'il assurait incomparables.

Ils passèrent à ce moment-là devant une peinture qui représentait un homme étouffant un lion dans ses mains.

L'homme se mit à rire en montrant la peinture.

— Ah, dit l'animal, si seulement il y avait des peintres chez les lions...

Le loup à l'école

Un bref passage des *Mille et Une Nuits* raconte l'histoire du loup qu'on envoya à l'école, afin qu'on lui apprît à lire. Le maître commença par lui demander de répéter après lui les premières lettres de l'alphabet : « Aleph, Ba, Ta »... Mais le loup répondait invariablement : « Mouton, chevreau, brebis... », parce que ces créatures de viande habitaient sa pensée, et qu'il ne pouvait les en chasser.

Une bonne action

Une histoire indienne d'autrefois présente un homme qui vivait depuis longtemps enveloppé dans un filet de pensées noires. Il ne cessait de maudire l'espèce humaine, son avidité, sa violence. Un jour, soudainement, il décida de se tuer. Il se jeta du haut de la terrasse d'un immeuble très élevé. Un ami, qui se trouvait auprès de lui, assura que pour la première fois depuis des années, au moment où il se jetait dans la mort, l'homme riait avec éclat, et criait :

— Au moins, en voilà un de moins de cette espèce !

5

L'humain est parfois trop humain

Les lois de l'hospitalité

Dans certains cas, même quand toutes les formes du devoir et des convenances semblent être respectées, la notion de mesure est perdue. Le comportement atteint alors des extrêmes qui n'étaient peut-être pas souhaitables.

Une histoire indienne, souvent racontée sous des formes diverses, montre un oiseleur, un habile piégeur. Il capturait des oiseaux vivants et les vendait au marché.

Un jour, parmi ses prises, il comptait un pigeon femelle, qu'il emportait dans une cage en bambou. Tandis qu'il traversait une épaisse forêt pour regagner sa demeure, un orage inhabituel frappa la terre. Toute marche était impossible. L'homme dut chercher un abri sous un arbre énorme. Il s'appuya contre l'arbre (auquel il demanda sa protection) et déposa près de lui, sur le sol, la cage qui renfermait le pigeon femelle et une autre cage, où se débattaient d'autres oiseaux.

Il se trouva que cet arbre était l'habitation de la pigeonne, sa capture, qui vivait là avec son mâle. Celui-ci, qui se cachait de l'orage dans les cavités du bois, entendit les plaintes de sa compagne. Il sortit craintivement et la vit prisonnière dans une cage, au-dessous de lui.

Les deux pigeons engagèrent la conversation, dans

leur langage — que l'homme ne pouvait pas comprendre malgré son habitude des bois. Et les autres oiseaux crièrent au pigeon mâle :

— Vite ! Descends ! Délivre-nous !

— Il s'est endormi ! N'aie pas peur ! Viens !

En effet, le chasseur laissait tomber sa tête sur sa poitrine et s'abandonnait au sommeil.

Le pigeon mâle descendit de l'arbre et, à coups de bec, à coups de pattes, il s'attaqua aux liens qui fermaient la cage de la femelle.

— Que fais-tu ? lui dit celle-ci.

— Je lutte contre ces attaches.

— Pourquoi ? Tu as d'abord d'autres devoirs.

— Dis-moi.

— Cet homme a froid. Tu dois le réchauffer.

Le mâle parut très vivement surpris et dit à la femelle prisonnière :

— Réchauffer notre ennemi ? Cet homme qui t'a capturée et qui veut te vendre au marché ? As-tu perdu l'esprit dans le vent ?

— Non, répondit fermement la femelle. Mon esprit est clair, même dans ma cage. Plus clair peut-être.

Mais les autres oiseaux criaient, tout en s'agitant dans leur cage :

— N'écoute pas cette insensée ! Délivre-nous ! Aucune hésitation n'est concevable !

Troublé par l'attitude de la femelle, le mâle lui demanda :

— Que veux-tu me dire ?

— Tu as oublié ce que tu sais, lui répondit-elle. Notre ennemi a choisi cet arbre pour abriter un moment sa fatigue dans la tempête, et cet arbre est notre demeure. Cet homme est donc chez nous, il est notre hôte. Le destin, qui s'appelle aussi le hasard, l'a dirigé cette nuit jusqu'à nous. Même dans le territoire obscur du sommeil, la tête penchée, les bras faibles, il est plus précieux que nous. Nous lui devons respect et assistance.

— Ne l'écoute pas ! criaient les autres oiseaux. Ne te trompe pas sur ton devoir ! N'obéis pas à cette loi ! Une loi que l'on suit étroitement devient absurde !

— C'est le destin qui a déclaré cette tempête ! reprit

un autre oiseau. C'est le destin qui a mené le chasseur jusqu'ici !

— Oui ! Pour que tu nous délivres !

— Et c'est le destin qui l'a endormi !

— Fais vite avant qu'il se réveille !

— Veux-tu voir ton épouse en esclave ?

Mais le pigeon mâle demeurait immobile devant la cage de la femelle. Et celle-ci, qui paraissait très calme et sûre d'elle, lui dit encore :

— N'écoute pas les cris des autres captifs qui sont prisonniers de leur souffrance. Néglige une pitié banale. Un ordre supérieur cette nuit nous commande. Ne sois pas insensible à cet ordre. Vois plus loin que moi. Va chercher du bois sec pour réchauffer cet homme et dépêche-toi, car il tremble.

Le mâle s'élança dans la forêt. Trouver du bois sec au fort de l'orage ne fut point facile. L'oiseau fit des dizaines et des dizaines de voyages, apportant des brindilles, des bouts d'écorce et de la mousse, qu'il entassait au pied de l'arbre à l'abri de la pluie, tandis que le piégeur, détruit par la fatigue, dormait.

Quand le tas lui parut assez gros, méprisant les cris d'indignation des autres oiseaux captifs, le pigeon mâle, encouragé par sa femelle, s'élança pour trouver du feu. Il pénétra, à ses périls, dans plusieurs demeures de paysans où du feu pétillait. Il se cacha, il rusa, il réussit à saisir et à emporter dans son bec une petite bûche embrasée. Il la tint sous son aile, se brûlant les plumes, pour la protéger de la forte pluie. Mais malgré ses efforts la braise s'éteignit.

Il recommença, deux fois, trois fois, quatre fois. A la cinquième tentative, à bout de résistance, il parvint à allumer le feu tout près du chasseur endormi.

La nuit tombait déjà. L'oiseau se tenait sur une des branches, épuisé par six heures d'efforts.

Le chasseur se réveilla et tendit ses mains vers la flamme. Il rajouta du bois au feu.

L'orage ne se calmait pas. Les deux pigeons, qui observaient alors le chasseur, le virent alors porter une main à son estomac.

— Il a faim, dit le pigeon femelle à son compagnon.

— Oui, il a faim, lui dit le mâle. Il est notre hôte. Nous devons le nourrir.

— Tu as raison, lui dit la femelle emprisonnée. Nous devons le nourrir. Il le faut.

Ils s'étaient compris l'un l'autre. A cette heure tardive, il était illusoire de rechercher dans la forêt quelque nourriture pour le chasseur. Tout était sombre et hostile. Alors le pigeon mâle ferma ses ailes et se laissa tomber au milieu des flammes au-dessous de lui, sous les yeux étonnés du chasseur. En un instant ses plumes brûlèrent, sa peau se rôtit, sa vie se perdit.

Le chasseur, qui comprenait parfaitement le sens de ce geste, se sentit ému jusqu'aux larmes. Il ouvrit la porte de la cage et rendit la liberté à la femelle, tout en lui demandant pardon, ainsi qu'aux autres oiseaux.

Mais la femelle, au lieu de s'éloigner dans la forêt, rejoignit aussitôt son époux dans les flammes et brûla près de lui.

Les fleurs nouvelles

Un jardinier de Hedjaz entendit un voyageur qui parlait de fleurs merveilleuses, admirées loin de là, dans les jardins de Mossul. Le jardinier pria le voyageur de lui décrire avec précision ces fleurs inconnues. Après quoi, il se mit à l'œuvre.

Trois ans plus tard, il annonça qu'on pouvait voir dans son jardin des fleurs nouvelles et splendides. Les visiteurs vinrent nombreux et s'émerveillèrent. Le voyageur vint à son tour et dit au jardinier que ses fleurs lui semblaient exactement semblables à celles des jardins de Mossul.

Le jardinier, épanoui de joie, résolut de se mettre en voyage, pour aller comparer ses fleurs à leurs sœurs du pays mystérieux.

Quelques mois plus tard, un matin, trois jeunes filles de Mossul trouvèrent dans un des jardins de la ville le corps d'un étranger qui s'était poignardé.

Les fleurs de sainte Hélène

On raconte l'histoire d'une sainte chrétienne, qui vécut en Hongrie au Moyen Age et qui s'appelait Hélène. Dès sa première enfance, elle vécut au milieu des fleurs et conçut pour elles une passion. Elle les admirait, les respirait, les cueillait, les tressait, elle passait toute sa vie au milieu des fleurs.

Plus tard, obéissant aux désirs de ses parents — et à sa propre piété — elle entra dans les ordres. Elle y apprit aussitôt que Dieu demande à toute créature humaine qui se consacre à lui de renoncer aux joies de ce monde, aux joies qu'on appelle matérielles. Or, les fleurs étaient la seule joie de la jeune Hélène. Elle décida donc d'y renoncer, d'y renoncer totalement, et de passer toute sa vie recluse dans sa cellule obscure.

Quelque temps plus tard, Hélène reçut les stigmates, les marques de la passion du Christ, sur ses mains et sur ses pieds. Mais — comme si la divine sagesse, par un curieux détour, voulait faire comprendre à Hélène que le renoncement total est imprudent, excessif, et qu'il peut être pire que la joie qu'il veut effacer — on vit apparaître sur la peau de la jeune religieuse, autour des stigmates, des marques colorées qui ressemblaient précisément à des fleurs, à des roses et à des violettes.

Hélène, qui se croyait poursuivie par les formes de son désir (ou peut-être craignait-elle les attaques toujours perfides de la vanité) grattait ces marques et les arrachait, les jetait.

Mais ses compagnes, les autres nonnes, qui avaient remarqué le phénomène, recueillaient les fleurs de la peau d'Hélène et les gardaient comme un trésor.

Les fourmis de Damas

On a connu de nombreux ascètes chrétiens qui, retirés dans le désert, se sont livrés à mille extravagances. Celui-ci vivait entièrement enveloppé de chaînes, et son regard toujours tourné vers l'Orient. Un autre s'était installé dans le tronc d'un arbre creux. Un ingénieux système de clous acérés, plantés à travers l'arbre, l'empêchait de dormir, car sa tête tombait sur ces clous chaque fois qu'il cédait au sommeil. D'autres, comme saint Siméon, passèrent des dizaines d'années sur le sommet d'une colonne, en plein désert, pour être plus loin de la terre et plus près du ciel. D'autres vécurent la plus grande partie de leur vie dans une étroite chambre absolument noire. Un de ces saints personnages était tellement sale et scrofuleux que des asticots vivaient dans les coins de sa bouche. Quand un de ces asticots tombait, le saint le ramassait et le remettait en place.

Dans la tradition arabe, où les mêmes exemples quelquefois se rencontrent, on a connu un saint homme qui devait aller à pied de Damas à Bagdad. Avant de quitter Damas, il accepta quelques poignées de blé de la part d'un ami et il s'en nourrit en chemin.

Quand il arriva à Damas, en vidant les derniers grains de sa besace, il aperçut quelques fourmis.

— Malheur, se dit-il. Par inadvertance, en prenant du blé, j'ai emporté ces fourmis. Je les ai arrachées à leur demeure, à leur famille. Cela ne peut être.

Il reprit aussitôt la route pour rapporter les fourmis à Damas.

Les yeux et les larmes

Un autre ascète arabe, qui s'appelait Sabet, passait toute sa vie dans les larmes. Il pleurait si abondamment et si vivement que ses yeux en devinrent malades.

Un médecin fut convoqué, qui examina les yeux de Sabet et lui dit :

— Je ne peux te donner aucun traitement efficace, à moins de n'obtenir de toi une promesse.

— Quelle promesse ? demanda l'ascète.

— Tu dois me promettre de cesser de pleurer, dit le médecin.

Alors l'ascète s'emporta et chassa le médecin en lui criant :

— A quoi me serviraient mes yeux, si je ne pleurais plus ?

Le vol du taureau

C'est une histoire du Maghreb.

Par la plus sombre des nuits, un homme décida de s'approprier un taureau magnifique dans une étable de la tribu voisine. Il s'achemina vers l'étable, endormit la vigilance du chien à l'aide d'un paquet d'entrailles de mouton, écarta les broussailles épineuses de la haie, ouvrit silencieusement la porte, passa une corde autour du cou du taureau et l'emmena.

Le taureau se laissait docilement conduire. Le voleur franchit un oued, gravit la pente d'une colline obscure, s'engagea dans une forêt de chênes. Tout à coup, alors qu'il atteignait la lisière du bois, il aperçut une lumière rougeâtre à travers les branches. Impossible de s'y tromper : cette lumière ne pouvait être que celle d'un très saint homme, nommé Sidi El Rerib, qui avait établi sa pauvre hutte à cet endroit de la forêt.

Le voleur, troublé, hésita. Il avait entendu parler des étranges pouvoirs de cet ermite, qui pouvait, disait-on, lire dans le secret des cœurs et commander à la matière inerte. Aussi n'osa-t-il pas sortir de la forêt à cet endroit-là. Espérant que le taureau ne ferait entendre aucun bruit, il bifurqua, marcha longuement dans le noir dans une direction qu'il connaissait, suivant un sentier beaucoup plus malaisé que celui qu'il avait d'abord emprunté. Il se heurtait de temps en temps au tronc des arbres et entendait le souffle du taureau volé derrière lui.

En parvenant à la lisière de la forêt, il aperçut la même lumière rouge. Le cœur du voleur se mit à battre un peu plus vite et il pensa : « C'est peut-être l'œil du saint. » Puis il se calma, il réfléchit et finalement il se dit que dans les ténèbres il avait marché en cercle, sans s'en rendre compte, pour se trouver au même endroit qu'avant.

Il reprit sa route dans les profondeurs noires du bois. Il suivit des sentiers inconnus, il déchira ses vêtements aux épines de la nuit, il se blessa, il se trouva soudain au bord d'un précipice, des cailloux roulaient sous ses pieds, il dut se cramponner à la corde de l'animal pour ne pas glisser dans l'abîme, il repartit, il crut distinguer à travers les arbres une montagne qu'il connaissait, il s'affola, il aperçut enfin la bordure du bois — et là, comme auparavant, il vit la lumière rouge du saint qui brillait toujours.

Saisi par la panique, sans lâcher la corde du taureau, il plongea de nouveau dans le cœur de la forêt, hagard, perdu dans le mystère, haletant. Il touchait ses bras et sa tête pour garder l'assurance qu'il était éveillé et vivant, puis il se mit à courir pour échapper à sa peur, malgré les embûches nombreuses. Il entendit alors une voix qui lui demandait, là, dans son dos, tout près :

— Où cours-tu ?

Il ne trouva pas la force de se retourner. Sans lâcher la corde, il courut, il courut jusqu'à la fin de ses forces. Du sang coulait de ses membres déchirés. Quand il s'arrêta, le souffle brisé, il entendit la même voix calme qui lui demandait, tout près de lui :

— Où cours-tu ? Qu'espères-tu fuir ?

Cette fois, le voleur resta un moment immobile, son regard soudain fixe dans l'ombre. Il savait qu'il ne pouvait pas aller plus loin. Il savait aussi qu'un événement particulier, dont il ne pourrait se défaire, l'enveloppait. Lentement, il se retourna.

Il vit le saint homme derrière lui, debout, les bras croisés. La corde du taureau était passée autour de son cou. Une lumière rouge brillait autour de son regard.

Le voleur tomba sur les genoux. Sa main lâcha la corde.

On retrouva son corps le lendemain. Son ventre apparaissait très largement crevé, en deux endroits. Par des épieux, pensa-t-on, ou bien par des bâtons ferrés.

Ou plutôt, dit quelqu'un, par les cornes d'un taureau.

Pour fêter une naissance

Dans les années 1930, un Mexicain fêtait avec quelques amis, la naissance de son premier fils.

— Je suis si heureux, dit-il, que je pourrais me tuer de joie !

— Non, tu n'es pas capable de le faire, lui dirent ceux qui l'entouraient, comme pour le mettre au défi.

L'homme saisit alors un revolver et se fit sauter la tête.

Les deux bracelets

Tagore raconte l'histoire de Govinda, le grand prédicateur Sikh, qui lisait les écritures, assis sur un rocher près d'un torrent, quand son riche disciple Raghunath s'inclina devant lui et déposa, comme offrandes, deux beaux bracelets d'or ornés de pierres précieuses.

Govinda saisit un bracelet et le fit tourner entre ses doigts. Subitement le bijou glissa de sa main, roula sur la roche et disparut dans les remous de l'eau rapide.

Raghunath poussa un cri et sauta dans le torrent. Il chercha longtemps le bracelet, tandis que Govinda s'était remis à sa lecture.

Le jour s'éteignait déjà quand le disciple remonta sur la rive, épuisé et trempé.

— Si seulement tu pouvais me montrer où il est tombé, dit-il à son maître, je pourrais sûrement le retrouver.

Govinda saisit alors le second bracelet et le jeta dans les tourbillons du cours d'eau en disant :

— Il est tombé là !

La trop belle nonne

Autrefois, dans un couvent japonais, vivait une très belle nonne qui s'appelait Ryonen. Sa pratique religieuse était austère et on lui connaissait un esprit profond. Plus tard, comme sa beauté troublait tous les moines, elle prit un couteau et se tailla le visage.

Avant ce geste, Ryonen brillait d'une très vive beauté. Un jeune moine, animé de désir, l'introduisit une nuit dans sa chambre. Ryonen se laissa enfermer avec lui. Mais, quand il lui proposa de faire l'amour, elle lui répondit :

— Demain. Aujourd'hui, je ne peux pas.

Le moine la laissa partir.

Le lendemain était un jour de grande fête. Une foule nombreuse emplissait le temple quand la belle nonne, Ryonen, s'avança soudain vers le jeune moine. Elle laissa tomber ses vêtements, se montra totalement nue au milieu de tous et dit au moine :

— Me voici, je suis prête. Si tu veux me faire l'amour, que ce soit ici et maintenant.

Le moine s'enfuit en courant hors du temple.

6

Et la mort est notre dernier personnage

Ce soir à Samarkand

La plus célèbre des histoires se rapportant à la mort est d'origine persane. Fariduddin Attar la raconte ainsi.

Un matin, le khalife d'une grande ville vit accourir son premier vizir dans un état de vive agitation. Il demanda les raisons de cette apparente inquiétude et le vizir lui dit :

— Je t'en supplie, laisse-moi quitter la ville aujourd'hui même.

— Pourquoi ?

— Ce matin, en traversant la place pour venir au palais, je me suis senti heurté à l'épaule. Je me retournai et je vis la mort qui me regardait fixement.

— La mort ?

— Oui, la mort. Je l'ai bien reconnue, toute drapée de noir avec une écharpe rouge. Elle est ici, et elle me regardait pour me faire peur. Car elle me cherche, j'en suis sûr. Laisse-moi quitter la ville à l'instant même. Je prendrai mon meilleur cheval et je peux arriver ce soir à Samarkand.

— Était-ce vraiment la mort ? En es-tu sûr ?

— Totalement sûr. Je l'ai vue comme je te vois. Je suis sûr que tu es toi et je suis sûr qu'elle était elle. Laisse-moi partir, je te le demande.

Le khalife, qui avait de l'affection pour son vizir, le laissa partir. L'homme revint à sa demeure, sella le premier de ses chevaux et franchit au galop une des portes de la ville, en direction de Samarkand.

Un moment plus tard, le khalife, qu'une pensée secrète tourmentait, décida de se déguiser, comme il le faisait quelquefois, et de sortir de son palais. Tout seul, il se rendit sur la grande place au milieu des bruits du marché, il chercha la mort des yeux et il l'aperçut, il la reconnut. Le vizir ne s'était aucunement trompé. Il s'agissait bien de la mort, haute et maigre, de noir habillée, le visage à demi dissimulé sous une écharpe de coton rouge. Elle allait d'un groupe à l'autre dans le marché sans qu'on la remarquât, effleurant du doigt l'épaule d'un homme qui disposait son étalage, touchant le bras d'une femme chargée de menthe, évitant un enfant qui courait vers elle.

Le khalife se dirigea vers la mort. Celle-ci le reconnut immédiatement, malgré son déguisement, et s'inclina en signe de respect.

— J'ai une question à te poser, lui dit le khalife, à voix basse.

— Je t'écoute.

— Mon premier vizir est un homme encore jeune, en pleine santé, efficace et probablement honnête. Pourquoi ce matin, alors qu'il venait au palais, l'as-tu heurté et effrayé ? Pourquoi l'as-tu regardé d'un air menaçant ?

La mort parut légèrement surprise et répondit au khalife :

— Je ne voulais pas l'effrayer. Je ne l'ai pas regardé d'un air menaçant. Simplement, quand nous nous sommes heurtés par hasard dans la foule et que je l'ai reconnu, je n'ai pas pu cacher mon étonnement, qu'il a dû prendre pour une menace.

— Pourquoi cet étonnement ? demanda le khalife.

— Parce que, répondit la mort, je ne m'attendais pas à le voir ici. J'ai rendez-vous avec lui ce soir à Samarkand.

Les avertissements

C'est une histoire chinoise qui nous raconte les avertissements mal perçus de la mort, en quelque sorte son langage.

Un jour, un jeune homme s'agenouilla au bord d'une rivière. Il plongea ses bras dans l'eau pour se rafraîchir le visage et là, dans l'eau, soudain il vit l'image de la mort.

Il se redressa très effrayé et demanda :

— Mais que me veux-tu ? Je suis jeune ! Pourquoi viens-tu me chercher sans me prévenir ?

— Je ne viens pas te chercher, répondit la voix de la mort. Rassure-toi et rentre chez toi, car j'attends ici quelqu'un d'autre. Je ne viendrai pas te chercher sans te prévenir, je te le promets.

Le jeune homme rentra joyeusement chez lui. Il devint un homme, il se maria, il eut des enfants, il suivit le cours de sa vie tranquille. Un jour d'été, se trouvant auprès de la même rivière, il s'arrêta de nouveau pour se rafraîchir. Et de nouveau il vit le visage de la mort. Il la salua et voulut se redresser. Mais une force terrible le maintenait agenouillé au bord de l'eau. Il prit peur et demanda :

— Mais que veux-tu ?

— C'est toi que je veux, répondit la voix de la mort. Aujourd'hui je suis venue te chercher.

— Mais tu m'avais promis de ne pas venir me chercher sans me prévenir ! Tu n'as pas tenu ta promesse !

— Je t'ai prévenu, dit la mort.

— Tu m'as prévenu ?

— De mille façons. Chaque fois que tu te regardais dans un miroir, tu voyais tes rides se creuser, tes cheveux blanchir. Tu sentais ton souffle se raccourcir et tes articulations se durcir. Comment peux-tu dire que je ne t'ai pas prévenu ?

Et elle l'entraîna jusqu'au fond de l'eau.

Le mât oublié

Un vieux pêcheur irlandais racontait cette histoire.

Un bateau s'en allait pour pêcher parmi les rochers de la mer. Comme les pêcheurs s'approchaient du premier rocher, ils s'aperçurent qu'ils avaient oublié le mât à terre, car il faisait encore nuit.

Ils revinrent à terre pour chercher le mât. Sur le quai se trouvait un homme, qu'on disait le meilleur pêcheur sur rochers de toute la côte — car il y a toujours un homme meilleur que les autres, pour tout, même pour taper du marteau. Ils embarquèrent l'homme et reprirent la mer.

Ils disposèrent tous les hommes de l'équipage, chacun sur un rocher, et tout le long du jour ils pêchèrent. Au soir, le bateau fit le tour des rochers, pour ramasser les hommes et rentrer au bord. Mais nulle part on ne put trouver, nulle part, le meilleur pêcheur de la côte.

Une vague jaillie de la mer l'avait emporté. Oui, car son jour était venu.

Et les hommes de l'équipage se disaient, tandis que le bateau rentrait avec la nuit :

— Ce matin nous pensions que nous faisions demi-tour pour chercher le mât. C'était en fait pour chercher l'homme.

La mort d'Abraham

La tradition arabe raconte ainsi la mort d'Abraham.

Le Seigneur avait promis à Abraham de ne lui retirer la vie qu'au jour qu'il choisirait lui-même. Or, Abraham, devenu très vieux, ne manifestait en aucune façon le désir de quitter ce monde. Le Seigneur usa d'un stratagème. Il envoya un de ses anges, sous l'aspect d'un vieillard débile et tremblant. Ce vieillard vint en chancelant jusqu'à la porte d'Abraham, qui lui ouvrit.

— Abraham, dit le vieillard en laissant couler une bave jaunâtre des deux côtés de sa bouche, donne-moi quelque chose à manger.

— Tu manges encore ? demanda Abraham.

— Oui, je mange encore.

— Ne vaudrait-il pas mieux que tu meures plutôt que de vivre dans cet état de délabrement, de malheur ?

— Non, dit le vieillard, car je désire encore vivre.

Abraham haussa les épaules et, comme il gardait toujours en réserve quelque nourriture pour les affamés de passage, il la donna à l'ange déguisé. C'était une soupe, avec des pois chiches et du pain. Le vieillard s'assit à même le sol devant la maison d'Abraham et se mit à manger. Mais comme ses mains tremblaient fortement, il renversait la moitié du bouillon sur ses genoux. Des résidus de pain et de légumes tombaient dans sa barbe crasseuse. Il reniflait, il crachait, il pétait, de la morve coulait de son nez.

— Abraham, dit-il d'une voix faible, aide-moi à manger.

Abraham, dont le cœur était charitable, ne put résister à cette requête. Il saisit le bol du mendiant et le porta jusqu'aux lèvres tremblantes. En même temps, il saisissait les pois chiches avec sa main droite et les enfournait dans la bouche sans dents. Il vit de près la peau craquelée, les plaies, les yeux blanchis, et tout ce corps secoué de spasmes.

Soudain, il demanda :

— Quel âge as-tu ?

L'ange-vieillard leva vers Abraham son visage mal assuré, le regarda un instant et lui dit un âge légèrement supérieur — de quelques mois — à l'âge d'Abraham lui-même. Alors celui-ci s'écria :

— Seigneur, prends-moi avant que je ne devienne semblable à cet homme !

Il mourut à l'instant même.

La mort de Moïse

Selon la même tradition, voici comment mourut Moïse.

L'ange de la mort dut également se servir d'une ruse pour venir à bout de Moïse. Il descendit du ciel et le salua, plein de respect.

— Qui es-tu ? lui demanda Moïse. Je ne te connais pas, je ne t'ai jamais vu.

— Je suis l'ange de la mort.

— Et que veux-tu ?

— Je suis venu me saisir de ton âme.

— De quel côté vas-tu la tirer de moi ? demanda Moïse, qui ne se sentait pas en humeur de mourir.

— De ta bouche, répondit l'ange de la mort.

— Avec ma bouche, j'ai parlé avec le Seigneur.

— Alors je la tirerai de tes yeux.

— Avec mes yeux, dit Moïse, j'ai vu la face lumineuse du Seigneur.

— Je la tirerai de tes oreilles.

— Avec mes oreilles, j'ai entendu la voix et les paroles du Seigneur.

— Avec tes mains.

— Avec mes mains, j'ai saisi les tables de la loi, que me donnait le Seigneur.

— Alors, je la tirerai de tes pieds.

— Avec mes pieds, dit Moïse, je me suis tenu debout face au Seigneur et je lui ai parlé dans l'intimité !

Alors l'ange de la mort dit à Moïse :

— Il me semble que tu as bu un peu trop de vin, car tu parles comme un homme ivre.

Immédiatement irrité, Moïse s'écria :

— Comment peux-tu m'accuser d'avoir bu du vin ? Il n'est pas d'homme plus sobre que moi. Approche-toi et viens respirer mon haleine !

Moïse ouvrit la bouche. L'ange de la mort se pencha vers lui et Moïse, de toute sa force, lui envoya son haleine au visage.

L'ange de la mort en profita pour saisir son âme, dans ce souffle, et pour l'emporter loin de la terre.

La danse de mort

La tradition arabe rapporte aussi ce récit d'une mort presque imperceptible.

Deux princes s'affrontèrent en une très rude bataille. L'un des deux, celui qui s'était soulevé contre l'autre, fut vaincu et traîné en captivité. Il savait qu'il devait avoir la tête tranchée, pour maintenir fermes les lois de l'empire. Cependant, comme il s'agissait d'un prince de haute lignée, le vainqueur l'installa magnifiquement dans un des palais et le fit traiter selon son rang. Serviteurs, musiciens et danseuses s'empressaient autour de lui et sa captivité semblait une fortune.

Mais le prince captif, qui savait qu'il allait mourir, gardait un visage triste au milieu des fêtes. Des semaines, des mois passèrent ainsi, jusqu'au jour où le rebelle condamné fit parvenir un message au vainqueur en lui demandant comme une grâce une mort rapide.

Le lendemain, le vainqueur invita le vaincu dans son propre palais. Le repas, la musique et les danses apparurent incomparables à tous les convives — sauf au captif, qui gardait son visage triste et qui soudain s'écria :

— Quand me donneras-tu la mort ?

— Elle vient, répondit le vainqueur. Regarde, voici le premier de mes bourreaux.

Un homme superbe et masqué, qui tenait à la main droite un sabre étincelant, pénétra dans la grande salle et se mit à danser. Il dansait avec une force, avec une élégance extraordinaire. Son épée volait dans l'air avec grâce. Tous le regardaient avec fascination, tous, même le prince captif, auprès de qui le bourreau-danseur passa à plusieurs reprises.

La danse merveilleuse dura longtemps, jusqu'à ce que le captif, sortant de sa fascination, dise au prince vainqueur :

— Mais combien de temps durera cette danse ? Quand me feras-tu trancher la tête ?

Le vainqueur lui répondit en souriant :

— Mais ta tête est déjà tranchée. Penche-toi un peu en avant, tu verras, elle va tomber.

L'enfant qui voulait se tuer

Une histoire africaine, d'origine sana, raconte ceci.

Un enfant se leva, un jour, en disant qu'il voulait se tuer. Il quitta la maison, marcha, marcha, et arriva devant un baobab auquel il dit :

— Tombe sur moi, jeune baobab ! Tombe sur moi !

Mais un oiseau, tout près de là, se mit à chanter :

— Non, ne l'écoute pas, baobab ! Ne l'écoute pas, c'est un mensonge !

L'enfant chassa l'oiseau aussi loin qu'il put et s'adressa de nouveau au baobab en lui demandant de tomber sur lui. Mais l'oiseau revint à tire-d'aile et se remit à chanter :

— Non, ne l'écoute pas, baobab ! Ne l'écoute pas, c'est un mensonge !

L'enfant, excédé, tua l'oiseau et redit à l'arbre sa prière de mort. Mais le cadavre de l'oiseau, étendu là, au pied de l'arbre, s'écria : Mensonge ! Mensonge !

Alors l'enfant brûla le corps de l'oiseau et redemanda au baobab de tomber sur lui et de le tuer.

Mais les cendres de l'oiseau criaient encore au mensonge.

Alors l'enfant ramassa les cendres de l'oiseau qu'il avait tué et s'en alla les jeter dans le fleuve, sans remarquer qu'une mince pincée de cendres était tombée sous un buisson. Il revint s'asseoir sous le baobab et le supplia de tomber sur lui et de l'écraser.

Mais la pincée de cendres, rapportée par le vent, fit entendre une voix qui disait :

— Non, ne l'écoute pas, baobab ! Ne l'écoute pas, c'est un mensonge !

L'enfant ramassa soigneusement la pincée de cendres et s'en alla la jeter dans l'eau du fleuve. Puis il revint auprès de l'arbre en lui demandant de tomber sur lui.

Cette fois, on n'entendit aucune voix.

Alors le baobab se pencha, tomba et écrasa la tête de l'enfant.

Si ce jour-là l'enfant n'avait pas tué l'oiseau, aujourd'hui, chaque fois qu'un être humain déciderait de se donner la mort, un oiseau serait là pour l'en empêcher.

Jésus et le goût de l'eau

C'est en Perse, semble-t-il, que naquit ce court dialogue, où apparaît Jésus.

C'était un jour d'été.

Jésus but de l'eau d'un ruisseau limpide et il la trouva délicieuse. Une femme arriva, retira de l'eau de ce ruisseau et la versa dans une cruche. Jésus, qui avait encore soif, demanda une gorgée d'eau à la femme. Elle le fit boire à la cruche.

Cette fois, Jésus trouva un goût amer à cette gorgée d'eau. Il s'en étonna :

— L'eau du ruisseau et l'eau de cette cruche sont la même. Pourquoi l'eau du ruisseau me semble-t-elle douce, et amère l'eau de la cruche ? Quel est ce mystère ?

La cruche prit alors la parole et lui dit :

— C'est parce que je suis un vieillard. La terre dont

je suis faite, depuis l'origine du monde, a été mille fois travaillée. J'ai été vase, assiette et gobelet. Et l'on pourrait encore me donner mille formes, dans les siècles qui se succéderont, sans que jamais je perde cette amertume que tu sens dans mon eau, et qui est l'amertume de la mort.

Jour de douleur

Toujours en Perse, on vit un jour un jeune homme qui venait de perdre son père et se lamentait :

— Je suis dans la peine ! Je souffre ! De ma vie je n'ai éprouvé douleur comparable à celle qu'aujourd'hui je connais.

Un vieil ami qui passait par là lui fit remarquer :

— Que devrait-on dire de ton père ?

Une tête à coups de sabre

Urabe Kenkô, l'écrivain japonais, nous rapporte ceci.

On connaissait un devin très célèbre, expert en physiognomonie. Il reçut un jour la visite du supérieur d'un couvent qui lui demanda :

— Regarde bien mon visage. Est-ce que j'ai un visage à recevoir des coups de sabre ?

Le devin examina rapidement les traits du bonze et répondit :

— Oui, c'est bien exact.

— Mais à quels signes de mon visage peux-tu le lire ?

— C'est simple, répondit le devin. L'état religieux que tu as choisi devrait t'enlever toute crainte d'être attaqué et blessé au visage. Et pourtant tu y as pensé, ne fût-ce qu'un instant. Cette seule pensée, qui s'est glissée en toi, te prépare à une blessure.

En réalité, un peu plus tard, le religieux fut tué par une flèche.

Erreur sur la personne

Une histoire juive classique, sujette à mille variantes, raconte une triste méprise.

Un petit commerçant juif, qui s'appelait Simon, n'avait pour seul but que la richesse. Il économisait sou par sou, rognait sur son logement, sur ses vêtements, sur sa nourriture, avec une persévérance extraordinaire. Tout lui semblait trop beau, trop cher. Même l'indispensable lui semblait superflu. Il menait une vie misérable.

Après une trentaine d'années de ce régime — ceci se passait à la fin du siècle dernier — Simon, comme il l'avait prévu, se retrouva riche. En un instant il changea d'existence : il cessa de travailler, il se rendit chez le coiffeur et chez la manucure, il s'acheta des vêtements de très grand luxe chez les meilleurs tailleurs parisiens et il descendit sur la Côte d'Azur.

Le premier jour, à Nice, alors qu'il sortait d'un très grand hôtel avec des chaussures impeccables, un pantalon serré, un veston neuf dans le meilleur tweed écossais, avec une cravate, une canne, un chapeau, et qu'il s'engageait sur la Promenade des Anglais, il fut très violemment heurté par une voiture à chevaux.

Le choc était meurtrier. Simon gisait sur la chaussée, respirant à peine, désarticulé. Des badauds compatissants s'assemblaient autour de cet agonisant.

Alors, marqué par la douleur, les yeux pleins de larmes particulièrement amères, Simon leva son dernier regard vers le ciel et s'écria :

— Pourquoi ?... Pourquoi m'as-tu frappé à mort aujourd'hui ?

Alors, au grand étonnement des badauds, on vit les nuées s'entrouvrir et on entendit la voix de Dieu qui répondait :

— Pour te parler très franchement, Simon, je ne t'avais pas reconnu.

Après la mort

Court dialogue d'origine zen :

— Maître, qu'arrive-t-il à l'homme éveillé, après sa mort ?

— Je n'en sais rien.

— N'êtes-vous pas un homme éveillé ?

— Si. Mais je ne suis pas mort.

Autre erreur sur la personne

L'histoire qui suit est d'origine espagnole. Un homme tombe dans le vide, du trentième étage. En tombant, il crie :

— Saint Antoine ! Saint Antoine ! Sauve-moi !

Une main puissante jaillit des nuages et le saisit.

— Oh, merci saint Antoine ! crie l'homme.

— Saint Antoine d'où ? demande une voix invisible.

— Saint Antoine de Padoue !

— Ah, ce n'est pas moi, dit la voix.

La main s'ouvre, et l'homme s'écrase sur la chaussée.

Le médecin sauvé

Nasreddin Hodja ne pouvait évidemment pas rester étranger aux récits qui mettent en scène la mort. Il le fait ici à sa manière, qui est inimitable, dans un récit dont la source se situe sans doute en Turquie.

Nasreddin Hodja se trouvait en voyage, et fort affamé. Il entra dans une ville et des habitants lui demandèrent sa profession. Il répondit qu'il était médecin.

On le conduisit aussitôt auprès du fils du bey, qui semblait très malade, et que tous les docteurs désespéraient de sauver.

Nasreddin examina brièvement le jeune malade.

— Quel traitement ordonnes-tu pour mon fils ? demanda le père.

— Se trouve-t-il ici du pain, du beurre et du miel ?

— Bien sûr.

— Qu'on m'en apporte.

On apporta du pain, avec lequel Nasreddin se tailla des tartines, qu'il garnit de beurre et de miel. Il se mit à manger, comme s'il s'agissait d'un excellent remède, qu'il devait essayer. Il acheva le pain, le beurre et le miel.

Une femme accourut un moment plus tard et lui dit :

— Médecin, mais que fais-tu donc ? L'enfant est mort !

— Si je n'avais pas mangé, répondit Nasreddin, eh bien nous serions morts tous les deux.

Dialogue avec un crâne

La mort — sous forme d'un crâne ou d'un tas d'ossements — apparaît aussi comme personnage. Voici d'abord un exemple chinois :

Tchouang-Tseu rencontra sur son chemin un crâne vide et lui demanda :

— Comment en es-tu arrivé là ? As-tu perdu ta raison dans la soif de vivre ?

Le crâne ne répondit pas. Le sage dit encore :

— As-tu provoqué la perte de ton pays et subi la peine de la hache ?

Le crâne ne répondit pas.

— Es-tu mort à cause de ta sale conduite ? As-tu couvert de honte ta femme et tes enfants ? Ou bien es-tu mort de misère, de froid, de faim ?

Et comme le crâne ne répondait toujours pas, le sage dit encore :

— Ou bien es-tu mort de vieillesse ? Ou peut-être de maladie ?

La nuit tombait. Tchouang-Tseu ramassa le crâne et s'en servit comme d'un oreiller pour poser sa tête et dormir. Au milieu de la nuit le crâne lui apparut en songe et lui dit :

— Tu ne m'as dit que des paroles vides. Les paroles que tu as prononcées ne concernent que les problèmes des vivants. Elles ne concernent pas les morts. Veux-tu que je te parle des morts ?

— Volontiers, répondit Tchouang-Tseu, qui dormait.

— Les morts, reprit le crâne, n'ont pas de seigneurs, ni de serviteurs. Ils n'ont ni saisons, ni travaux, ni femmes, ni époux, ni enfants. Ils sont en paix. Ils n'ont pas d'autre âge que celui du Ciel et de la Terre.

— Si j'obtenais du Gouverneur des Destins, demanda le sage, qu'il rende la vie à ton corps avec tes os, ta chair, avec ta mère, ta famille et tous tes amis du village, refuserais-tu ?

Les yeux vides du crâne fixèrent profondément le sage endormi et lui dirent :

— Renoncerais-je à mon bonheur royal pour retrouver toutes les misères humaines ?

Lorsque le sage s'éveilla, il prit dans sa main le crâne sur lequel il avait dormi et lui dit :

— Qui est heureux ? Et qui est misérable ? Seuls, toi et moi, nous savons qu'il n'y a pas de vie et de mort.

La parole

Parole et silence sont les personnages de l'histoire suivante, qui est africaine :

Un pêcheur, sur une plage, rencontra un crâne desséché et lui demanda comme par malice ce qui l'avait amené là.

Des mâchoires mortes une voix surgit et répondit :

— La parole.

Le pêcheur épouvanté courut jusqu'à son village et jusqu'à son roi. Il raconta sa rencontre extraordinaire.

— Un crâne qui parle ? demanda le roi, qui pensait que l'homme avait trop bu ou attrapé quelque coup de bambou. Je te préviens : si tu m'as raconté quelque stupidité, gare à ta tête !

Le pêcheur, très volubile, conduisit le roi et toute sa suite auprès du crâne sur la plage. Mais cette fois le crâne, avec obstination, refusa de parler. Malgré l'acharnement, malgré les supplications du pêcheur, il ne dit rien, il demeura muet comme un crâne ordinaire.

Le roi tira son sabre et coupa la tête du pêcheur. Puis il s'en revint vers le village avec sa suite.

Alors le vieux crâne demanda à la tête fraîchement coupée, tombée près de lui sur le sable :

— Qu'est-ce qui t'a conduit ici ?

— La parole, répondit la tête.

La sagesse des cimetières

Dans un épisode de la vie des pères du désert, aux origines de la tradition chrétienne, on rencontre ce récit :

Un homme vint trouver Macaire l'Égyptien et lui demanda un conseil profond.

— Va dans le cimetière, lui dit Macaire, et injurie les morts.

L'homme entra dans un cimetière, injuria longuement les morts et jeta des pierres sur les tombes. Puis il revint auprès de Macaire et lui raconta ce qu'il avait fait.

— Est-ce que les morts t'ont dit quelque chose ? demanda Macaire.

— Non.

— Retourne dans le cimetière et dis-leur des louanges.

L'homme revint dans le cimetière et fit son compliment aux morts. Il les traita de personnes intègres, intelligentes et bienfaisantes. Il vanta leur beauté et admira leur gloire.

Puis il revint auprès de Macaire, qui lui dit :

— Est-ce qu'ils t'ont dit quelque chose ?

— Non.

— Eh bien, voici mon conseil. Passe entre le mépris et la louange. Sois comme un mort.

La dernière misère

Cette courte histoire nous est apportée par la tradition arabe :

Un homme très pauvre et son jeune fils rencontrèrent un corps que des hommes portaient en terre.

— Où porte-t-on ce mort ? demanda l'enfant.

— Quelque part où il n'y a rien à manger, ni rien à boire. Quelque part où il n'y a ni couverture, ni feu, ni tapis, ni natte.

— C'est sûrement chez nous, dit l'enfant.

7

Les choses étant ainsi, on peut
quand même choisir la connaissance :
c'est difficile.
On peut préférer l'ignorance :
c'est encore plus difficile

Les aveugles et l'éléphant

La plus fameuse histoire, qu'on rencontre à chaque pas dès qu'on aborde les territoires de la connaissance, est certainement d'origine indienne. Mais les Soufis, puis d'autres traditions, l'ont largement reprise et adaptée.

Elle se passe dans un village dont tous les habitants étaient aveugles. Vint à passer, non loin de là, un roi en superbe équipage. Ce roi voyageait à dos d'éléphant, animal inconnu dans cette partie de la terre.

En entendant parler d'une bête nouvelle, apparemment phénoménale, plusieurs aveugles du village se rendirent en délégation auprès du roi et de sa cour. On les autorisa à toucher l'éléphant, qui se laissa faire.

Quand ils retournèrent à leur village, un grand nombre d'aveugles se rassemblèrent autour d'eux et leur demandèrent une description de l'animal extraordinaire.

Le premier aveugle, qui n'avait touché que l'oreille de l'éléphant, dit :

— C'est un animal large et plat, un peu rugueux, comme un vieux tapis.

Le second, qui avait touché la trompe, dit aux autres aveugles :

— C'est long, mobile et creux. Ça a beaucoup de force.

Le troisième aveugle, qui avait touché une patte, dit :

— C'est solide et stable, comme une colonne.

Les habitants du village ne s'estimèrent évidemment pas satisfaits et demandèrent d'autres détails, mais les trois aveugles furent incapables de s'accorder. Le ton de la discussion s'échauffa.

Ils en vinrent à se battre à coups de poing, à coups de canne, et à se blesser.

Quelques aveugles, plus sages que les autres, suggérèrent qu'on envoyât une nouvelle délégation auprès du roi, pour obtenir une description plus complète de sa monture. Pour former la délégation, ce qui prit assez longtemps, on choisit les plus intelligents parmi les aveugles.

Mais, quand ils arrivèrent, le roi et toute sa cour étaient partis.

La gourde de l'araignée

Une histoire africaine, qui vient du Togo, aborde d'une autre façon l'acquisition — et le partage — de l'indispensable connaissance.

L'araignée, qui s'appelait Yévi, s'était longtemps considérée comme la sage des sages, le grand génie de la pensée. Mais, tandis que les âges se succédaient et que l'araignée observait avec une longue attention les œuvres du monde, elle en vint à s'étonner de l'extraordinaire progrès de l'intelligence chez les hommes et chez les autres animaux.

— Un de ces jours, se dit-elle, ils deviendront aussi intelligents que moi et prendront ma place.

Elle se procura une sorte de petite gourde et commença, par suçage et pompage, à retirer l'intelligence et la connaissance de toutes les créatures vivantes (à part elle). Et aussi l'instinct, l'imagination, la réflexion. Elle fit entrer toutes ces facultés dans sa gourde, la ferma très soigneusement et y ajusta une cordelette.

Ensuite elle chercha un endroit pour y cacher cet incomparable trésor.

— Dans l'eau ? Dans la terre ? Non, plutôt là-haut, au sommet de cet arbre immense.

Elle passa la corde de la gourde autour de son cou et entreprit de grimper, en tenant le tronc de l'arbre entre ses pattes. Mais la gourde était tellement lourde qu'elle ballottait sans cesse et que l'araignée retombait sur le sol.

Une fois, deux fois, trois fois : l'araignée retombait toujours. Mais elle s'acharnait dans sa tentative, malgré sa douleur.

Alors, du sommet de ce même arbre, une tourterelle se mit à chanter. Et l'araignée, qui connaissait le secret du chant des oiseaux, comprit que la tourterelle lui disait ceci :

— Mets ta gourde sur ton dos ! Mets ta gourde sur ton dos !

L'araignée se dit aussitôt : cette pauvre tourterelle a raison. Bien qu'elle ne soit qu'une tourterelle et que je l'ai vidée de son intelligence, elle a raison. Elle est plus intelligente que moi. Cela ne fait aucun doute. Je suis honteuse de mon orgueil, de l'idée que j'avais de moi-même et de mon pouvoir.

L'araignée abandonna sa gourde, qui s'ouvrit en tombant. Toute la connaissance libérée se répandit dans l'air et regagna les autres créatures.

Et la tourterelle dit à l'araignée, en chantant sur la plus haute branche :

— Il n'y a personne qui ne connaisse rien, et il n'y a personne qui connaisse tout.

Le pêcheur et le génie

Sur la scène ô combien classique du pêcheur qui ramène un génie prisonnier dans une bouteille, voici la variation soufi.

Un pêcheur ramena dans son filet une bouteille en cuivre, au bouchon de plomb. Cette bouteille contenait un génie tout-puissant, emprisonné par le roi Salomon, mais le pêcheur n'en savait rien. Il ne voyait que la bouteille, qui lui semblait inhabituelle. Peut-être renferme-t-elle quelques diamants, se dit-il. Oubliant que l'homme ne doit se servir que de ce dont il a appris l'usage, il fit sauter le couvercle de plomb.

D'abord il crut que la bouteille était vide. Il la retourna : rien n'en sortit. Puis il vit s'élever hors de la bouteille un mince ruban de fumée, qui s'intensifia, qui devint une forme redoutable, et cette forme dit au pêcheur d'une voix terrible :

— Je suis le chef des djinns. Je connais le secret des miracles. Je me suis révolté contre Salomon, qui m'a emprisonné dans cette bouteille. Maintenant, je vais te détruire !

Le pêcheur terrifié se jeta sur le sable et cria :

— Vas-tu détruire celui qui t'a rendu la liberté ?

— Oui, car la violence est ma nature ! Et bien que j'aie vécu dans l'immobilité pendant plusieurs millions d'années, j'ai été créé pour détruire !

— Mais tu n'as jamais pu tenir dans cette bouteille ! s'écria soudain le pêcheur. Elle est trop étroite pour toi !

— Tu oses mettre en doute la parole du chef des djinns ?

— Je ne peux pas le croire, dit le pêcheur.

— Mais je suis capable de tout ! Je te l'ai dit : je connais le secret des miracles !

— Tu n'es pas capable, dit le pêcheur, de tenir dans cette bouteille !

— Regarde bien ! rugit la créature immense.

Le génie se mit alors à se dissoudre rapidement. Il redevint un filet de fumée, qui pénétra dans la bouteille. Le pêcheur remit aussitôt le bouchon de plomb (l'astuce est classique) et jeta la bouteille, aussi loin qu'il put, dans les profondeurs de la mer.

Des années et des années passèrent jusqu'au jour où un autre pêcheur, petit-fils du premier, ramena la même bouteille. Il s'apprêtait à l'ouvrir quand une pensée le toucha. Il se rappela une phrase qui lui venait de son père, et du père de son père, une phrase qui disait : l'homme ne doit se servir que de ce dont il a appris l'usage.

Le génie, réveillé par les mouvements de la bouteille, se mit à crier :

— Fils d'Adam, qui que tu sois, enlève ce bouchon et libère-moi ! Je suis le chef des djinns ! Je connais le secret des miracles !

Mais le pêcheur, qui se tenait sur ses gardes, plaça la bouteille dans une grotte et escalada la falaise prochaine, à la recherche d'un ermite qui s'était établi dans cette solitude. Il lui décrivit la situation.

— La phrase qui te vient du père de ton père est parfaitement vraie, dit l'ermite. Ce que tu dois faire, tu dois le faire toi-même. Et tu dois savoir le faire.

— Mais qu'est-ce que je dois faire ? demanda le pêcheur.

— N'as-tu pas le désir de faire quelque chose ?

— Si, bien sûr. Je désire libérer le djinn, pour qu'il me donne le pouvoir des miracles, ou bien une montagne d'or, ou bien un océan d'émeraudes.

— Jamais l'idée ne t'a frappé, je suppose, reprit l'ermite, que le djinn pourrait ne pas te donner toutes ces richesses que tu désires ? Ou bien qu'il pourrait te les donner et ensuite te les reprendre, car tu n'as pas les moyens de les garder ?

— Que dois-je faire ? Dis-moi !

— Demande au djinn un échantillon de ce qu'il peut accomplir. Cherche un moyen de sauvegarder cet échantillon et aussi de le mettre à l'épreuve. Cherche la connaissance et non la possession, car la possession sans la connaissance est la cause de notre désordre.

Vif et inventif, le jeune pêcheur prépara un plan. Il revint à la grotte, tapa sur le cuivre de la bouteille, et la voix terrible du djinn lui demanda une fois de plus une liberté immédiate.

Le jeune pêcheur lui dit :

— J'ai réfléchi. Je ne crois pas que tu es celui que tu prétends être. Je ne crois pas que tu possèdes les pouvoirs que tu revendiques.

— Tu ne me crois pas ? s'écria la voix rugissante du djinn. Ne sais-tu pas que je suis incapable de proférer un mensonge ?

— Non, je ne le sais pas.

— En ce cas, comment te convaincre ?

— En me donnant une démonstration. Peux-tu exercer un de tes pouvoirs à travers le cuivre de la bouteille ?

— Oui, dit le djinn. Mais je ne peux pas me libérer moi-même.

— Très bien, dit le jeune pêcheur. Donne-moi le

pouvoir de résoudre le problème qui agite, en ce moment même, mon esprit.

A l'instant, par une miraculeuse intervention du djinn, le jeune pêcheur comprit le sens profond de la phrase qui lui venait de son père, et du père de son père. Il put du même coup voir toute la scène ancienne de la libération du génie. Il put imaginer comment il pourrait enseigner à d'autres les ruses nécessaires pour obtenir des djinns quelque faveur.

Mais il comprit aussi que ces faveurs s'arrêtaient là, qu'il ne pourrait obtenir rien de plus, ni montagne d'or, ni mer d'émeraudes.

Alors il saisit la bouteille et, du même geste que son grand-père, il la rejeta dans la mer.

Il passa le reste de sa vie à enseigner aux autres le sens d'une phrase très simple : l'homme ne doit se servir que de ce dont il a appris l'usage.

Après sa mort, comme les rencontres avec les djinns emprisonnés devenaient rares, les successeurs du pêcheur dénaturèrent ses leçons, déformèrent ses gestes. Une religion s'édifia. On enferma des bouteilles d'airain dans les tabernacles de temples somptueux et de temps en temps des prêtres élevaient entre leurs mains ces bouteilles, et y buvaient. A cause de l'immense respect porté à la mémoire du pêcheur, chacun s'efforçait de lui ressembler, d'agir comme lui.

La bouteille pendant des siècles resta le symbole de la vérité, l'objet du mystère. Les membres de cette religion tentèrent de s'aimer les uns les autres pour la seule raison qu'ils aimaient le pêcheur. A l'endroit où il vivait jadis dans une hutte de roseaux, ils bâtirent un temple incomparable, où ils procédaient à un culte étrange dans des vêtements lourds et beaux.

Les disciples de l'ermite sont encore vivants mais les prêtres ne les connaissent pas.

Les descendants du pêcheur sont vivants sur la terre mais les prêtres ne les connaissent pas davantage.

La bouteille de cuivre, où sommeille le grand génie, est quelque part au fond de l'eau.

Le meilleur souhait

Autre variation, sur le même thème :

Le génie libéré dit au pêcheur :

— Formule trois souhaits et je les exaucerai. Quel est ton premier souhait ?

— Le voici, dit le pêcheur. Je voudrais que tu me rendes assez intelligent pour que je fasse un choix parfait pour les deux souhaits suivants.

— C'est accordé, dit le génie. Et maintenant, quels sont tes autres souhaits ?

Le pêcheur réfléchit un instant et répondit :

— Merci. Je n'ai pas d'autres souhaits.

La mort d'un imbécile

A l'inverse, une histoire arménienne raconte le voyage d'un homme dont l'intelligence était assoupie.

Un misérable, qui travaillait en vain, prit la décision d'aller se plaindre de son sort auprès de Dieu. Il se mit en route et rencontra un loup, qui lui demanda sa destination.

— Je vais me plaindre à Dieu, dit l'homme. Il s'est montré très injuste envers moi.

— Veux-tu me rendre service ? demanda le loup. Du matin au soir, et aussi la nuit, je cours de tous côtés pour chercher ma pitance. Demande à Dieu : pourquoi as-tu créé le loup, si tu le laisses crever de faim ?

L'homme promit de poser la question et se remit en chemin. Un peu plus loin il rencontra une jeune fille charmante. Elle lui demanda le but de son voyage. Il répondit.

— Je t'en prie, lui dit-elle, si tu vois Dieu, parle-lui de moi. Dis-lui que tu as rencontré sur la terre une jeune fille charmante, douce, belle, riche, en très bonne santé, et pourtant malheureuse. Que dois-je faire pour connaître le bonheur ?

— Je poserai la question, dit l'homme pauvre.

Un peu plus loin il s'arrêta pour se reposer au pied d'un arbre. Or cet arbre, bien que planté dans une bonne terre, restait rabougri, presque sans feuilles. Il interrogea l'homme et lui dit :

— Pourrais-tu parler de moi, si tu vois Dieu ? Dis-lui que je ne comprends rien à ma destinée. Vois, cette terre est fertile, et pourtant hiver comme été mes branches sont nues. Que faire pour porter des feuilles vertes, comme les autres arbres, et aussi des fruits ?

L'homme promit à l'arbre qu'il parlerait à Dieu. Et il poursuivit son chemin.

Après une longue marche et des péripéties qui n'ont pas été révélées, il parvint auprès de Dieu, le salua et lui présenta sa supplication.

— Tu traites tous les hommes de la même façon, lui dit-il. Mais regarde-moi : je travaille de toutes mes forces le jour comme la nuit, je me prive de tout et je mène une vie de malheur. J'en connais d'autres qui travaillent beaucoup moins que moi et qui mènent une vie douce. Peux-tu me dire où est l'égalité ? Où est la justice ?

— Je t'offre ta chance, lui répondit Dieu. Saisis-la, et tu seras riche et heureux. Va, rentre chez toi !

Avant de prendre congé, l'homme exposa le cas du loup, de la jeune fille et de l'arbre maigre. Dieu lui fournit les réponses nécessaires. L'homme repartit.

En chemin il rencontra l'arbre et lui dit :

— Dieu m'a révélé qu'une grande quantité d'or se trouve cachée juste sous tes racines. Voilà pourquoi tu ne peux pas te développer. Qu'on enlève cet or et tu auras des branches vertes.

— Merveilleux ! s'écria l'arbre. Vite, creuse entre mes racines et prends l'or !

— Non, non, je ne peux pas, Dieu m'a offert ma chance. Je dois rentrer chez moi et en profiter !

L'homme partit. Il rencontra la jeune fille insatisfaite qui lui demanda :

— Alors ? Que t'a dit Dieu ?

— Il m'a dit que pour connaître le bonheur, tu dois rencontrer un époux qui partagera tes joies et tes peines.

— Épouse-moi ! lui dit la jeune fille. Épouse-moi et nous serons heureux ensemble !

— Je ne peux pas, je n'ai pas le temps ! Dieu m'a

offert ma chance et je dois rentrer chez moi pour en profiter ! Adieu ! Cherche un autre époux !

Et il s'en alla.

Un peu plus loin, il rencontra le loup affamé qui lui demanda :

— Alors ? As-tu parlé à Dieu pour moi ?

— Laisse-moi d'abord te dire ce qui m'est arrivé, répondit l'homme. J'ai rencontré une jeune fille malheureuse et je lui ai donné la réponse de Dieu : elle doit trouver un époux. J'ai rencontré un arbre sans feuillages, auquel Dieu fait dire : un tas d'or bloque tes racines. La jeune fille voulait m'épouser, l'arbre voulait me faire creuser pour retirer l'or, mais bien entendu j'ai dit non ! Dieu m'a offert ma chance, il me l'a dit, et je dois rentrer chez moi pour en profiter !

— Et moi ? demanda le loup. Est-ce que Dieu t'a donné la solution de mon problème ? Réponds-moi avant de partir !

— Oui, dit l'homme. Dieu a répondu ceci : le loup marchera affamé sur la terre jusqu'à ce qu'il rencontre un imbécile qui pourra assouvir sa faim.

— Où veux-tu que je trouve plus grand imbécile que toi ?

Il se jeta sur l'homme, et le dévora.

La première leçon

Un jeune moine japonais vint auprès du maître Ummon pour y acquérir la connaissance.

— Marque ton obéissance, dit le maître Ummon.

Le jeune moine s'inclina. Au moment où il se relevait, le maître fit un mouvement très brusque, comme s'il allait le frapper. Le moine fit un écart en arrière.

— Tu n'es donc pas aveugle, dit le maître. Approche-toi.

Le jeune moine s'approcha.

— Et tu n'es pas sourd, dit le maître. Tu comprends ?

— Je comprends quoi ? demanda le moine.

— Tu n'es pas idiot non plus, dit le maître.

L'ordre des pages

Cette histoire africaine, d'origine bambara, pourrait presque s'appeler « la deuxième leçon ».

Un Peul et un Bambara, qui partageaient la même prison, apprirent par leur gardien que l'un des deux serait châtré par ordre du roi, et que l'autre aurait la tête coupée.

Le Peul, plus rusé que le Bambara, se mit aussitôt à se plaindre, criant qu'il avait mal aux testicules, très mal, et qu'il demandait un soulagement. Il cria si fort que le gardien accourut, armé d'un sabre effilé, et le débarrassa des deux objets de sa peine. Le Peul souffrit cruellement tout le reste de la nuit, mais au fond de lui-même il se réjouissait d'avoir sauvé sa tête.

Auprès de lui, le Bambara dormait pesamment.

Au matin le roi les fit convoquer et leur annonça qu'ils étaient libres. Leur châtiment était levé.

Le Peul se lança dans une série d'imprécations et de gémissements : le Bambara a la vie sauve, s'écriait-il, et moi j'ai perdu mes testicules !

— Il ne faut jamais lire la page 5 avant la page 4, lui dit le roi.

Le choix du silence

Un maître zen rencontra un de ses disciples, qui travaillait dans le jardin, et lui dit :

— C'est une bonne chose de choisir le silence dès le lever du jour.

— Comment sais-tu que j'ai choisi le silence ? demanda le disciple.

— Je t'ai entendu, répondit le maître.

La leçon du roi bouddhiste

La connaissance, qui conduit nécessairement à la tolérance (ou alors elle n'est que fausse connaissance), passe assez souvent par l'épreuve, comme le raconte une histoire indienne.

Dans une ville où régnait un roi bouddhiste nommé Kalingadatta, vivait un marchand bouddhiste. Ce marchand avait un fils qui restait ardemment fidèle à la religion ancienne, et qui reprochait violemment à son père une conversion qu'il jugeait ignoble. La vraie foi, disait le fils, est la foi brahmanique. La seule vraie religion est celle des Védas.

— Les moines bouddhistes sont de la plus basse origine ! Ils ont abandonné les purifications rituelles ! Ils mangent à n'importe quelle heure ! Et ils se rasent toute la tête, au lieu de garder la touffe sacrée !

Le père essayait de lui dire qu'il existe plusieurs formes de religion, que le bouddhisme enseigne la compassion pour toutes les choses vivantes, qu'il enseigne aussi la paix. Comment cette pratique pourrait-elle conduire au mal ?

Mais le fils refusait toute tolérance et ne cessait de blâmer hautement son père. Celui-ci le conduisit enfin devant le roi, et le roi, informé de la querelle, se montra soudain possédé de la plus impitoyable colère et condamna le fils à mort.

— Oui ! s'écria-t-il. Il faut le tuer sans délai ! Car il est un danger de corruption pour tout notre peuple !

Le père pria, implora, et le roi accorda un délai de deux mois au jeune fanatique, afin qu'il corrigeât sa vie. Quel crime ai-je commis pour mériter la mort ? se demandait le fils du marchand. Je n'ai fait que défendre la vérité de la religion ! Pourquoi la mort ?

Il perdit toute espèce d'appétit, il perdit le sommeil et le goût du plaisir. A la fin des deux mois, le père ramena son fils, émacié, décharné, devant le roi qui lui demanda :

— Pourquoi cette étonnante maigreur ? T'ai-je défendu de manger ?

— Manger ? dit le jeune homme. Mais comment aurais-je pu manger ? Depuis que tu m'as condamné à mort, c'est à la mort, et à la mort seule, que j'ai pensé ! Elle a chassé de moi toute autre pensée, tout autre objet.

— Toutes les créatures ont peur de la mort, lui dit le roi. C'est pourquoi je te le demande : existe-t-il une religion supérieure à celle qui veut délivrer l'homme de cette crainte de la mort ?

Le jeune homme ne savait que répondre. Il était très affaibli. Il tremblait.

— Voici comment va venir ta mort, lui dit le roi. Prends ce bol, rempli d'huile à ras-bord. En tenant ce bol entre tes mains, tu vas faire le tour de la ville. Mon bourreau te suivra pas à pas. Si tu laisses tomber une seule goutte d'huile, il te tranchera la tête aussitôt.

Le jeune homme partit lentement, les yeux fixés sur le bol d'huile qu'il tenait à deux mains. Un bourreau gigantesque, qui tenait une épée étincelante, marchait au même pas derrière lui. Ils allèrent partout, dans les rues, dans la foule, près du fleuve, ils marchèrent autour des temples, ils traversèrent la place du marché. L'immense bourreau marchait silencieusement derrière le fils du marchand.

Celui-ci ne renversa pas une seule goutte d'huile.

Quand il revint au palais, à la tombée de la nuit, le roi lui dit :

— Qu'as-tu vu, aujourd'hui, dans la ville ?

— Je n'ai rien vu, répondit le jeune homme, et je n'ai rien entendu.

— Tu n'as rien vu, et tu n'as rien entendu, lui dit le roi, parce que tu ne regardais que le bol d'huile que tu tenais entre tes mains. Tu as peut-être découvert aujourd'hui, par la force de ta concentration, la vraie religion. Car tu as même oublié la présence de la mort, qui marchait derrière toi sans cesse.

Le meilleur fils

Une histoire éthiopienne nous montre un vieil homme qui, sur le point de mourir, appela ses trois fils et leur dit :

— Je ne peux pas diviser en trois ce que je possède. Cela laisserait trop peu de bien pour chacun de vous. J'ai décidé de donner tout ce que j'ai, par héritage, à celui qui se montrera le plus habile, le plus intelligent. Autrement dit : à mon meilleur fils. J'ai posé sur la table une pièce de monnaie pour chacun de vous. Prenez-la. Celui qui, avec cette pièce de monnaie, achètera de quoi remplir la case, aura tout.

Ils partirent. Le premier fils acheta de la paille, mais il ne parvint qu'à remplir la case jusqu'à mi-hauteur. Le deuxième fils acheta des sacs de plumes, mais il ne réussit pas davantage à remplir la case.

Le troisième fils — qui eut l'héritage — n'acheta qu'un seul petit objet. C'était une bougie. Il attendit la nuit, alluma la bougie et emplit la case de lumière.

L'éternuement du fantôme

Si l'on veut que le chemin vers la connaissance soit complet, il faut aussi prêter attention aux signaux les plus singuliers, comme nous le dit cette histoire coréenne :

Un étudiant quitta son village pour se présenter à un examen de littérature dans la capitale. Long et pénible voyage. Dans une forêt, il entendit soudain un éternuement, qui venait des fourrés tout proches. L'étudiant s'arrêta, examina les fourrés, et ne vit rien. Cependant, tout près de lui, l'éternuement retentit une nouvelle fois.

Alors l'étudiant ordonna à son serviteur de creuser la terre tout autour des fourrés. Ils trouvèrent un crâne humain enseveli, plein de terre. Des racines de lierre passaient à travers ses narines, et l'étudiant se dit que ces racines incommodaient les narines et que de là venaient ces éternuements. Il dégagea le crâne, le lava dans l'eau claire, l'enveloppa dans un papier et le remit en place, non sans oublier de lui consacrer un petit sacrifice et de dire une prière sur la terre tassée.

La nuit suivante le fantôme lui apparut en rêve, lui donna le sujet de l'examen et même lui récita un poème splendide qui correspondait à ce sujet. L'étudiant fut reçu premier, avec les honneurs.

La morale de cette histoire, que nous donne le conteur, est qu'il faut toujours prêter l'oreille aux éternuements sans propriétaire apparent.

Le cavalier et le Soufi

Autre conte singulier, qui est d'origine soufi, et se prête, comme il est normal, à diverses interprétations.

Un cavalier aperçut un serpent venimeux au moment où il se glissait dans la bouche d'un homme endormi. Que faire ? S'il laissait l'homme dormir, tôt ou tard le serpent le mordrait, le tuerait.

Alors il fouetta l'homme de toute sa force. Il le réveilla brutalement d'un coup de fouet, il l'entraîna dans une remise où se trouvait un tas de pommes pourries. Sous la menace de son épée il obligea l'homme, qui hurlait de rage, à manger une masse de pommes. Puis il lui fit boire une quantité d'eau saumâtre sans prêter attention à ses cris.

— Mais que t'ai-je fait, ennemi de l'humanité, pour que tu me traites de cette manière ?

Après plusieurs heures de souffrances, d'insultes et de larmes, l'homme s'écroula sur le sol. Il vomit les pommes, l'eau et le serpent. A la vue de l'animal, il comprit ce que l'homme avait fait, il lui demanda pardon de l'avoir insulté et le remercia.

— Pourquoi m'as-tu sauvé ? demanda-t-il enfin.

— Parce que la connaissance est mère de la responsabilité.

— Que veux-tu dire ?

Le cavalier resta silencieux. Il aida l'homme à se relever et à nettoyer ses vêtements. Celui-ci dit encore :

— Si tu m'avais prévenu de la présence de ce serpent dans mon estomac, j'aurais accepté ton traitement de très bonne grâce.

— Je ne crois pas, dit le cavalier.

— Pourquoi ?

— Si je t'avais prévenu, tu ne m'aurais pas cru. Ou bien la peur t'aurait paralysé. Ou bien tu te serais enfui à toutes jambes. Ou bien encore tu serais retourné au sommeil, y cherchant l'oubli.

Là-dessus, le mystérieux cavalier sauta sur son cheval et s'éloigna très vite.

L'œil de l'éléphant

L'éléphant traverse un fleuve, raconte une histoire venue du Cameroun. Tout à coup l'un de ses yeux se détache et tombe au fond de l'eau.

Affolé, l'éléphant se met à le chercher de tous côtés mais en vain. L'œil paraît bel et bien perdu.

Pendant qu'il s'agite au milieu du fleuve, tout autour de lui les animaux aquatiques, les poissons, les grenouilles mais aussi les oiseaux, et les gazelles restées sur la berge, tous lui crient :

— Calme-toi ! Du calme, ô éléphant ! Calme-toi !

Mais l'éléphant ne les entend pas et il continue à chercher, sans trouver son œil.

— Du calme ! crient les autres. Du calme !

Il finit par les entendre, il s'immobilise et il les regarde. Alors, l'eau de la rivière entraîne doucement la vase et la boue qu'il soulevait en pataugeant. Entre ses pattes, en regardant, il aperçoit son œil dans l'eau redevenue claire.

Il le ramasse et le remet en place.

Le langage des animaux

Cependant un certain nombre d'histoires, à vrai dire moins nombreuses que les autres, soulignent les dangers de la connaissance et vont jusqu'à louer l'ignorance. Ainsi, quand on demandait à Nasreddin Hodja ce qu'il fallait faire pour éviter de tomber malade, il répondait :

— C'est très simple. Il faut tenir ses pieds au chaud, sa tête au frais, soigner son habillement et surtout ne pas trop penser.

Une histoire persane met en garde contre l'apprentissage de certains secrets.

On savait que le prophète Salomon connaissait le langage des animaux. Poussé par la curiosité, un homme voulut apprendre ce langage. Salomon le mit en garde :

— Renonce à ton idée. Cela ne peut t'apporter que misère et chagrin.

L'homme insista, revenant chaque jour à la charge, et finit par dire :

— Au moins, apprends-moi le langage de mon coq et de mon chien.

Salomon y consentit et l'homme s'en retourna chez lui très satisfait.

Le lendemain matin il vit le coq s'emparer d'un petit morceau de pain et le chien qui lui courait après en lui disant :

— Tu as tout le grain que tu veux, et tu me voles mon pain !

— Cesse de te plaindre et réjouis-toi, lui répondit le coq, car demain la mule de notre maître le Khoja mourra et tu auras toute la viande que tu voudras.

Le Khoja conduisit aussitôt sa mule au marché et la vendit. Deux ou trois jours plus tard, il apprit qu'elle était morte. Et il continua d'écouter attentivement ce que disaient ses deux animaux.

Un autre jour le chien traitait le coq de menteur. Et le coq dit au chien :

— Je ne suis pas un menteur. La mule est bel et bien morte. Pas chez notre maître, c'est vrai. Mais ne t'inquiète pas, car son cheval mourra ce soir et il est plus gras que sa mule. Tu pourras manger autant que tu voudras.

Le Khoja s'empressa de vendre son cheval, qui mourut en effet le soir même.

Furieux, le chien se mit à insulter le coq, lequel répondit :

— Ce que j'avais prédit est arrivé. La mule est morte et le cheval est mort. Ce que je ne comprends pas, c'est pourquoi notre maître le Khoja les a vendus. Mais ne t'attriste pas, car demain son esclave bien-aimé mourra, et, au cours de la cérémonie funèbre, nous aurons d'excellentes choses à manger, et en quantité.

Le Khoja, qui avait entendu, se dépêcha de vendre son esclave, qui mourut en effet. Deux ou trois jours passèrent. Le Khoja, assis dans sa cour, écoutait les plaintes que le chien adressait au coq.

— Je te déteste, tu n'arrêtes pas de mentir, va-t'en, tu me portes malheur !

— Je ne mens jamais, répondit le coq avec assurance. Je guide les fidèles pour la prière de l'aube, je suis le muezzin de Dieu, j'annonce le retour du jour, l'approche du soleil, et tous m'écoutent. Je ne me suis jamais trompé. Comment pourrais-je mentir ? Écoute-moi bien : le Khoja lui-même va mourir, et cette fois il ne pourra pas se vendre lui-même pour échapper à la mort. En fait, la mule, le cheval et l'esclave étaient le prix qu'il devait payer au destin pour rester vivant. Mais cet homme borné n'a pas compris : il a tout simplement cru gagner une vague somme d'argent alors qu'en réalité il s'apprêtait à tout perdre, même son existence. Réjouis-toi, chien, car pendant quarante jours de deuil nous aurons de la nourriture en abondance.

Affolé, le Khoja courut chez Salomon pour lui demander assistance.

— C'est un décret divin, lui répondit le prophète, et rien ne peut être changé.

Au jour suivant, une fois de plus le coq chanta, le soleil se leva dans un ciel clair et le Khoja était mort.

On servit de la nourriture en abondance aux amis, aux invités, aux voisins. Tout en mangeant les restes, le coq disait au chien :

— Tu me crois, maintenant ?

Mais personne ne pouvait comprendre ce qu'ils disaient.

La charge du chameau

Une histoire de même origine — c'est Rumi qui la raconte — fait cheminer ensemble, pour un très court moment, l'intelligence et l'idiotie.

Un bédouin, qui s'avançait assis sur un chameau chargé de deux sacs, rencontra un homme qui fit route avec lui et lui demanda :

— Que porte ton chameau ?

— D'un côté un sac plein de blé, répondit le bédouin, et de l'autre un sac plein de sable.

— Pour quelle raison fais-tu cela ?

— Pour équilibrer la charge.

— Il vaudrait mieux répartir le blé entre les deux sacs, dit l'homme. Ainsi la charge de ton chameau serait moins lourde.

Le bédouin fut frappé par l'intelligence de ce conseil.

— Mais tu as raison : s'écria-t-il. Tu as mille fois raison ! Ta pensée est fine, subtile ! Monte sur mon chameau, viens !

Le bédouin fit monter l'homme sur le chameau et lui dit :

— Qui es-tu ? Un homme intelligent comme toi doit être sultan, ou au moins vizir ?

— Non, je ne suis rien.

— Mais tu es riche ?

— Non. Regarde mes vêtements.

— Quelle sorte de commerce pratiques-tu ? Où est ta maison, où est ton magasin ?

— Je n'ai ni magasin, ni maison.

— Et tes chameaux ? Et tes vaches ?

— Je n'en ai pas.

— Mais alors, avec une intelligence pareille, qu'est-ce que tu as ?

— Je n'ai rien, je te l'ai dit, je n'ai pas un morceau de pain à manger. Et mes habits sont des haillons.

— Descends de ce chameau ! s'écria le bédouin. Éloigne-toi ! Emporte loin de moi ton intelligence dangereuse, car mon idiotie est sacrée !

Les deux hommes se séparèrent pour toujours et le bédouin continua sa marche, un sac de blé d'un côté et un sac de sable de l'autre.

L'essentiel

Pour en revenir à la connaissance — nécessaire, mais jusqu'à quel point ? Et à quel prix ? — une histoire arabe nous raconte :

Un empereur fit venir un homme qui passait pour le plus savant de l'ensemble des terres connues, et lui demanda de rédiger un ouvrage qui contiendrait les connaissances essentielles.

L'érudit se mit au travail et, douze ans plus tard, il offrit au monarque toute une série de volumes.

— C'est trop long, lui dit l'empereur. Écris les connaissances essentielles en un seul volume.

L'homme obéit et revint quatre ou cinq ans plus tard avec un volume.

— C'est encore trop long, dit l'empereur. Je suis un homme occupé par tous les soucis de l'empire. Écris en quelques pages ce que tu estimes essentiel et apporte-moi ces pages.

Le savant se remit à l'œuvre. Il réussit en deux ou trois ans à mettre la quintessence de ses connaissances en quelques pages, qu'il offrit au monarque. Celui-ci, particulièrement occupé ce jour-là, demanda un dernier effort : une seule page.

Plusieurs années de travail furent encore nécessaires à l'homme pour faire tenir sa connaissance sur une page.

— C'est encore trop long, lui dit l'empereur. Je te propose quelque chose : n'écris plus rien. Mets l'essentiel de ce que tu sais dans un mot et viens me dire ce mot. Je te récompenserai.

L'homme se retira sur un plateau aride et réfléchit pendant le temps nécessaire. A la fin, quand il eut trouvé le mot qui renfermait toutes les pensées, il demanda audience à l'empereur, qui était à présent un vieil homme.

— As-tu trouvé le mot ? demanda-t-il à l'érudit.

— Oui, Majesté. Je l'ai trouvé.

— Approche. Dis-moi ce mot à voix basse, vite.

Le savant s'approcha de l'empereur, se pencha vers son oreille et lui murmura un seul mot. L'empereur fut le seul à l'entendre et s'écria :

— Mais ça, je le savais déjà !

Les papillons et la bougie

Enfin, c'est à Fariduddin Attâr, auteur persan du *Mantic Uttaïr (Le Langage* ou *La Conférence des oiseaux)* qu'il revient de fermer ce chapitre, par une magnifique parabole nocturne :

Un soir les papillons se réunirent, tourmentés par le désir de s'unir à la bougie. Un premier papillon alla jusqu'au château lointain et il aperçut à l'intérieur la lumière d'une bougie. Il revint, il raconta précisément ce qu'il avait vu. Mais le sage papillon qui présidait la réunion dit que cela ne les avançait guère.

Un deuxième papillon pénétra dans le château et alla plus près de la bougie. Il vola tout autour, il toucha même la flamme de ses ailes, et la bougie fut victorieuse. Il revint, les ailes brûlées, et il raconta son voyage.

Mais le sage papillon lui dit :

— Ton explication n'est pas plus exacte.

Alors un troisième papillon se leva, ivre d'amour. Il pénétra dans le château, il se posa sur le bord du bougeoir, puis il s'élança sur ses pattes de derrière et se jeta violemment sur la flamme. Ses membres devinrent rouges comme le feu. Il s'identifia avec la flamme.

Alors le sage papillon — qui avait regardé de loin — dit aux autres :

— Il a appris ce qu'il voulait savoir. Mais lui seul le comprend, et voilà tout.

8

Un bon maître peut être utile, ou inutile

La leçon du voleur

Que la transmission de la connaissance, et par là même de la sagesse, ne puisse s'effectuer que par l'entremise d'un maître, toutes les traditions l'admettent. Mais il existe mille manières de définir l'identité et la personnalité de ce maître.

Voici d'abord la leçon qu'un roi du sud de l'Inde reçut d'un voleur.

Désireux d'apprendre tous les secrets du vol, non pas dans l'intention de voler lui-même mais pour mieux rendre la justice, un roi fit convoquer un fameux voleur et lui demanda des leçons.

L'homme parut très étonné, et même scandalisé.

— Moi, un voleur ? Qui a pu te convaincre d'une pareille fausseté ? J'ai toujours vécu très honnêtement : comment pourrais-je te donner des leçons de vol ?

Ainsi protestant de son innocence et se déclarant indigné de la malveillance de ses voisins, qui sans doute l'avaient dénoncé pour détruire sa très bonne réputation, l'homme fut relâché.

Cependant, quelques minutes après son départ, le roi s'aperçut qu'une bague précieuse manquait à sa main. Il fit arrêter l'homme, on le fouilla sans trouver la bague — qu'il avait pu déjà refiler à quelque complice. Et cette fois, pour faute de lèse-majesté, l'homme fut jeté en prison et condamné à être empalé dès le lendemain.

Ce soir-là le roi ne pouvait pas s'endormir. L'esprit troublé, il se rappelait les protestations d'innocence que l'homme avait fait entendre, aussi bien dans le palais qu'à l'occasion de son arrestation. Au milieu de la nuit le roi se leva et descendit jusqu'à la prison. On le fit entrer, ombre silencieuse, et il entendit le prisonnier, seul dans sa cellule noire, qui priait avec ferveur, pleurait doucement et continuait à se dire injustement persécuté. Le roi — que le prisonnier, en aucune façon, ne pouvait apercevoir — se retira sans bruit, très ému, et décida de relâcher le prisonnier, convaincu de son innocence. Après quoi le sommeil vint à lui.

Le lendemain, libéré, l'homme fut introduit auprès du souverain. Il passa rapidement ses deux mains l'une contre l'autre, faisant apparaître la bague du roi. Puis il la saisit entre deux doigts et la lui rendit, avec tous les signes d'obéissance et de respect.

Le roi, fort étonné, lui demanda les raisons de son comportement.

— Tu m'as demandé des leçons, lui dit le voleur. Voici la première : un voleur doit toujours se comporter en apparence comme un très honnête citoyen, respectueux des lois et des croyances. Et voici la seconde : il est absolument essentiel qu'il affirme son innocence, même quand il se trouve à toute extrémité. Veux-tu que nous fixions la troisième leçon ?

La vraie science

Dans une histoire arabe classique, le maître est un modeste forgeron.

Dans une ville où l'on enseignait toutes les sciences vivait un jeune homme studieux, animé par un désir incessant de perfection. Il apprit un jour, par le récit d'un voyageur, qu'il existait dans un pays lointain un homme incomparable, qui possédait à lui seul toutes les vertus des siècles des siècles. Cet homme, malgré sa science, exerçait le métier de forgeron, comme avant lui son père et le père de son père.

Dès qu'il entendit parler de cette merveille de savoir, le jeune homme prit ses sandales, son baluchon, et s'en alla. Après des mois de marche et de fatigue, il parvint dans la ville du forgeron, il se présenta devant lui, baisa le bas de sa robe et se tint dans une attitude déférente. Le forgeron, un homme âgé, lui demanda :

— Que désires-tu ?

— Apprendre la science, répondit le jeune homme.

Le forgeron lui mit alors entre les mains la corde du soufflet et lui demanda de tirer. Le jeune homme tira sur la corde du soufflet jusqu'au coucher du soleil. Le lendemain il fit de même, ainsi que les jours suivants, les mois suivants. Il travailla ainsi pendant une année sans que personne lui adressât la moindre parole.

Cinq années passèrent ainsi. Un jour, enfin, le tireur de corde dit au forgeron :

— Maître...

Dans la forge tout s'arrêta. Les autres ouvriers paraissaient anxieux. Dans le silence soudain, le forgeron dit au jeune homme :

— Que veux-tu ?

— Je veux la science, maître...

Et le forgeron répondit :

— Tire la corde.

Cinq années passèrent encore à ce dur travail silencieux. Personne ne parlait. Si un disciple désirait poser une question au maître, il l'écrivait sur un morceau de papier. Le maître, parfois, jetait le papier dans le feu, ce qui signifiait que la demande ne valait rien. Parfois il roulait le papier dans un pli de son turban, et le lendemain le disciple trouvait la réponse écrite en lettres d'or sur le mur de sa cellule.

A la fin des dix années, le vieux forgeron s'approcha du tireur de corde et lui toucha l'épaule. Celui qui était venu pour apprendre la sagesse — et qui avait appris la patience — cessa de tirer sur la corde. Il sentit une grande joie vivre en lui. Le vieux forgeron l'embrassa et le laissa partir. Certains prétendent qu'il ne lui dit pas un mot.

Le jeune homme, maintenant un homme, rentra chez lui, retrouva ses amis. Et, pour le reste de son existence, il vécut dans une tranquille clarté.

La pierre dans la main

On racontait en Chine — et aussi en Inde — une histoire assez proche.

Un jeune homme, qui se sentait attiré depuis l'enfance par les pierres précieuses, décida de devenir bijoutier. Aussitôt il se mit à la recherche d'un maître et fut admis auprès du plus fameux de tous.

Le maître, comme première leçon, lui mit dans la main une pierre de jade, lui referma la main sur la pierre et lui dit :

— Garde ta main ainsi fermée pendant un an. Adieu.

Et il renvoya le jeune homme.

Celui-ci rentra dans la demeure de ses parents, la main fermée sur la pierre et très mécontent. Comment est-ce possible, se demandait-il, que ce maître m'ait demandé un geste aussi stupide, aussi difficile à accomplir ? Comment pourrai-je maintenir ma main fermée pendant un an, sans l'ouvrir un instant ? Pourquoi cet ordre formé par le caprice, et que rien ne justifie ?

Cependant, malgré ces questions que lui apportait la première colère, le jeune homme, secrètement intrigué par le commandement reçu, réussit à garder sa main fermée sur la pierre et cela pendant douze mois, même la nuit, même au cœur du sommeil.

Quand le moment fut venu, il retourna auprès du maître, ouvrit sa main et lui rendit la pierre.

— Et maintenant que dois-je faire ? demanda-t-il.

Le maître lui répondit :

— Je vais te mettre une deuxième pierre dans la main et tu la garderas pendant un an.

Cette fois le jeune éclata de colère : Encore un an ? Mais pourquoi cet ordre absurde, né dans le cerveau d'un vieil idiot ? Lui qui voulait devenir bijoutier, pourquoi ne pas lui apprendre convenablement son métier ?

Pendant qu'il s'écriait, le maître lui mit dans la main une autre pierre.

Machinalement le jeune homme referma sa main sur la pierre et s'exclama soudain :

— Mais cette pierre-ci n'est pas du jade !

Le bouddhisme véritable

Parmi les plus célèbres anecdotes zen, on trouve ce court dialogue, attribué au maître Josshu.

Un disciple lui demande :

— Maître, s'il vous plaît, quelle est la véritable histoire du bouddhisme ? Enseignez-moi.

— Tu as terminé ton repas ? demanda le maître.

— Oui, maître, j'ai terminé.

— Alors, va laver ton bol.

Le peintre et l'incendie

Une autre histoire japonaise montre qu'un incendie peut aussi donner des leçons.

Il existait un peintre qui peignait surtout des bouddhas et qui s'appelait Yoshihide. Un jour le feu se déclara dans la maison voisine. Sans se soucier de sa femme et de ses enfants, qui furent obligés de se sauver eux-mêmes, le peintre se précipita dans la rue et resta là, immobile, à regarder le feu se communiquer de la maison voisine à la sienne.

— Mais que fais-tu là ? lui disaient les gens. Remue-toi ! Tu ne vois pas que ta maison brûle ?

L'homme souriait, les yeux écarquillés, et ne cessait de dire :

— Ah, quelle leçon ! Comme je peignais mal les flammes de l'enfer ! Maintenant je vois ce que c'est que flamber ! Ah, quelle leçon !

Malgré ses voisins, malgré sa femme et ses enfants, il ne fit rien. Il observa sa maison se consumer jusqu'au bout. Après quoi, devenu expert dans l'art de peindre des flammes, il reçut d'innombrables commandes et se fit construire une maison bien plus belle que la précédente.

L'exemple de la lampe

Une histoire chrétienne parle aussi, mais d'une tout autre manière, d'une flamme.

On connaissait un vieil homme à la mémoire chancelante. Très désireux de s'instruire, il vint auprès d'un homme réputé pour sa connaissance et l'interrogea sur l'oubli. L'homme lui parla. Le vieillard, satisfait, retourna dans sa cellule. Mais, dès qu'il eut refermé la porte, il se rendit compte qu'il avait déjà oublié ce qui venait de lui être dit.

Il retourna auprès du saint et l'interrogea une deuxième fois. Le saint lui répondit de la même façon. Le vieillard revint à sa cellule. A peine la porte refermée, il avait de nouveau oublié.

Un peu plus tard, après d'autres tentatives semblables, il rencontra le saint et lui fit part de son trouble :

— J'oublie tout ce que tu me dis, et je n'ose plus t'interroger.

— Va allumer une lampe, lui dit le saint.

Le vieil homme obéit. Il revint avec une lampe allumée.

— Apporte d'autres lampes, lui dit le saint. Allume-les toutes à la première.

Le vieil homme fit ainsi. Bientôt plusieurs lampes brûlèrent.

— Est-ce que la première lampe, lui dit le saint, a subi quelque dommage du fait qu'on a allumé plusieurs lampes à sa flamme ?

— Non, dit le vieillard.

— Alors, n'hésite pas, lui dit le saint. Chaque fois que tu le désireras viens m'interroger, je te répondrai.

La patience

Saadi, le poète persan, raconte un autre apprentissage.

Un homme, à la réputation remarquable, avait un serviteur au visage atroce et au caractère impossible. Il ne pouvait recevoir un ordre sans se jeter aussitôt dans la colère, il s'asseyait grossièrement à table, servait mal, bousculait les invités et laissait son maître assoiffé. Toutes les réprimandes le trouvaient indifférent et ne faisaient qu'aggraver le désordre et la négligence de son service. La nuit la maison retentissait du bruit lourd de ses pas, de la vaisselle qu'il cassait. Il lui arrivait de précipiter des poules dans le puits et d'entasser des fagots épineux sur le chemin par où devait passer son maître. On ne pouvait compter sur lui pour rien.

Des amis du maître lui conseillèrent de se débarrasser de ce serviteur insupportable et d'en prendre un autre.

— Mais pourquoi ? répondit le maître en souriant. Je dois à mon serviteur un grand merci, car il m'a rendu meilleur. Oui, il m'a appris la patience, et chaque jour il continue de me l'apprendre. Et ce bienfait me permet de supporter tous les autres embarras de la vie.

L'oiseau indien

Quelquefois, un oiseau peut être notre maître (s'il accepte de nous parler).

Un marchand persan gardait un oiseau indien dans une cage. Devant partir pour un voyage en Inde, il demanda à l'oiseau :

— Veux-tu que je te rapporte un cadeau ?

— Non, dit l'oiseau. Tout ce que je veux, c'est ma liberté.

— Je n'ai pas l'intention de te l'accorder.

— Alors je te demande de te rendre un moment dans la forêt où je suis né, là-bas, en Inde, et d'annoncer aux autres oiseaux ma captivité.

— Je le ferai, dit le marchand.

Il se rendit comme promis dans la jungle indienne à l'endroit indiqué par l'oiseau et annonça à voix très haute qu'il gardait en captivité tel oiseau. Aussitôt, de la plus haute branche, un autre oiseau tomba inanimé sur le sol. C'est sans doute un parent de mon oiseau, se dit le marchand, et mon annonce a provoqué sa mort.

Quand il revint chez lui, l'oiseau lui demanda des nouvelles de son voyage.

— Hélas, lui dit le marchand, j'ai bien peur d'apporter une nouvelle mauvaise. Un de tes parents est tombé sans mouvement sur la terre quand j'ai annoncé ta captivité.

A peine le marchand avait-il parlé que l'oiseau tomba lui-même au fond de la cage et ne bougea plus. Cette mauvaise nouvelle l'a tué lui aussi, se dit le marchand. Frappé de chagrin, il ouvrit la cage, saisit l'oiseau et déposa son corps sur le rebord de la fenêtre, que caressait un rayon de soleil.

Aussitôt l'oiseau se ranima. Il battit vivement des ailes et vola jusqu'à la branche d'un arbre proche.

De là il s'adressa au marchand :

— Comprends maintenant ceci : ce que tu prenais pour une triste nouvelle de mort était en fait un message de joie. Par ton intermédiaire, cet oiseau lointain, mon parent, me suggérait une façon de me libérer. C'est ce que j'ai fait.

Et l'oiseau s'envola vers l'Est en chantant.

La nouvelle sagesse

Un sage, âgé de quatre-vingts ans, vivait dans la Chine du Nord. Il était le plus célèbre commentateur de la parole de Confucius et sa réputation s'élevait au-dessus de celle des autres sages. A une certaine période, on entendit soudain une rumeur, qui montait du Sud, selon laquelle un homme encore plus sage, encore plus profond, venait d'apparaître. Le vieux sage du Nord, trouvant cette idée intolérable, décida de se mettre en route pour vérifier la chose par lui-même.

Le chemin fut hasardeux et pénible. Après des mois d'efforts, il parvint enfin auprès du nouveau maître, il se présenta, et les deux hommes décidèrent de confronter leurs doctrines, pour décider laquelle leur paraissait la plus profonde.

Le vieil homme commença. Il lui fallut plusieurs heures pour exposer, avec calme et intelligence, les points principaux de son système. Quand il eut terminé, il demanda à l'homme du Sud, un bouddhiste de l'école appelée Zen, de faire connaître ses propres idées.

Le maître zen dit simplement ceci :

— Éviter de faire le mal et faire le plus de bien possible.

Le vieux maître, en entendant ces mots, rougit et s'enflamma de colère.

— Comment ! s'écria-t-il. A mon âge, j'ai affronté tous les dangers d'une longue route ! Je t'ai dit pourquoi je venais ! Je t'ai longuement exposé ma doctrine ! Je ne t'ai rien caché ! Et tu me donnes en échange une maxime insignifiante que tout enfant de trois ans connaît par cœur ! Est-ce que tu te moques de moi ?

Le maître zen lui répondit :

— Non, je ne me moque pas de toi. Mais s'il est vrai que tout enfant de trois ans connaît par cœur cette maxime, cependant un homme de quatre-vingts ans est encore incapable d'y conformer sa vie.

La lampe du maître

Un maître zen et son disciple marchaient sur un chemin, au cœur de la nuit. Le maître tenait une lanterne.

— Maître, demanda le disciple, est-il vrai que tu peux voir dans le noir ?

— Oui, c'est vrai.

— Alors, pourquoi cette lanterne ?

— Pour que les autres ne me heurtent pas.

Le derviche et le chanteur célèbre

Une histoire soufi insiste sur les circonstances qui sont nécessaires à toute transmission d'un enseignement, ou simplement d'une émotion.

Au temps d'autrefois, un roi impatient d'apprendre, et qui se savait imparfait, fit appeler un fameux derviche et lui dit :

— La lignée à laquelle j'appartiens s'est toujours abreuvée aux sources les plus pures de la connaissance.

— C'est bien ainsi, dit le derviche.

— Il est de mon désir de continuer cette tradition. C'est pourquoi je te le demande : enseigne-moi.

— Est-ce un ordre ou une prière ?

— Prends-le comme tu voudras, dit le roi. Ordre ou prière : de toute façon j'apprendrai.

Il se tut et attendit que le derviche prît la parole. Mais le derviche ne dit rien. Un moment plus tard il s'inclina en silence, se leva et sortit.

Les jours suivants, on le vit revenir régulièrement auprès du roi. Il s'asseyait, il restait quelques heures sans prononcer une parole puis il sortait. Les affaires du royaume se bousculaient auprès de lui, les requêtes, les conflits, les châtiments, les trahisons et les honneurs. Et la roue du ciel tournait au même rythme.

Le roi, chaque jour, voyait arriver le derviche dans ses vêtements déchirés. Il le voyait marcher et s'asseoir, il le voyait manger et boire, parler et rire avec les autres. Il savait que la nuit il dormait. Mais il ne recevait aucune parcelle de l'enseignement désiré. Pourquoi ? se demandait le roi. Attend-il un signe ? Comment percer le secret de son silence ?

On entendit un jour, à la cour, plusieurs personnes qui parlaient d'un chanteur nommé Daud et qui disaient :

— Daud est le plus grand chanteur du monde.

Le roi, animé par le désir d'écouter ce chanteur fameux, le fit convoquer au palais. Mais le chanteur, qui vivait dans une demeure somptueuse et se disait monarque des chanteurs, répondit à l'envoyé du roi :

— Ton roi ne connaît rien de ce qui est nécessaire à l'art du chant. S'il veut simplement voir mon visage, je viendrai. Mais s'il veut m'entendre chanter, il lui faudra attendre, comme n'importe qui.

— Attendre quoi ? demanda l'émissaire.

— Que le bon moment soit venu. Que je sois dans la bonne disposition pour chanter. Ce qui a fait de moi un grand chanteur, ce qui pourrait faire d'un âne un grand chanteur, je vais te le dire : c'est le fait de savoir avec précision quand on peut chanter, et quand on ne peut pas.

Ces paroles furent rapportées au roi, qui se sentit partagé entre le désir et la colère.

— Quelqu'un peut-il obliger cet homme à chanter ? demanda-t-il. S'il doit être dans une bonne disposition pour chanter, ne dois-je pas être dans une bonne disposition pour l'écouter ?

Le derviche soudain se leva, s'avança vers le roi et lui dit :

— Viens avec moi. Allons visiter ce chanteur.

Parmi les murmures étonnés des courtisans qui se demandaient à voix basse quel piège profond se dissimulait derrière la proposition du derviche — lequel ne manquerait pas d'être grandement récompensé en cas de succès — le roi accepta. Il se fit apporter de pauvres vêtements et, les cheveux en désordre, il suivit le derviche dans les rues de la ville.

Les deux hommes frappèrent à la porte du chanteur. Celui-ci leur fit dire qu'il ne se sentait pas en humeur de chanter et qu'il voulait qu'on le laissât tranquille.

Alors, le derviche s'assit sous les fenêtres du chanteur et se mit à chanter lui-même. Il chantait un des airs favoris de Daud, et il le chantait admirablement. C'était du moins l'avis du roi, qui s'était assis à côté de lui dans ses guenilles et qui se sentait violemment ému par le chant. Cependant, comme il n'était pas grand connaisseur en la matière, il ne pouvait pas remarquer que le derviche chantait très légèrement faux.

Quand le chant fut terminé, des larmes brillaient dans les yeux du roi.

— Chante encore une fois le même chant, dit-il au derviche. Je n'ai jamais entendu mélodie plus douce, plus émouvante.

Le derviche accepta. Il s'apprêtait à reprendre le chant depuis le début, quand soudain Daud, qui ne pouvait pas supporter plus longtemps l'erreur légère du derviche — une erreur délibérée, comme on pense — se mit à chanter lui-même, de sa fenêtre.

Le derviche et le roi, immobiles comme deux pierres, retinrent leurs souffles. Le chant de Daud, parfaitement juste, les enveloppait d'une beauté inconnue où ils voyaient l'univers tout entier et jusqu'aux plus secrets sentiments des humains.

Lorsque le chant fut terminé, la fenêtre se referma. Le roi fit envoyer au chanteur un présent magnifique. Il félicita le derviche pour son adresse et lui proposa d'être son conseiller principal, dans toutes les affaires du royaume.

Mais le derviche lui dit ceci :

— Trois conditions ont été nécessaires pour te faire entendre ce que tu as entendu : la présence du chanteur, ta présence et la présence d'un homme qui pût établir le lien indispensable entre le chanteur et toi.

— Que veux-tu dire ? demanda le roi.

— Ce qui est vrai pour le chanteur est vrai pour tout enseignement. Il faut le moment, l'endroit et l'homme.

— Veux-tu dire que nous devons attendre, toi et moi, jusqu'à ce que ces trois conditions se réalisent ?

— J'ai dit ce que j'ai dit, répondit le derviche.

Il se rassit auprès du roi et revint à ses habitudes silencieuses. Le roi reprit le cours de ses affaires. Il attendait.

Une bonne affaire

Nasreddin Hodja, on s'en doute, fut lui aussi un grand donneur de leçons (bien qu'on ne lui connût jamais un seul maître).

Un marchand vint un jour le trouver et lui dit :

— Je te propose une affaire exceptionnelle. Tu me prêtes cinquante dinars, avec lesquels j'en gagnerai soixante-dix. Bénéfice net : vingt dinars. Dix pour toi, dix pour moi. Qu'en penses-tu ?

— C'est en effet très intéressant, répondit Nasreddin après réflexion. Mais je te propose une autre affaire, meilleure pour toi et pour moi.

— Laquelle ?

— Eh bien, voilà : je te donne ces dix dinars. Prends-les. Tu fais un bénéfice immédiat, et tu n'as rien déboursé. Pour moi, j'en ai gagné quarante. En plus, remarque-le, de cette façon nous évitons toutes les querelles qui accompagnent en général ces transactions.

La sagesse du charpentier

Après le forgeron arabe, le charpentier chinois.

Au cours d'une procession, un homme dont la sainteté et la calme maîtrise de soi étaient reconnues de tous, reçut sur le nez une éclaboussure de plâtre, de la taille d'une aile de mouche. Il demanda à un charpentier qui marchait à côté de lui de lui enlever ce petit morceau de plâtre.

Le charpentier saisit sa hache, la fit tournoyer dans l'air — si fort qu'on entendit le bruit — et enleva le morceau de plâtre sans même toucher le nez du saint homme.

Et la procession continua.

A quelque temps de là, un prince, qui avait entendu parler de cet exploit, convoqua le charpentier et lui demanda de recommencer son tour d'adresse.

Le charpentier refusa.

Le prince, irrité, demanda les raisons de ce refus.

— C'est très simple, dit le charpentier. L'homme qui avait ce morceau de plâtre sur le nez était d'une très grande force d'âme. Pas le moindre frisson ne l'a parcouru quand j'ai abattu ma hache. Où trouver, parmi les gens qui t'entourent, quelqu'un qui puisse se comporter de même ?

La frayeur du maître

Le vrai maître n'est pas insensible, loin de là. Mais il sait différer, quand il le faut, ses sensations. C'est ce que raconte une histoire zen.

Dans un monastère japonais, à la fin du Moyen Age, vivait un vieux moine qui inspirait aux jeunes moines une sorte de terreur respectueuse, car rien ne semblait pouvoir troubler sa sérénité. Bien qu'il répétât à toute occasion qu'il n'y a rien de mal dans une émotion, quelle qu'elle soit, à condition de ne pas se laisser emporter par elle, il restait calme et inaltérable. On ne pouvait ni l'irriter, ni l'effrayer, ni l'inquiéter.

Un matin d'hiver, alors que la nuit obscurcissait encore tous les couloirs du monastère, les jeunes moines s'assemblèrent silencieusement dans l'ombre. Le vieux moine, ce matin-là, devait apporter la tasse de thé rituelle jusqu'à l'autel. A son passage, ils jaillirent brusquement de l'obscurité comme des fantômes hurleurs.

Le vieil homme continua sa marche paisiblement, sans un faux pas, sans un tressaillement. Un peu plus loin dans le couloir se trouvait une petite table, qu'il connaissait. Il y posa doucement la tasse de thé, il la couvrit d'un morceau de soie pour qu'aucune poussière ne pût y tomber.

Puis il s'appuya contre un mur et poussa un grand cri d'épouvante.

L'enfant idiot

C'est parfois aux maîtres de se méfier de leurs élèves, car une éducation peut se donner aussi à rebours.

Dans *Le Jardin des roses,* Saadi nous présente un homme de pouvoir, un vizir, qui avait un fils malheureusement assez demeuré. Il le conduisit chez un maître renommé et lui dit :

— Occupe-toi de mon fils. Peut-être avec ton aide deviendra-t-il intelligent.

Le maître prit en charge l'enfant et l'enseigna opiniâtrement, pendant des mois. Après quoi il le ramena chez son père et dit à celui-ci :

— Ton fils est toujours aussi idiot. Et en plus moi aussi je le suis devenu.

Le long fleuve

Une histoire du vingtième siècle, qu'on a racontée un peu partout, montre un homme d'Occident, par exemple un Américain, qui entend parler d'un maître célèbre vivant en altitude, totalement retiré, dans les montagnes du Tibet.

L'Américain, esprit systématique, décide de se rendre auprès de ce saint homme et d'apprendre de sa bouche les vrais secrets de l'existence. Il vend tout ce qu'il possède, accomplit les démarches nécessaires, arrive au Tibet, se fait indiquer la grotte où le sage s'est retiré et part à sa recherche.

C'est un voyage très dur, à plus de cinq mille mètres, dans la glace et le froid. L'Américain parvient enfin auprès du vieil homme qui vit à demi nu dans la solitude.

D'emblée, il lui demande ce qu'est la vie.

L'ermite médite pendant un long moment puis lui répond :

— La vie, mon fils, est un long fleuve qui prend sa source le jour de la naissance et qui...

L'Américain l'interrompt brutalement. Il paraît très irrité.

— Quoi ! J'ai dépensé tout cet argent, j'ai fait tout ce voyage, pour venir ici m'entendre dire cette bêtise ? Que la vie est un long fleuve ! Mais j'aurais aussi bien fait de rester chez moi ! Tout ce temps perdu pour cette banalité, cette stupidité ?

L'ermite, qui a l'air très inquiet, lui demande alors :

— Comment ? La vie n'est pas un long fleuve ?

L'homme à l'esprit libre

Tagore raconte l'histoire d'un homme qui affirmait depuis son enfance la liberté de son esprit. Il ne dépendait d'aucune école et ne croyait en aucun dieu.

Cet esprit fort disparut. On le retrouva quelques années plus tard totalement dévoué à un saint homme qui vivait à l'écart du monde. L'homme à l'esprit fort, avec une docilité exemplaire, sans perdre un instant son sourire, accomplissait tous les ordres que lui donnait l'ermite. Il lui bourrait sa pipe et lui massait doucement les jambes.

Un ami d'autrefois, venu le visiter, s'étonna de cet asservissement.

— Comment as-tu pu perdre ta liberté, à laquelle tu t'accrochais avec tant de force ?

— Je ne l'ai pas perdue. Elle s'est même élargie.

— Je ne te comprends pas. Cet homme te tend les jambes et tu les lui masses !

— Bien sûr, dit l'autre, mais il n'a pas besoin de ce service. Si c'était pour lui seul, ce serait en effet honteux de me le demander. Et pour moi honteux d'obéir. Mais c'est moi qui en ai besoin.

L'arbre adoré

Il arrive que le Diable lui-même consente à nous instruire, comme dans cette histoire arabe.

Il se trouvait un arbre que des hommes et des femmes adoraient, dédaignant le culte que pratiquait leur peuple. Un homme, irrité par cette idolâtrie, décida de couper cet arbre. Il se présenta à la nuit tombée avec une lourde hache mais le Diable, sous une forme humaine, apparut et lui demanda :

— Que vas-tu faire avec cette hache ?

— Je vais couper cet arbre.

— Pourquoi ?

— Parce que des hommes et des femmes l'adorent et qu'ils en oublient le vrai Dieu.

— Si tu ne l'adores pas toi-même, lui dit le Diable, que t'importe ?

— Je veux absolument le couper et je le couperai ! répliqua l'homme en levant sa hache.

— Attends ! s'écria le Diable en lui posant une main sur le bras. Aimerais-tu, au lieu de couper cet arbre, faire quelque chose qui te soit utile ?

— Que veux-tu dire ? demanda l'homme un peu troublé.

— Ma proposition n'est pas une énigme. Je t'offre, si tu renonces à couper cet arbre, deux pièces d'or.

— Qui me les donnera ?

— Moi-même.

— Quand ?

— Chaque matin à ton réveil.

L'homme laissa retomber sa hache et rentra chez lui. Le lendemain matin un mendiant masqué frappa à sa porte, lui remit deux pièces d'or et s'enfuit rapidement.

Le jour suivant il se leva de bonne heure et attendit le mendiant. Mais il l'attendit vainement. Personne ne lui apporta les deux pièces d'or promises.

L'homme entra en colère, saisit sa lourde hache et courut vers l'arbre. Là il rencontra le Diable sous sa forme humaine, et le Diable lui dit :

— Que vas-tu faire avec cette hache ?

— Je vais couper l'arbre !

— Mais non. Tu n'es plus capable de le couper.

L'homme leva sa hache. Le Diable la saisit avec un doigt et la rejeta. Puis il bouscula l'homme, qui alla se fracasser le dos contre un mur et mourut presque.

— Qui es-tu ? demanda-t-il. D'où vient cette force surnaturelle ?

— Elle me vient des deux pièces d'or que tu as acceptées. Quand tu voulais couper l'arbre pour protéger la seule adoration de Dieu, je ne pouvais rien contre toi. Mais quand tu as voulu le couper par colère, à cause des pièces d'or que tu n'as pas reçues ce matin, tu es tombé en mon pouvoir. Voilà pourquoi je t'ai brisé.

Le saint soudain sourd

Le comportement des vrais maîtres peut sembler quelquefois surprenant, voire excessif, comme dans cette autre histoire arabe.

Une vieille femme marchait depuis des années pour enfin se trouver face à face, mais seulement pendant quelques instants, avec un saint ermite à la réputation prodigieuse qui vivait dans un grand désert. A vrai dire, ce désert se trouvait très largement peuplé de pèlerins qui venaient en nombre, de tous les points du monde, pour recevoir la parole admirable, toucher la terre devant le saint homme, affronter son regard (on disait que ce regard avait vu Dieu) et repartir.

Ces pèlerins vivaient sous des tentes, ou bien couchaient à la belle étoile. D'habiles commerçants vendaient, dans le désert, tout ce qu'on dit nécessaire à la vie et même des colifichets superflus. Hommes et femmes attendaient, formant une longue file qui serpentait dans la rocaille et avançait très lentement vers l'entrée de la grotte où se tenait l'ermite, en compagnie de ceux qui le servaient.

La vieille femme, qui avait consacré toutes les forces de sa vie à ce voyage, attendit comme les autres. Cette attente dura plusieurs semaines. Elle avançait au rythme très lent de la file, dépensant ses dernières ressources pour acheter un peu de nourriture aux ambulants, qui ne cessaient d'aller et venir en offrant bruyamment leurs produits.

Quand elle vit que son tour approchait d'être mise en présence du saint, le cœur de la vieille femme accéléra sa marche. Elle se sentait frappée par l'émotion. Elle ne pouvait pas croire qu'une rencontre aussi longuement désirée allait ce jour-là se produire. Elle n'osait même pas lever les yeux vers le visage de l'ermite, assis à l'entrée de la grotte.

Quand le pèlerin qui la précédait se retira, un des assistants vint la saisir par un bras pour l'aider à franchir les quelques pas qui la séparaient du saint homme.

Puis elle s'assit. Mais en s'asseyant, son corps échappa à sa volonté et elle lâcha un pet. Un pet bien sonore.

Horriblement confuse, elle se tenait en face de l'ermite, ne sachant que dire ou que faire, songeant à se relever et à s'enfuir. Mais l'ermite se pencha vers elle et lui demanda, une main posée comme une conque marine autour de son oreille :

— Que dis-tu ?

La vieille femme releva son visage et le regarda. Elle rencontra les yeux innocents et bienveillants de l'ermite, toujours penché vers elle. Et l'ermite lui dit encore :

— Mon oreille est très affaiblie. Parle un peu plus fort, je te prie. Que m'as-tu dit ?

Le bonheur envahit le corps et l'âme de la femme comme une eau chaude et parfumée. Elle sourit, et elle dit à l'ermite ce qu'elle était venue lui dire. L'ermite, une main toujours placée autour de son oreille, l'écouta très attentivement, en hochant la tête pour montrer qu'il la comprenait, qu'elle parlait avec assez de force. Puis il lui répondit avec calme et intelligence et ce fut à la vieille femme d'écouter en hochant la tête. Après quoi elle baisa la terre devant lui et se retira très heureuse.

Quand le visiteur suivant se présenta devant l'ermite, celui-ci garda sa main devant son oreille. Il voulait que tout le monde le crût sourd, pour que personne ne pût informer la vieille femme du subterfuge.

Il continua avec les autres visiteurs, leur demandant de hausser le ton quand ils s'exprimaient. Tous lui obéirent.

Il continua pendant des mois, pendant des années, avec les pèlerins, avec ses assistants. Il n'écoutait qu'en entourant l'une de ses oreilles avec sa main. Et tout le monde parlait de lui comme d'un sourd.

Un jour, dix-sept ans plus tard, il apprit la mort de la vieille femme. Alors il abaissa sa main, il sourit, il appela tous ceux qui l'entouraient et il annonça que le Seigneur, par un miracle inexplicable, venait de lui rendre l'ouïe.

La sainte femme

Autre leçon, beaucoup plus dure, qu'on trouve dans les récits des premiers temps chrétiens.

Une femme d'origine grecque, qui habitait Alexandrie en Égypte, décida de quitter sa famille et de se retirer dans le désert pour attendre la fin de ce monde. L'apocalypse prochaine était annoncée par les textes, tout l'affirmait, et il fallait se constituer une âme pure pour affronter le retour du messie, mort sur la croix depuis près de deux siècles, et qui allait réapparaître en pleine gloire sur les nuées pour séparer les méchants et les justes.

Cette femme quitta son mari et ses enfants en pleine nuit, secrètement. Elle emporta quelques vêtements et un peu d'argent. Avant l'aube elle était sortie de la ville et se dirigeait vers les sables. Quelques mois auparavant, un prédicateur de passage l'avait baptisée. Depuis ce jour, aussi souvent qu'elle pouvait, elle assistait aux cérémonies semi-clandestines qui réunissaient les chrétiens. A présent elle partait, pour se retrouver dans la pureté du désert face à face avec le vrai Dieu.

Elle marcha toute la journée, dormit dans des rochers et se remit en marche le lendemain de très bonne heure. Assurément elle n'était point la seule à fuir la cité pour rechercher une solitude problématique. D'autres chrétiens, obsédés par la fin prochaine des temps, s'enfuyaient eux aussi. Des chroniqueurs rapportent qu'on voyait dans le désert « une grande multitude de solitaires ».

Pour parvenir à ce désert il fallait franchir une gorge étroite et desséchée où sans doute, dans des temps très anciens, coulait un fleuve. A l'entrée de cette gorge se tenait un homme à demi nu, au regard flamboyant, à la parole dure, qui interrogeait les nouveaux arrivants avant de donner — ou de refuser — le droit de vivre en solitude.

La femme, déjà très fatiguée, s'arrêta devant cet homme, qui lui demanda :

— As-tu renoncé à tout ?

— Oui, répondit-elle.

— A ta famille ? A tes amis ? A tout attachement terrestre ?

— J'ai renoncé à tout. Et c'est pourquoi je suis venue.

— Que portes-tu dans ce sac ?

— Des vêtements et un peu d'argent.

— Écoute ce que tu vas faire, lui dit alors l'interrogateur. Tu vas retourner à Alexandrie. Tu donneras tes vêtements aux pauvres que tu rencontreras. Puis tu iras chez un boucher. Avec l'argent que tu as, tu achèteras de la viande fraîche. Tu attacheras cette viande solidement sur tes épaules et autour de ton cou. Après quoi tu reviendras ici. As-tu compris mes paroles ?

La femme hocha la tête et fit demi-tour.

Elle revint à Alexandrie, en évitant les quartiers où des gens pouvaient la connaître. Elle donna ses vêtements, ne gardant qu'une simple chemise. Elle acheta de la viande fraîche et l'attacha autour de son cou. Puis elle se remit en marche vers les sables.

A peine avait-elle quitté la ville une seconde fois que des chiens affamés se jetèrent sur ses traces. Ils sautaient vers ses épaules pour atteindre la viande et en sautant ils lui griffaient le corps. Des oiseaux de proie se lancèrent eux aussi à l'attaque, à coups de bec et de serres, se battant même avec les chiens. La femme essayait de se protéger, mais elle avançait dans un nuage de plumes noires et de cris affreux entourée d'une meute insatiable. Les dents et les griffes des chiens, les becs et les serres des vautours déchiraient son corps. Elle laissait sur le sable une traînée de sang. Sa propre chair, à certains endroits, ne se distinguait plus de la viande de boucherie.

Quand elle parvint auprès de l'homme qui gardait l'entrée de la grotte, elle n'était qu'une silhouette de sang chancelante.

L'homme la regarda brièvement et lui dit :

— Tu peux passer, maintenant.

La leçon des radis

Il arrive aussi que les méthodes de certains maîtres nous apparaissent très singulières, au point que la leçon et la méthode se confondent.

Ainsi, dans la tradition islamique, on rapporte qu'un certain Abdulalim, qui vivait à Fez, reçut un jour la visite d'un homme inquiet et mécontent. Celui-ci ne parvenait pas à garder son calme pendant les exercices de méditation et de prière.

— Je peux t'enseigner une méthode très simple, lui fit Abdulalim. Tu te bouches les oreilles et tu penses à des radis.

L'homme demanda :

— Avant ou après les exercices ?

— *Pendant* les exercices.

La bonne invocation

Urabe Kenkô raconte très simplement ce court dialogue.

Un homme vint auprès d'un maître vénéré et lui demanda :

— Quand j'invoque le nom du bouddha Amida, et que, envahi de sommeil, j'en viens à négliger cet exercice, comment faire pour vaincre cet obstacle ?

— C'est bien simple, lui répondit le maître. Invoque le nom d'Amida quand tu es éveillé.

La partie d'échecs

Autre histoire zen.

Un jeune homme, frappé par l'amertume, se rendit dans un monastère éloigné et dit à un vieux maître :

— La vie m'a déçu. Je voulais atteindre l'illumination pour me délivrer de ma peine, mais j'en suis incapable, je le sais. Je ne pourrai jamais passer des années interminables dans la méditation, dans l'austérité, dans l'étude. C'est au-dessus de mes forces. Existe-t-il un chemin rapide, pour un homme comme moi ?

Le maître lui demanda :

— T'es-tu réellement concentré sur quelque chose, dans ta vie ?

— Je suis né dans une famille riche. Je n'ai jamais dû vraiment travailler. La chose qui m'a le plus intéressé, c'est sans doute le jeu des échecs. J'y consacrais presque tout mon temps.

Le maître fit appeler un autre moine. On apporta un échiquier et une épée tranchante qui brillait au soleil. Le maître disposa les pièces du jeu et dit au moine, en montrant l'épée :

— Tu m'as juré obéissance. Voici le moment venu. Tu vas jouer une partie d'échecs contre ce jeune homme, et si tu perds je te coupe la tête avec cette lame. Si tu gagnes, je couperai la tête de ton adversaire. De sa vie il ne s'est intéressé, il ne s'est appliqué qu'aux échecs. Il mérite d'avoir la tête coupée en cas de défaite.

Les deux joueurs regardèrent le visage du maître et virent sa détermination. Ils commencèrent la partie. Dès le début le jeune homme sentit un filet de sueur couler le long de son dos, car il jouait réellement pour sa vie. L'échiquier devenait le monde tout entier. Il s'identifiait à l'échiquier, il devenait l'échiquier. Il eut d'abord le dessous, après quoi le moine, son adversaire, commit une erreur qui donna l'avantage au jeune homme. Celui-ci en profita pour lancer une forte attaque. Les positions de son adversaire faiblirent, commencèrent à se briser.

Le jeune homme lança un regard à ce moine, sans lever la tête. Il vit en face de lui un visage intelligent et sincère, marqué par des années d'effort. Il pensa à sa propre vie, oisive et insignifiante. Et il se sentit soudain touché par la pitié.

Délibérément il commit une maladresse, puis une deuxième. Il ruinait ainsi ses propres positions. Il allait perdre.

Alors le maître renversa brusquement l'échiquier, ce qui éparpilla les pièces. Les deux joueurs le regardèrent avec stupéfaction.

— Il n'y a ni vainqueur, ni perdant, dit le maître. Aucune tête ne tombera.

Il se tourna vers le jeune homme et ajouta :

— Deux choses sont nécessaires. La concentration et la pitié. Et aujourd'hui tu as appris les deux.

La charrette renversée

Le Bouddha disait que notre ennemi est souvent notre meilleur maître, car il nous révèle à nous-mêmes mieux que ne peut le faire un ami complaisant.
Mais ce maître peut surgir auprès de nous à chaque instant, comme le dit cette histoire juive, qui remet en discussion le hasard.
Martin Buber a raconté, dans *Gog et Magog*, l'histoire d'un homme qui, sur son chemin, rencontra une lourde charrette renversée qui lui barrait la route. Le paysan qui conduisait la charrette demanda au voyageur de l'aider à la redresser.
Comment deux hommes pourraient-ils soulever une charge aussi formidable ? se demanda l'homme. Et il répondit :
— C'est inutile. Je ne peux pas.
Le paysan se mit alors en colère et lui dit :
— Tu peux parfaitement, mais tu ne veux pas ! Voilà la vérité : tu ne veux pas !
Touché, le voyageur se mit au travail. Il trouva des planches et aida le charretier à les glisser sous les roues. Puis les deux hommes se servirent d'un levier, pesèrent de toutes leurs forces. La charrette oscilla, bougea, et ils parvinrent à la relever. Le paysan caressa les flancs de ses bœufs, qui haletaient, et remit en place le chargement.
La charrette, un peu plus tard, tirée par les bœufs, se remit en marche.
Le voyageur dit au paysan :
— Permets-moi de te suivre un peu.
— Mais avec plaisir. Accompagne-moi.
Ils se mirent à marcher côte à côte. Après un moment de silence, le voyageur demanda au paysan :
— Comment as-tu pu penser que je ne voulais pas ?
— Je l'ai pensé, justement parce que tu as dit que tu ne pouvais pas. Personne ne sait qu'il ne peut pas faire quelque chose avant d'avoir essayé.
— Mais comment as-tu pu penser que je pourrais le faire ?

— C'était juste une idée, comme ça.

— Qu'est-ce que ça veut dire : une idée comme ça ?

— Mais que tu insistes ! Tu veux vraiment savoir ? Eh bien, ça m'est venu à l'idée quand j'ai vu qu'on t'avait envoyé à ma rencontre.

— Tu crois donc, demanda le voyageur, que ta charrette s'est renversée pour que je puisse t'aider ?

— Et pour quelle autre raison, mon frère ? dit le paysan.

Le Maître Caché

Une histoire soufi nous dit enfin où se cache souvent le maître véritable.

Après de longues années d'études, Malik Dinar décida de se mettre en marche, à la recherche du Maître Caché. A peine s'était-il éloigné de sa maison qu'il rencontra un derviche, qui s'avançait péniblement sur la poussière de la route. Les deux hommes marchèrent côte à côte, en silence. Après une ou deux heures, le derviche parla :

— Qui es-tu ? Où vas-tu ?

— Je suis Malik Dinar. Je me suis lancé à la recherche du Maître Caché.

— Je suis El Malik El Fatik, dit le derviche. Je ferai ce chemin avec toi.

— Peux-tu m'aider à trouver le Caché ?

— Puis-je t'aider ? Peux-tu m'aider ? dit le derviche, sur ce ton très irritant que les derviches semblent affectionner. Tout dépend de l'usage qui est fait de l'expérience. Et ceci ne peut être que partiellement transmis par un compagnon de voyage.

— Que veux-tu dire ?

— Je ne veux rien dire. Je dis.

Ils arrivèrent ensemble auprès d'un arbre, qui oscillait et qui craquait.

— L'arbre parle, dit le derviche, qui s'était arrêté. Écoute.

— L'arbre parle ?

— Oui. Et voici ce qu'il dit : Quelque chose me blesse. Prends le temps de l'enlever de mon tronc, pour que je puisse trouver le repos.

— Je suis trop pressé, dit Malik Dinar. Et comment un arbre parlerait-il, de toute manière ?

Ils reprirent leur cheminement.

Ils s'arrêtèrent un peu plus loin et le derviche dit :

— Quand nous étions auprès de l'arbre, j'ai senti une odeur de miel. Peut-être un essaim d'abeilles se dissimulait-il dans le tronc ?

— Si c'est vrai, dit Malik Dinar, retournons en vitesse et ramassons le miel. Nous le mangerons et nous en vendrons pour payer nos frais de voyage.

— Si tu veux, dit le derviche.

Ils firent demi-tour. Quand ils se retrouvèrent auprès de l'arbre, ils virent un groupe de voyageurs qui achevaient de ramasser une énorme quantité de miel.

— Quel coup de chance ! disait un de ces hommes. Il y a là assez de miel pour l'usage de toute une ville ! De pauvres pèlerins, nous voici devenus marchands. Notre avenir est assuré.

Malik Dinar et le derviche reprirent leur route en silence.

Ils atteignirent une montagne, et à l'intérieur de la montagne ils entendirent une sorte de murmure, de bourdonnement continu. Le derviche appliqua son oreille contre le sol et dit :

— Au-dessous de nous s'agitent des millions et des millions de fourmis. Elles construisent une colonie. Et ce bourdonnement que nous entendons est en réalité une demande de secours. En langage de fourmi, elles nous disent : Aidez-nous. Nous creusons une excavation, mais des roches très dures nous barrent le passage. Brisez ces roches.

Et le derviche demanda à Malik Dinar :

— Nous arrêtons-nous pour les aider, ou poursuivons-nous notre route ?

— Les fourmis et les roches ne nous concernent pas, mon frère. Je cherche le Maître Caché. Je ne m'intéresse à rien d'autre.

— Comme tu voudras, dit le derviche. Pourtant j'entends les fourmis murmurer que toutes les choses se touchent et se pénètrent. Cela pourrait avoir un certain rapport avec nous.

Malik Dinar ne prêta aucune attention aux

remarques du derviche et les deux hommes, côte à côte, reprirent leur cheminement.

Ils s'arrêtèrent pour la nuit. Malik Dinar s'aperçut qu'il avait perdu son couteau. Il se dit : je dois l'avoir laissé tomber tout près de cette fourmilière.

Il y retourna au petit matin, avec le derviche.

En arrivant à la montagne, ils virent un groupe d'hommes, couverts de boue, qui se reposaient auprès d'une pile de pièces d'or. Il s'agissait d'un trésor, dirent-ils, qu'ils venaient de déterrer. Et ils ajoutèrent, pressés de questions par Malik Dinar :

— Nous marchions sur la route quand un frêle derviche nous appela et nous dit : creusez à cet endroit. Vous verrez que ce qui est de la roche pour les uns peut être de l'or pour les autres. Voyez la fortune que nous a livrée cette terre !

Malik Dinar maudit son mauvais sort.

— Si nous nous étions arrêtés, dit-il au derviche, toi et moi nous serions riches ce matin.

Un des hommes qui se reposaient dit alors à Malik Dinar :

— Ce derviche qui t'accompagne, je dois te le dire, ressemble étrangement à celui qui nous a parlé la nuit dernière.

— Tous les derviches se ressemblent, dit le derviche.

Malik Dinar et son compagnon reprirent leur cheminement. Quelques jours plus tard, ils parvinrent au bord d'une très plaisante rivière. Ils s'arrêtèrent pour attendre le bac. A plusieurs reprises, en face d'eux, un poisson sauta hors de l'eau.

— Ce poisson, dit le derviche, nous envoie un message. Il nous dit : j'ai avalé une pierre. Saisissez-moi et donnez-moi une certaine herbe à manger. Elle me permettra de rendre cette pierre, qui sans cela m'étouffera. Voyageurs, ayez pitié de moi !

Le bac arriva à ce moment-là et Malik Dinar, impatient d'aller plus loin, y fit monter le derviche. Comme le soir tombait, ils passèrent la nuit sur la rive opposée.

Au matin, le passeur apparut, rayonnant de joie. Il leur dit que la nuit précédente avait été la nuit de sa fortune. Il baisa les mains du derviche et de Malik

Dinar, qu'il appela ses porteurs de chance. Il demanda au derviche de le bénir.

— Avec plaisir, dit celui-ci, car tu le mérites.

— Que s'est-il donc passé ? demanda Malik Dinar.

— Je suis riche, et voici comment. Hier soir, j'étais sur le point de rentrer chez moi, quand je vous ai vus sur l'autre rive. Je décidai de faire un dernier voyage, malgré votre air de pauvreté, parce que quelquefois cela porte bonheur d'aider les voyageurs démunis. Quand j'étais en train d'amarrer ma barque, le travail terminé, j'aperçus un poisson qui s'était jeté sur le rivage. Il essayait désespérément d'avaler une touffe d'herbe. Je mis l'herbe dans sa bouche. Aussitôt il cracha une pierre et replongea dans le fleuve. Cette pierre est un diamant sans faute, d'une taille incomparable. Il fera la fortune de ma famille pour sept ou huit générations.

Alors Malik Dinar éclata de colère et dit au derviche :

— Tu es un démon ! Tu étais au courant de l'existence de ces trésors, par quelque perception secrète ! Mais tu ne m'as rien dit de clair ! Est-ce une véritable camaraderie de voyage ? Sans toi, je n'avais que mauvaise fortune. Mais au moins je ne connaissais pas l'existence de ces trésors cachés ! Je ne connaissais pas toutes ces possibles richesses enfouies dans un arbre, dans une montagne et dans la gorge d'un poisson ! Cachées dans toutes choses, peut-être !

A peine avait-il prononcé ces paroles d'irritation qu'il sentit comme un vent puissant qui soulevait son âme même. Et il sut, à cet instant précis, que la vérité était justement le contraire de ce qu'il venait de dire.

Le derviche lui toucha doucement l'épaule et lui sourit.

— Tu vois maintenant, lui dit-il, l'usage qui peut être fait de l'expérience. La connaissance du Maître Caché ne pouvait t'être que partiellement transmise par un compagnon de voyage.

— Où est ce Maître Caché ?

— Tu l'as bien senti. Il est en toi-même.

Malik Dinar resta un moment immobile et comme hébété. Il attendit le calme dans son âme et le calme vint. Il se retourna et vit le derviche qui s'en allait avec un petit groupe de voyageurs. Ils parlaient avec animation des périls qui les guettaient sans doute sur la route.

La leçon de l'oiseau

Krishnamurti a raconté dans *La Flamme de l'attention* :

Un maître spirituel avait plusieurs disciples et, tous les matins, il leur parlait de la nature de la bonté, de la beauté et de l'amour. Un matin, alors qu'il s'apprête à parler, un oiseau se pose sur le rebord de la fenêtre et se met à chanter. L'oiseau chante un moment, puis disparaît. Le maître se lève et dit : « La causerie de ce matin est terminée. »

9

Le maître commence par dire que nous devons combattre nos désirs : est-ce bien sûr ?

Le voleur d'or

Le désir n'est pas aveugle, il est aveuglant. C'est ainsi que le raconte Lie Tseu :

Un homme qui vivait avec l'or comme seule passion, un matin s'habilla, se coiffa et courut au marché. Il vint auprès de la table d'un changeur d'or, s'empara brusquement de l'or qui se trouvait là et s'enfuit.

On le rattrapa, on lui demanda :

— Mais comment as-tu pu t'emparer de cet or en public ?

— En public ? dit l'homme. Lorsque je me suis emparé de cet or, je ne voyais personne. Je ne voyais que l'or.

Le mensonge de Nasreddin

Poussant encore plus loin les choses, Nasreddin se promène un jour sur son âne dans la campagne quand deux vagabonds lui demandent l'aumône. Ils n'ont rien mangé depuis deux jours.

— Vous n'avez rien mangé ? dit Nasreddin.

— Rien que quelques feuilles prises à des arbres.

Et comme Nasreddin, parfaitement avare, ne songe en aucune manière à leur donner même une noix, pour se débarrasser des deux hommes il leur dit ceci :

— Mais ne savez-vous pas qu'aujourd'hui même le riche Amar marie sa fille unique ? Et qu'il donne un immense banquet, où tous les inconnus sont invités ? Oui, là-bas, dans sa grande ferme, de l'autre côté de la colline !

Les deux hommes s'en vont en toute hâte dans la direction qu'il indique.

Nasreddin les suit un instant des yeux, il les voit très excités, il réfléchit, puis il pousse son âne dans la même direction en disant à mi-voix :

— Et après tout, si c'était vrai ?

*

* *

Amadou Hampâté-Bâ a laissé une version africaine de cette histoire[1].

Une hyène pénètre dans un village, y trouve un chevreau mort et l'emporte dans sa tanière. Alors qu'elle se dispose à le dévorer, elle voit s'approcher toute une horde de hyènes. Elle cache en vitesse le chevreau, s'allonge sur le bord de la piste et se met à roter bruyamment et à bâiller, comme au sortir d'un superbe festin.

— Pourquoi tu rotes ? Pourquoi tu bâilles ? lui demandent les autres hyènes.

— Mais vous n'êtes pas au courant ? leur dit-elle. Là-bas, au village, on a tué tout le bétail et on a jeté les carcasses ! J'ai mangé autant que j'ai voulu ! C'était délicieux ! Et il en reste des quantités ! Des tas !

Les hyènes font aussitôt demi-tour et foncent vers le village. A la vue de cette hâte, et de la poussière qu'elles soulèvent, la hyène se dit :

— Mais on ne peut pas s'exciter ainsi pour rien ! Il doit y avoir quelque chose de vrai dans mon mensonge !

Et elle s'élance à leur suite.

Le miroir et l'argent

Un enfant juif demandait à son père :

— C'est quoi, l'argent ?

— Regarde, lui dit le père.

---

1. Dans *Oui mon commandant !*, Actes Sud, 1994.

Il prit un morceau de verre ordinaire et le plaça devant une fenêtre. A travers le verre, l'enfant pouvait voir la rue, les passants, les voitures.

— A présent, dit le père, regarde bien : je passe de l'argent sur toute une face du miroir. Je la recouvre entièrement d'argent. Maintenant, tu ne vois plus rien de la rue. Et tu ne regardes que toi-même.

La femme au bord du fleuve

Les histoires qui concernent les dangers du désir sexuel sont évidemment multiples. Celle-ci est issue de la tradition zen.

Deux jeunes moines zen firent ensemble le serment de ne jamais toucher une femme. Il s'agissait d'une décision ardente et totale, à laquelle ils se montrèrent longtemps fidèles l'un et l'autre.

Un jour, alors qu'ils voyageaient, ils s'apprêtaient à traverser le cours d'une rivière en crue quand ils virent apparaître une jeune femme d'une rare beauté, qui leur demanda de l'aider à franchir les eaux impétueuses. Elle devait de toute nécessité traverser cette rivière, expliqua-t-elle, pour porter secours à son père malade. Toute seule et fragile, elle ne pouvait s'y risquer.

Le premier moine, sans même écouter les paroles de la jeune femme, s'avança dans le fleuve et le traversa. Le second moine saisit la femme dans ses bras et, plus lentement, plus difficilement, en s'aidant d'une corde, il la porta sur l'autre rive.

La jeune femme le remercia et s'éloigna rapidement.

Les deux moines reprirent leur marche. Pendant plus d'une heure ils restèrent dans le silence. Soudain le premier moine, qui ne pouvait plus se contrôler, éclata de colère, de reproches et dit à son compagnon :

— Mais comment as-tu pu briser ton serment ? Ton serment sacré ? Ce serment que nous avions prononcé ensemble ? N'es-tu pas envahi par la honte ? Comment as-tu pu saisir cette femme dans tes bras ?

— Tiens, lui dit l'autre, tu penses encore à elle ?

Dans certaines versions, la phrase devient : Tu la portes encore ?

L'épicier amoureux

Rumi raconte qu'un épicier aimait ardemment une femme et lui transmettait des messages par l'intermédiaire d'une servante.

Il dit à la servante : « Je suis comme ceci et comme cela, la tête perdue, mon cœur volé par une lune sans pareille, je brûle, le sommeil a déserté mes nuits, je ne mange plus, je souffre tant et tant de coups cruels, hier soir j'étais dans tel état, la veille dans tel autre. »

Et ainsi de suite.

La servante l'écouta, puis elle vint auprès de sa maîtresse et lui dit :

— L'épicier te salue. Il veut coucher avec toi.

— Il l'a dit aussi froidement ? demanda la femme.

— Non, il a raconté de très longues histoires. Mais l'essentiel, c'était ça.

Les souhaits précipités

Une ancienne histoire annamite a fait plusieurs fois le tour du monde.

Un homme riche, connu par ses appétits sexuels sans mesure, fit don de toute sa richesse à une divinité en la priant — comme c'est l'usage — de lui accorder la réalisation de trois souhaits.

La divinité manifesta son accord et fit donner à l'homme trois bâtonnets d'encens, en lui recommandant d'en brûler un chaque fois qu'il désirerait voir un de ces souhaits se réaliser.

Sur le chemin du retour, l'homme rencontra un cortège de mariage. L'épousée s'avançait, entourée d'un groupe de jeunes filles dansantes et ravissantes, au nombre d'au moins quarante. Émerveillé, l'homme les examina, totalement pénétré de désir, mais sans pouvoir fixer son choix.

Alors il brûla la première baguette en souhaitant de pouvoir posséder ces quarante filles à la fois.

Aussitôt exaucé, il vit des verges dressées apparaître sur toutes les parties de son corps. Quarante sexes masculins en érection jaillissaient de sa chair, et même de la peau de son visage !

Les jeunes filles poussèrent des hurlements d'horreur devant ce monstre d'un nouveau genre et s'enfuirent dans la campagne.

L'homme lui-même, épouvanté par le bourgeonnement de ces pustules obscènes, s'empressa de brûler son deuxième bâtonnet en s'écriant :

— Que tous ces organes disparaissent !

Les sexes disparurent tous, comme il le souhaitait, à l'instant même, si bien qu'il se retrouva avec le bas du ventre complètement lisse et dégarni.

Il ne lui restait qu'à brûler sa troisième baguette pour redevenir ce qu'il était. Après quoi il rentra tristement au village, pleurant sur sa fortune disparue et sur l'encens perdu en fumées inutiles.

Le grand séducteur

Une ancienne histoire japonaise raconte la surprenante humiliation d'un séducteur.

Un lieutenant, homme connu pour sa séduction triomphante, décida de conquérir les faveurs d'une dame d'honneur du palais, connue pour aimer l'amour. En apparence, rien de plus facile. Il commença par lui écrire et reçut des réponses encourageantes, mais qui se bornaient là. Bien qu'il choisît les moments du jour les plus émouvants pour lui faire porter ses lettres, elle demeurait dans une étrange ambiguïté, en évitant avec adresse de révéler ses sentiments secrets.

Insatisfait, le lieutenant se montra pressant, il fit savoir à la dame qu'il irait lui rendre visite et choisit une nuit de pluie terrible, espérant qu'elle serait touchée de le voir se présenter par un aussi mauvais temps. Tout au long du chemin, sous la pluie qui le frappait, il se disait qu'elle ne pourrait pas le congédier avec ruse, comme d'ordinaire elle le faisait.

Une servante le reçut et le pria d'attendre. Derrière un écran, il vit une lampe qui éclairait faiblement et une robe d'intérieur délicieusement parfumée. Tout s'annonçait agréablement.

— Madame va descendre dans un instant, lui dit la servante.

En effet elle se montra elle le gronda en souriant d'avoir mis le nez dehors sous cette pluie d'orage, elle lui sourit, elle lui permit même de caresser sa chevelure. Tout allait très bien, quand la dame se leva soudain et dit qu'elle devait absolument, et sans attendre, aller fermer une des portes coulissantes.

— Si demain, dit-elle, on la trouve ouverte, on pensera que quelqu'un est sorti en pleine nuit en oubliant de la fermer. Quelle histoire !

Elle sortit en annonçant qu'elle revenait dans très peu de temps et le lieutenant amoureux, sûr de son bonheur, la laissa partir. Après quoi, il l'attendit longtemps. Elle s'était enfermée dans les appartements du fond. Inutile d'insister.

Profondément blessé, aux approches de l'aube le lieutenant rentra chez lui. Il lui écrivit une lettre en se plaignant de sa déconvenue. Elle répondit comme répondent les femmes coquettes : un soudain malaise, pardonnez-moi, une autre fois sans faute, vous devez comprendre une femme...

Des mois passèrent en vaines tentatives. Le lieutenant, finalement convaincu de la malignité de cette dame, résolut d'employer un moyen radical pour la chasser de sa pensée. Il se dit : Je vais me faire apporter ses excréments. Je les regarderai, j'en sentirai de près l'odeur affreuse et ainsi je serai guéri. C'est le seul moyen.

Il ordonna à un garde d'arracher le vase de nuit de la dame des mains de la servante, quand celle-ci irait le vider. Le garda épia la servante pendant plusieurs jours et, un matin, lui arracha le vase, qu'il apporta au lieutenant.

Celui-ci l'emporta jusqu'à sa chambre et l'ouvrit, car le vase était entouré de papier. A son immense surprise il sentit une odeur exquise se répandre dans la pièce. En regardant ce que contenait le vase, il vit certains rouleaux de pâte, baignant dans une décoction d'aloès et de girofle.

Le voici dans un trouble total. Il ne pensa pas un seul instant à un miracle. Il essaya d'interroger le garde, qui jura n'avoir rien dit. Il soupçonna tout le monde autour de lui. Il se soupçonna lui-même. En fin de compte, il admira l'extrême subtilité de cette dame, qui s'était moquée de lui jusque dans son vase de nuit, et ne l'en aima que davantage.

Mais cet amour n'eut pas de conclusion. La dame avait clairement dit non. Le lieutenant finit par l'admettre et renonça à la voir.

On raconte que, beaucoup plus tard, il ne cessait de dire :

— Jamais personne ne m'a traité d'une façon aussi abominable, aussi atroce, que cette femme.

Et pourtant elle n'avait fait que lui envoyer du parfum.

La séduction de Marici

Parmi les très nombreux rapports qu'ont entretenus les ascètes et les prostituées, l'histoire indienne qui raconte la séduction de Marici est une des plus élaborées et des plus belles.

La solitude méditative de Marici, un des plus sages parmi les hommes, fut un jour brusquement brisée par l'apparition, dans la forêt, d'une courtisane célèbre qui s'appelait Kamamanjari. Ses cheveux poussiéreux balayaient la terre et elle pleurait.

Un moment plus tard sa mère et ses parents la rejoignirent, détruits par le chagrin d'avoir perdu leur raison — et aussi leur moyen — de vivre. Marici, en leur présence, demanda à la courtisane les causes de sa détresse.

— Je ne suis pas digne de connaître le bonheur en ce monde, répondit-elle au milieu des larmes. Je cherche une vie meilleure. C'est pourquoi je suis venue près de toi.

Alors la mère de la courtisane célèbre interrompit sèchement sa fille et dit à l'ermite :

— Toute la faute est mienne. Ma fille est dans cet état lamentable parce que je l'ai forcée à suivre son *dharma*, à faire ce pour quoi elle est née, ce pour quoi elle a été élevée. Oui, je l'ai nourrie dès l'enfance avec les produits les plus rares pour préserver sa santé et son teint, j'ai observé dès que possible sa personnalité, je l'ai aidée à s'accomplir, j'ai veillé à ce que, à partir de sa cinquième année, elle ne voie que rarement son père, je lui ai appris patiemment les techniques de l'amour et toutes les disciplines annexes, le chant, la danse, la musique, l'art de composer des parfums, de tresser des guirlandes, d'écrire, de déclamer, la philosophie, la logique. Je lui ai appris les ruses du jeu de dés, les intrigues nécessaires, les subtilités de la chasse. Autour d'elle j'ai maintenu une assistance élégante. Quand elle chantait en public, j'engageais des spectateurs anonymes pour l'applaudir. J'ai répandu sa renommée par tous les moyens, par la bouche des astrologues, des gens d'esprit, des vagabonds, des débauchés et des servantes du Bouddha. J'ai essayé de l'éloigner des jeunes gens pauvres et dangereux pour lui trouver un amant qui fût de haute naissance, beau, viril, riche, important, généreux, habile, consciencieux et élégant. Au cas où cet idéal venait à manquer, j'exagérais très fortement son prix, je la donnais à un jeune homme et je savais extorquer une fortune aux parents de cet innocent en répandant le bruit d'un mariage secret. Je savais soudoyer les juges, je savais comment obliger ma fille à rester fidèle jusqu'à la disparition totale de la fortune de son amant. Je savais adoucir la mesquinerie d'un avare en le menaçant d'un rival. Je savais me débarrasser des impécunieux par des sarcasmes publics, par une calomnie efficace, et je gardais ma fille très loin d'eux. L'éducation que j'ai donnée à ma fille, ô sage Marici, a été, je crois, exemplaire.

La mère s'interrompit un instant pour essuyer ses larmes et reprit :

— Une courtisane, tu le sais peut-être, doit toujours être prête pour son amant mais sans jamais montrer d'ardeur. Si par mauvaise chance elle est prise d'amour, l'obéissance à sa mère, ou à sa patronne, passe avant cet amour. Et pourtant, malgré toute ma peine, ma fille Kamamanjari vient de vivre trois mois d'amour, à ses frais, avec un jeune brahme qui n'a que la beauté pour ressource. Elle a repoussé des prétendants qui ne voulaient que faire sa fortune. Elle a ruiné, désolé sa famille. En un mot, elle n'a pas suivi son *dharma*. Quand j'ai essayé de la réprimander, elle s'est enfuie dans les bois. Si elle ne change pas de disposition, toute sa famille, que tu vois ici, n'a comme lendemain que la pénurie et la mort.

L'ermite dit alors à la courtisane, qui se tenait auprès de lui dans une attitude lamentable :

— Que pouvons-nous attendre de notre vie ? Ou bien la parfaite libération dans cette vie même, ou bien une place plus tard dans le nirvana. La parfaite libération est presque impossible à atteindre. Je peux te le dire. Il ne reste qu'à essayer de gagner une place au paradis, ce que chacun peut faire en suivant son *dharma*. Ta mère a bien parlé. Renonce à l'impossible.

— Si je ne trouve aucun refuge auprès de toi, s'écria la magnifique courtisane, j'en trouverai un dans le feu !

L'ermite prit la mère à l'écart et lui dit :

— Retournez tous à la ville. Que ta fille reste quelques jours dans la forêt pour en découvrir les rigueurs. Elle est habituée au luxe. Elle te reviendra.

La mère et la famille repartirent.

Kamamanjari, restée seule dans la compagnie de l'ermite, se montra tout aussitôt d'un zèle parfait. Sans maquillage, sans vêtements raffinés, elle se mit à son service, préparant sa nourriture et des fleurs pour ses sacrifices. Elle chantait, elle dansait en l'honneur des dieux. En outre, elle parlait longuement du *dharma*, de l'*artha*, et du *kama*, qui sont les trois activités essentielles de toute vie humaine. Le saint ermite, que cette conversation passionnait, s'intéressait de plus en plus vivement à sa pénitente et celle-ci n'était pas sans le remarquer.

— N'est-il pas stupide, lui dit-elle un jour, de mettre l'*artha*, qui est le goût de la richesse, et le *kama*, qui est le goût du plaisir sexuel, au même niveau que le *dharma*, qui est la loi particulière que chacun de nous doit suivre ?

— Tu penses donc, demanda Marici, que le *dharma* est supérieur à l'*artha* et au *kama* ?

— Serait-ce à moi de te répondre ? répondit timidement Kamamanjari. Ou veux-tu simplement me flatter ? Je te réponds : sans le *dharma*, il n'est ni *artha*, ni *kama*. Le *dharma* n'a besoin d'aucune ressource extérieure pour s'accomplir. Il est fortifié par toute observation de la nature des choses. S'il lui arrive de faiblir, on peut presque aisément le restaurer, et parvenir ainsi à un degré plus élevé de sainteté.

La courtisane parlait avec chaleur et sincérité, ses yeux fixés sur ceux de l'ermite.

— Les tentations sont multiples, disait-elle. Brahma lui-même, le Créateur, s'est épris de la jeune Tilottama. Siva a commis l'adultère avec plus de mille femmes d'ermites. Vishnou a forniqué avec seize mille filles de peu. Prajapati a fait l'amour à sa propre fille ! Le soleil a couvert une jument ! Et le dieu du vent une guenon !

Elle déroula pendant un long moment la trouble guirlande des amours divines, en ajoutant que dans chaque occasion la sagesse et la vertu des dieux avaient triomphé.

— Aucune saleté n'est durable dans un cœur que la vertu a purifié ! Dans un cœur fidèle au *dharma* ! C'est pourquoi l'*artha* et le *kama* n'égalent pas la centième partie du *dharma*. C'est mon opinion.

Très vivement échauffé par ce discours, l'ermite répondit :

— Ton observation est exacte. Un solide *dharma* ne peut être ébranlé par les plaisirs des sens.

— Il peut même être renforcé, dit Kamamanjari.

— Il est absurde de renoncer à ce qu'on ne connaît pas, dit l'ermite. Pour m'en libérer ensuite, par la *mokhsa*, je dois connaître l'*artha* et le *kama*, puisqu'ils existent sur la terre. Je t'en prie, décris-les-moi.

La courtisane, alors, lui parla des biens de la terre. Elle les décrivit avec des images et des expressions qu'elle avait apprises dans les poèmes. Elle dit à Marici comment acquérir ces biens, comment les développer et les conserver. Elle parla aussi, plus longuement encore, du désir physique et de l'amour. Elle dit ce qui se passe dans le sang des hommes quand le désir les pénètre et les tient. Elle présenta l'amour charnel comme un plaisir incomparable, indescriptible, une ivresse suprême de l'être, un sommet de beauté, de charme et d'extase. Elle dit que l'amour bien fait (elle insista sur ce point) est le partage d'une joie sans égale, et elle décrivit cette joie qu'elle connaissait, un dérèglement de l'esprit, un délire évident, primordial, inévitable, irréprochable, doux jusque dans les vagues décroissantes du souvenir.

A ce moment, l'ermite oublia ses vœux, il oublia les dieux et la forêt, il prit la courtisane dans ses bras et lui fit l'amour. Comme Kamamanjari avait une grande expérience de cette chose, tout se passa excellemment.

Après quoi, le jour suivant, sans le presser, elle le ramena dans la ville.

Marici semblait très étonné, presque chancelant. Il souriait en permanence, la tête perdue. Des voix s'élevaient autour d'eux le long du chemin, criant : Demain c'est la fête de l'amour !

A la ville, après une autre nuit de bonheur dans la demeure de la courtisane, où il retrouva sa mère et les autres membres de sa famille, qui tous lui firent fête, au matin l'ermite prit un bain tiède. On le vêtit agréablement, on lui orna les épaules d'une couronne de fleurs rouges, on lui nettoya les oreilles, on le parfuma. Tout désir de retourner dans la forêt avait disparu de son cœur. Il se plaignait, il souffrait même quand sa bien-aimée le quittait pour quelques instants. Il était entre les mains de l'amour.

Quand il fut prêt, Kamamanjari le prit par la main et le conduisit dans un parc où s'assemblait déjà une foule joyeuse. Là se tenait le roi au milieu de sa cour.

Kamamanjari s'inclina toute souriante devant le roi et lui présenta Marici.

A ce moment une femme d'une grande beauté, aussi belle que Kamamanjari, s'avança à travers le parc. Superbement vêtue, elle était très pâle. Tous la regardaient avec curiosité.

La nouvelle venue — une courtisane elle aussi très renommée — se prosterna devant le roi et lui dit :

— Kamamanjari m'a vaincue. Oui, je reconnais ma défaite. Tout ce que je possédais est à elle. A partir de ce jour, et jusqu'à la fin de ma vie, je serai son esclave.

Tous les assistants laissèrent échapper des soupirs et des cris de surprise. On comprit que Kamamanjari, des mois auparavant, avait fait le pari de séduire l'ermite et qu'elle venait de gagner son pari. L'autre courtisane, jusque-là sa rivale, lui appartenait désormais.

Moqué et misérable, à peu près fou, l'ermite reprit le chemin de la forêt. On n'entendit plus jamais parler de lui.

Triomphante, Kamamanjari ramena chez elle sa nouvelle esclave, à présent réduite à l'obéissance, à l'obscurité.

La mère et la famille de la victorieuse reprirent une vie paisible et fortunée. L'aventure de Kamamanjari lui attirait tous les princes du monde.

Quand on lui demandait par quelles ruses extraordinaires elle avait pu séduire Marici, elle répondait :

— Oh, je lui ai parlé de choses qui l'intéressaient, je crois.

Le jeune moine insensible

Si la résistance au désir sexuel est le plus souvent un signe reconnu de force d'âme, il n'en va pas toujours ainsi.

Une histoire zen raconte ceci.

Une vieille femme hébergeait un jeune moine aux traits fins. Elle lui avait fait construire au fond de son jardin un petit ermitage, où il passait son temps dans la prière et la méditation. Après plusieurs années de cette vie calme, une belle jeune fille vint à passer chez la vieille dame. Celle-ci lui demanda d'aller saluer et embrasser l'ermite.

En voyant le jeune homme, la fille fut saisie de désir, car il était beau. Elle le lui dit. Elle lui demanda d'interrompre sa méditation et de faire l'amour avec elle.

— Je suis semblable à l'arbre sec, lui répondit l'ermite, pareil au rocher froid. Si tu me prends dans tes bras, si tu m'embrasses, je ne sentirai rien à ton égard.

La jeune fille le quitta et revint auprès de la vieille femme, à qui elle raconta la réponse du jeune ermite.

— Quel idiot ! s'écria la vieille femme. Comment ai-je pu perdre tout ce temps à protéger un morceau de bois sec ?

Aussitôt elle saisit une torche et s'en alla mettre le feu à l'ermitage.

Le jeune moine s'enfuit en criant de peur.

La véritable prostituée

Une histoire indienne revient sur les rapports de la sainteté et de la luxure.

Un saint ermite s'était retiré dans la forêt, comme il est d'usage, ne mangeant que de l'herbe et quelques fruits, s'efforçant de s'avancer chaque jour sur le chemin épineux de la sainteté.

Dans la petite ville voisine habitait une prostituée qui vivait, depuis sa première jeunesse, du commerce des hommes. Le saint ermite allait la voir assez souvent et la blâmait pour sa vie dépravée. Mais elle lui répondait qu'elle n'avait jamais connu d'autre vie et que, tout attristée qu'elle en fût, elle ne pouvait en changer.

L'ermite et la prostituée moururent le même jour. A l'étonnement du saint homme, les démons vinrent le réclamer, tandis que des messagers célestes emportaient la femme vers le paradis.

— Mais pourquoi dois-je aller en enfer, s'écria l'ermite, alors que cette femme de débauche va connaître le ciel et la vision des dieux ?

Une voix lui répondit :

— Parce qu'elle n'a pas aimé sa vie, qui lui était imposée, alors que tu as aimé la tienne. Son cœur est resté pur alors que le tien s'est laissé envahir par le désir et la vanité. En contemplant les péchés d'autrui, et en les comparant à ta vie, que tu croyais sainte, tu es devenu impur. La véritable prostituée, c'est toi.

L'attachement

Une autre histoire indienne semble aller dans le même sens.

Un vieux brahme, à qui la vie avait appris la modération en toutes choses, ne savait comment venir à bout de l'extrême abnégation de son fils. Celui-ci, un ardent jeune homme, vivait vêtu d'un simple pagne, mangeant à peine, totalement possédé par la prière et la méditation. Ses yeux se fermaient avec une sorte d'acharnement sur les biens de ce monde, sur l'*artha*, sur la richesse agréable de la terre et sur la beauté irréfutable des femmes. Il ne voulait rien voir que son propre renoncement.

Son père, pour lui faire connaître les splendeurs d'un palais, l'envoya chez un maharadjah qu'il connaissait. Celui-ci, un homme détendu, souriant, assez corpulent, reçut le jeune homme avec affection et l'invita tout aussitôt à partager sa table, qui était chaque jour somptueuse. Mais le jeune homme se contenta d'une poignée de riz cuit à l'eau. Il refusa les délices que des serviteurs vêtus de soie faisaient défiler sous ses yeux. Il refusa les fruits, les sucreries, les boissons enivrantes.

Le maharadjah voulut le conduire dans son harem, où vivaient un grand nombre de femmes admirables, que le prince ne pouvait suffire à satisfaire et qu'il offrait occasionnellement à ses visiteurs. Mais le jeune homme, malgré les charmes déployés sous ses yeux, malgré les parfums qui l'entouraient, malgré la douceur précise des voix qui lui parlaient, refusa de lever son regard. Il traversa le harem sans quitter un instant son étonnante insensibilité.

Il traversa de même la salle des coffres et des bijoux. La vue de tous les trésors de Golconde ne put un instant l'émouvoir.

Le maharadjah, toujours souriant, lui proposa de prendre un bain dans son bassin. Le jeune homme accepta, car le bain ne faisait pas partie des objets de renoncement. Avant de pénétrer dans le bassin aux parois de marbre, il ôta son pagne et le laissa sur les marches d'un escalier. Il ne portait, comme vêtement, que ce pagne.

Les deux hommes se glissèrent dans l'eau fraîche. Le maharadjah flottait sur le dos en fumant un cigare. Le jeune homme, qui avait refusé tout cigare, nageait en silence à côté de lui.

Tout à coup un incendie se déchaîna dans le palais. On entendit des cris de terreur, on vit des flammes surgir, des serviteurs et des femmes courir de tous côtés. Le maharadjah ne bougea pas. Bien protégé par l'eau du bassin, sans cesser de fumer son cigare, il observa le soudain désastre, il donna des ordres, il dirigea le sauvetage.

Petit à petit la panique se dissipa, on apaisa les

flammes. Le maharadjah flottait toujours sur l'eau du bassin, en achevant son cigare.

Alors le jeune homme prit conscience de ce qu'il était en train de faire. Il était sorti du bassin, au moment où l'incendie tourbillonnait, il s'était jeté sur son pagne, son vieux pagne usé, posé sur les marches de marbre, et il le serrait avidement entre ses doigts, pour ne pas le perdre.

La fin d'un désir

Si le désir est tenace, il est aussi fragile et souvent arbitraire. Une brève histoire chinoise nous a laissé cette trace d'une fugacité qu'on peut trouver étrange.

Un nommé Wang Huizhi, en se réveillant une nuit, vit la campagne toute recouverte de neige. Il but un verre de vin pour fêter cette beauté, récita un poème et se souvint tout à coup avec force d'un ami qui habitait assez loin de là. Le désir de voir cet ami le saisit. Il partit en bateau avant la fin de la nuit.

Il voyagea longtemps.

Quand il atteignit la porte de la maison de son ami, il s'arrêta, fit demi-tour et rentra chez lui.

Quelqu'un lui demanda la raison de ce soudain retour.

— Je suis parti pour voir mon ami, répondit Wang Huizhi, parce qu'un désir très vif m'y poussait. Quand je suis arrivé devant sa porte, ce désir avait disparu. Pourquoi, dès lors, aurais-je dû voir mon ami ?

Le plus grand nom

Le désir prend quelquefois des formes obscures, qui n'ont apparemment rien à voir avec le sexe ou avec l'argent.

Un ermite égyptien, Dhoul-Noun, vivait entouré d'un si grand prestige qu'il passait pour connaître tous les secrets des mondes, et même le plus grand nom de Dieu.

Un homme, qui désirait connaître ce nom, auquel sont attachés des pouvoirs incomparables, se mit au service de l'ermite pendant plus d'un an, sans rétribution, en silence, dans la plus parfaite humilité.

Lorsqu'une année fut écoulée, l'ermite Dhoul-Noun lui demanda ce qu'il désirait comme récompense.

— Apprends-moi le plus grand nom de Dieu, dit l'homme.

— Oui, je te l'apprendrai. Mais auparavant j'ai un dernier service à te demander. Reviens au coucher du soleil.

L'homme revint à l'heure dite. L'ermite lui tendit un simple plateau de bois, sur lequel était posé un couvercle enveloppé dans un mouchoir, et lui demanda :

— Tu connais Youssouf ?

— Oui, je le connais.

— Porte-lui ceci de ma part. C'est un cadeau qui ne ressemble à aucun autre.

L'homme prit le plateau, sur lequel était posé le couvercle, et s'en alla à travers le désert vers la demeure du nommé Youssouf. Chemin faisant, il réfléchissait à ce cadeau qui ne ressemblait à aucun autre. L'envie de connaître la nature de ce cadeau le tourmentait plus que tout au monde.

Il ne put résister à ce désir. Il posa le plateau par terre, il défit le mouchoir et il souleva le couvercle. Aussitôt une petite souris grise s'échappa. L'homme essaya vainement de la rattraper. Elle disparut agilement entre les roches.

L'homme se sentit emporté par la colère. Il vitupérait contre Dhoul-Noun, qui s'était ainsi moqué de lui après toute une année de service fidèle et l'avait simplement chargé de transporter une souris dans le désert.

Il revint auprès de l'ermite et lui fit part de son irritation, qui d'ailleurs se manifestait sur son visage rouge et dans ses mains tremblantes.

— Je t'ai demandé le plus grand nom de Dieu ! s'écria-t-il. Et tu m'as jeté dans la dérision !

Alors Dhoul-Noun le regarda calmement et lui dit :

— Comment confier le plus grand nom de Dieu à celui à qui on ne peut pas confier une souris ?

Le désir de pauvreté

Martin Buber raconte dans ses *Écrits hassidiques* que Rabbi Mikhal, personnage fort vénéré, vivait dans une pauvreté proche de la misère. Cependant, il semblait toujours animé par la joie la plus vive. Un de ses amis lui demanda :

— Comment faites-vous pour remercier le Seigneur chaque jour et lui dire : bénis sois-tu, toi qui subviens à tous les besoins ? Tu manques de tout, tu as tant de peine à survivre !

— Une chose est certaine, répondit Rabbi Mikhal : ce de quoi j'ai le plus besoin, c'est la pauvreté. Dieu me l'accorde. Qu'il soit béni !

Le brahme et le pot de farine

A l'inverse — et c'est d'ailleurs le cas le plus fréquent — le désir naît de la pénurie, de l'absence, et se développe dans la rêverie. L'histoire indienne qui suit paraît être à l'origine d'un grand nombre de fables, comme *La Laitière et le pot au lait* de La Fontaine.

Un brahme remplit un pot avec la farine qu'il avait reçue en aumône. Il suspendit ce pot au-dessus de son lit et, l'œil constamment fixé sur ce pot, il se mit à songer :

— S'il survient une famine, ce qui n'est pas rare, je vendrai ma farine. Avec l'argent que j'en retirerai, j'achèterai une paire de chèvres. Les chèvres mettent bas tous les six mois. J'aurai donc très vite un troupeau de chèvres. Je vendrai les chèvres et j'achèterai des vaches. Les vaches me donneront des veaux, que je vendrai. Après quoi j'aurai tout un troupeau de juments, qui me donneront nombre de chevaux. Je vendrai mes chevaux et je construirai une grande maison. Un autre brahme viendra me visiter, avec sa fille, qui sera très jolie. J'épouserai cette fille, qui m'apportera une belle dot, et nous aurons un fils, que nous appellerons Somasarman. Quand il aura quelques années, il voudra venir sur mes genoux. Pour venir vers moi, s'échappant des bras de sa mère, il passera près des sabots des chevaux. Inquiet pour mon fils, je crierai à sa mère : Mais fais attention ! Prends ton enfant ! Attrape-le ! Occupée aux travaux du ménage, elle ne m'entendra pas. Alors je me lèverai et je lui donnerai un coup de pied !

Le brahme, égaré dans ses rêveries, lança un vif

coup de pied, qui brisa le pot. Toute la farine lui tomba dessus.

La vieillesse

Rumi a raconté ce dialogue entre un médecin et un vieillard qui vient se faire examiner.

— Je n'ai plus toute ma tête, dit le vieillard. Ma mémoire faiblit, j'oublie des choses.

— C'est à cause de ton grand âge, dit le médecin.

— Mes yeux aussi faiblissent.

— Oui, parce que tu es vieux.

— Dans le dos, je sens de très vives douleurs. J'ai encore des désirs, mais je ne peux plus les satisfaire.

— C'est la vieillesse.

— Et j'ai du mal à digérer ce que je mange. Mon estomac est délabré.

— Tu as plus de soixante-dix ans. Voilà pourquoi.

— Quand je respire, ma poitrine est oppressée.

— C'est normal, tu es vieux.

Soudain le vieillard se fâche :

— Espèce d'idiot ! Mais qu'est-ce que tu me racontes ? Tu es plus ignorant qu'un âne ! Dieu a créé des remèdes pour toutes les maladies, mais toi, tu les ignores ! Tout ce que tu trouves à me dire, c'est que je suis vieux !

— Oui, dit le médecin, tu es vieux. C'est pour ça que tu te mets en colère.

L'âne de Nasreddin

Ayant perdu son âne — raconte une histoire turque — Nasreddin Hodja fit proclamer dans toute la ville qu'il donnerait la bête à celui qui la lui rapporterait, avec en prime le bât et le licou.

Et comme quelqu'un s'étonnait qu'il promît ainsi de donner son âne à qui le lui rapporterait, ne voyant pas ce qu'il avait à gagner dans cette annonce, Nasreddin lui répondit :

— Trouves-tu donc insignifiante la joie de retrouver une chose perdue ?

Le perroquet

Le désir peut être tout simplement un désir égoïste de vivre, contre lequel on lutterait en vain.

Fariduddin Attar nous donne cet exemple célèbre.

Un homme possédait un perroquet qui refusait de parler. L'homme lui prodiguait du sucre et toutes les gourmandises dont raffolent les perroquets. L'oiseau s'en empiffrait mais refusait avec obstination d'ouvrir le bec.

Un jour un incendie s'éleva dans la maison, un incendie terrible, qui détruisait tout. L'oiseau, attaché sur son support, se mit à crier, fou d'angoisse :

— Au secours ! Au secours ! Je vais brûler !

— C'est maintenant que tu te souviens de moi ? répondit l'homme. C'est maintenant que tu fais appel à moi ? Eh bien, brûle !

Le singe à la mosquée

On raconte aussi, dans la tradition arabe, qu'un singe pissait tranquillement dans une mosquée.

Des fidèles le surprirent et lui dirent, scandalisés :

— Mais n'as-tu donc pas peur de Dieu ?

— Que pourrait-il me faire ? demanda le singe.

— Mais il pourrait tout te faire ! Il pourrait, par exemple, te métamorphoser !

— Ah, dit le singe, s'il pouvait me métamorphoser en gazelle !

Les deux synagogues

Le désir prend parfois des formes tellement secrètes que nous ne pouvons pas les reconnaître ni les admettre.

On raconte par exemple (au vingtième siècle) que Robinson Crusoë était juif, ce qui est peu connu.

Un jour, enfin, après toutes ces années de solitude, il aperçut un bateau passant non loin de l'île et lui adressa de grands signaux. On l'aperçut. Le capitaine se fit descendre dans une chaloupe avec quelques hommes et mit pied à terre. Robinson lui expliqua sa triste situation et lui demanda de l'emmener en Angleterre. Le capitaine, qui était anglais, accepta.

— Montez dans la chaloupe, lui dit-il.

— Avant de partir, j'aimerais — lui dit Robinson — vous montrer toutes mes installations. Vous permettez ? J'ai passé tant d'années sur mon île. Cela ne prendra que quelques minutes.

— Très volontiers, lui répondit le capitaine, qui était un homme courtois.

Robinson le conduisit vers l'intérieur de l'île.

— Ici, voyez-vous, lui dit-il, vous avez mon habitation principale. Avec ma première palissade. A côté, l'enclos des chèvres, puis la synagogue. Un peu plus loin, l'étable, la vigne, la deuxième synagogue...

— Pardonnez-moi, lui dit le capitaine un peu surpris, mais vous êtes bien seul sur cette île ?

— Tout à fait seul.

— Dans ce cas, pourquoi avoir construit deux synagogues ?

— C'est bien simple, lui dit Robinson. Il y a la synagogue où je vais, et celle où je ne vais pas.

Le génie de la source

Une histoire née au Maghreb parle aussi de désir, de lutte et de folie.

Dans les temps anciens on vit paraître à Alger un magicien puissant qui venait du Maroc. Cet homme possédait la clé des choses cachées dans la terre et sur le fond des mers. Il lisait l'avenir aussi facilement que s'il avait pu regarder par-dessus l'épaule de l'ange qui tient *Le Livre évident*, dans le septième ciel, ce livre immense où sont inscrites les actions des hommes, à l'aide d'une plume si longue qu'un cavalier courant à toute bride ne pourrait la parcourir en moins de cinq cents ans.

Cet homme, qui venait du Maroc, maîtrisait les sciences occultes, la nécromancie, la lithomancie (qui consiste à lire les pierres), la pyromancie, la géomancie. Il connaissait les talismans, interprétait les songes et parlait avec les génies que Dieu a prudemment placés entre lui-même et ses créatures d'argile.

Pourquoi venait-il à Alger, entouré d'une réputation formidable ? Toutes les suppositions du monde passaient d'une bouche à l'autre. Mais l'homme, qui parlait peu, ne les infirmait ni ne les confirmait.

Dans ces temps anciens, la grotte de Tizza renfermait des trésors inimaginables, capables d'acheter la terre entière, mais ces trésors étaient gardés par un génie terrible qui, sous la forme d'un nègre monstrueux, habitait le rocher d'où jaillissait la source.

Quelques téméraires s'étaient aventurés jusqu'à ce rocher. Tous avaient péri. Aucune conjuration, aucun sacrifice ne pouvait fléchir le génie. Personne n'avait trouvé la formule adéquate, le mot de passe mystérieux, faute de quoi une mort horrible frappait.

Le magicien marocain désirait ce trésor incomparable. Mais, soucieux de ne pas s'exposer soi-même (car aucune magie n'est tout à fait certaine), il décida de confier la mission dangereuse à un intermédiaire. Il lui fallait un homme qui fût tout à la fois naïf, misérable et cupide. Sur un marché d'Alger, le magicien rencontra cet homme, un Kabyle assis contre un mur, les genoux relevés jusqu'au menton, et vendant des glands. Malgré la matinée déjà vieille, cet homme maigre et crasseux n'avait vendu qu'une poignée de glands.

L'œil impitoyable du magicien le repéra. Il tourna un instant autour de lui comme un vautour autour d'un rat, puis il s'arrêta devant le pauvre homme et lui dit :

— Ton sac est encore lourd.

— Dieu l'a voulu ainsi, dit le marchand de glands.

— Pourtant tes glands sont admirables. Les plus beaux du marché, sans doute.

— Je suis sensible à ton éloge. Mais ils sont trop beaux pour ces fils de chiens.

— Je désire t'acheter tout ton sac, au prix que tu demanderas.

— Tu veux te moquer de moi ? dit le Kabyle. Je ne te connais pas, je ne t'ai jamais vu par ici.

— J'admire la résignation avec laquelle tu supportes le mauvais sort, dit alors le grand magicien. Et je vais faire autre chose pour toi. Je vais te donner plus de richesse que ton cœur ne peut en rêver. A condition que tu suives attentivement mes conseils.

— Par Dieu, maître des mondes, parle ! Que dois-je faire ?

— Tu connais la source de Tizza ?

— Je la connais.

— Tu sais que cette source renferme d'immenses trésors ?

— Mon grand-père l'a dit à mon père, et mon père me l'a dit.

— Écoute-moi. Et que mes paroles te pénètrent comme les clous frappés par le marteau pénètrent le bois. Le génie qui garde ces trésors ne peut céder qu'à un Kabyle, qu'à un homme de ta tribu. Et tu ne cours aucun danger si tu suis mes instructions. Nous partagerons les richesses et ta part sera suffisante pour acquérir la moitié du monde.

— Que dois-je faire ?

Le magicien prit dans sa poche un petit pain et un concombre.

— Tu vas prendre ce petit pain et ce concombre, dit-il au Kabyle. Tu te rendras aussitôt à la source de Tizza. Fais bien attention : ne touche pas, en cours de route, au petit pain et au concombre. Car le pain renferme un narcotique puissant destiné à endormir le génie monstrueux. Arrivé devant la source, tu crieras trois fois : Ia Yzid ! C'est le nom du génie. Au troisième appel une voix souterraine te demandera : Quel est le signe ? Tu répondras sans hésiter : Un petit pain et un concombre. Le rocher s'ouvrira, tu verras le génie. Bien qu'il soit horrible, tu te garderas de manifester ta peur. Tu lui donneras tes offrandes, il les mangera, il s'endormira. Tu trouveras autour de la source quarante mulets tout harnachés. Tu les chargeras. Je te rejoindrai à la nuit venue un peu plus bas, près de la rivière.

L'homme aussitôt se mit en route, non sans avoir encaissé le prix de son sac de glands. Ce prix était une pièce d'or. Le Kabyle, qui n'avait jamais tenu une pièce d'or dans sa main, mit toute sa confiance dans le Marocain.

Il lui fallait, pour atteindre la source, huit ou neuf heures de marche. Quand il eut parcouru la moitié du chemin, il s'assit un instant près d'un maigre ruisseau. La faim lui mordait le ventre. Il n'avait rien mangé depuis la veille. Autour de lui, de la rocaille et des herbes sèches. Il ne possédait que le petit pain et le concombre, qu'il soupesait entre ses mains, qu'il flairait, qu'il caressait. Une croûte dorée, piquetée de graines d'anis, entourait le petit pain, qui dégageait une odeur attirante. Et le Kabyle ne mangeait du pain qu'une ou deux fois par an, pour les grandes fêtes de sa tribu.

L'eau du maigre ruisseau semblait se moquer du pauvre homme, qui finalement se dit : le pain est rond. J'en grignoterai juste les bords, en prenant soin de respecter la forme. Le narcotique est probablement enfoui au plus profond du pain. Et sans doute est-ce un narcotique qui n'agit que sur les génies.

Sitôt pensé, sitôt agi. Le Kabyle grignota les bords du pain, en répara tant bien que mal les bords dentelés, comptant sur l'ignorance du génie, qui n'avait sans doute pas vu de pain depuis plusieurs milliers d'années.

Puis il reprit allègrement sa route, heureux de constater qu'il échappait, ainsi qu'il l'avait deviné, à l'effet du narcotique. En approchant de la source, son assurance l'abandonna, comme il était à prévoir. Il aperçut dans l'ombre les quarante mulets qui attendaient à l'abri d'un bois de chênes et au bout du sentier ; le cœur frappant fort, il vit enfin se dresser l'énorme rocher, d'où sortait une eau claire. Il faisait déjà nuit, une nuit douce et vaste, au ciel percé de millions de diamants. Des hiboux s'appelaient dans la montagne et l'eau coulait.

La soif de richesse finit par dominer les terreurs du Kabyle. Il prit le petit pain et le concombre dans ses mains incertaines et cria trois fois : Ia Yzid ! Au troisième appel il sentit le sol ébranlé sous ses pieds et entendit un craquement souterrain, comme si un géant étirait ses muscles en sortant d'un sommeil lointain. Le rocher se fendit, de l'eau jaillit par mille fissures et une voix, qui semblait rouler dans un tube de métal dissimulé parmi les entrailles de la terre, demanda :

— Quel est le signe ?

Le pauvre homme fut alors convaincu — car jusqu'alors il ne tenait aucune preuve véritable — que la fortune était à portée de sa main. Il imagina des abondances de viandes succulentes, des vêtements princiers et toute une maison de femmes — quinze peut-être, à l'égal du Prophète. Il imagina le respect des uns et l'envie des autres devant une extravagance de biens terrestres, devant la totale satisfaction de ses appétits.

Il répondit spontanément :

— Un petit pain et un concombre !

Le rocher chancela comme un homme ivre puis se disloqua. Les eaux, qu'on aurait crues épouvantées, se dispersèrent en désordre sur la montagne. Des plaques de pierre se séparèrent lentement, faisant apparaître une ligne de feu, puis une clarté intense, insoutenable à des regards humains. Cette clarté devint une forme mouvante, gigantesque, où l'on pouvait reconnaître l'ébauche monstrueuse d'un homme. Au fur et à mesure que la lumière se glissait entre les rochers et s'approchait du Kabyle terrorisé, celui-ci voyait cette lueur intense devenir une forme grise, puis noire, jusqu'à ce qu'il pût distinguer un nègre difforme et puissant, le génie de la source en personne.

Derrière le génie, par la fente miraculeuse, on pouvait apercevoir toutes les richesses de la terre, qui semblaient entassées là, comme un impôt payé à Dieu depuis l'origine des temps.

Le Kabyle offrit d'une main tremblante le petit pain et le concombre, en souhaitant que la petite part de croûte qu'il avait mangée passât inaperçue aux yeux du monstre. Celui-ci s'empara des aliments et les porta à sa bouche avec une gloutonnerie féroce, car il n'avait pas mangé depuis plusieurs milliers d'années. Mais à peine avait-il mordu dans le petit pain qu'il le jeta à terre avec un hurlement de dégoût.

— Ce pain pue le mortel ! s'écria-t-il.

Hors de lui, incapable de supporter la puanteur humaine qui se dégageait du petit pain, il saisit le Kabyle et le battit si violemment qu'il le laissa sur place comme mort.

Deux bergers le trouvèrent à l'aube. Toute la nuit des événements effrayants avaient secoué la campagne : des tremblements de terre, des eaux changeant de cours, des mulets inconnus courant dans la montagne. Les bergers recueillirent le malheureux Kabyle et le soignèrent. Il vécut encore quelques années, mais sans raison, sans jugement. Il errait d'un village à l'autre dans ses vêtements déchirés, criant sans cesse :

— Un petit pain et un concombre !

Les villageois, quand ils le pouvaient, donnaient un morceau de concombre au fou hurlant. Mais, du pain, ils n'en avaient pas.

10

On voit vite qu'ils sont nombreux, les pièges sur le chemin logique

Faut-il se lever tôt ?

Dès que la logique populaire déroule devant nous son ruban de surprises, nous voyons inévitablement apparaître Nasreddin Hodja. Il est le maître en la matière. La vie est à ses yeux une absurdité cohérente, à laquelle il est essentiel de se conformer.

Ainsi, alors qu'il était encore jeune, son père lui dit un jour :

— Tu devrais te lever de bonne heure, mon fils.

— Et pourquoi, père ?

— Parce que c'est une très bonne habitude. Un jour où je m'étais levé à l'aube, j'ai trouvé un sac d'or sur le chemin.

— Il avait peut-être été perdu la veille au soir ?

— Non, non, dit le père. Il n'était pas là, la veille au soir. Sinon je l'aurais remarqué en rentrant.

— Alors, dit Nasreddin, l'homme qui a perdu son or s'était levé encore plus tôt que toi. Tu vois que ce n'est pas bon pour tout le monde, de se lever tôt.

Le restaurant isolé

Plus tard, dans son âge mûr, Nasreddin tint une auberge en pleine forêt, dans un endroit très écarté. Des seigneurs qui chassaient s'arrêtèrent un jour et lui commandèrent des poulets.

Nasreddin fit cuire les poulets, les seigneurs les

mangèrent. Quand vint le moment de payer, il leur présenta une note d'un montant réellement astronomique.

— Quoi ! dirent-ils. Les poulets sont donc si rares que ça par ici ?

— Les poulets, non, répondit-il. Mais les seigneurs, oui.

L'homme sans tête

Nasreddin se promenait dans la campagne quand il vit un corps gisant dans un fossé. Il s'approcha et reconnut Selim, un paysan de son village. Un lion lui avait arraché et emporté la tête.

Nasreddin revint au village. Comme il passait devant la maison de Selim, la femme de celui-ci lui demanda :

— Il se fait tard, mon mari n'est pas rentré, j'ai peur qu'il lui soit arrivé quelque chose. Crois-tu que j'ai raison de m'inquiéter ?

— Tout dépend, répondit Nasreddin. La question est de savoir s'il est sorti avec sa tête ou sans sa tête.

La bague

Un ami dit à Nasreddin :

— Donne-moi une bague. Chaque fois que je la regarderai, je penserai à toi.

— Je ne te donnerai pas de bague, lui répondit Nasreddin. De cette façon, chaque fois que tu regarderas ton doigt vide, tu penseras à moi.

La veuve

Lorsque Nasreddin voulut se marier, il songea à une jeune femme qu'il connaissait. Celle-ci lui préféra un autre homme, qu'elle épousa.

Quelques années plus tard, cet homme mourut de maladie. Nasreddin se rendit chez la veuve pour lui présenter ses condoléances et lui dit :

— Par bonheur, c'est lui que tu as épousé. Sinon, c'est moi qu'on enterrerait aujourd'hui.

On ne paye que ce qu'on prend

On raconte (et l'histoire a été reprise sans vergogne par Alfred Jarry dans la scène du savetier d'*Ubu Cocu)* que Nasreddin Hodja entra un jour chez un marchand pour acheter un pantalon. Il essaya le pantalon, puis, réflexion faite, il l'échangea contre une robe et décida de la prendre.

Il était déjà sur le point de quitter la boutique quand le marchand le rappela et lui fit remarquer qu'il n'avait pas payé la robe.

— C'est normal, répondit Nasreddin, puisque je l'ai échangée contre le pantalon.

— Mais le pantalon, dit le marchand, tu ne l'as pas payé non plus.

— C'est normal, dit Nasreddin en s'en allant, puisque je ne l'ai pas pris.

La devinette

Dans cette histoire aux nombreuses variantes, on voit Nasreddin passant auprès d'un groupe d'hommes qui jouent aux devinettes.

Il leur demande :

— Qu'est-ce qui est vert, qui est posé sur une branche d'arbre et qui peut parler ?

On lui répondit aussitôt :

— C'est un perroquet.

— Ah non ! Ce n'est pas un perroquet.

— Alors, qu'est-ce que c'est ?

— C'est un poisson.

— Un poisson vert ? Mais ça n'existe pas !

— Mais si. Quelqu'un l'avait peint en vert, ce poisson.

— Mais un poisson ne peut pas monter dans un arbre !

— Mais si. Quelqu'un l'avait placé sur la branche.

— Et un poisson ne parle pas ! Aucun poisson ne parle ! Tu dois admettre que c'est d'un perroquet que tu nous parlais !

— Mais, troupeau d'ânes, c'est impossible ! S'il

s'agissait d'un perroquet, jamais je n'en aurais fait une devinette !

*
* *

La même histoire, attribuée à Srulek, se raconte ainsi en Pologne :

Srulek demande à un de ses amis :

— Qu'est-ce qui est vert, qui est dans un arbre, et qui siffle ?

— C'est un perroquet, répond l'ami.

— Pas du tout, dit alors Srulek. Ce n'est pas un perroquet, c'est un hareng.

— Un hareng ? Comment ça, un hareng ?

— Oui. Il est vert parce que je l'ai enveloppé dans une grande feuille, et il est dans un arbre parce que j'ai mis cette feuille, avec le hareng, dans un arbre.

— Mais tu m'as dit qu'il sifflait ?

— Oui, bon, j'ai dit qu'il sifflait : et alors ?

Les deux montres

Voici une histoire anglaise : un homme porte deux montres, une à chaque poignet. Elles marquent une heure différente.

Un de ses amis s'en étonne :

— Pourquoi, demande-t-il, avoir deux montres qui ne marquent pas la même heure ?

— Sinon, dit l'autre, pourquoi en avoir deux ?

Les boîtes à tabac

Encore un conte aux multiples variantes.

Comme chaque soir, avant de se coucher, le vieux Tahar, un Algérien, dépose à côté de son lit deux boîtes à tabac, l'une pleine et l'autre vide.

Quelqu'un lui demande :

— Pourquoi tu déposes toujours ces deux boîtes auprès de ton lit ?

— Celle-ci, répond Tahar en montrant la boîte pleine, c'est au cas où je me réveille et j'ai envie de tabac.

— Et la boîte vide ?
— C'est au cas où je me réveille et je n'ai pas envie.

Le froid dehors

C'est l'hiver. Un juif entre dans une auberge et laisse la porte ouverte. Quelqu'un lui crie :
— Eh, vous, là-bas ! Fermez la porte ! Il fait froid dehors !
— Et vous croyez vraiment, répond le juif, que si je ferme la porte, il fera moins froid dehors ?

Le prix des œufs

L'histoire suivante se racontait en Pologne dans les temps difficiles.
Une femme entre dans une épicerie et demande une douzaine d'œufs.
— C'est vingt kopecks, lui dit l'épicier.
— Vingt kopecks ! Mais le crémier, de l'autre côté de la rue, les vend quinze kopecks la douzaine !
— Alors, achetez vos œufs en face !
— Malheureusement, il n'en a plus.
— Eh oui, dit l'épicier. Moi aussi, quand je n'en ai plus, je les vends à quinze kopecks.

L'homme qui tremble

En Chine, un soir d'hiver très rude, un riche mandarin s'avançait avec ses gens, revêtu d'une chaude pelisse.
Il vit un mendiant qui grelottait, au coin d'une rue, et il demanda à un serviteur de sa suite :
— Pourquoi cet homme tremble-t-il ?
— Parce qu'il a froid.
— Ah bon ? Et trembler l'empêche d'avoir froid ?

Les deux soles

Cette anecdote, où la logique se met au service de l'égoïsme, semble à peu près universelle. On la raconte en Europe de cette manière.
Un homme invite un de ses amis à dîner dans un

restaurant. Ils commandent du poisson et on leur apporte deux soles, une grande et une petite. L'homme sert la petite sole à son ami et prend la grande pour lui. Son ami s'en étonne et dit :

— Comment ! Je suis ton invité, tu me sers et tu me donnes la petite sole ?

— Si tu m'avais servi, laquelle m'aurais-tu donnée ?

— La grande, bien sûr ! Et moi j'aurais pris la petite !

— Eh bien, sois satisfait, puisqu'il en est ainsi.

La faiblesse de la vieillesse

On discutait un jour en présence de Nasreddin Hodja (toujours lui) de la jeunesse et de la vieillesse, comme il arrive assez souvent. Chacun donnait un détail personnel sur l'affaiblissement qu'on éprouve en devenant vieux.

Nasreddin n'était pas de cet avis. Il dit pourquoi :

— Dans la cour de notre maison il y a une très grosse pierre. Quand j'étais jeune, je n'arrivais pas à la soulever. Je n'y arrive toujours pas aujourd'hui. Donc je ne me suis pas affaibli en prenant de l'âge.

Le chant de Goha

Goha le simple — le Nasreddin égyptien — acheta un kilo de viande qu'il donna à sa femme. Quand il rentra le soir, sa femme lui dit que leur chat avait volé et dévoré le morceau de viande.

Goha saisit le chat, le plaça sur le plateau d'une balance et le pesa. Il trouva que le chat pesait exactement un kilo.

Alors, pensif et un peu triste, Goha se demanda à haute voix (et cette question est restée jusqu'à aujourd'hui sans réponse) :

— Si tu es mon chat, où est la viande ? Si tu es la viande, où est mon chat ?

La fin dès le début

On trouve dans le *Masnavi*, de Rumi, ce dialogue que l'on rattache à la tradition soufi :

Un homme se rendit chez un bijoutier et lui dit :
— Je voudrais peser de l'or. Prête-moi ta balance.
— Non, dit le bijoutier, je suis désolé, je n'ai pas de pelle.
— Je ne te demande pas ta pelle, je te demande ta balance !
— Non, dit le bijoutier, il n'y a pas de balai ici.
— Mais tu es sourd ? Je te demande une balance !
— Je ne suis pas sourd, dit le bijoutier. Mais je vois que tu manques d'expérience. Donc, en pesant ton or, tu en laisseras tomber à terre. Alors tu me demanderas : Peux-tu me prêter un balai pour que je récupère mon or ? Et quand tu auras fait ton petit tas, tu me demanderas : Peux-tu me prêter une pelle ? Moi, je vois la fin dès le début ! Va-t'en ! Adresse-toi à quelqu'un d'autre !

Le père de Samuel

A l'école juive, un professeur dit au jeune Samuel :
— Nous allons mesurer tes capacités en arithmétique. J'imagine que tu es ton père. Je t'emprunte dix roubles à six pour cent. Combien je dois te rendre au bout d'un mois ?
— Vingt roubles, répond aussitôt Samuel.
— Comment ça, vingt roubles ? Mais tu es fou ! Réfléchis : dix roubles à six pour cent. Combien je dois te rendre ?
— Vingt roubles, répète Samuel.
— Mais tu ne connais rien à l'arithmétique !
— Si, mais vous ne connaissez pas mon père !

La bonne question

Vient maintenant une histoire contemporaine qu'on raconte en France, dans le milieu des travailleurs immigrés.
Un jeune Africain s'adresse à Dieu et lui demande :
— Pourquoi, Dieu, m'avoir donné des lèvres aussi épaisses, une bouche aussi largement fendue ?
— Parce qu'en Afrique la chaleur est dure, répond Dieu. Cette chaleur donne soif. Il faut que tu puisses boire très largement.

— Et pourquoi m'avoir fait la peau noire? demande encore l'Africain.

— Pour la même raison, répond Dieu. Pour te permettre de résister à la force des rayons du soleil, qui est très ardent dans ton pays.

— Dans ce cas, dit l'Africain, puis-je te poser une troisième question ? Je te promets que ce sera la dernière.

— Je t'écoute, dit Dieu.

— Pourquoi m'as-tu fait naître à Aubervilliers ?

Le lièvre et le crocodile

Un lièvre — dans une histoire khmer — aperçut un crocodile qui, dans un fleuve, s'abandonnait au cours du courant. Son cœur s'emplit de méfiance et il se dit :

— Est-ce un crocodile ou est-ce un tronc d'arbre ?

Il réfléchit un instant et cria :

— Si tu es un crocodile, continue à te laisser flotter dans le courant. Mais si tu es un tronc d'arbre, remonte le fleuve en sens inverse !

Le crocodile entendit le lièvre et se dit :

— Je faisais semblant d'être un tronc d'arbre. Or, le lièvre me dit que, si je suis un tronc d'arbre, je dois remonter le fleuve. Je dois donc remonter le fleuve.

Il se mit en devoir de remonter le fleuve. Alors le lièvre vit clairement qu'il s'agissait d'un crocodile, car les troncs d'arbre ne remontent pas les courants.

La vitrine

Un homme, qui se promène dans le quartier juif d'une ville, aperçoit une vitrine pleine de réveils, d'horloges et de montres. Ayant précisément besoin d'une réparation à sa montre, il entre et se trouve en présence du commerçant, à qui il fait part de son désir.

— Je suis désolé, lui dit le commerçant, mais je ne peux rien faire pour vous.

— Et pourquoi ?

— Parce que je ne suis pas horloger.

— Vous n'êtes pas horloger ?

— Non. Je suis un rabbin spécialisé dans les circoncisions. Je suis un circonciseur.

— Mais alors, dit l'homme, si vous n'êtes pas un horloger, pourquoi mettez-vous dans votre vitrine toutes ces montres et pendules ?

— Eh bien, dit le rabbin, qu'est-ce que vous voulez que j'y mette ?

La puce

Parmi les histoires que les scientifiques aiment raconter à propos de leurs méthodes, celle de la puce revient souvent.

Elle peut être résumée ainsi.

Un scientifique examine une puce posée près de lui. Il lui ordonne : « Saute ! », et la puce saute. Le scientifique écrit sur une feuille de papier : « Quand on dit à une puce de sauter, elle saute. »

Alors il saisit la puce et délicatement lui arrache les pattes. Il la repose à côté de lui et ordonne : « Saute ! »

La puce ne bouge pas. Le scientifique note alors sur sa feuille de papier : « Quand on arrache les pattes à une puce, elle devient sourde. »

Louange à Dieu

Nasreddin, un soir, lava sa robe et la mit à sécher dans son jardin. Le lendemain matin, la robe avait disparu, emportée par un voleur.

Nasreddin aussitôt se prosterna sur le sol et remercia Dieu chaleureusement.

— Comment ! lui dit sa femme. On te vole ta robe et tu remercies Dieu ?

— Mais, malheureuse, lui dit Nasreddin, ne vois-tu pas que j'aurais pu être dedans ?

La bonne correction

Une autre fois, Nasreddin donna une cruche à une de ses filles en lui demandant d'aller chercher de l'eau à la fontaine. Au moment où elle quittait la maison, il la gifla sévèrement en lui disant :

— Fais bien attention à ne pas casser la cruche !

Un ami, qui se trouvait là, dit à Nasreddin :
— Je trouve ton comportement parfois très injuste. Pourquoi as-tu giflé cette malheureuse ?
— Je l'ai giflée au bon moment, répondit Nasreddin. A quoi servirait de la gifler après qu'elle aura cassé la cruche ?

Marcher sous la pluie

Un homme — rapporte une tradition chinoise — marchait lentement sous la pluie.
Un passant pressé lui demande :
— Pourquoi tu ne marches pas plus vite ?
— Il pleut aussi devant, répondit l'homme.

Le grand archer

L'empereur du Japon visite ses provinces. Dans une ville, dès son arrivée, il remarque une cible et sur cette cible une flèche plantée très exactement au milieu.
Un peu plus loin, au cours de sa visite, il remarque une autre cible plantée d'une autre flèche. Cette seconde flèche, elle aussi, est fichée au centre exact de la cible.
Et ainsi de suite. A la quatrième cible parfaitement frappée qu'il aperçoit, l'empereur demande à rencontrer ce tireur extraordinaire.
— Oh non, lui dit un dignitaire de la ville, ça n'en vaut pas la peine, c'est un idiot.
— Un idiot ? Mais comment un idiot peut-il tirer avec cette adresse quasi divine ?
— C'est simple. Il plante d'abord la flèche. Après quoi, tout autour, il dessine la cible.

Le bol de mil

Un homme pauvre — raconte une histoire berbère — se prit de querelle avec un homme riche, qui le gifla. L'affaire fut amenée devant le cadi, qui écouta les deux plaignants et décida que l'homme riche donnerait à l'homme pauvre, qu'il avait giflé, un bol de mil.

Alors l'homme pauvre se retourna vers le cadi et le gifla très vigoureusement.

— Qu'est-ce qui te prend ? demanda le cadi.

— Oh, ce n'est rien, dit l'homme pauvre. Juste une envie. Quand on apportera le bol de mil, prenez-le pour vous. Moi je m'en vais.

Le retour du roi

L'histoire qui suit est tantôt juive, tantôt arabe, car les deux traditions se confondent assez souvent.

Elle présente un roi, lequel s'en alla visiter une province de son royaume. Il resta absent une semaine et revint à son palais, où il raconta son voyage à plusieurs familiers, parmi lesquels se trouvait le célèbre Ch'hâ (ou bien Djeha, ou encore Goha).

— J'ai fait un excellent voyage, dit le roi, mais par malheur le lundi un incendie ravagea la ville que je visitais et fit périr bon nombre d'habitants.

— Et le mardi ? demanda Ch'hâ.

— Le mardi un chien enragé a mordu deux vieillards, ce qui a lancé une vraie panique.

— Et le mercredi ?

— Le mercredi, par suite d'une très forte pluie, la rivière grossit brutalement et emporta tout un quartier. Le jeudi un taureau s'échappa et éventra plusieurs passants, sans parler d'énormes dégâts aux étalages.

— Et le vendredi ? demanda Ch'hâ.

— Le vendredi un des notables de la ville, soudainement devenu fou, a tué sa femme, ses enfants, tous ses animaux. Il a fallu l'abattre sans pitié. Le samedi un immeuble s'est effondré, ensevelissant plus de cinquante locataires. Le dimanche une femme s'est pendue à un arbre, en laissant trois enfants orphelins.

— Heureusement, dit alors Ch'hâ, tu n'es resté qu'une semaine.

La bague donnée au pauvre

Une histoire juive d'origine hassidique offre un exemple de logique sentimentale — et personnelle.

Un pauvre vint frapper à la porte de Rabbi

Schmelke. Ne trouvant aucun argent chez lui, il donna au pauvre une bague. En l'apprenant, sa femme se lança dans de violents reproches. Comment avait-il pu donner à un mendiant une bague sertie d'une pierre précieuse ?

Rabbi Schmelke envoya aussitôt quelqu'un pour chercher le pauvre. Quand il le vit, il lui dit :

— Je viens d'apprendre — ce que je ne savais pas — que la bague que je t'ai donnée est de grande valeur. Prends bien garde à ne pas la revendre pour une bouchée de pain.

Le traité

Deux juifs de condition modeste discutaient un jour dans une taverne de Varsovie.

— Il y a quelque chose que je ne comprends pas dans la lecture de la semaine, dit l'un.

— Et quoi donc ?

— On dit de notre père Abraham et d'Abimelekh, roi des Philistins : « Ils conclurent, les deux, un traité. »

— Et alors ?

— Pourquoi avoir écrit « les deux » ? C'est tout à fait superflu.

— Bonne question.

— Qu'en penses-tu ?

— Ce que j'en pense est très simple. Ils ont conclu un traité, mais ils ne sont pas devenus un, ils sont restés deux.

La boutique des lampes

L'histoire assez singulière qui suit est d'origine indienne.

Par une nuit obscure, deux hommes se rencontrèrent sur une route solitaire. Le premier dit :

— Je cherche une boutique près d'ici. On l'appelle la boutique des lampes.

— J'habite dans le coin, dit le second. Je peux vous conduire à la boutique.

— Je devrais pouvoir la trouver moi-même, dit le premier. On m'a donné l'adresse. Je l'ai écrite.

— Alors pourquoi m'en parlez-vous ?
— Oh, juste pour parler.
— Vous voulez de la compagnie. Vous ne voulez pas une adresse.
— Oui, je suppose.
— Il serait plus facile pour vous, reprit le second, de vous informer auprès des habitants. Vous n'êtes pas loin. Mais le chemin, à partir d'ici, est difficile.
— Je crois ce qu'on m'a dit, répondit le premier. Jusqu'à présent les renseignements étaient bons. Je ne suis pas sûr des gens que je pourrais rencontrer par ici.
— Ainsi, dit le second, bien que vous donniez votre confiance à vos premiers informateurs, on ne vous a jamais appris à reconnaître les personnes de confiance ?
— Non.
— Avez-vous un autre but ?
— Non. Je veux trouver la boutique des lampes. C'est tout.
— Puis-je vous demander pourquoi ?
— Parce qu'on m'a dit, on m'a dit de source très sûre que dans cette boutique on vend un certain objet qui permet de lire dans le noir.
— C'est exact, dit le second. Une lampe permet de lire dans le noir. Mais il y a une condition préalable et un renseignement complémentaire. Je me demande si ces deux éléments ont suffisamment retenu votre attention.
— Quels sont-ils ?
— La condition préalable est la suivante : pour lire avec le secours d'une lampe, il faut d'abord savoir lire.
— Vous ne pouvez pas le prouver.
— Je ne peux pas le prouver ici, en pleine nuit. Mais vous pouvez me faire confiance sur ce point.
— De toute façon, dit le premier, je sais lire. Je sais même écrire. J'ai écrit l'adresse de la boutique, je vous l'ai dit.
— Fort bien.
— Et quel est le renseignement complémentaire ?
— Le voici : la boutique des lampes est toujours à

l'endroit habituel, mais on a transporté les lampes ailleurs.

Le premier homme réfléchit un instant et dit :

— Je ne sais pas exactement ce qu'est une lampe, mais il me paraît évident qu'un objet ainsi nommé doit se trouver dans une boutique de lampes. Après tout c'est pour cette raison que cette boutique porte ce nom.

— L'expression « boutique des lampes », dit le second, peut avoir plusieurs significations, même contradictoires. Cela peut vouloir dire : « Une boutique où on peut se procurer des lampes », mais aussi : « Une boutique où l'on pouvait autrefois se procurer des lampes, mais qui maintenant n'en a plus. »

— Vous ne pouvez pas le prouver.

— Non, mais si ce que je dis est vrai, vous passerez pour un imbécile aux yeux d'un grand nombre de gens.

— Peut-être. Mais je connais un grand nombre de gens qui vous appelleraient, vous, un idiot. Et il est fort possible que vous ne soyez pas un idiot. Vous pouvez agir par motif caché. Par exemple vous voulez m'envoyer acheter des lampes dans une autre boutique, qui est tenue par un de vos amis. Ou peut-être, pour une raison que j'ignore, vous ne voulez à aucun prix que je me procure une lampe.

— Je suis pire que vous ne pensez, dit le second. Au lieu de vous promettre des boutiques de lampes et de vous donner l'espoir que vous y trouverez la solution de vos problèmes, je voudrais m'assurer d'abord que vous savez lire, ce qui est apparemment le cas, encore que rien ne m'assure que vous avez vous-même écrit cette adresse.

— Je peux l'écrire une deuxième fois.

— Pas dans le noir.

— C'est vrai. Et dites-moi : qu'auriez-vous fait encore ?

— Je me serais informé pour savoir si vous vous trouviez dans le voisinage d'une boutique. Si vous aviez une chance de vous égarer. Si vous aviez au contraire une chance d'obtenir une lampe par un autre moyen.

— Je comprends, dit le premier.
— Je suis un homme de précaution, dit le second. Vous l'avez sans doute remarqué ?
— C'est ce qui nous rend semblables, dit le premier.
Ils se regardèrent un instant en silence, avec une certaine tristesse. Puis ils s'en allèrent, chacun de son côté.

Les épinards

Henri Monnier s'est approprié une formule célèbre qu'on trouve en réalité, cent ans plus tôt, dans un recueil anonyme d'anas publié au XVIIIe siècle :
— Je n'aime pas les épinards, et j'en suis fort aise. Car si je les aimais, j'en mangerais, et je ne peux pas les sentir.

L'aquarium

Pour illustrer les dangers de l'esprit logique, on raconte en Europe qu'un homme, rencontrant un autre homme, lui demande :
— Tu as un aquarium chez toi ?
— Oui.
— Avec des poissons ?
— Bien sûr.
— Des poissons colorés ?
— Oui.
— Avec du sable, des rochers, des algues ?
— Mais oui.
— Et tu aimes regarder tes poissons ?
— Beaucoup.
— Donc, tu aimes la nature ?
— Oui.
— Tu aimes les animaux ?
— Oui, oui.
— Tu aimes les fleurs, les arbres, les fleuves ?
— J'aime tout ça.
— Tu aimes donc la vie ?
— Oui.
— Tu aimes l'amour ? Tu aimes les femmes ?
— Oui, oui, j'aime les femmes.

— Très bien.
Les deux hommes se séparent. A quelque temps de là, le premier de ces hommes, celui qui posait les questions, rencontre un autre ami et lui demande :
— Tu as un aquarium chez toi ?
— Non.
— Alors, tu es pédéraste ?

Le remède inutile

Une autre histoire européenne présente un homme d'un certain âge, époux d'une femme sensiblement plus jeune que lui. Il se rendit un jour chez un médecin et se plaignit. Ses forces déclinaient. Il ne parvenait plus à satisfaire son épouse et réclamait un réconfortant. Le médecin se fit prier et consentit en fin de compte à lui administrer une piqûre.
L'homme rentra chez lui dans un grand état d'érection. Par malchance son épouse ne se trouvait pas à la maison. La bonne lui dit qu'elle était sortie pour quelque temps, sans préciser l'heure de son retour.
Très embarrassé par son état et ne sachant comment se calmer, il rappela le médecin.
— La piqûre a très bien marché, lui dit-il. Mais ma femme est absente ! Il n'y a que la bonne à la maison.
— Eh bien, lui dit le médecin, couchez avec la bonne !
— Mais pour la bonne, répliqua l'homme très énervé, je n'ai pas besoin de médicament !

La promesse tenue

Le jeune fils de Nasreddin fut un jour très bien noté par ses maîtres. Son père s'en montra heureux et lui dit :
— Demande-moi ce que tu voudras et je te l'accorderai.
L'enfant, très ému, sachant la persistante pauvreté de son père, lui dit :
— Je te remercie du fond du cœur. Peux-tu m'accorder un délai jusqu'à demain ? Je dois réfléchir.
— C'est très bien, dit Nasreddin. A demain.

Le lendemain, le fils vint trouver son père et lui demanda un petit âne.

— Ah non, lui répondit aussitôt Nasreddin. Le petit âne, tu ne l'auras pas.

— Mais tu m'avais promis de me donner ce que je voudrais !

— Et n'ai-je pas tenu parole ? Tu m'as demandé un délai, tu l'as eu !

L'arbre le plus haut

Dans cette histoire, qui nous vient du Viêt-nam, un voyageur parle des merveilles qui l'ont ébloui.

— Dans un port lointain, dit-il, j'ai vu un bateau. Il était si vaste qu'un jeune mousse, partant de la poupe, arrivait à la proue avec des cheveux blancs.

Un de ceux qui l'écoutaient lui dit :

— Ça n'a rien de très surprenant. Dans une forêt, non loin d'ici, je connais un arbre si haut qu'un oiseau doit voler pendant dix ans avant d'en atteindre la cime.

— Quel mensonge ! s'écria le voyageur. Un arbre pareil n'existe pas.

— Alors, demanda l'autre, avec quoi fait-on le mât de ton bateau ?

L'homme en larmes

Un homme à la richesse légendaire vient de mourir. On conduit le cercueil au cimetière, en grand équipage.

Un homme est là, qui pleure vraiment très fort.

— Pourquoi pleurez-vous ? lui demande-t-on. Vous êtes de la famille ?

— Non. Justement.

Le paradoxe des prisonniers

En 1951, un mathématicien anglais nommé Merrill M. Flood présenta ce paradoxe, qui fut repris par Albert W. Tucker, professeur à Princeton.

Un policier arrête deux individus soupçonnés de vol à main armée. Il n'a pas assez de preuves et a besoin des aveux du coupable. Il fait venir les deux hommes dans son bureau, l'un après l'autre, et leur dit ceci :

— Si vous avouez, vous êtes libre, et votre complice fera dix ans de prison.

— Et si l'autre avoue, lui aussi ?

— Vous ferez chacun cinq ans de prison.

— Et si personne n'avoue ?

— La seule charge que je puisse retenir contre vous est le port d'arme prohibée. Un an de prison.

Les suspects doivent réfléchir, sans pouvoir communiquer entre eux. Que faire ?

Il semble au premier abord que la meilleure solution est de ne pas avouer et de faire un an de prison.

Pourtant, du point de vue de chaque individu, la meilleure solution est d'avouer, quoi que fasse l'autre. En effet, si le suspect A avoue et que B persiste à nier, A est libre, ce qui est pour lui la meilleure solution. Si B avoue lui aussi, A s'en trouvera mieux d'avoir avoué, puisque dans ce cas il ne fera que cinq ans de prison (au lieu de dix s'il n'avait pas avoué).

On peut tenir le même raisonnement pour le second suspect.

Ainsi, si les deux suspects se comportent de cette manière intelligente et rationnelle, ils avouent tous les deux — ce qui les conduit à subir une peine plus lourde que s'ils avaient nié l'un et l'autre.

Le partage des chameaux

D'autres énigmes persistantes se rencontrent un peu partout, et même dans l'arithmétique. Ce conte arabe en témoigne.

Un homme voulait s'assurer qu'après sa mort ses trois fils sauraient trouver un bon conseiller.

Aussi leur laissa-t-il dans son testament dix-sept chameaux avec ces instructions précises :

— Je veux que l'aîné ait la moitié des chameaux, le second le tiers et le plus jeune juste le neuvième.

Les fils, à la lecture du testament, restèrent perplexes. Ils demandèrent conseil à leurs amis. Ceux-ci leur dirent de vendre les chameaux et de partager l'argent selon les proportions indiquées. Un autre considérait que le testament était inapplicable et n'avait par conséquent aucune valeur.

Enfin ils trouvèrent un homme réfléchi qui leur dit :

— C'est très simple. Je vais vous prêter un chameau. Vous l'ajouterez aux dix-sept autres. Vous donnerez à l'aîné la moitié des dix-huit chameaux, c'est-à-dire neuf chameaux. Au second vous donnerez un tiers, c'est-à-dire six chameaux. Le plus jeune recevra un neuvième, c'est-à-dire deux chameaux. Au total, cela fait bien dix-sept. Alors je reprendrai mon chameau, et tout sera fini.

Les trois fils avaient trouvé le meilleur conseiller possible. On pense — mais sans en être sûr — qu'ils le gardèrent longtemps auprès d'eux.

11

La justice est notre invention hésitante

Le juge et les deux plaideurs

Quand il est question de justice, il est un conte qu'on rencontre presque partout, dans les vieux récits annamites aussi bien que dans la tradition islamique.

Sous cette forme, il met en scène deux plaideurs irrités, Ahmed et Lakhdar, qui se présentent devant un cadi, magistrat chargé de rendre la justice.

Lakhdar prend la parole et dit, montrant Ahmed du doigt :

— Mon ami Ahmed m'a trahi. Il s'est conduit d'une manière abjecte. Il est venu dans ma maison en mon absence, il a volé mon argent, volé mon âne, violé ma femme et battu mon fils jusqu'au sang. Cadi, tu dois me rendre justice !

Le cadi lui dit :

— Tu as raison.

Alors Ahmed s'avança et dit, très vigoureusement :

— Mais pas du tout ! Ça ne s'est pas passé comme ça ! Je suis allé chez Lakhdar c'est vrai, mais cet âne c'était le mien, qu'il m'avait emprunté et ne voulait pas me rendre ! Cet argent c'était le mien, que je voulais récupérer ! Je n'ai pas violé sa femme, c'est elle qui s'est jetée sur moi, car elle est toujours en manque d'amour ! Et comme je voulais me débarrasser d'elle, leur fils s'est mis à me frapper ! Je me suis défendu comme j'ai pu et je suis reparti les mains vides ! C'est à moi, cadi, que tu dois rendre justice !

Le cadi, qui écoutait attentivement, lui dit :
— Tu as raison.
Alors le premier assistant du cadi, qui se tenait debout derrière lui, se pencha et dit à mi-voix :
— Mais enfin, cadi, ces deux hommes t'ont dit des choses totalement contradictoires, et tu leur as dit, à tous les deux, qu'ils ont raison ! Ce n'est pas possible !
Et le cadi dit à son assistant :
— Tu as raison.

*
* *

Sous une forme japonaise, et plus précisément zen, cette histoire montre un maître vénéré, dans un couvent, qui va d'un visiteur à l'autre, demandant à celui-ci :
— Etes-vous déjà venu ici ?
— Non.
— Voici une tasse de thé.
Et à cet autre :
— Etes-vous déjà venu ici ?
— Oui.
— Voici une tasse de thé.
Un disciple, qui le suivait, lui demanda :
— Mais comment se fait-il, maître, que, quelle que soit leur réponse, vous leur offriez à tous une tasse de thé ?
Le maître se tourna vers le disciple et lui dit :
— Voici une tasse de thé.

Le jugement de Mahosadha

La très célèbre histoire du jugement de Salomon, qui sut comment trouver la vraie mère entre deux femmes qui réclamaient le même enfant, a été racontée en Inde avec des différences. La fausse mère est une sorte de goule, qui enlève un enfant. La vraie mère veut le reprendre, et les deux femmes se trouvent devant la hutte du très sage Mahosadha.
Celui-ci, informé de la querelle, trace une ligne sur le sol et place l'enfant sur cette ligne. Puis il dit aux deux femmes :

— Tirez l'enfant vers vous de toutes vos forces. Il appartiendra à celle qui pourra l'amener de son côté.

Les deux femmes commencent à tirer et l'enfant se met à pleurer de douleur. Alors la vraie mère lâche l'enfant et tombe sur le sol en pleurant. L'idée de déchirer l'enfant et de le tuer lui est insupportable.

Et Mahosadha, comme Salomon, lui donne l'enfant.

Le meilleur homme

Toujours en Inde, on raconte l'histoire d'un choix difficile entre trois hommes. Voici les faits précis, tels qu'ils ont été rapportés.

Une jeune fille de Madanpur, belle de corps et d'esprit, va se promener dans un jardin. Elle y rencontre un jeune homme qui se trouve aussitôt frappé d'amour pour elle, qui la prend violemment par la main et qui lui dit ce qu'on dit toujours dans ces cas-là :

— Si tu ne veux pas m'aimer, il me sera impossible de vivre et je me donnerai la mort.

La jeune fille, qui a le cœur sincère, le croit. Elle ne l'aime pas (car elle doit se marier dans cinq jours) mais elle ne veut pas le voir mourir car la mort est la pire des choses (croit-elle). Ils discutent un moment avec ardeur, le jeune homme persiste dans ses affirmations, si bien que la jeune fille, qui s'appelle Madanesa, lui fait un serment :

— Je me marie dans cinq jours. Juste après mon mariage je viendrai te voir, je ferai ce que tu désires. Après quoi je reviendrai près de mon époux.

Après le mariage, cinq jours plus tard, la jeune épousée raconte son aventure et son serment à son mari. Ils discutent ardemment, là encore, et le mari se laisse convaincre. Il importe de sauver la vie de ce jeune homme. Il laisse donc sa femme aller auprès de lui.

Elle s'habille avec élégance, elle se parfume, elle choisit des bijoux précieux et s'en va au milieu de la nuit. En chemin elle rencontre un voleur, que les bijoux scintillants intéressent.

— Où vas-tu ? dit-il à la jeune femme effrayée par cette rencontre.

— Je vais rejoindre mon amoureux.
— Qui t'accompagne le long du chemin ?
— Kama, le dieu de l'amour, m'accompagne. Ne me prends pas mes ornements. Je te les donnerai à mon retour, je te le promets.
Le voleur la laisse partir. Elle parvient auprès du jeune homme, qu'elle trouve endormi, et le réveille. Il paraît déconcerté et ne semble pas la reconnaître. La voici obligée de lui rappeler leur rencontre, l'amour soudain, la promesse faite.
— Je me suis mariée aujourd'hui, dit-elle enfin. Tu peux faire de moi ce qu'il te plaira.
— As-tu tout raconté à ton mari ? demande le jeune homme, qui est dans un grand étonnement (car il ne s'attendait évidemment pas à ce que Madanesa tînt sa promesse).
— Je lui ai tout raconté et il m'a permis de venir.
Le jeune homme réfléchit un instant et dit à la jeune femme :
— Cette histoire ressemble à des bijoux qu'on aurait mis sans vêtements. Elle ressemble aussi à des aliments sans beurre, à une chanson sans mélodie. De la même manière que des vêtements sales salissent la beauté, et que de mauvais aliments détruisent les forces du corps, ainsi une épouse coupable peut ôter la vie de l'époux, ou un mauvais fils ruiner sa famille. Une femme n'exprime jamais toutes ses pensées. Ce qu'elle a sur le bout de la langue, jamais elle ne le révèle. Ce qu'elle fait, elle ne le raconte pas. Elle sera toujours pour les hommes un objet d'étonnement et d'admiration.
— Je ne comprends pas exactement toutes tes paroles, dit Madanesa. Signifient-elles que tu ne veux plus de moi ?
— Ce n'est pas de toi que je ne veux pas, dit le jeune homme. C'est simplement de la femme d'un autre.
Madanesa reprend le chemin de sa demeure. En chemin elle rencontre le voleur, qui s'étonne de la voir revenir aussi vite. Elle lui raconte le refus du jeune homme. Le voleur approuve ce refus et laisse partir Madanesa avec ses bijoux.
Elle rejoint son mari. A lui aussi, elle raconte tout.

Mais il ne lui montre aucun amour véritable, aucune vraie reconnaissance, et lui dit seulement :

— La beauté d'un oiseau, c'est son chant. La beauté d'une femme, c'est sa fidélité à son mari. La beauté d'un homme laid, c'est l'étendue de son savoir. La beauté d'un sage, c'est la souffrance qu'il endure avec résignation.

Cette histoire est rapportée au roi Birbal, qui l'écoute attentivement. Après quoi le rapporteur lui demande :

— Lequel de ces trois hommes a le plus grand mérite ?

Voici la réponse du roi :

— En voyant que le cœur de sa femme s'était donné à un autre homme, le mari, au lieu de la retenir, la laissa partir. Et par conséquent, sa propre affection diminua. Pour le jeune homme, qui avait déjà oublié celle pour laquelle il s'était soi-disant enflammé cinq jours plus tôt, il la refusa, sous prétexte de mœurs honnêtes, mais en réalité par crainte du mari et aussi par crainte de ma justice.

C'est pourquoi le roi conclut :

— En ce qui concerne le voleur, je ne vois aucune raison pour qu'il la laisse partir sans la dépouiller de ses bijoux. Aucune raison, en vérité. Le voleur est donc un meilleur homme que les deux autres.

Deux histoires de crocodiles

Ces deux histoires africaines, très voisines, semblent, en matière de justice, évoquer une sorte de droit naturel que résume la phrase : il faut prendre ce qui s'offre.

La première est une histoire de la tradition mandingue. Elle présente un crocodile, non loin d'un fleuve. Il tenait un enfant dans ses mâchoires.

L'enfant protestait et criait, disant :

— Laisse-moi partir ! N'oublie pas que j'ai montré le chemin du fleuve à ton fils, qui s'était égaré dans les bois ! Laisse-moi retourner à mon village, à ma famille !

— Inutile de crier et de te débattre, répondait le crocodile entre ses dents. Je n'ai pas souvent l'occasion de croquer un fils d'homme. Je te tiens, je ne te lâcherai pas.

Survint un lièvre, qui entendit les éclats de la dispute et proposa de départager l'enfant et le crocodile. Ils acceptèrent tous les deux. L'enfant commença et dit ceci :

— Je gardais mes chèvres dans la forêt quand je rencontrai le fils du crocodile, qui s'était perdu. Je le saisis et le ramenai jusqu'au fleuve. Mais son hypocrite de père, que tu vois là, me demanda de m'avancer un peu dans l'eau, pour mieux faire flotter son fils. Et il en a profité pour me saisir dans sa gueule affreuse.

— Et toi ? demanda le lièvre au crocodile. Qu'as-tu à dire ?

— Le petit de l'homme a dit la vérité, répondit le crocodile, il a dit toute la vérité, la vérité aussi blanche que la bouche d'un âne. Mais moi je dis : Quand on a quelque chose à sa portée, il faut le prendre sans hésiter. Pourquoi laisser s'enfuir une proie pour ensuite la poursuivre ? Je garde cet enfant pour mon prochain repas.

— Tu as très bien parlé, lui dit le lièvre. Mais j'ai besoin de témoins pour rendre mon jugement. Restez là, ne bougez pas, je reviens de suite.

Le lièvre partit au village pour chercher des témoins. Le village tout entier le suivit jusqu'à la rivière. Sous un arbre, le lièvre appela les deux plaideurs. Le crocodile se mit du côté du village et laissa l'enfant du côté du fleuve, pour lui barrer le chemin.

A la demande du lièvre, l'enfant et le crocodile racontèrent de nouveau leur histoire. Pour se défendre contre l'accusation d'ingratitude, le crocodile reprit ses arguments et dit :

— Pourquoi aller à la chasse quand on tient son gibier à sa portée ? Il faut prendre ce qui s'offre, sans hésiter.

Alors le lièvre demanda aux villageois :

— N'avez-vous pas besoin de viande ?

— Oh si !

— Alors qu'attendez-vous pour vous saisir de ce crocodile, qui est là à votre portée ?

Sans attendre, les villageois se précipitèrent sur le crocodile, le frappèrent à mort et le dépecèrent.

L'histoire ajoute — assez curieusement — que pendant que les villageois se partageaient la chair du crocodile, un chien affamé se jeta sur l'enfant, qui était resté à l'écart, et l'égorgea.

*
* *

Les Malinkés racontent cette histoire d'une autre manière, à la fois moins brutale et plus complexe.

Un chasseur rencontre un crocodile égaré sur un haut plateau, coupe des branches d'arbre pour faire une civière et rapporte le crocodile au fleuve. L'animal le prie d'avancer assez loin dans l'eau et le saisit aux jambes.

— Ne me tue pas ! s'écrie l'homme. Patiente un peu !

L'homme appelle une vache et lui demande son arbitrage. Mais cette vache, autrefois bien nourrie, avec du son et du sel, tant qu'elle pouvait donner des veaux, est aujourd'hui stérile et abandonnée. L'homme ne lui donne qu'un peu de paille sèche à manger. Aussi repousse-t-elle ses prières.

— Oui, dit-elle, le crocodile a raison. La personne humaine est ingrate. Je m'en vais.

Elle s'en va.

Arrive un vieux cheval. Lui aussi, autrefois, quand il était en pleine forme, ne mangeait que du mil, de la main du roi. Aujourd'hui vieilli, affaibli, inutile, il ne reçoit de temps en temps qu'un peu de paille sèche.

A son tour, il refuse de venir en aide à l'homme emprisonné dans les mâchoires du saurien.

— Le crocodile a raison, dit-il. La personne humaine est ingrate.

Et il s'en va.

Le chasseur menacé dit au crocodile :

— Patiente ! Patiente encore un peu, je te prie !

Survient le lièvre, à qui le chasseur raconte son aventure misérable.

— Je ne vous entends pas, dit le lièvre. Vous êtes trop loin. Montez jusqu'à la rive, venez m'expliquer !

Le crocodile se rapproche du rivage et l'homme explique au lièvre ce qui s'est passé. Il demande au lièvre justice.

— Je ne peux absolument pas rendre justice ici, dit le lièvre. Nous devons aller tous les trois jusqu'à l'endroit où les choses se sont passées.

— Mais cet homme est ma proie ! dit le crocodile. Une de nos vieilles lois dit : Attrape ce qui passe ! Prends ce qui est à ta portée !

— Je connais cette loi, dit le lièvre, mais si vous désirez que je rende la justice, nous devons aller sur les lieux où vous vous êtes rencontrés.

Ils se mettent en route. Comme le crocodile a de la peine à marcher sur la terre ferme, le lièvre dit à l'homme de le remettre sur la civière, de l'attacher solidement et de le porter sur sa tête.

Ils s'en vont ainsi tous les trois à travers la campagne.

En chemin le lièvre demande à l'homme :

— Dis donc, ton père ne mange pas de crocodile ?

— Si, il en mange.

— Et ta mère ? Elle ne mange pas de crocodile ?

— Si, elle en mange.

— Alors, tu as sa viande entre tes mains ! Elle est là sur ta tête, à ta portée ! Qu'est-ce que tu attends ?

Le chasseur tue le crocodile, le dépèce et remercie le lièvre.

Puis il revient vers son village, en portant la viande du crocodile sur sa tête. Le lièvre l'accompagne.

En arrivant près du village, le chasseur dit au lièvre :

— Cache-toi ici et attends-moi. Je vais revenir, et je t'apporterai ta part.

— Entendu, dit le lièvre.

Le lièvre se cache. Le chasseur arrive au village, dépose sa viande et appelle son chien.

— Où est mon chien ?

Le chien accourt. Le chasseur lui indique l'endroit où est caché le lièvre.

— Il y a un lièvre, là. Va l'attraper ! Va vite !

Heureusement le lièvre est méfiant par nature. Il a pensé que le chasseur enverrait son chien. Quand il l'entend aboyer de loin, il s'enfuit à toute vitesse dans la brousse, en se disant :

— La personne humaine est ingrate.

Le juge et les pommes de terre

L'histoire suivante se racontait en Allemagne vers les années 1960 dans les milieux de magistrats. Elle a sans doute une origine plus ancienne.

Un juge prit quelques vacances chez un de ses cousins, qui était un paysan. Au troisième jour le juge, saisi par un début d'ennui et voyant son cousin très occupé, lui proposa de l'aider.

— Que sais-tu faire ? lui demanda le paysan.

Le juge réfléchit un instant et ne put offrir aucune réponse satisfaisante. Le paysan réfléchit de son côté et trouva un travail facile. Il conduisit le juge dans une grange dont le plancher se trouvait entièrement recouvert de pommes de terre qu'on venait d'arracher.

— Voici ce que tu vas faire, dit-il. Tu vas ranger ces pommes de terre en trois catégories, les grosses, les petites et les moyennes. A ce soir.

Le paysan partit et travailla toute la journée dans les champs. Quand il revint, à la nuit presque tombée, il ouvrit la porte de la grange et vit que les pommes de terre étaient exactement dans l'état où il les avait laissées le matin.

Le juge se tenait au milieu de la grange, l'air abattu, le visage couvert de sueur, les cheveux désordonnés. Il serrait une pomme de terre dans sa main.

— Qu'est-ce qui s'est passé ? dit le paysan.

Le juge tendit vers lui la pomme de terre et lui demanda d'une voix brisée :

— C'est une grosse, une petite ou une moyenne ?

Le faucon et le pigeon

Un des contes les plus clairement impitoyables, et aussi des plus secrets, mettant en jeu les principes mêmes de la justice, a été raconté en Inde. Il figure comme beaucoup d'autres dans le *Mahâbhârata*.

Il existait un roi très juste. Certains disaient de lui

qu'il était l'homme le plus juste sur la surface de la terre. Un pigeon vint s'abattre un jour sur la cuisse du roi et lui demanda sa protection. Le roi lui accorda cette protection.

A l'instant même un faucon se percha sur une branche voisine et dit au roi :

— Ce pigeon m'appartient. Je l'ai chassé jusqu'ici. Donne-le-moi.

— Non, dit le roi. On ne livre pas un animal effrayé à son ennemi.

— Pourquoi parles-tu d'ennemi ? Ne connais-tu pas l'ordre véritable des choses ? Tous les justes de la terre disent que toi seul mérites le nom de juste. Alors, pourquoi t'opposes-tu à la justice ?

— Quelle justice ? demanda le roi, en rassurant de la main le pigeon qui tremblait de peur sur sa cuisse.

— Ce pigeon, répondit le faucon avec assurance, doit calmer les angoisses de ma faim. Tu dois me le donner.

— Il m'a confié son existence. Regarde ses formes tremblantes. Je ne peux pas l'abandonner.

— C'est par la nourriture que tout existe, reprit le faucon. Sans nourriture pas de vie. Sans vie, rien. Je te le dis : Depuis l'origine des temps, par la succession régulière des choses, ce pigeon a été désigné pour être ma nourriture aujourd'hui. Depuis le commencement du monde, je vis aujourd'hui de ce pigeon. Donne-le-moi.

Le roi, qui écoutait attentivement les raisonnements de l'oiseau de proie, lui dit avec fermeté :

— Non. Ma parole en ce moment est plus forte que le destin. Elle est plus forte que l'ordre du monde, que le *dharma*.

Le faucon prit un autre ton, plus familier, presque sentimental. Il dit ceci :

— Privé d'aliment, mon souffle me quittera. Avec moi périront mon épouse et mes enfants, qui n'ont que moi comme soutien, alors que ce pigeon, sache-le, est célibataire. Une foule de vies contre une seule vie ! La justice qui détruit la justice est une fausse justice, une justice cruelle.

— Oiseau, ce que tu dis est plein de sens. Mais comment l'abandon d'un être vivant, qui a besoin de secours, comment cette action peut te sembler bonne ? Mange autre chose ! Un taureau, un sanglier, une gazelle !

— Les faucons ne mangent pas les sangliers. Les faucons mangent les pigeons. C'est une loi éternelle.

— Je te donne ce que tu veux ! s'écria le roi. Je te fais apporter un mouton ! Un bœuf entier ! Je te donne tout mon royaume, mais pas ce pigeon.

Le faucon garda un court silence et dit d'une voix plus conciliante :

— Je n'accepterai qu'une seule chose.

— Dis-moi.

— Si tu éprouves un tel amour pour ce pigeon, coupe un morceau de chair de ta cuisse droite, du même poids que ce pigeon, et donne-le-moi.

— Qu'on apporte une balance et un couteau ! ordonna le roi, sans attendre.

On apporta une balance exacte et un couteau bien effilé. On plaça le pigeon tout tremblant sur l'un des plateaux de la balance. Le roi prit le couteau, se coupa un large morceau de chair et le mit sur l'autre plateau. Mais la balance penchait du côté de l'oiseau. Le poids de l'oiseau dépassait le poids de la chair du roi. Le roi se trancha un autre morceau et le jeta près du premier dans la balance, puis un autre, et un autre encore, mais la balance ne bougeait pas. Le poids du pigeon dépassait le poids de la chair tranchée. Le roi s'obstina. Il coupa toute sa chair. A la fin, n'étant plus qu'un squelette sanglant, il se hissa sur le plateau et la balance ne bougea toujours pas. Le corps du pigeon était plus lourd que celui du roi.

Alors le faucon dit au roi :

— Nous sommes venus ici pour te connaître, le pigeon et moi, toi qu'on dit l'homme le plus juste du monde.

Et les deux oiseaux s'envolèrent ensemble.

Un juge perspicace

Nombreux, dans l'histoire des peuples, sont les exemples de juges rusés et clairvoyants, qui savent avec intelligence démasquer le vrai coupable.

Un de ces juges était chinois.

Un jour un riche marchand, qui s'apprêtait à embarquer avec ses marchandises, fut assassiné par le capitaine du bateau, qui s'empara de tous ses biens et les dissimula dans sa propre maison. Quant au corps du marchand, il le noya.

Personne n'avait assisté au crime. Pour se fabriquer un parfait alibi, le capitaine se rendit à la maison du marchand et demanda à sa femme pourquoi son mari n'avait pas encore rejoint le bateau, car il était temps de prendre la mer.

La femme envoya ses serviteurs de tous côtés, mais aucun ne put trouver trace du mari disparu.

On appela le juge, qui se fit expliquer l'affaire, et demanda à la femme de se rappeler très précisément les paroles du capitaine, quand il était venu s'enquérir de son mari, le marchand.

— Mon mari était parti depuis un bon moment déjà, répondit la femme, quand cet homme est venu et m'a appelée : « Madame ! Pourquoi votre mari n'est pas encore venu ? »

— Voilà, dit le juge. C'est lui, le coupable.

Il fit convoquer le capitaine et l'accusa formellement :

— Pourquoi as-tu appelé la femme du marchand, et non pas le marchand lui-même ? C'est donc que tu savais qu'il n'était pas chez lui !

La danseuse et le miroir

Une belle danseuse arabe, connue pour sa lascivité, aborda un riche marchand un matin d'avril et lui dit :

— La nuit dernière, j'ai rêvé que tu étais dans mes bras. Et tu y prenais un plaisir extrême. Tu me dois deux dinars d'or.

Le marchand refusa hautement de payer. La danseuse le conduisit devant le cadi, qui écouta le récit de l'affaire et dit au marchand, à la fin :

— Va chercher deux dinars d'or et un miroir.

Quand le marchand revint, le cadi posa les deux dinars d'or devant le miroir et dit à la femme :

— Regarde l'image des deux pièces d'or dans le miroir. Tu es ainsi payée.

Le prix d'une odeur

La même structure se retrouve dans une anecdote persane, ou turque.

Un homme d'une extrême pauvreté, qui ne tenait à la main qu'un morceau de pain, s'approcha de la fenêtre d'une cuisine et passa longuement ce morceau de pain dans l'odeur exquise qui montait des fourneaux. Puis il le mangea.

Le cuisinier, qui l'avait observé, le fit saisir par deux marmitons et lui demanda le prix de l'odeur. Comme le misérable ne pouvait pas payer, les autres s'apprêtaient à le maltraiter quand il demanda :

— Un d'entre vous a-t-il une pièce de monnaie ? Qu'il me la prête un instant.

On lui prêta une pièce de monnaie. Il la jeta sur le carrelage et dit au cuisinier :

— Ecoute ce bruit. Te voilà payé.

La voleuse et le Bouddha

Une autre femme de plaisir apparaît dans une histoire bouddhique.

Non loin de Bénarès, une trentaine de jeunes princes organisèrent un pique-nique. Un des princes, qui n'était point marié, amena une fille de joie pour prendre part au pique-nique. Mais, profitant d'un moment où la compagnie se distrayait, la fille déroba des objets de valeur et disparut.

Les princes s'élancèrent à sa recherche. Ils rencontrèrent le Bouddha, assis sous un arbre, et lui demandèrent :

— N'as-tu pas vu passer une femme ?

— Pourquoi la cherchez-vous ? demanda le Bouddha.

Ils lui racontèrent le vol. Alors le Bouddha leur demanda :

— Que vaut-il mieux, à votre avis : chercher une femme ou vous chercher vous-mêmes ?

Ils s'assirent autour de lui et reçurent son enseignement jusqu'à la fin du jour, oubliant la fille de joie.

Le prophète et le fugitif

Une anecdote de même structure met en scène le Prophète Mohammed.

Un homme qui fuyait, poursuivi par d'autres hommes que la violence possédait, passa près du prophète et lui demanda son aide :

— Ces hommes veulent mon sang. Protège-moi !

Le Prophète garda tout son calme et lui dit :

— Continue à fuir, droit devant toi. Je me charge de ceux qui te poursuivent.

Dès que l'homme se fut éloigné, le Prophète se leva et changea de place. Il s'assit dans la direction d'un autre point cardinal. Les hommes violents accoururent et — sachant qu'il ne pouvait prononcer que la vérité — lui décrivirent l'homme qu'ils traquaient, lui demandant s'il l'avait vu passer.

Le Prophète se recueillit un instant et répondit :

— Je parle au nom de celui qui tient dans sa main mon âme de chair : depuis que je suis assis ici, je n'ai vu passer personne.

Les poursuivants s'élancèrent sur un autre chemin, et le fugitif eut la vie sauve.

La terre voleuse

Autre bel exemple, qui nous vient d'Afrique :

Un homme partit en voyage. Avant de partir, il enfouit quelques pièces d'or, qu'il possédait, au pied d'un arbre. Son beau-frère, le frère de sa première femme, qui l'avait observé secrètement, profita de son absence pour dérober les pièces d'or.

A son retour l'homme chercha vainement les pièces d'or et se lamenta.

— C'est la terre qui t'a volé ton or, lui dit son beau-frère. Tu dois porter plainte contre la terre !

L'homme, qui était connu pour sa naïveté, convoqua la justice de son village, qui se réunit autour de l'arbre. Le juge, homme très âgé et très perspicace, se fit raconter toute l'affaire par l'homme et par le beau-frère. Puis il dit :

— C'est bien. Nous allons interroger la terre.

Et, s'adressant à la terre, il dit :
— As-tu volé l'or de cet homme ?
Tous les villageois, assemblés en cercle autour de l'arbre, prêtèrent l'oreille, mais la terre ne répondit pas.
Le vieux juge répéta sa question :
— Terre, je te le demande : as-tu volé l'or de cet homme ?
La terre resta silencieuse.
Alors le vieux juge dit :
— Personne ne savait où cet or était caché. Le beau-frère a raison. Seule la terre peut être coupable. Qu'on apporte un fouet pour la faire parler.
On apporta un fouet et, sur l'ordre du juge, l'homme le plus vigoureux du village se mit à fouetter la terre. Mais la terre garda le silence.
— Qu'on lui plante des clous dans la chair ! dit le juge. Qu'on la transperce ! Qu'on la brûle ! Elle finira bien par avouer !
On apporta des clous qu'on enfonça dans la terre, on alluma des feux tout autour de l'arbre, mais la terre refusa de parler.
— Je ne comprends pas, dit alors le juge, comment elle peut résister à tous les traitements que nous lui infligeons. Peut-être n'est-elle pas coupable ?
— Si, je suis sûr qu'elle est coupable ! s'écria le beau-frère. Qui d'autre aurait pu prendre cet or ?
Alors le vieux juge, qui depuis le début de cette affaire soupçonnait le beau-frère, lui dit :
— Si elle est coupable, nous devons en avoir la preuve. Je vois que tu portes une bague d'or à ton doigt. Enfouis ta main dans la terre, à l'endroit même où l'or était caché, et attendons demain. Nous verrons bien si la terre te volera ta bague.
Le beau-frère ne put refuser cette épreuve. Il laissa donc les hommes du village creuser un petit trou, dans lequel il plaça sa main qui portait la bague. Il s'assit sur le sol. Les villageois recouvrirent sa main avec de la terre et le laissèrent seul pendant toute la nuit. Il écouta les hyènes qui hurlaient dans la brousse, et l'agitation incompréhensible des insectes. Puis il finit par s'endormir.
Quand il se réveilla, il vit tout le village s'avancer

vers lui, entourant le vieux juge. Celui-ci s'agenouilla sur le sol, tout près de la main enfouie, examina soigneusement la terre et l'herbe, puis il se releva et dit au beau-frère :

— Tu avais raison. La terre t'a réellement volé ta bague, à ce qu'il me semble.

— A quoi le vois-tu ? demanda l'homme soupçonné.

— Je le vois au fait que tu n'as plus de main, dit le vieux juge. Ne pouvant arracher la bague de ton doigt, la terre a emporté ta main.

— La terre a emporté ma main ?

— Oui, dit le vieil homme. Et je vais t'en donner la preuve. Qu'on apporte une épée tranchante !

On lui apporta une épée tranchante qui brillait au soleil du matin. Le vieux juge la saisit fermement et dit au beau-frère, se tenant debout près de lui :

— Dans ma jeunesse, je fus un bon manieur d'épée. Tous ici te le diront. Et il m'en reste encore quelque chose, malgré les blessures de l'âge. Voici ce que je vais faire. Je vais donner un grand coup de cette épée en passant très précisément au ras du sol. Mais comme ton poignet est déjà coupé, comme ta main a été volée par la terre pendant ton sommeil, la lame de mon épée ne tranchera que le vide et tu ne sentiras rien. Es-tu prêt ?

— Arrête ! s'écria le beau-frère en voyant le vieil homme lever son arme.

En disant ce mot, il arracha sa main de la terre et la tendit devant lui, comme pour se protéger. Tous les assistants virent clairement que la bague se trouvait toujours à son doigt et ils se mirent à rire.

L'instant d'après, tremblant encore d'émotion, il avouait son larcin, il rendait l'or au mari de sa sœur.

Et le vieil homme dit aux villageois, avant qu'ils ne partent travailler les champs :

— Un jour, nous nous coucherons tous dans la terre, comme cet homme avait couché son or. Mais nous, nous n'en sortirons plus. Dirons-nous que la terre nous a volés ? La terre ne peut rien voler, puisque tout vient d'elle. Les hommes se volent entre eux jusqu'au jour où la terre, à qui tout revient, ne distingue ni le voleur, ni le volé, ni l'objet du vol.

L'explication

Quant à la nature même de la justice, une histoire juive aborde ainsi ce thème délicat.

Un homme, qui désirait connaître le sens du mot « judaïsme », interrogea un rabbin.

— Il me faudrait quarante ans pour te l'expliquer, dit le rabbin.

L'homme parut découragé. Alors le rabbin lui dit :

— Mais je connais un autre rabbin qui peut te l'expliquer en cinq minutes.

L'homme prit l'adresse du deuxième rabbin et lui posa la même question. Le deuxième rabbin réfléchit assez longuement et dit :

— Le judaïsme, c'est la justice pour tous.

— Et qu'est-ce que c'est, la justice pour tous ? demanda l'homme.

— Ça, répondit le rabbin, il me faudrait quarante ans pour te l'expliquer.

La moitié d'une couverture

La vraie justice peut quelquefois sortir d'une bouche qui n'est pas celle d'un juge. Voici ce que raconte un vieux conte irlandais.

Dans une pauvre maison vivait un homme, avec sa femme, son père et son fils, encore un bébé au berceau. Le vieux père n'était bon à rien. Trop faible, il ne travaillait plus. Il mangeait et fumait, assis devant la porte. Alors l'homme décida de le chasser de la maison, de le lancer au hasard sur les routes, comme on le faisait quelquefois, dans les temps très durs, pour les bouches inutiles.

L'épouse tenta d'intercéder pour le vieil homme mais vainement.

— Donne-lui au moins une couverture, dit-elle.

— Non. Je lui donnerai la moitié d'une couverture. C'est bien suffisant.

L'épouse le supplia. Il se laissa finalement convaincre de donner toute la couverture. Au moment où le vieil homme s'apprêtait à quitter la maison en pleurant, on entendit soudain la voix du bébé dans le berceau. Et le bébé disait à son père :

— Non ! Ne lui donne pas toute la couverture ! Donne-lui seulement la moitié.

— Pourquoi ? demanda le père stupéfait, en se rapprochant du berceau.

— Parce que, répondit le bébé, j'aurai besoin de l'autre moitié pour te la donner, le jour où je te chasserai d'ici.

12

Le pouvoir est fragile, donc inquiet, donc hésitant, donc incohérent, donc contesté, donc fragile

Le barbier de l'empereur

Le pouvoir est d'abord arbitraire, inquiet et nécessairement cruel, comme le montre cette première histoire chinoise.

Tout allait mal pour l'empereur de Chine. Aux frontières, ses armées battues refluaient. Des généraux se soulevaient. Des ministres indélicats tramaient des intrigues dangereuses. Secs, les coffres. Mal menées, les campagnes. Et les astrologues de toutes les provinces annonçaient une catastrophe indescriptible.

Selon la logique du pouvoir chinois, l'empereur devait se donner la mort, seule façon de détourner un sort terrible. Mais cet empereur-là, à qui l'idée de la mort était étrangère, possédait une âme trop faible pour lutter ainsi contre le destin. C'est pourquoi un matin, poussé par ses femmes, par ses enfants, par ses conseillers les plus persuasifs, l'empereur dit à son barbier, quand il se trouva seul avec lui :

— Je vais te donner un ordre. Ecoute-moi bien. Un de ces jours, en me rasant, tu me trancheras la gorge d'un seul coup de ton grand rasoir. Je connais ton habileté. Agis le plus rapidement possible. Je ne pose qu'une condition : Ne me préviens pas. Ne me dis pas : C'est aujourd'hui. Egorge-moi en me laissant jusqu'au dernier geste dans l'ignorance.

Le barbier, un homme âgé et silencieux, qui chaque matin passait un moment dans la seule compagnie du roi — il s'occupait aussi de ses cheveux et de ses ongles — inclina la tête sans une parole, montrant ainsi qu'il avait compris l'ordre de son maître. Puis il commença la toilette de l'empereur, il peigna ses cheveux, ses sourcils. Il passa sur ses joues et sur son cou une crème amollissante, avant de commencer avec le petit rasoir, sous le nez, autour de la bouche.

Quand il saisit le grand rasoir pour l'aiguiser sur un morceau de cuir, l'empereur posa ses deux mains sur les accoudoirs du fauteuil. Quand le rasoir s'approcha de sa gorge, l'empereur serra ses deux mains, il sentit sa respiration se précipiter. Le rasoir accomplit adroitement quelques va-et-vient sur son visage. Puis une serviette chaude, humide et parfumée, vint apaiser sa peau. Un instant plus tard le barbier retira la serviette, donna un dernier coup de peigne et s'inclina devant le monarque, en silence. C'était tout pour ce matin-là.

L'empereur reprit le chemin de ses affaires. On lui apprit qu'une riche province de l'Ouest venait de faire sécession et que six de ses femmes s'étaient enfuies pendant la nuit. Quatre contrôleurs des impôts avaient reçu les derniers supplices sur la côte. La famine s'aggravait sur les hauts plateaux.

L'empereur passa une journée douloureuse et sauta son quatrième repas.

Le lendemain, après une nuit secouée par les rêves, l'empereur se présenta devant son barbier et prit place dans le fauteuil doré. Quand le grand rasoir, semblable à une large faux noire, descendit vers sa gorge couverte de crème, l'empereur serra les poings et même les genoux. Il arrêta de respirer. Il ferma les yeux. Il sentit quelques gouttes de sueur glissant le long de son échine.

Après quoi la serviette parfumée calma son visage et son cœur.

L'empereur s'habilla et gagna les salles du gouvernement. On annonçait des hordes avancées de pillards fonçant vers la vieille capitale. Le khan de Mongolie, jusque-là son ami, lui envoyait un arc brisé, signe d'une déclaration de guerre impitoyable. Dans la nuit, des mains inconnues venaient d'assassiner plusieurs domestiques de confiance.

Au terme d'une journée de constant malheur, harcelé par la meute des astrologues et des prêtres qu'encourageaient ses épouses et les enfants de ses épouses, l'empereur, légèrement nourri, se coucha et dormit, du mieux qu'il put.

Au matin, comme à l'ordinaire, le barbier s'inclina devant son maître et commença la tâche quotidienne. Eau, crème, petit rasoir et grand rasoir. L'épreuve du grand rasoir fut ce matin-là presque insoutenable. L'empereur sentait à l'intérieur de son corps des mouvements qu'il ne connaissait pas, nés de la peur et de l'imprévisible.

Il ne respira qu'à l'approche de la serviette parfumée. Le barbier rangea ses instruments, toujours en silence, s'inclina et se retira.

L'empereur rejoignit les ministres qui lui restaient apparemment fidèles. Dès l'aube des présages mauvais, forteresses chancelantes, oiseaux sombres percés de flèches, démons fugitifs et rieurs, s'étaient montrés dans les nuages. On annonçait des désertions dans les rangs de la garde impériale elle-même. Du haut de la plus haute tour, on apercevait les éclaireurs des armées ennemies, qui s'apprêtaient à encercler la ville. Des moissons brûlaient. Dans certaines gorges les fleuves traînaient des boues rouges, sentant le soufre.

L'empereur mangea très peu ce jour-là. La nuit il dormit par intermittence.

Quand le matin parut, il fit appeler le chef de ses gardes — un homme qui lui devait sa fortune — et lui dit d'une voix précise :

— Qu'on exécute mon barbier. Fais vite.

La science politique

Une autre histoire chinoise offre une variation sur le même thème.

Un jeune roi exerçait son pouvoir avec la plus totale rigueur. Il tenait la justice dans sa main, prononçait les arrêts et veillait à l'exécution rapide et impitoyable des sentences.

La situation, pourtant, ne s'arrangeait pas. Il sentait son autorité de plus en plus mal affermie.

Un jour il fit convoquer son premier ministre et lui dit :
— J'ai fait exécuter un grand nombre de gens, et pourtant personne ne me craint. Comment l'expliques-tu ?
— C'est simple, répondit le ministre. Tu dois apprendre le secret de l'autorité. Tous ceux que tu as fait exécuter étaient des criminels, des coupables. Les autres, en conséquence, n'ont aucune raison de te craindre. Si tu veux vraiment être redouté, tu dois aussi exécuter des innocents.
Le roi hocha la tête. Il avait compris.
Deux jours plus tard, il fit exécuter son premier ministre.

L'homme qui venait au mauvais moment

Né de l'arbitraire, le pouvoir doit souvent ruser avec le destin. Une histoire soufi nous le raconte ainsi.
Un riche marchand de Bagdad vivait dans une demeure splendide. Il possédait des biens de toutes sortes et une famille puissante. Ses navires lourdement chargés faisaient le commerce des Indes. Fortune qui lui venait en partie de sa naissance, en partie de ses efforts, en partie de la générosité du khalife de Cordoue, qu'on appelait le roi de l'Ouest, et qui connaissait le marchand.
Brutalement, la fortune changea. La maison et les terres furent confisquées par un usurpateur. Les navires sombrèrent. La famille se dispersa. Même les amis du marchand l'abandonnèrent.
Il décida de se rendre en Espagne pour y rencontrer son ancien bienfaiteur. Il traversa un désert effrayant, où tous les malheurs le frappèrent. Son âne creva. Il fut capturé par des bandits qui le vendirent comme esclave. Il s'échappa très difficilement et fut blessé. Son visage, crevassé par le soleil, ressemblait à un vieux morceau de cuir. De temps à autre, des passants dont il ne comprenait pas le langage lui donnaient une poignée de nourriture, un morceau de tissu déchiré, et il n'avait pour boire que l'eau glauque des mares.
Trois ans après son départ de Bagdad, il atteignit

Cordoue. Mais on refusa de le laisser pénétrer dans le palais du khalife. Les soldats le repoussèrent avec un mépris brutal. Il dut travailler pendant longtemps, comme un employé de la plus basse catégorie, avant de pouvoir acheter un vêtement présentable. Après quoi, avant de le juger digne d'être admis en présence du prince, le maître de cérémonie lui fit suivre des cours particuliers de bonnes manières, car le marchand avait tout oublié de la politesse indispensable.

Il put enfin pénétrer dans la salle d'audience royale. Le khalife le reconnut aussitôt, l'embrassa et le pria de s'asseoir auprès de lui. Le marchand lui fit le récit rapide de ses malheurs.

Le khalife l'écouta attentivement, puis il s'adressa à son premier intendant et lui dit :

— Qu'on donne à cet homme cent moutons, qu'on le nomme berger du roi et qu'on l'envoie dans la haute montagne.

Le marchand remercia le khalife, non sans une très vive surprise, car il avait espéré davantage. Des moutons ? Pourquoi des moutons ? Il se retira, l'esprit troublé.

Quelques jours plus tard, il quitta Cordoue avec son troupeau de moutons. On le dirigea vers un pâturage râpé. En peu de temps, une épidémie frappa les moutons. Ils crevèrent jusqu'au dernier. Le marchand-devenu-berger revint auprès du sultan, à qui il raconta sa nouvelle et terrible infortune.

— Qu'on lui donne cinquante moutons, dit le khalife, et qu'il retourne à la montagne.

Honteux et désolé, l'homme quitta la ville avec les cinquante moutons. Quelques jours plus tard, alors qu'ils commençaient à paître, des chiens sauvages surgirent. Ils affolèrent les moutons, qui se précipitèrent du haut d'un rocher et périrent jusqu'au dernier.

Humilié, le cœur chargé de peine, le marchand-berger retourna auprès du khalife et lui raconta son malheur.

— Qu'on lui donne vingt-cinq moutons, ordonna le khalife, et qu'il continue.

Désespéré, car il se sentait le plus misérable, le plus incompétent des bergers, l'homme repartit vers la montagne avec vingt-cinq nouveaux moutons.

Quelques semaines plus tard, une brebis mit bas et il se trouva qu'elle portait des jumeaux. Il en fut de même pour une seconde brebis, pour une troisième. En quelques mois le troupeau doubla. Les agneaux étaient solides et bien portants. Des pluies abondantes, venues à point nommé, enrichirent le pâturage. Le troupeau doubla encore. L'homme vendit les agneaux pour une somme excellente, il racheta d'autres brebis, il loua d'autres pâturages. Trois ans plus tard, bien vêtu, marqué par sa nouvelle prospérité, il revint à Cordoue.

Le khalife le reçut immédiatement et lui dit :

— As-tu bien réussi comme berger, cette fois ?

— Oui, d'une manière incompréhensible. Ma chance a tourné, tout va bien, quoique je ne me sente, je te l'avoue, aucune inclination particulière pour ce métier.

— C'est très bien, dit le khalife. A l'ouest se trouve le royaume de Séville, qui dépend de moi. Ce royaume, je te le donne. Va prendre immédiatement ton pouvoir.

Le marchand-berger-roi se dressa stupéfait et dit au khalife :

— Mais pourquoi ne m'as-tu pas nommé roi à mon arrivée ? Pourquoi ces années d'épreuves et de travail inaccoutumé ? Voulais-tu m'enseigner quelque chose ?

— Non, dit le roi en souriant, je n'avais rien à t'enseigner. Mais si je t'avais donné le royaume de Séville le jour où tu as perdu tes cent moutons, quel fléau se serait abattu sur la ville ?

L'homme ne répondit rien. Le khalife le serra dans ses bras et ajouta, avant de prendre congé du nouveau roi :

— Tu me demandes pourquoi je ne t'ai pas donné ce trône à ton arrivée ? C'est très simple. Parce que le moment n'était pas venu.

Et les deux hommes se séparèrent.

Le barrage

Une autre histoire soufi nous montre comment le pouvoir sait profiter des dissensions stériles entre sujets.

Une veuve et ses cinq fils vivaient sur un maigre morceau de terre. Un tyran avait construit un barrage, qui accaparait toute l'eau. A plusieurs reprises le frère aîné essaya de renverser ce barrage, pour irriguer leur terre, mais il ne put y parvenir. Il manquait de force, et ses quatre frères étaient des enfants.

Le frère aîné partit dans une ville lointaine où, pendant des années, il travailla chez un commerçant. Quand il le pouvait, il envoyait des sommes d'argent à sa famille en les confiant à des marchands. Pour ne faire sentir à sa mère et à ses frères aucune sorte d'obligation, il recommandait aux marchands de donner cet argent à ses frères en échange de menus services.

Quand il revint chez lui, un seul de ses frères le reconnut, ou parut le reconnaître, non sans une visible hésitation à cause du travail du temps. Le plus jeune frère dit :

— Il avait des cheveux noirs.

— Oui, mais je suis plus vieux.

— Nous ne sommes pas des marchands, dit un autre frère. Pourquoi aurions-nous un frère marchand ?

— Je me suis occupé de vous quand vous étiez petits, dit le frère aîné. Je me rappelle comme vous rêviez de percer le barrage et de voir jaillir l'eau.

— Je ne me rappelle pas, dit un des frères.

— Moi non plus, dit un autre. De quelle eau parles-tu ?

— Je vous ai envoyé de l'argent, qui vous a permis de vivre, dit alors l'aîné.

— De l'argent ? Non, jamais. Nous avons gagné un peu d'argent en rendant service à des voyageurs, c'est tout.

— Décris notre mère, dit un des frères.

Mais leur mère était morte depuis longtemps, et leurs souvenirs se brouillaient. Ils ne purent admettre la description que fit leur frère. Ils lui demandèrent avec irritation :

— Si tu es vraiment notre frère, qu'es-tu venu nous dire ?

— Que le tyran est mort. Que ses soldats se sont

enfuis à la recherche d'autres maîtres. Que le moment est venu de rendre à notre terre verdeur et richesse.

— Quel tyran ? dit un des frères.

— Je ne me souviens d'aucun tyran, dit un autre.

— La terre a toujours été sèche.

— Pourquoi devrions-nous faire ce que tu dis ?

— Je voudrais bien t'aider, dit le plus jeune des frères, mais je ne vois vraiment pas de quoi tu parles.

— Et de plus, dit un autre, je n'ai absolument pas besoin d'eau. Je ramasse des broussailles et du bois mort. Je fais un feu, auquel viennent se réchauffer les voyageurs. Ils me payent. Ça me suffit pour vivre.

— Si on amenait de l'eau ici, dit un autre frère, elle inonderait la petite mare où je surveille mes poissons d'ornement. Les marchands s'arrêtent quelquefois pour les admirer, et me donnent de la monnaie.

— Est-on bien sûr, dit le dernier des frères, que l'eau ferait du bien à cette terre ?

L'aîné essaya de les encourager, de les pousser au travail. Mais ils préférèrent attendre le passage des prochains marchands. L'aîné voulut leur expliquer qu'ils ne passeraient plus, puisque c'était lui qui leur demandait ce détour. Ils ne le crurent pas. Ils discutèrent et discutèrent.

Un second tyran se manifesta, pire que le premier. Il vit le barrage, qui se trouvait en mauvais état, et décida de le renforcer. Ce barrage accrut sa convoitise, si bien qu'il s'empara tout à la fois de la terre et des frères eux-mêmes, qu'il emmena comme esclaves, car ils paraissaient encore robustes — même le frère aîné.

Enchaînés et fouettés, traînés vers la citadelle du maître, ils discutaient encore.

Prudence dans les soupirs

Tout cela peut conduire à une certaine forme de résignation, qui n'exclut pas une perpétuelle vigilance, comme l'exprime cette histoire juive.

Dans une petite ville de l'Europe de l'Est, un vieil homme s'assit sur un banc, près d'une rivière. Un second vieil homme choisit de s'asseoir à côté du premier. Ils ne s'étaient jamais vus.

Le premier monsieur, après quelques minutes de silence, dit simplement, en soupirant :
— Heuh...
Et le second dit également, un peu plus tard :
— Heuh...
Le premier dit alors :
— Chh... Je vous en supplie, il ne faut pas parler politique !...
— Ah bon, dit le second, vous aussi vous êtes juif ?

Le visage du roi caché

Le pouvoir est arbitraire, il est aussi lointain et même masqué. Un autre conte juif nous en parle ainsi.
Un roi fit convoquer un sage et lui dit :
— J'ai entendu parler d'un roi qui se dit puissant, sincère et modeste. Puissant, il paraît l'être, car son royaume est entouré par l'océan et gardé par une flotte impressionnante, armée de canons. Entre l'océan et le rivage s'étend un immense marécage, que traverse un très mince sentier, où ne peut passer qu'une personne à la fois. D'autres canons protègent ce sentier. Impossible de pénétrer dans ce royaume. Mais ce que je ne comprends pas, c'est pourquoi ce roi invisible se dit sincère et modeste.
— Que veux-tu de moi ? demande le sage.
— Je veux que tu m'apportes un portrait de ce roi, dit le roi. Un portrait ressemblant. Et ce n'est apparemment pas facile. Car ce roi passe sa vie dissimulé derrière un rideau et ses sujets n'ont jamais pu le voir.
Le sage se mit en route. Il décida, avant de rencontrer le roi caché, de connaître son royaume et le peuple qui l'habitait. Il vit un peuple moqueur et menteur. Il comprit assez vite que tout le royaume n'était peuplé que d'hommes et de femmes menteurs. Partout des fraudes, des escroqueries et des rires impitoyables.
Pour plus de certitude, le sage se lança lui-même dans une affaire. Il y fut trompé, il perdit son argent. Il décida de faire appel auprès d'une cour supérieure, mais il découvrit que les juges de cette haute cour étaient corrompus jusqu'au sang. Là encore il fut trompé, et il perdit.

Alors il décida de se rendre auprès du roi. Il fut reçu dans la salle d'audience et placé en face le rideau derrière lequel se tenait le roi.

— Sur quel peuple règnes-tu ? s'écria le sage. Il n'est composé que de voleurs et de menteurs. D'un bout de ton royaume à l'autre, je n'ai pas trouvé une parcelle de vérité.

Le sage commença le récit de tout ce qu'il avait vu dans le royaume.

Le roi, de l'autre côté du rideau, se pencha pour tendre l'oreille. Il était très étonné. Et les dignitaires du régime, présents dans la salle, se montraient irrités.

L'homme sage termina son récit en disant :

— On pourrait affirmer que le roi est à l'image de son peuple et qu'il vit dans la fausseté. Mais ce n'est pas vrai, je le sais.

Tous retinrent leur souffle. Et ils entendirent ceci, tombé de la bouche du sage :

— Je sais pourquoi tu te caches derrière ce rideau. Ce n'est pas pour te soustraire aux regards. C'est parce que tu es sincère et ami de la vérité. Et que tu ne pourrais pas supporter la vue de ton peuple autour de toi.

Il y eut un silence. Puis le roi étonné tira le rideau et se montra.

Le sage se hâta de dessiner son portrait, puis il revint auprès de son maître.

Les singes et les glands

Le pouvoir est aussi méprisant, et ce mépris ne va pas sans une certaine habileté. Tchouang-tseu nous raconte cette histoire étrange :

Un éleveur de singes dit à ses singes, au moment de leur donner à manger :

— Je vous distribuerai trois glands le matin et quatre le soir. Qu'en pensez-vous ?

Tous les singes, hautement irrités, protestèrent.

— Très bien, dit l'éleveur. Alors je vous distribuerai quatre glands le matin et trois le soir. Qu'en pensez-vous ?

Tous les singes se déclarèrent enchantés.

Salomon et l'hirondelle

Quand le pouvoir est exercé avec bienveillance et intelligence — ce qui est rare —, il conduit à l'harmonie du monde, dont il pénètre les secrets.

Dans le palais de Salomon, une hirondelle mâle serrait de près une hirondelle femelle, qui se refusait vigoureusement.

Le mâle s'écria :

— Mais comment peux-tu me refuser, moi ? Ne sais-tu pas que si je voulais je pourrais renverser la haute coupole de ce temple ? La renverser sur Salomon lui-même ?

Salomon, qui comprenait le langage des oiseaux, appela le mâle et lui demanda avec quelque sévérité :

— Comment as-tu pu dire une pareille idiotie ? Pourquoi ? Qu'est-ce qui t'a poussé ?

— Il ne faut pas prendre au sérieux les paroles des amoureux, répondit l'oiseau.

— Tu as raison, dit Salomon avec un sourire.

Et il le laissa s'envoler.

L'eau du paradis

Un autre conte arabe, de même inspiration, raconte qu'un bédouin sec et misérable, qui s'appelait Harith, vivait depuis toujours dans le désert. Il se déplaçait d'un point à un autre avec sa femme Nafisa. De l'herbe sèche pour leur chameau, des insectes, de temps en temps une poignée de dattes, un peu de lait : une vie dure et menacée. Harith chassait les rats du désert pour leur peau et tressait des cordes en fibres de palmier, qu'il essayait de vendre aux caravanes.

Il ne buvait que l'eau saumâtre qu'il trouvait dans les puits bourbeux.

Un jour un nouveau ruisseau parut dans les sables. Harith goûta cette eau inconnue, qui était amère et salée, et même un peu trouble. Mais il lui sembla qu'il venait de faire couler dans sa gorge l'eau du paradis véritable.

— Je dois porter cette eau, se dit-il aussitôt, à celui qui peut l'apprécier.

Il remplit deux outres en peau de chèvre, l'une pour lui, l'autre pour le khalife Haroun-el-Raschid, et il se mit en route pour Bagdad. A son arrivée, après un voyage pénible, il raconta son histoire aux gardes et fut admis auprès du khalife, comme l'usage le voulait.

Harith se prosterna devant le Commandeur des Croyants et lui dit :

— Je ne suis qu'un pauvre bédouin, attaché au désert où le sort m'a fait naître. Je ne connais rien d'autre que le désert, mais ce désert je le connais bien. Je connais toutes les eaux qu'on peut y trouver. C'est pourquoi, lorsque j'ai trouvé l'eau du paradis, j'ai décidé de te l'apporter, pour que tu la goûtes.

Haroun-el-Raschid se fit apporter un gobelet et il goûta l'eau du ruisseau amer. Toute la cour l'observait. Il but une large gorgée et son visage n'exprima aucun sentiment. Il resta pensif un instant, puis il dit avec une soudaine force :

— Emmenez cet homme et enfermez-le. Qu'il ne voie personne.

On enferma le bédouin, tout étonné, tout désappointé, dans une cellule obscure. Et le khalife dit aux personnes de son entourage, qui l'interrogeaient sur le sens de sa décision :

— Ce qui n'est rien pour nous, est tout pour lui. Ce qu'il prend pour l'eau du paradis n'est pour nous qu'une boisson désagréable. Mais nous devons penser au bonheur de cet homme.

Il fit rappeler le bédouin à la tombée de la nuit. Il donna l'ordre à ses gardes de le raccompagner aussitôt hors de la ville, jusqu'à la porte du désert, sans lui permettre de voir le fleuve Tigre, ni aucune des fontaines de la ville, sans lui donner à boire une autre eau que la sienne.

Alors que le bédouin quittait le palais dans l'ombre de la nuit, il vit une dernière fois le khalife. Celui-ci lui donna mille pièces d'or et lui dit :

— Je te remercie. Je te nomme gardien de l'eau du paradis. Tu administreras cette source en mon nom. Surveille-la et protège-la. Que tous les voyageurs sachent que je t'ai nommé à ce poste.

Le bédouin baisa la main du khalife et retourna rapidement dans son désert.

Le fidèle et demi

Le souverain est l'être le mieux placé pour percer les obscurités de l'esprit. Encore faut-il que le sien soit clair.

La tradition soufi raconte ceci.

Un sultan entendit parler d'un grand sheikh, qui vivait en Anatolie et qui comptait des centaines de milliers de fidèles. Effrayé de cette force, dont il sentait la menace, le sultan convoqua le sheikh à Istanbul et lui demanda :

— Qu'est-ce que j'entends dire ? Que tu aurais des centaines de milliers d'hommes prêts à mourir pour toi ?

— Oh non, répondit le sheikh. Je n'en compte qu'un et demi.

— Alors pourquoi me raconte-t-on que tu pourrais soulever le pays tout entier ? Nous allons voir. Que tous tes hommes se rassemblent demain matin dans le pré, au dehors de la ville.

On proclama partout que tous les fidèles du sheikh devaient se rassembler le lendemain matin dans le pré, car le sheikh serait là en personne.

Sur une éminence qui dominait le pré, le sheikh fit installer une tente. A l'intérieur de la tente, il parqua plusieurs moutons, que personne ne pouvait voir.

Les fidèles vinrent très nombreux. Le sultan, qui se tenait devant la tente avec le sheikh, dit à celui-ci :

— Tu as déclaré n'avoir qu'un fidèle et demi. Regarde ! Ils sont venus par milliers ! Par dizaines de milliers !

— Non, dit le sheikh. Je n'ai qu'un fidèle. Tu vas voir. Proclame que j'ai commis un crime et que tu vas me mettre à mort, à moins qu'un de mes fidèles ne se sacrifie pour moi.

Le sultan fit cette proclamation, soulevant un large murmure dans la foule. Un homme s'avança et déclara :

— Il est mon maître. Tout ce que je sais, je le lui dois. Je donne ma vie pour lui.

Le sultan le fit entrer dans la tente et là, aussitôt, sur les indications du sheikh, on coupa la gorge à un mouton. Tous les assistants virent le sang s'écouler hors de la tente.

Le sultan déclara à ce moment-là :

— Une vie ne suffit pas. Est-ce qu'un autre fidèle est prêt à se sacrifier pour le sheikh ?

Dans le silence immobile qui suivit, et qui dura plusieurs minutes, une femme enfin s'avança et se déclara prête. On la fit entrer sous la tente, on coupa la gorge d'un autre mouton.

La foule, lentement, à la vue du sang, commença de se disperser. Bientôt il ne resta personne dans le pré.

Le sheikh dit au sultan :

— Tu vois, je n'ai qu'un fidèle et demi.

— L'homme est un vrai fidèle, dit le sultan, et la femme la moitié d'un ?

— Non, non, répondit le sheikh, c'est le contraire. Car l'homme ne savait pas qu'on allait l'égorger sous la tente. Mais la femme a vu le sang, et pourtant elle s'est avancée. Elle est la vraie fidèle.

La force de la prostituée

Le pouvoir peut aussi s'incliner, parfois, devant une force cachée chez les humbles. Un conte indien, d'origine bouddhique, nous en donne un exemple.

On raconte l'immense étonnement qui frappa le grand roi Asoka quand il vit une femme, par un simple geste, faire remonter le Gange vers sa source. Etonnement qui ne connut aucune limite quand on lui apprit que cette femme, déjà âgée, était une putain bien connue de la ville de Pataliputra.

Il la convoqua, il lui parla longuement, au milieu du bruissement des voix de tous les sages de la cour qui commentaient cet événement considérable. Les uns citaient des textes sacrés, d'autres cherchaient d'autres exemples, certains mettaient en doute la réalité du prodige et parlaient d'hallucination.

La vieille putain de Pataliputra reconnut la réalité des faits. Oui, dit-elle, je suis capable de faire un acte de vérité quand je le désire. J'ai un pouvoir sur les choses. Je peux arracher les arbres et les faire tourner dans l'air, je peux renverser les montagnes et jeter les habitants sens dessus dessous.

S'adressant au roi, une main tendue, elle dit encore :

— Je peux même t'enlever de ton trône, te lancer dans les airs, te précipiter dans les abîmes.

Le roi, agité de frissons de peur — car il avait vu de ses yeux le Gange remonter vers sa source —, dit à la prostituée :

— Mais d'où vient ce pouvoir ? Qu'est-ce qui te permet de faire de tels actes de vérité ?

— J'ai connu beaucoup d'hommes, répondit la putain de Pataliputra, des soldats, des paysans, des mendiants, des voleurs et même des princes. Mais je n'ai fait aucune différence entre eux. Je n'ai privilégié ni méprisé personne. A tous, malgré leurs conditions très différentes, j'ai accordé les mêmes faveurs. Je n'ai jamais manifesté ni servilité, ni dédain. Voici le secret de mon pouvoir.

Elle abaissa la main qu'elle tendait vers Asoka, et elle se retira. Les sages se taisaient sur son passage, accroupis sur le sol, et le roi Asoka, qui passait pour le meilleur des rois, pensait au long chemin qu'il lui restait à parcourir.

Le silence du rossignol

Quand le souverain peut interpréter tous les langages de la nature, il doit mettre cette connaissance exceptionnelle au service de ses sujets. C'est une histoire persane, d'origine soufi, qui nous en donne un exemple.

Au temps de Salomon, le meilleur des rois, un homme acheta un rossignol qui possédait une voix exceptionnelle. Il le mit dans une cage où l'oiseau ne manquait de rien et chantait, des heures durant, pour l'émerveillement du voisinage.

Un jour, alors que la cage avait été transportée sur un balcon, un autre oiseau s'approcha, dit quelque chose au rossignol et s'envola. De ce moment, le rossignol incomparable resta silencieux.

Désespéré, l'homme transporta son oiseau chez le prophète Salomon, qui connaissait le langage des animaux, et lui demanda de l'interroger sur les raisons de ce mutisme.

L'oiseau dit à Salomon :

— Autrefois je ne connaissais ni chasseur, ni cage. Puis on me présenta un piège appétissant et j'y tombai, poussé par mon désir. Le preneur d'oiseaux m'emporta, me vendit au marché, loin de ma famille, et je me retrouvai dans la cage de cet homme que tu vois là. Je me mis à me lamenter jour et nuit, lamentations que cet homme prenait pour des chants de reconnaissance et de joie. Jusqu'au jour où un autre oiseau vint me dire : « Cesse donc de pleurer, car c'est à cause de tes gémissements qu'on te garde dans cette cage. » Alors je décidai de me taire.

Salomon traduisit ces quelques phrases au propriétaire de l'oiseau. Cet homme se demanda : « A quoi bon garder un rossignol, s'il ne chante pas ? » Et il le rendit à la liberté.

Le roi changé en femme

Dans des circonstances particulières, un souverain peut se trouver capable de résoudre une énigme ancienne, pour le bien de la connaissance, ou du savoir.

C'est ce que nous raconte cette légende indienne, sur le mode connu de la métamorphose.

Un roi, à la suite d'on ne sait quelle malédiction, fut très sévèrement puni. Les dieux offensés le changèrent en femme et l'obligèrent à s'exiler dans la forêt, ce qu'il fit.

Dans la forêt, après quelques semaines d'errance et de mendicité, le roi-femme rencontra un jeune et vigoureux coupeur de bois qui vivait seul. Le bûcheron et la femme débutante furent vite pénétrés par l'amour. Ils s'unirent, ils vécurent ensemble, ils eurent même des enfants.

Quand la période de la malédiction fut accomplie, le roi redevint homme. Le bûcheron fut stupéfait de voir que sa femme était devenue son roi. Celui-ci quitta le bûcheron, quitta ses enfants et reprit le chemin du palais. Il y fut accueilli avec des manifestations de joie car — malgré la faute mal connue qui lui avait valu la malédiction — il jouissait d'une réputation de grande bonté et de vraie justice.

Dès que son retour fut connu, tous les sages de l'Inde accoururent. Il était en effet le seul à pouvoir répondre à une question qui se posait depuis le commencement du monde, et qui jusqu'alors n'avait reçu que des réponses approximatives. La question était : Dans l'acte d'amour, qui connaît le plaisir le plus vif, l'homme ou la femme ?

Le roi, conscient de l'importance des paroles qu'il allait dire (car en Inde la connaissance est d'une importance extrême), fit réunir les sages dans la cour du palais et ordonna qu'on leur servît un repas. On fit ensuite les rites propitiatoires, on célébra un *puja* de circonstance, on chanta, on se recueillit. Et le plus vieux des sages posa la grande question.

Le roi répondit en souriant :

— Dans l'acte d'amour, sans aucun doute, le plaisir le plus vif est celui de la femme. Il est même le plaisir le plus intense qu'une créature humaine puisse ressentir sur la terre. Un plaisir si vif que même les dieux nous l'envient.

Les sages remercièrent le roi et se retirèrent satisfaits.

Avant de s'en aller, le plus vieux d'entre eux, celui qui avait posé la grande question, prit le roi à l'écart et lui dit quelques mots à voix basse. On ne sait pas très bien ce qu'il lui murmura. Toujours est-il que le lendemain matin le roi avait disparu. On ne le revit jamais dans son palais.

Certains chasseurs racontèrent qu'un bûcheron qu'ils connaissaient, dans la forêt, avait retrouvé son sourire.

La robe de marbre

Cependant, toutes les traditions s'accordent là-dessus, la ruse est l'arme la plus subtile et la plus efficace que l'homme puisse opposer à l'exercice du pouvoir.

L'histoire marocaine que voici offre une structure classique, souvent utilisée.

Un sultan ordonna à un pauvre tailleur de Fez de

lui fabriquer une robe de marbre, faute de quoi il aurait la tête tranchée.

Le pauvre homme se mit à pleurer, ne voyant aucun secours. Mais sa fille, à l'esprit délié, lui vint en aide. Quand le sultan fit réclamer la robe de marbre, le pauvre homme lui fit répondre :

— La robe est prête. Mais il me faut des fils de sable pour la coudre. Peux-tu me les faire envoyer ?

Les poutres d'eau

Du Cameroun nous vient une histoire du même type.

Le chef des mânes, qui s'appelait Zameyo-Mebenga, fit savoir qu'il donnerait sa fille en mariage à celui qui lui apporterait des poutres d'eau.

Chacun se récria : Des poutres d'eau ! Comment est-ce possible ?

Seule la tortue, l'animal-aux-cent-solutions, accepta la proposition du chef. Elle se rendit au bord de la rivière, commença à tapoter l'eau avec ses pattes, puis elle envoya un messager à Zameyo-Mebenga pour lui dire :

— Les poutres d'eau sont prêtes. Qu'il m'envoie rapidement une ficelle de fumée de sa pipe, pour les attacher. Et je les lui enverrai aussitôt.

Le chef des mânes donna sa fille à la tortue.

Le prince et les moulins à vent

Un autre exemple de cette structure nous est fourni par une histoire russe.

Un prince au caractère rugueux possédait une propriété dans les plaines du nord de la Russie. En y chevauchant un jour, il aperçut un moulin à vent dont les ailes ne tournaient pas. Furieux, il appela un meunier et lui demanda :

— Pourquoi ce moulin ne tourne-t-il pas ?

— Parce qu'il n'y a pas de vent, lui répondit le meunier.

— Un moulin à vent est fait pour tourner ! J'exige qu'il tourne ! Débrouille-toi ! Je repasserai demain, et gare à toi si tu ne m'as pas obéi !

Le prince revint le lendemain. Le moulin ne tournait toujours pas. Il dit en hurlant au meunier :

— N'as-tu pas compris ce que j'ai dit hier ?

— Mais si, Excellence, j'ai très bien compris.

— Alors ?

— Alors, j'ai donné l'ordre au moulin.

— Et alors ?

— Alors le moulin m'a écouté et m'a répondu. Il m'a dit : Je suis tout prêt à t'obéir. Mais va dire au prince, qui est plus puissant que toi, de commander au vent de se lever. Je m'apprêtais justement à me mettre en route pour venir vous le demander.

L'entrave de sable

Toujours sur le même modèle — mais avec un enrichissement — cette histoire qui naquit au Mali.

Un roi tout-puissant, au comportement quelquefois bizarre, fit un jour réunir tous les jeunes gens de la ville et leur dit :

— Voici un ordre : Avant la fin de la semaine, vous allez éloigner tous vos vieux pères. Qu'ils s'en aillent très loin. Ensuite, j'aurai quelque chose d'important à vous dire.

Très déconcertés, les jeunes gens obéirent à l'ordre du roi. Les vieux s'en allèrent au loin. Une semaine plus tard, de nouveau convoqués, les jeunes gens entendirent avec stupéfaction l'ordre suivant :

— Chacun de vous va maintenant me fabriquer une entrave de cheval en sable. Pour ceux qui ne réussiront pas, gare !

Les jeunes gens rentrèrent chez eux, extrêmement embarrassés par le nouveau commandement du roi bizarre. Comment fabriquer une entrave de cheval avec du sable ?

Un des jeunes gens, qui aimait et respectait son père, n'avait pas pu se décider à le chasser. Il le gardait caché dans un grenier et le nourrissait secrètement. Quand le père fut mis au courant du problème, il dit à son fils :

— Demande une audience au roi et dis-lui ceci : Je te prie de me montrer un modèle d'entrave de cheval en sable, afin que je puisse la copier.

Le fils suivit le conseil de son père. Quand le roi entendit le jeune homme demander qu'on lui montrât un modèle, il sourit largement et dit :

— Tu as caché ton père quelque part ? Dis-moi la vérité.

— Oui, dit le fils. Je l'ai caché dans un grenier.

— C'est bien, dit le roi. Mes ordres sont levés. Va annoncer à tes amis qu'ils peuvent rappeler leurs parents. Je n'ai pas autre chose à dire aujourd'hui.

Le pari du khalife

Une histoire arabe raconte qu'un khalife, cruel et avare, souffrait d'une passion véritable pour les paris. Mais il était si cruel et si avare qu'il fixait lui-même les termes de ses paris, pour ne courir aucune sorte de risque. On disait de lui qu'il ne pariait que dans la certitude absolue de gagner. Aussi les courtisans trouvaient-ils mille prétextes pour éviter de jouer avec lui.

Le khalife se voyait réduit à parier avec des commerçants, avec ses femmes, avec ses gardes et même avec ses domestiques. Un matin, alors qu'il traversait la cour principale, il vit un très gros tas de briques que des maçons venaient d'entreposer. Il cria aussitôt :

— Qui veut parier avec moi ?

Personne, parmi toutes les personnes qui se trouvaient à ce moment-là dans la cour, ne répondit. Le khalife répéta sa question, dans un soudain silence :

— Qui veut parier avec moi ?

Et il précisa aussitôt :

— Je parie que personne n'est capable de transporter ce tas de briques, avec ses seules mains, d'un bout de la cour à l'autre, avant le coucher du soleil ! Qui veut parier ?

Tous ceux qui se trouvaient là gardaient la tête basse, car la tâche paraissait impossible. Soudain un jeune maçon s'avança de quelques pas et demanda :

— Quel serait l'enjeu du pari ?

— Dix jarres d'or en cas de réussite.

— Et en cas d'échec ?

— Une tête coupée.

Le jeune maçon réfléchit un instant et dit :

— Je suis prêt à accepter ce pari, mais avec une condition supplémentaire.

— Je t'écoute.

— Tu pourras arrêter le jeu à tout moment et, dans ce cas, tu ne me donneras qu'une jarre d'or.

Le khalife se fit répéter cette condition singulière et resta pensif un moment, envisageant un piège. Il pouvait arrêter le jeu à tout moment et ne perdre qu'une jarre d'or. Quel était le sens de cette clause ? Que cachait-elle ? Le maçon refusa d'en dire davantage et fit un mouvement pour se retirer. Par amour fou du jeu, le khalife accepta.

Le jeune homme se mit à transporter les briques d'un bout de la cour à l'autre, avec ses mains, observé par le khalife et toute la cour. Après une heure de travail, il n'avait transporté qu'une infime partie du tas de briques. Et pourtant, mystérieusement, il souriait.

— Pourquoi souris-tu ? lui demanda le khalife. Il est clair que tu as perdu ! Tu n'en viendras jamais à bout !

— Tu te trompes, répondit le jeune maçon en traversant la cour. Je suis certain de gagner.

— Comment cela ?

— Parce que tu as oublié quelque chose. Et voilà pourquoi je souris.

— Qu'ai-je oublié ?

— Oh, une chose très simple.

Le jeune homme continua son va-et-vient, laissant le khalife dans une réflexion obscure. Qu'avait-il oublié ? Il se rappela les phrases exactes prononcées et n'y vit aucune chausse-trappe possible. Le tas de briques, après trois heures de travail, se dressait, à peine entamé. Trois ou quatre jours ne suffiraient pas à le transporter d'un côté de la cour à l'autre. Et pourtant une inquiétude réelle avait pris place dans le cœur du khalife.

Au début de la quatrième heure, voyant que le jeune maçon souriait toujours, il lui demanda :

— Es-tu toujours sûr de gagner ?

— J'en suis sûr.

— Qu'ai-je oublié ? Dis-le-moi. Ai-je mal évalué le

volume de ce tas de briques ? Suis-je la victime d'une illusion ?

— Oh ! non, répondit le jeune homme. C'est une chose beaucoup plus simple que ça.

Et il continua son parcours.

Au début de la cinquième heure, le khalife, qui montrait des signes d'agitation, demanda :

— Es-tu toujours sûr de gagner ?

— J'en suis toujours sûr.

— Pourtant, regarde : le tas est encore très haut, et il te reste à peine quatre heures avant le coucher du soleil. Comment peux-tu espérer gagner ton pari ?

— Je te le répète, dit le maçon en transportant un paquet de briques, tu as oublié une chose très simple.

On vit le front du khalife se rider profondément et ses yeux devenir plus sombres. Il réfléchissait une fois de plus à tous les éléments du problème, sans parvenir à trouver la faille fatale où son trésor risquait de s'engloutir. A voix basse, couvert de sueur, il demanda l'opinion des conseillers qui l'entouraient. Même les plus rusés échouèrent à lui donner une réponse. A leurs yeux, de toute évidence, le khalife allait une fois de plus gagner son pari, couper une tête imprudente.

Au début de la sixième heure, le khalife, voyant que le jeune maçon, malgré sa fatigue, souriait toujours, lui demanda :

— Pourquoi souris-tu ?

— Je souris parce que je vais gagner un trésor.

— C'est impossible ! Le soleil est dans la seconde moitié du ciel, et le tas est encore très haut ! Tu ne peux pas gagner.

— Tu as oublié une chose très simple, lui dit le maçon.

— Quoi ? Qu'ai-je oublié ? s'écria le khalife en se dressant, rouge d'excitation, les mains tremblantes. Vas-tu user de quelque sortilège ? Es-tu un djinn ? Des créatures surnaturelles vont-elles sortir des murailles pour t'aider ?

— Non, répondit le maçon, c'est beaucoup plus simple que ça.

Le khalife convoqua les mathématiciens et les astrologues, il fit mesurer les deux tas de briques, il fit observer le soleil qui poursuivait sa course régulière. Au début de la septième heure, voyant que le jeune maçon souriait toujours, il s'écria :

— Es-tu toujours sûr de gagner ?

— J'en suis sûr.

— Il te reste à peine une heure de jour et les briques que tu as transportées forment un tas ridicule à côté de l'autre ! Regarde ! Compare les deux tas ! Comment peux-tu dire que tu es sûr de gagner ce pari ?

— Je te le répète, répondit le jeune homme, tu as oublié une chose très simple.

— Qu'ai-je oublié ?

— Décides-tu d'arrêter le jeu ?

— Oui ! J'arrête !

— Et de me donner une jarre d'or ?

— Oui ! Je te la donne ! Mais dis-moi, je te le demande, quelle est cette chose très simple que j'ai oubliée ? Comment aurais-tu fait pour me priver de mes trésors ? Quelle précaution n'ai-je pas prise ?

Le jeune maçon posa sur le sol les briques qu'il transportait et, comme le jeu venait de se terminer à son avantage, il dit au khalife :

— Tu n'a pas prêté une assez grande attention à la condition supplémentaire que je t'ai demandée.

— Je n'ai pensé qu'à cette condition ! répliqua le khalife.

— Oui, mais sans comprendre que pour moi une jarre d'or, une seule, est un trésor inestimable. Je savais depuis le début que je ne pouvais, d'aucune manière, gagner les dix jarres. C'était cette jarre, cette seule jarre, que je voulais. Tu jouais dix jarres d'or et moi je n'en jouais qu'une.

— Mais comment as-tu fait pour gagner ? Quelle est cette chose très simple que j'ai oubliée ?

— Tu as oublié, lui dit le jeune homme, la plus simple de toutes les choses. Tu as oublié que tu pouvais perdre confiance en toi-même.

Le khalife resta dans le silence.

Le jeune maçon saisit la jarre d'or, que des serviteurs venaient d'apporter. Il la chargea sur son épaule, traversa la cour entre les deux tas de briques inégaux, et s'en alla dans un autre royaume.

Le fameux pari de Nasreddin

On attribue quelquefois à Nasreddin cette autre histoire de pari qui a couru le monde[1].

Alors qu'il se plaignait sempiternellement de sa pauvreté, il donna chez lui, un soir, un tel festin, que l'écho de sa magnificence parvint aux oreilles du khalife.

Celui-ci le fit convoquer et lui demanda d'où il tenait l'argent pour donner une pareille fête.

— Je fais des paris, répondit Nasreddin, et je gagne.

— Mais tu paries quoi ?

— N'importe quoi.

— Serais-tu prêt à parier avec moi ?

— Sur-le-champ, répondit Nasreddin.

— Dix pièces d'or ?

— Dix pièces d'or.

— Et que paries-tu ?

— Je parie que demain matin à ton lever tu auras un gros bouton sur la fesse droite.

Pari tenu. Le lendemain matin, après une nuit d'agacement, le khalife se réveilla et constata qu'il n'avait rien sur la fesse droite, ni d'ailleurs sur la gauche. Il fit appeler Nasreddin et lui annonça qu'il avait perdu son pari.

Nasreddin demanda à vérifier, ce qui fut fait. Le khalife baissa rapidement son pantalon et montra ses fesses à Nasreddin, qui dut reconnaître qu'il avait perdu, et se retira modestement.

Le soir même le khalife apprit que Nasreddin donnait une fête plus somptueuse encore que la première. Il le convoqua et lui demanda, assez mécontent, les raisons de cette surprenante réjouissance.

— Oh, c'est très simple, lui répondit Nasreddin. J'avais parié cinquante pièces d'or avec ton vizir et j'ai gagné.

— Et qu'avais-tu parié ?

— Que ce matin, s'il venait assez tôt et se cachait

---

1. Ainsi Jean-Louis Maunoury, dans *Hautes sottises de Nasreddin Hodja*, Phébus, 1994.

derrière une tenture, il verrait le khalife me montrant son cul.

Le dignitaire et le pêcheur

Quant aux « mains sales » et aux « eaux troubles », expressions qui accompagnent avec persévérance le pouvoir, une ancienne histoire annamite nous en parle d'une manière presque secrète et silencieuse.

Un dignitaire disgracié, chassé de la cour, amaigri et lamentable, marche au bord du fleuve. Un vieux pêcheur le reconnaît et lui demande :

— Pourquoi vous a-t-on chassé de la cour ?

— Au milieu d'un monde trouble, répond le dignitaire, je suis le seul à être pur. Au milieu d'une foule ivre, je suis le seul à garder l'esprit clair. Voilà pourquoi on m'a chassé.

— L'homme sage ne s'obstine jamais, répond le pêcheur. Il se plie à toutes les circonstances. Si le monde est trouble il n'hésite pas à remuer la boue, à agiter les vagues, pour devenir trouble comme le monde. Si la foule est ivre, il se laisse aller à boire, jusqu'au vinaigre, pour se griser comme les autres. Pourquoi vous obstiner et finir dans cet état-là ?

— J'ai entendu ce proverbe, répond le dignitaire : Quand tu viens de te laver les cheveux, évite de mettre un chapeau sale. Mon corps est propre et net : comment pourrais-je souffrir des contacts impurs ? Je préférerais me jeter dans les eaux de ce fleuve, et servir de nourriture aux poissons, plutôt que de voir ma blancheur souillée par la poussière et la saleté du monde.

Le vieux pêcheur sourit en raccommodant ses filets. De ses lèvres ridées glisse une chanson :

Le fleuve roule ses eaux claires
J'y lave les cordons clairs de mon chapeau
Ces eaux, par hasard, viendraient à se troubler,
J'y descendrais laver mes pieds, mes pieds troubles.

Puis il se lève et s'éloigne en silence.

13

Il faut pourtant savoir pourquoi les choses sont ce qu'elles sont

La lune et la mort

Innombrables sont les récits des commencements. Chaque détail du monde, en cherchant bien, peut s'expliquer par un conte, par un événement qui survint un certain jour et établit l'ordre des choses.

C'est en Afrique, surtout, que se racontent ces histoires, proches du mythe. Ainsi, celle de la lune et de la mort, qui appartient à la tradition du peuple Sandé.

Il y avait un homme mort. La clarté de la lune tombait sur lui. Un vieillard réunit autour du corps un grand nombre d'animaux et leur dit :

— Il faut passer le mort et la lune de l'autre côté de la rivière. Qui veut s'en charger ?

Une tortue, dans ses pattes, saisit la lune et l'emporta de l'autre côté de la rivière. Une autre tortue, qui avait des pattes plus courtes, saisit le mort. Mais elle ne put le transporter et se noya.

Voilà pourquoi la lune réapparaît chaque jour, et que l'homme mort ne revient jamais.

Pourquoi les engoulevents ne boivent que de la rosée

Une histoire malgache, plus précisément Sakalava, raconte ceci.

Un engoulevent se promenait au bord d'une rivière. Il rencontra des caïmans qui se reposaient sur le sable. Les caïmans lui demandèrent s'il savait où l'on pouvait se procurer la fameuse poudre qui rend invisible.

— Je sais la préparer moi-même, dit l'oiseau. Si vous voulez, je vous l'apporterai jeudi.

Les caïmans très satisfaits le remercièrent. Ils pensaient : « Avec cette poudre nous pourrons entrer dans le village sans qu'on nous voie, manger toutes les poules que nous voudrons, tous les canards, et même les chiens, peut-être même des femmes et quelques petits enfants bien tendres, et personne ne nous verra. »

Le jeudi, l'engoulevent leur apporta quelques feuilles pilées qu'ils avalèrent. Après quoi il leur annonça qu'il ne les voyait plus et qu'ils pouvaient sans crainte entrer dans le village pour y dévorer à satiété.

Ils décidèrent de se rendre au village dès le lendemain.

L'oiseau les devança et prévint le village :

— Ils vont venir, car ils se croient invisibles. Faites semblant de ne pas les voir et quand ils seront tous réunis sur la place vous pourrez très facilement les tuer.

Le lendemain matin les caïmans se mirent en marche très prudemment. Aux abords du village ils rencontrèrent un homme qui fit comme s'il ne les voyait pas. Il ne tourna même pas la tête vers eux, au passage.

Un peu plus loin, aux premières maisons, ils rencontrèrent deux hommes qui agirent de même. Ils passèrent auprès d'eux en bavardant tranquillement.

Enhardis, les caïmans hâtèrent le pas et arrivèrent sur la place du village. Les habitants ne parurent même pas remarquer leur présence. Mais quand les caïmans furent tous réunis sur la place, l'engoulevent donna le signal, les hommes armés se précipitèrent et massacrèrent les caïmans.

Un seul put s'échapper, malgré ses blessures. Tant bien que mal il regagna la rivière et dit à ceux qui étaient restés là :

— C'est l'engoulevent qui nous a trahis ! Il a fait tuer tous nos parents, tous nos amis ! Jurons à ceux de son espèce une haine qui ne finira jamais ! Que celui d'entre nous qui rencontrera un engoulevent et ne le mangera pas soit changé en vent, soit changé en trombe d'eau !

Tous les caïmans prêtèrent serment. Mais l'engoulevent, qui avait entendu, prévint ses camarades. Il leur dit de ne plus aller se désaltérer dans l'eau des fleuves et des rivières. Et c'est pourquoi, depuis ce temps-là, les engoulevents ne boivent que de la rosée.

Le chat et la souris

C'est au Togo qu'on trouve l'origine de l'inimitié universelle qui règne entre chats et souris.

Aux temps anciens, le chat et la souris vivaient en amitié. Il leur arrivait même de voyager ensemble. Au cours d'un de ces voyages, ils arrivèrent au bord d'un fleuve immense, qu'il leur fallait traverser. Ils cherchèrent une barque, ou tout au moins quelque objet qui pût leur servir de barque. La souris eut l'idée de déterrer un gros tubercule d'igname et de le creuser. Le chat l'aida à emporter l'igname mais ils furent surpris par le paysan, qui courut sur eux une pioche à la main.

Le chat monta lestement sur un arbre, hors d'atteinte, et la souris eut beaucoup de peine, en courant comme une folle en tous sens, à échapper aux coups du paysan. Plus tard, quand le chat et la souris se retrouvèrent sains et saufs, la souris blâma le chat pour son abandon. Mais le chat lui répondit qu'il avait agi par réflexe, selon sa nature, et que de toute manière, en restant à terre, il ne pouvait rien faire pour la souris. Ce qu'elle admit.

Ils déterrèrent un second tubercule, encore plus gros que le premier, et la souris le creusa en forme de barque. Après quoi ils s'engagèrent sur le fleuve. Mais ce fleuve paraissait sans limite. On n'en voyait pas l'autre rive et les deux animaux avançaient lentement dans leur esquif rudimentaire. Très vite ils épuisèrent leurs provisions de route et la faim les saisit. La souris proposa de dormir, car le sommeil fait oublier la faim. Mais elle ne put résister au désir de se lever et de ronger un peu du bateau.

Ce bruit réveilla le chat, qui s'informa. La souris lui mentit.

— Je dormais, dit-elle, comme toi. Le bruit que tu as entendu, c'était sans doute mon nez qui ronflait.

Ils poursuivirent leur voyage. Le chat souffrait atrocement de la faim tandis que la souris, chaque nuit, se relevait en douce pour grignoter un morceau du bateau.

Un matin, peu avant l'aube, alors que l'embarcation amincie parvenait en vue de l'autre rivage, soudain le fond se troua, de l'eau apparut, se mit à monter. Le chat comprit la traîtrise de la souris. Il l'injuria, se jeta sur elle et la dévora.

On suppose que les deux animaux périrent, la souris mangée, et le chat noyé.

Mais on dit aussi que les poissons du fleuve racontèrent cette histoire aux autres chats et aux autres souris, en en donnant des versions différentes. Depuis cette traversée malheureuse, les chats et les souris sont dans une guerre sans fin.

La fin d'une énigme

Un conte Sana donne enfin la réponse à une énigme qui depuis longtemps nous agaçait.

Un jour (il y a vraiment très longtemps) la verge, le vagin et les testicules entendirent parler de fruits délicieux, dont ils raffolaient, et qui venaient d'apparaître sur un certain arbre.

Ils se rendirent auprès de cet arbre. La verge, très agile, monta allègrement dans les branches, suivie tant bien que mal par les testicules.

Le vagin, lui, n'avait aucune possibilité de grimper dans les branches. Il resta donc en bas.

La verge, qui aimait bien le vagin, lui jetait des fruits de temps en temps, tandis que les testicules, très égoïstes, restaient sourds à ses appels et s'empiffraient largement dans les branches.

Tout à coup un orage effrayant éclata. La verge dégringola rapidement de l'arbre, s'approcha du vagin et lui demanda de le laisser entrer pour qu'elle pût se mettre à l'abri.

Reconnaissant, le vagin accepta. Il s'entrouvrit, la

verge s'y précipita, bien protégée du vent et de la pluie.

Les testicules eux aussi descendirent de l'arbre et demandèrent asile au vagin, car la tempête s'aggravait. Mais le vagin refusa net. Il dit aux testicules qu'il n'avait aucune raison de les protéger, et que d'ailleurs il n'y avait plus de place.

Et c'est pourquoi depuis ce temps-là, avec ou sans orage, les testicules restent dehors.

Le groin de porcelet

Un jeune porcelet, quelque part en Guyane, demandait à sa mère :

— Pourquoi mon groin est-il aussi long ?

Elle lui répondit :

— L'avenir te l'apprendra, mon fils.

Le pouce isolé

Une histoire du peuple Adja, au Togo, raconte ceci.

A l'origine, les cinq doigts de la main étaient collés. Le majeur aperçut un jour un morceau de viande frite et dit aux autres doigts qu'il fallait s'en emparer.

— Jamais je ne participerai à ce vol ! s'écria le pouce. Et je dirai tout à Dieu, car ce morceau de viande lui appartient !

Les autres quatre doigts s'emparèrent de la viande et devancèrent le pouce auprès de Dieu. Ils dirent à Dieu :

— Le pouce a volé ton morceau de viande !

— Tout voleur doit être isolé ! décréta Dieu.

Depuis ce jour le pouce est isolé des quatre autres doigts. C'est grâce à cet isolement, d'ailleurs, que la main peut saisir tout ce qui se présente.

Les enfants indifférents

Toujours au Togo, chez les Kabiyés, on raconte cet autre récit des origines.

A l'origine, le hérisson, la tortue, l'araignée et l'abeille étaient enfants de la même mère. Celle-ci tomba gravement malade. Il fallait la conduire chez un guérisseur. Elle envoya une messagère, la poule, pour chercher son premier enfant, le hérisson. Mais celui-ci dit à la poule que la saison de la chasse approchait et qu'il se trouvait beaucoup trop occupé à préparer ses flèches.

La mère envoya la poule chez la tortue, qui dit : « Non, non, je ne peux pas accompagner ma mère chez le guérisseur, parce que les pluies approchent et que je dois construire ma maison pour m'abriter. »

La mère envoya la poule chez l'araignée, qui dit : « Non, non, je ne peux pas venir, parce que c'est bientôt la saison des fêtes et je dois préparer une belle toile pour y tisser mes vêtements. »

La mère envoya la poule chez l'abeille et celle-ci se dépêcha de conduire sa mère chez le guérisseur. Elle en revint guérie et maudit ses trois premiers enfants en disant :

— Le hérisson passera le reste de sa vie à préparer ses flèches et il les portera toujours sur son dos ! La tortue transportera toujours sa maison sur son dos ! Toujours, jusqu'à la fin des temps ! L'araignée tissera éternellement sa toile et ses vêtements de fête ne seront jamais prêts ! Jamais !

Quant à l'abeille, la mère lui promit que toute la nature, pour toujours, l'aiderait à faire son miel. Depuis ce moment-là toutes les fleurs s'ouvrent à l'abeille, et son miel est de la douceur pour tous.

L'origine des puces

En France, dans la région du Velay, on raconte assez curieusement l'origine des puces.

Le Bon Dieu se promenait un jour dans les gorges de la Loire en compagnie de saint Pierre, quand ils aperçurent soudain une femme déguenillée couchée sur le sable au soleil. Jeune encore, elle paraissait très solidement s'ennuyer.

— Voici une femme qui souffre d'ennui, dit le Bon Dieu. Elle s'ennuie parce qu'elle ne fait rien. Et je ne connais rien de pire que l'oisiveté.

Alors il saisit dans sa poche une poignée de puces et les jeta sur la femme, pour lui donner une occupation.

Pourquoi le chien poursuit le renne

Les histoires qu'on peut appeler originelles racontent souvent les débuts d'un désaccord, d'un désordre et même d'une haine. Ainsi pour ce court récit Inuit.

Le renne et le chien, autrefois très bons amis, s'en allaient un jour à la foire. Ils tiraient chacun un lourd traîneau chargé. Le renne, qui était vieux et très fatigué, demanda au chien :

— Je t'en prie, aide-moi ! Prends une part de mon fardeau !

Mais le chien fit la sourde oreille et continua seul. Le vieux renne s'écroula mort dans la neige. Alors l'homme qui possédait les deux traîneaux entassa sur celui du chien toutes les marchandises que traînait le renne.

— J'aurais mieux fait de l'aider, se disait le chien, en tirant et soufflant.

Depuis ce jour, dès que le chien aperçoit un renne, il le poursuit. Mais le renne l'évite et s'enfuit au large.

Le serpent ambitieux

En Chine, voici comment se raconte l'origine d'une coutume locale.

Il existait dans le Guangdong un serpent venimeux de belle longueur qui prétendait rivaliser de taille avec tous les humains qu'il rencontrait. Il s'étirait sur le chemin, juste devant eux. Si son corps apparaissait plus long que l'ombre du corps du voyageur, il mordait celui-ci, et le tuait. Mais il avait donné sa parole de serpent que s'il rencontrait un homme plus grand que lui, il se tuerait lui-même.

Nombreux furent les voyageurs qui rencontrèrent la mort sur le chemin où le serpent, toujours face à eux, s'étirait. Mais un jour un homme, en apercevant le serpent, leva vivement le parapluie qu'il portait. Le serpent prit l'ombre du parapluie pour le prolongement de l'ombre du corps de l'homme. Fidèle à sa parole, il se mordit et il mourut.

Depuis ce jour, même quand le soleil est clair, les voyageurs emportent toujours un parapluie quand ils passent par les montagnes de Guangdong.

D'où est venue la lumière

De toutes les origines, celle de la lumière, ou du feu, est la plus énigmatique. On la raconte souvent, surtout chez les peuples amérindiens. Ainsi Bill Reid et Robert Bringhurst[1] ont rapporté que chez les Haïda (îles au large de la côte nord-ouest de l'Amérique du Nord) au début tout était noir, absolument noir. Dans sa maison, au bord de la rivière, un vieil homme gardait un coffre, qui contenait un coffre, qui contenait un autre coffre, lequel contenait une infinité de coffrets, chacun de ces coffrets contenant un coffret de plus en plus petit, jusqu'au dernier, qui était si petit « qu'il ne pouvait rien contenir d'autre que toute la lumière de l'univers ».

Il fallut toute la ruse de Corbeau, le maître-trompeur local, le *trickster*, personnage menteur, dévoyé et obscène, qui se transforma en adorable petit garçon, né d'une femme, et supplia le vieil homme d'ouvrir le coffre. Alors la lumière envahit le monde.

Ailleurs, chez les Yanomamis du Venezuela, on raconte qu'autrefois le feu appartenait à un vieil avare désagréable, Ima-Riwë, qui l'avait caché sous sa langue[2]. Il refusait obstinément d'en prêter même une parcelle. Un petit homme rusé, nommé Yorékitirami, s'efforçait vainement de le faire rire.

Il fallut que toute la tribu tombât malade, et le vieil avare lui-même, pour qu'enfin il éternuât. Le feu sortit alors de sa bouche et le rusé s'en empara. Il sauta de joie, si haut qu'il se retrouva dans les branches d'un arbre, d'où il laissait échapper des étincelles. C'est d'ailleurs depuis ce moment-là que le bois brûle. L'arbre était un cacaoyer. C'est toujours de son bois qu'on se sert pour allumer le feu.

Ailleurs, chez d'autres peuples amérindiens, le feu (ou la lumière) peut être caché dans la gueule d'un caïman, qui refuse de le délivrer. Il faut que le *trickster* local organise un spectacle comique et que le caïman

1. Dans *Le Dit du corbeau*, atelier Alpha Bleue, 1989.
2. Raymond Zochetti, *Légendes indiennes du Venezuela*, L'Harmattan, 1985.

éclate de rire, pour que le feu lui échappe et soit donné aux hommes.

Compensation divine

Il existe une histoire que les peuples aiment à se raconter à peu près partout, avec des variantes géographiques. C'est au Mexique que je l'ai entendue la première fois, et c'est là que je la situe.

Cela se passe quelques instants après la création du monde. L'archange Gabriel vole auprès de Dieu et lui dit, montrant d'en haut le Mexique encore tout frais :

— Mais enfin, Seigneur, à quoi penses-tu ? Tu viens de créer un pays absolument magnifique ! Tu lui as donné deux océans, de hautes montagnes, des forêts épaisses, de larges fleuves ! N'as-tu pas trop mis dans un seul pays ?

— Ne t'inquiète pas, lui répond Dieu. J'y mettrai aussi les Mexicains.

Le rire du lièvre

Un conte tibétain, raconté par Patrick Carré[1], raconte pourquoi le lièvre a la lèvre supérieure fendue.

Se trouvant un jour brusquement face à face avec un tigre, le lièvre le supplia de ne pas le dévorer sur-le-champ. Il connaissait un endroit, dit-il, où le tigre trouverait des animaux plus gras et plus désirables que lui.

Le tigre consentit à suivre le lièvre. Ils cheminaient dans l'obscurité quand le tigre entendit soudain, venant du lièvre, des claquements de langue et des bruits de salive. Il lui demanda ce qu'il mangeait.

— Je mange mon œil droit, lui répondit le lièvre. Je l'ai tiré de son orbite, d'ailleurs ça repousse très vite, et c'est franchement délicieux.

Très affamé, le tigre s'arracha l'œil droit et le mangea. Malgré la douleur, il le trouva très bon. Un peu plus loin, de la même manière, il se laissa convaincre

1. Dans *Cornes de lièvre et plumes de tortue*, Paris, Le Seuil, 1997.

de manger son œil gauche. Après quoi, aveugle évidemment, il se laissa conduire au bord d'un précipice.

Le tigre avait froid. Le lièvre alluma un feu si près de lui que le tigre tomba et bascula dans le vide. A mi-chute, il referma ses mâchoires sur un arbuste et parvint à se maintenir.

— Tout va bien ? lui demanda le lièvre en se penchant.

Le tigre ne put répondre que par des grommellements.

— Articule ! lui cria le lièvre. Articule, sinon je n'entends rien ! Je ne sais pas si tu es encore vivant, et je ne peux pas te porter secours !

Le tigre articula, lâcha prise et trouva la mort au fond du ravin.

Le lièvre s'en allait quand il rencontra un homme qui menait un troupeau de chevaux.

— Veux-tu que je te dise, lui demanda le lièvre, où tu pourrais trouver une peau de tigre toute fraîche ?

L'homme se fit indiquer l'endroit, partit rapidement, tandis que le lièvre, voyant deux corbeaux sur une branche d'arbre, leur dit :

— Vous avez vu tous ces chevaux en liberté ? Ils sont mal soignés, et blessés. Dans les plaies qu'ils portent au dos, j'ai vu grouiller des milliers de vers !

Et c'était vrai. Les corbeaux s'empressèrent de picorer les vers. Effrayés, tout piqués, les chevaux partirent au grand galop.

Le lièvre suivit des yeux l'envol des corbeaux, aperçut un jeune berger qui gardait ses moutons et lui dit qu'il connaissait l'emplacement d'un nid de corbeaux, sûrement plein d'œufs.

Le berger laissa ses moutons au lièvre, qui vint aussitôt trouver un loup qu'il connaissait et lui dit que, non loin de là, se trouvait un troupeau de moutons non gardés.

Le loup s'y précipita.

Le lièvre monta sur le sommet d'une colline et observa le paysage. Il vit l'homme qui écorchait le tigre, les chevaux qui se dispersaient en panique, les corbeaux qui les poursuivaient, le jeune berger qui s'écorchait en montant à l'arbre pour voler les œufs, les moutons affolés, massacrés par le loup.

Le lièvre, à ce spectacle, se mit à rire, si violemment et si longtemps, que sa lèvre supérieure s'ouvrit et que depuis elle est restée ouverte.

Le chasseur de femmes

Une histoire amérindienne (exactement Meckwakihag) raconte l'origine du vent.

Un jour de printemps un étranger pénétra dans le village et déclara qu'il cherchait de jolies femmes. Il ne parlait pas d'autre chose. Il ne désirait que voir les jolies femmes du village.

Le soir venu il entra dans une hutte en soulevant la toile, s'avança vers une jeune fille et lui dit qu'elle devait le suivre. Sans un mot, elle se leva et le suivit. Il la conduisit sous une tente qu'il avait dressée en dehors du village et l'y laissa seule.

Revenu dans le village, il entra dans une autre hutte et fit de même avec une autre jeune fille, qui le suivit. Le père essaya de s'y opposer en disant qu'elle était promise à un autre. Mais l'étranger posa sa main sur la poitrine de la jeune fille, qui le regardait avec amour. Elle dit à son père qu'elle désirait s'en aller avec l'étranger et son père la laissa partir.

Ainsi, toute la nuit, le jeune étranger, qui était plaisant à regarder et portait un disque flamboyant autour du cou, passa de hutte en hutte. A l'aube il avait dans sa tente toutes les jeunes filles du village, à qui il demanda de construire une longue hutte, qui pût abriter vingt foyers. Elles se mirent aussitôt au travail, bâtirent la hutte, allumèrent du feu pour préparer le repas.

Le soir le jeune étranger retourna dans le village, où quelques jeunes filles restaient encore. Elles le suivirent toutes, même les six filles du chef, qui s'habillèrent en toute hâte.

Enfin il parvint devant une tente entourée par tous les jeunes gens du village, qui jouaient de la flûte dans l'espoir de séduire la plus belle de toutes, laquelle se trouvait enfermée là. L'étranger entra dans la tente, vit la grande beauté de la jeune fille couchée près du feu. Il la toucha légèrement à l'épaule en lui disant qu'il était venu jusqu'à elle dans la nuit et qu'elle devait lui faire place tout près d'elle.

Longtemps elle le regarda puis elle se mit à pleurer. Au même instant elle souleva sa couverture et fit place à l'étranger. Quand il se glissa près d'elle, la très belle jeune fille eut d'abord un mouvement brusque, comme si, prise de crainte, elle se levait. Puis elle resta allongée, immobile, s'offrant à lui en silence. Il connut qu'elle était vierge et lui promit qu'elle serait sa femme, qu'elle se tiendrait à sa droite et que les autres filles leur obéiraient. Après quoi il pensa aux prétendants qui jouaient vainement de la flûte devant la tente et cette pensée le secoua de rire.

Le lendemain il se mit en route avec toutes ses femmes, en leur demandant de lui indiquer les villages où il pourrait trouver encore d'autres femmes, car il semblait insatiable. Et les femmes le renseignaient précisément. Bientôt toutes ces femmes formèrent un très long cortège. Aucune ne pouvait lui résister. Ils revinrent à la longue hutte, qui était déjà trop petite pour les abriter toutes.

Les hommes du village et les vieilles femmes grondaient contre l'étranger mais n'osaient rien faire, car un charme puissant et inexplicable l'animait.

Vers la fin de l'été un autre étranger arriva, large d'épaules et étroit de hanches, l'air solide et froid. Il était accompagné de sa femme, jeune et attirante. Aussitôt les gens du village le mirent en garde et lui dirent que l'autre, le premier venu, lui prendrait sûrement sa femme, car il les prenait toutes.

En effet, le soir, le premier étranger se présenta chez le second et lui annonça qu'il venait chercher sa femme. L'autre, tranquillement, lui dit qu'il n'avait qu'à la prendre. Le jeune homme s'avança vers la jeune femme, mais il reçut alors en plein visage un coup de vent violent qui l'arrêta. Les deux hommes se défièrent et décidèrent de combattre le jour suivant au grand air.

Le jeune étranger rentra chez lui en frissonnant dans la nuit agitée. Une tempête de vent froid soufflait autour de lui. Il se coucha auprès de sa plus belle femme en lui demandant de le réchauffer, mais elle ne put y parvenir. Il fit appeler toutes ses femmes et les embrassa les unes après les autres. Cependant, ses frissons ne pouvaient pas se calmer et le vent soufflait de plus en plus fort tout autour de la longue hutte. Les femmes l'entourèrent, l'enveloppèrent de leurs corps. Elles se pressaient contre lui et le caressaient, toutes chaudes d'amour. Mais il avait de plus en plus froid, il criait qu'on allumât un feu, un feu énorme. Les femmes s'empressèrent d'allumer ce feu, qui grandit, qui devint gigantesque. Elles jetaient dans le feu tout ce qu'elles avaient. Comme la chaleur devenait intolérable, elles durent sortir de la longue hutte, qui tout à coup s'enflamma. Et le jeune étranger, qui n'arrêtait pas d'exciter les flammes, mourut dans le feu.

Cette nuit-là le premier froid fit son apparition, le premier froid qu'on eût jamais connu. On apprit que le jeune étranger s'appelait Nagawicka, ce qui signifie Vent du Sud.

Et on dit que, dès qu'on raconte cette histoire, le vent se met à souffler.

14

Les questions précèdent généralement les réponses

La vache noire et la vache blanche

De même que Confucius recommandait, avant toute entreprise, de se mettre d'accord sur le sens précis des mots, de même chacun sent bien que la bonne question est la condition nécessaire à toute réponse acceptable.

Dans le cas de la tradition zen, la question, si elle est bien posée, si elle met en œuvre en un instant toutes les facultés de l'esprit et du cœur, n'a même pas besoin d'une réponse. Elle a déjà rempli son rôle. Ainsi la question fameuse de l'archer : « Qu'est-ce qui vise en moi ? », ou bien encore, parmi les classiques : « Deux mains qui claquent l'une contre l'autre font entendre un bruit. Quel est le bruit d'une seule main ? »

« Quelle différence y a-t-il entre un corbeau ? » demandait Coluche, qui se situait, sans le savoir peut-être, dans cette même tradition. Ou encore : « Quel âge avait Rimbaud ? »

L'histoire suivante, qu'il faut dire ou lire lentement, se raconte de nos jours dans le pays basque espagnol. Certains la tiennent pour une des meilleures histoires du monde.

Un paysan tranquille et taciturne gardait deux vaches qui broutaient dans un pré et il ne faisait rien d'autre.

Un autre paysan, qui passait par là, s'assit au bord

du pré, sur un petit mur, resta un moment silencieux (dans ce pays, les conversations sont lentes et réfléchies) et finalement demanda :

— Elles mangent bien, les vaches ?

— Laquelle ? dit l'autre.

Le paysan de passage, quelque peu décontenancé par cette question, dit alors, comme au hasard :

— La blanche.

— La blanche oui, dit le premier.

— Et la noire ?

— La noire aussi.

Après ce premier échange, les deux hommes restèrent un assez long moment sans parler, les yeux posés sur le paysage familier, les montagnes, le village.

Puis le second paysan demanda :

— Et elles donnent beaucoup de lait ?

— Laquelle ? dit aussitôt l'autre.

— La blanche.

— La blanche oui.

— Et la noire ?

— La noire aussi.

Un autre silence suivit, qui dura aussi longtemps que les autres. Au cours de ce silence, les deux hommes ne se regardèrent pas. On n'entendait que le bruit paisible des deux vaches qui tondaient l'herbe.

Le deuxième paysan quitta finalement le silence et dit :

— Mais pourquoi me demandes-tu toujours « laquelle » ?

— Parce que, répondit le premier, la blanche est à moi.

— Ah, dit l'autre.

Il réfléchit encore un peu et demanda pour finir, non sans une secrète appréhension :

— Et la noire ?

— La noire aussi.

Le papier peint

L'histoire suivante, qui se rapporte également à la manière de poser les questions — mais qui naturellement va bien au-delà — est contemporaine, sans doute française.

Un homme qui vivait seul s'installa dans un appartement nouvellement construit. Il s'agissait d'un appartement de deux pièces, situé dans une de ces tours qui s'élevèrent, au vingtième siècle, un peu partout.

Cet homme, d'un naturel courtois, décida de se présenter à ses nouveaux voisins, qui le reçurent aimablement. En dernier lieu, il frappa à la porte de l'appartement situé juste au-dessus du sien. Un homme vint lui ouvrir, le fit entrer, parut enchanté de cette démarche et offrit au visiteur un verre d'un assez bon porto. C'était un homme qui vivait seul, lui aussi, dans un appartement de deux pièces exactement semblable, en raison des normes de construction, à celui du nouveau locataire.

Au cours de la conversation, ce dernier remarqua le papier peint qui recouvrait les murs du voisin du dessus.

— Il vous plaît ? demanda le voisin.

— Il me plaît beaucoup. C'est le papier peint le plus agréable, le plus séduisant que j'aie jamais vu.

— Si vous le désirez, je peux vous dire où je l'ai acheté.

— Je veux bien.

Le voisin du dessus donna l'adresse du magasin. Après quoi le nouveau locataire demanda, en constatant que l'appartement tout entier était recouvert du même papier :

— Et combien de rouleaux avez-vous achetés ?

— J'ai acheté vingt-huit rouleaux, répondit le voisin du dessus.

Le nouveau locataire remercia vivement et se retira. Dès le lendemain, il se rendit au magasin indiqué, trouva le même papier peint et s'en fit livrer vingt-huit rouleaux.

Il se mit aussitôt au travail et il tapissa entièrement son appartement, sans oublier le moindre recoin. Cependant, à sa vive surprise, quand il eut terminé son travail, il constata qu'il lui restait dix rouleaux de papier, dont il n'avait aucun besoin.

Aussitôt, il monta à l'étage au-dessus, sonna, le voisin vint ouvrir, le fit entrer en souriant, le fit asseoir, lui offrit un verre de porto.

— Pardonnez-moi de vous déranger, dit le nouveau locataire, mais je suis quelque peu intrigué. J'ai fait ce que vous m'avez dit, j'ai acheté vingt-huit rouleaux de papier peint, j'ai tapissé tout mon appartement, qui est exactement le même que le vôtre, et il me reste dix rouleaux de papier !

— Oui, dit le voisin du dessus. A moi aussi.

Le premier principe

Un disciple, qui entrait dans la voie du zen, demanda à son maître :

— Quel est le premier principe ?

— Si je te le disais, répondit le maître, il ne serait plus que le second principe.

La fatigue des poteaux

Un jeune Chinois, au retour d'une partie de polo, se laissa tomber sur un banc, en présence de son instructeur, et poussa un profond soupir.

— Tu es fatigué ? lui demanda l'instructeur.

— Oui. Je suis fatigué.

— Est-ce que les chevaux sont fatigués ?

— Oui. Ils sont fatigués.

— Est-ce que les poteaux du but sont fatigués ?

Ce ne fut qu'au milieu de la nuit suivante que le jeune homme comprit le sens de cette question. Il se précipita vers son instructeur, le réveilla et lui dit :

— J'ai compris.

L'instructeur se montra satisfait et se rendormit aussitôt.

Les questions de Paphnuce

Un ermite chrétien, qui s'appelait Paphnuce et vivait dans le désert non loin d'Hérapolis, se mortifiait, se flagellait et s'affamait depuis des années. L'idée lui vint de demander à Dieu à quel degré de perfection il était enfin parvenu.

Et Dieu lui dit :

— Tu es au même niveau que le joueur de flûte du village.

Paphnuce, très étonné, se rendit au village et interrogea le joueur de flûte. Il apprit qu'il avait été brigand, avant de devenir musicien. Cependant, au cours d'une de ses rapines, il avait sauvé la vie et l'honneur d'une jeune vierge consacrée à Dieu.

Paphnuce reprit le chemin du désert et le cours de ses mortifications en compagnie du musicien-brigand, devenu son disciple. Paphnuce endurcissait sa vie. Après de longues années de souffrance, il posa à Dieu la même question :

— A quel niveau suis-je maintenant parvenu ?

Dieu lui répondit qu'il se trouvait au même niveau que le maire de tel village, homme intègre et bienveillant, qui ne faisait de tort à personne.

Une troisième épreuve, des années plus tard, porta l'ermite Paphnuce, dont le corps n'était qu'un squelette meurtri, au même niveau qu'un riche négociant d'Alexandrie, qui faisait aux solitaires quelques présents de légumes secs, de temps en temps.

Paphnuce médita longuement sur les trois réponses divines. Il ne posa plus jamais la question. Mais il racontait son histoire à tous ceux qui le visitaient.

La question sans réponse

Une histoire populaire grecque raconte cette histoire d'un sphinx-berger.

Tous les princes de la terre désiraient une princesse, admirable de corps et d'esprit. Mais le diable entra dans la tête de la princesse, qui décida de prendre pour époux l'homme qui lui poserait une question dont elle ne connaîtrait pas la réponse.

En larmes, elle se jeta aux pieds de son père et lui dit ceci :

— Je n'épouserai que l'homme qui me posera une question à laquelle je ne pourrai pas répondre. Que tous les autres, ô mon père, aient la tête tranchée.

Le roi, à contrecœur, accepta, et envoya des crieurs publics aux quatre coins de son royaume. Quelques princes fous d'amour tentèrent l'impossible aventure. Mais la princesse était si savante, si érudite, si rusée, que toutes les têtes des princes finirent dans le puits du roi.

La princesse restait seule et vierge.

Un berger, qui vivait au loin dans les montagnes, entendit parler de ce massacre. Il se fit longuement raconter l'histoire de la princesse et se dit ceci :

— Ma vie est pauvre et triste. Pourquoi m'acharner à la conserver ? Si j'ai une chance de conquérir cette princesse, pourquoi ne risquerais-je pas ma vie ?

Le soir même il visita sa mère et lui fit part de son intention. Très effrayée, la mère lui conseilla de rester auprès de ses brebis dans la montagne. Elle ne put réussir à convaincre son fils. Alors, avant qu'il ne partît, elle lui fit un gâteau dans lequel elle mit une très forte dose de poison, de quoi faire crever un chameau.

Et elle lui dit :

— Avant de goûter à ce gâteau, tu dois en donner un petit morceau à ta chienne. Si tu vois qu'il lui arrive quelque chose, ne continue pas, reviens ici, car ce sera un très mauvais présage.

Le berger se mit en route avec sa capote, sa houlette, le gâteau dans sa besace et sa chienne qui le suivait partout. Vers midi, il parvint à la lisière d'une immense forêt et s'assit sous un arbre pour manger. Se rappelant la recommandation de sa mère, il jeta une boulette de gâteau dans la gueule de sa chienne, qui mourut aussitôt dans de très fortes convulsions.

Pris de peur, le berger jeta son gâteau. En cherchant des fruits dans la forêt, pour apaiser sa faim très vive, il trouva une vache crevée, qui paraissait pleine. Il ouvrit le ventre de cette vache et en retira le veau, pour le manger.

Mais comment le faire cuire ? En marchant au hasard dans la forêt, il aperçut une église isolée, il y entra, y trouva des lampes allumées, mit en tas des livres ecclésiastiques, les enflamma et fit rôtir le veau. Après quoi il le mangea, ne laissant que la carcasse.

Ce qui lui donna soif. Mais où trouver de l'eau ? Il n'avait pas rencontré la moindre source dans la forêt. En levant les yeux, il vit une des lampes, qui contenait de l'eau et de l'huile par-dessus. Il jeta l'huile et se désaltéra avec l'eau.

En retournant auprès de sa chienne crevée, il vit trois corbeaux qui se disputaient et s'apprêtaient à la dévorer. Mais à peine commencèrent-ils à la becqueter qu'ils tombèrent raides morts tous les trois.

Le berger s'assit et réfléchit un moment. Ensuite, au lieu de retourner à la montagne, il décida de tenter sa chance auprès de la princesse.

Il eut beaucoup de peine à se faire admettre dans le palais, car les soldats voulaient le chasser. Mais la princesse, informée de sa présence, ordonna de le laisser entrer.

Quand il se trouva devant elle, il s'inclina, lui offrant son cœur ou sa tête. Puis il posa son énigme en ces termes :

— Le petit gâteau a fait périr la mignonnette. La mignonnette morte, la pauvre, a fait périr trois nègres. J'ai pris de la viande qui était née et qui ne l'était pas. Je l'ai rôtie avec des lettres et j'ai bu de l'eau qui n'était ni dans le ciel ni sur la terre.

La princesse, malgré sa science, fut incapable de répondre. Elle demanda trois jours de réflexion, que le berger lui accorda. Mais elle ne put déchiffrer l'énigme. La tête perdue, elle accepta d'épouser le berger, avec qui, d'ailleurs, elle eut une vie calme et heureuse.

L'ermite hurleur

Un ermite chrétien, vêtu de quelques hardes, les pieds ensanglantés par les rochers et les épines, la tête brûlée par le soleil, courait sans fin dans le sable et criait à tous les échos du désert :

— J'ai une réponse ! J'ai une réponse ! Qui a une question ?

L'ordre des mots

Une histoire japonaise présente deux moines qui vivaient dans le même monastère et qui tous les deux désiraient fumer.

Ce penchant, auquel ils succombaient assez souvent, leur attirait des remarques et des blâmes.

Ils furent un jour convoqués chez le maître, l'un après l'autre, séparément. Le premier dit au maître :

— Est-ce que je peux méditer, pendant que je fume ?

Le maître éclata de colère, répondit non et renvoya rudement le disciple.

Le moine, un peu plus tard, rencontra l'autre moine en train de fumer paisiblement. Étonné, il lui demanda :

— Tu n'as pas vu le maître ?

— Si, je l'ai vu.

— Et il ne t'a pas interdit de fumer ?

— Non.

— Mais comment se fait-il ? Que lui as-tu demandé ?

— Je lui ai simplement demandé : est-ce que je peux fumer pendant que je médite ?

La nature du Bouddha

Toujours dans la tradition zen, un moine demanda un jour au maître Joshu :

— Qui est le Bouddha ?

— C'est celui qui est dans l'entrée du monastère, répondit le maître.

— Celui qui est dans l'entrée du monastère, dit le disciple, n'est qu'une sculpture, une forme de boue séchée.

— C'est exact, dit le maître.

— Alors, qui est le Bouddha ?

— C'est celui qui est dans l'entrée du monastère, répondit le maître.

Les trois questions

On trouve l'histoire suivante à la fois en Islande et en Turquie.

Un homme devait répondre à trois questions, au lever du jour, sous peine d'avoir la tête tranchée. Mais un de ses amis, un simple gardien de troupeau, vint à sa place trouver les hommes d'armes. Il se déclara prêt à répondre. On lui dit que s'il ne trouvait pas la bonne réponse, il aurait sa propre tête tranchée. Il accepta.

Le chef des hommes d'armes lui dit :

— Voici la première question. Combien y a-t-il de chargements de sable sous toutes les côtes d'Irlande ?

— Un seul chargement, dit l'homme, à condition d'avoir une charrette assez grande.

— Voici la seconde question, dit le chef. Combien je vaux ?

— Vingt-neuf pièces d'argent, répondit l'homme.

— Comment arrives-tu à ce compte ?

— Notre Seigneur Jésus-Christ a été vendu pour trente pièces d'argent. Et tu ne le vaux pas tout à fait.

Cette réponse fut acceptée, comme la première. Alors le chef des hommes d'armes demanda :

— Voici la troisième question. Fais bien attention. Combien y a-t-il d'étoiles dans le ciel ?

— Neuf mille neuf cent quatre-vingt-dix-neuf, répondit l'homme aussitôt.

— Comment le sais-tu ?

— Eh bien, si tu ne me crois pas, monte là-haut ce soir et compte-les.

Les feuilles de l'arbre

Un dialogue de même structure se retrouve dans une ancienne histoire indienne. Un élève et son guru marchent côte à côte dans la campagne. L'élève montre du doigt un très gros arbre et demande :

— Combien de feuilles cet arbre porte-t-il ?

— Quatre-vingt mille six cent quarante-six, répond le guru sans hésiter.

— En es-tu sûr ?

— Si tu ne me crois pas, grimpe dans l'arbre et compte les feuilles.

Le mille-pattes et le crapaud

Une histoire chinoise rapporte une question réellement embarrassante.

Un mille-pattes vivait en toute tranquillité, vaquant à ses diverses affaires, jusqu'au jour où un crapaud, qui le regardait souvent aller et venir, lui demanda :

— Dans quel ordre, s'il te plaît, est-ce que tu actionnes tes pattes ?

Le mille-pattes rentra dans son trou, profondément

troublé par la question du crapaud. Il essaya de penser à une réponse possible, et ne put y parvenir.

Il resta bloqué dans son trou, incapable désormais de mettre en mouvement ses pattes, et mourut de faim.

La bonne prononciation

Comme toujours, la sagesse est contradictoire et les bonnes histoires se retournent comme des gants.

Voici ce que nous dit une histoire soufi à propos de la prononciation correcte du sacré.

Un derviche de bonne réputation marchait pensif le long d'un fleuve, quand il entendit une voix humaine qui chantait un hymne sacré. Mais au lieu de prononcer correctement les syllabes YA HU, la voix prononçait U YA HU.

Le derviche jugea qu'il était de son devoir de corriger cette imperfection. Il loua un bateau et rama jusqu'à une petite île, au milieu du fleuve, d'où lui parvenait la voix du chanteur. Dans une hutte de roseaux, il trouva un homme pauvrement vêtu qui psalmodiait ses prières et qui se trompait.

Le derviche le corrigea aimablement. L'autre le remercia en toute humilité.

Ils se séparèrent. Le derviche regagna son bateau et rama vers la rive. Il avait l'âme satisfaite, conscient d'avoir accompli une très bonne action. Car il est dit qu'un homme qui chante correctement les textes sacrés peut marcher sur les eaux. Cet exploit, toute sa vie, le derviche avait souhaité pouvoir l'accomplir. Mais vainement.

Alors qu'il se trouvait au milieu du fleuve, la voix du chanteur, un instant interrompue, s'éleva de nouveau dans la petite île. Mais l'homme persistait dans sa prononciation incorrecte et il chantait U YA HU.

Le derviche, dans la barque, laissa tomber les avirons, saisi par le découragement, et entreprit de réfléchir sur la perversité de la nature humaine. Il entendit alors une voix qui l'appelait. Il se retourna. Il vit le chanteur solitaire qui criait :

— Attends-moi ! Attends-moi ! J'ai quelque chose à te demander !

Quittant la petite île, l'homme s'élança sur les eaux du fleuve. Il marchait véritablement sur les eaux. Il parvint jusqu'au bord de la barque et dit à l'autre :

— Mon frère, pardonne-moi. Ma mémoire est affaiblie. J'ai déjà oublié la prononciation correcte. Peux-tu me la dire encore une fois, je te prie ?

Lamentation d'un diable

Parfois, certains personnages sont assez clairvoyants pour énoncer à la fois les questions et les réponses.

Ainsi pour ce démon japonais qui pleurait. Un saint homme l'aperçut et lui demanda :

— Quelle sorte de démon es-tu ? Depuis quand les démons pleurent-ils ? Et pourquoi ?

— Je suis un personnage d'autrefois, lui dit le démon. J'ai vécu il y a quatre ou cinq siècles et mon cœur était plein de haine pour mon ennemi.

— Cet ennemi t'a-t-il vaincu ?

— Pas du tout. C'est moi qui l'ai tué. J'ai tué aussi ses fils, ses petits-fils et ses arrière-petits-fils ! Sans exception !

— Il ne te reste donc plus personne à tuer ?

— Plus personne.

— Alors, je répète ma question : pourquoi pleures-tu ?

— Je pleure parce que je voudrais qu'ils renaissent, pour que je puisse les tuer encore. Mais je n'ai pas la moindre idée de l'endroit où ils pourraient renaître. Ma haine brûle encore mais la lignée de mon ennemi n'existe plus. Je n'ai personne à tuer et je ne dévore que moi seul.

— Tu as donc conservé ta haine, mais contre toi-même ?

— Oui, et pendant cent millions d'années je souffrirai de cette douleur. Estimes-tu toujours que je n'ai aucune raison de pleurer ?

Le démon s'éloigna, secoué par les sanglots. Le saint homme voyait des flammes qui dansaient autour de sa tête.

Le garde qui réfléchissait

Une histoire juive nous met en garde contre les dangers des questions inquiètes.

Un prince possédait un cheval de course qui lui était plus précieux que tout le reste de ses biens. On logeait ce cheval dans une écurie dont la porte, soigneusement verrouillée, était gardée par un homme de confiance toute la nuit.

Pris d'inquiétude, une nuit, et dans l'incapacité de dormir, le maître descendit et trouva le gardien dans une attitude de réflexion, en train de se creuser visiblement la tête.

— A quoi penses-tu aussi intensément ? lui demanda-t-il.

— Je réfléchis, lui répondit l'homme. Quand on enfonce un clou dans un mur, où passe le mortier ?

— La réflexion est une très bonne chose, lui dit le maître. Très bien.

Et il remonta dans sa chambre.

Une heure plus tard, toujours privé de sommeil, il redescendit et trouva le gardien dans la même attitude pensive.

— A quoi penses-tu, cette fois ?

— Je réfléchis, répondit le gardien. Quand on fait des biscuits creux, où passe la pâte ?

— La réflexion est une très bonne chose, lui dit le maître. Très bien.

Et il remonta dans sa chambre.

Une heure plus tard, incapable de s'endormir, il redescendit et trouva le gardien toujours enseveli dans des pensées profondes.

— Qu'est-ce qui t'occupe maintenant ? lui demanda-t-il.

— Je réfléchis, dit le gardien.

— A quoi ?

— Cette porte est fermée au triple verrou. Je suis assis devant la porte, je la garde, et le cheval a été volé. Comment cela a-t-il pu se faire ?

Réponse variable

Un moine zen demanda au maître Busshin :

— Est-ce que le ciel et l'enfer existent ?

— Non, répondit le maître sans hésiter.

Un samouraï, qui avait entendu cette réponse par la porte ouverte, entra auprès du maître, très étonné, et lui posa la même question.

Toujours sans une hésitation, le maître répondit :

— Oui.

— Mais tu as dit le contraire au moine ! Je t'ai entendu en passant !

— Bien sûr, dit alors le maître, mais si je te disais, à toi, que le ciel et l'enfer n'existent pas, d'où me viendraient mes aumônes ?

La loi orale

Une histoire juive présente d'une autre manière les diversités des réponses, desquelles dépend l'ordre de la loi.

Il existait un saint homme qui s'appelait Hillel, renommé pour sa douceur et sa modestie.

Un idolâtre, qui voulait se convertir au judaïsme, vint trouver un autre saint homme, nommé Schammaï, et lui demanda :

— Combien d'espèces de lois avez-vous ?

— Deux, répondit Schammaï. La loi écrite et la loi orale.

— J'accepte la loi écrite, dit alors l'homme, mais il m'est impossible de me soumettre à la loi orale. Je la refuse.

— Alors hors d'ici ! s'écria Schammaï, très irrité.

Ainsi rejeté, l'idolâtre se rendit auprès de Hillel et lui dit la même chose : il acceptait l'enseignement de la loi écrite, mais refusait la loi orale.

— C'est très bien, lui dit Hillel.

Et il commença son enseignement. Le premier jour, il apprit à l'idolâtre les commandements élémentaires de la loi écrite.

Le lendemain il recommença, mais dans un ordre différent. Le néophyte s'en étonna :

— Mais hier tu me l'as appris autrement !
— Et tu m'as fait confiance, hier ?
— Naturellement.
— N'était-ce pas faire confiance, dit alors Hillel, à la loi orale ?

La bonne précaution

Autre anecdote zen.
Un disciple demanda au maître Nansen :
— Où seras-tu dans cent ans ?
— Je serai un bœuf, près d'une rivière, répondit le maître.
Alors le disciple lui demanda :
— Me sera-t-il possible de te suivre ?
— Si tu me suis, répondit le maître, n'oublie pas d'apporter un bon paquet d'herbe.

Une question de Nasreddin

Un jour d'hiver, en Turquie, des amis de Nasreddin Hodja, réunis autour d'un feu, gémissaient sur le mauvais temps. Un de ces hommes, plus raisonnable que les autres, disait :
— Il est dans la nature humaine de se plaindre. L'hiver, les hommes se plaignent du froid et souhaitent l'été. Quand l'été vient, ils se lamentent de l'extrême chaleur et désirent le retour de l'hiver. Ils ne sont jamais contents de rien.
Alors Nasreddin, qu'on n'avait pas entendu depuis un moment, dit avec un soupir :
— Oui. Mais s'est-on jamais plaint du printemps ?

Le bon côté de la tartine

Une question véritablement gênante fut un jour posée à un rabbin, comme le raconte une de nos plus savoureuses histoires juives.
C'est en fait l'histoire d'un miracle. Un homme, un jour, laissa tomber par mégarde sa tartine beurrée et ce jour-là, par extraordinaire, elle ne tomba pas sur le côté où s'étalait le beurre. Contrairement à toutes les habitudes, à toutes les croyances, contrairement à

ce qu'affirment les Écritures, la tartine tomba du côté du pain sec.

Il s'agissait bel et bien d'un miracle.

Le bruit se répandit à toute vitesse dans la petite ville, les gens s'assemblèrent et se lancèrent dans de très profondes discussions. Pourquoi la tartine n'était-elle pas tombée, ce jour-là, du côté du beurre ?

On courut à la synagogue, on en parla au rabbin, qui jugea l'affaire très embarrassante et demanda toute une journée et toute une nuit de réflexion et de prière.

C'était un homme d'une grande réputation de sagesse. Toute la journée, et toute la nuit, il jeûna, réfléchit, pria et consulta les livres saints.

Le lendemain, le visage fatigué mais illuminé par la vérité, il se rendit à la maison où s'était produit le prétendu miracle. Toute la ville l'entourait. Il se fit conduire auprès de l'homme et lui dit :

— La solution est simple, et je vais te la dire. Ce n'est pas la tartine qui est mal tombée. C'est toi qui as mis le beurre du mauvais côté.

Le lever du jour

Une autre histoire juive montre un rabbin qui demande à ses étudiants :

— Comment sait-on que la nuit s'est achevée et que le jour se lève ?

— Au fait qu'on peut reconnaître un mouton d'un chien, dit un étudiant.

— Non, ce n'est pas la bonne réponse, dit le rabbin.

— Au fait, dit un autre étudiant, qu'on peut reconnaître un figuier d'un olivier.

— Non, dit le rabbin. Ce n'est pas la bonne réponse.

— Alors comment le sait-on ?

— Quand nous regardons un visage inconnu, un étranger, et que nous voyons qu'il est notre frère, à ce moment-là le jour s'est levé.

Et si la parole était impossible ?

L'écrivain japonais Shunryu Suzuki a raconté le bref dialogue de deux amis, qui parlent de la bonne voie à suivre.

— Même s'il arrivait à un sage d'avoir de mauvais désirs, dit l'un d'eux, le Bouddha ne changerait pas son discours, car il n'a pas deux sortes de paroles. Il prononce des paroles, mais non des paroles dualistes.

— Même en apportant cette précision, lui dit son ami, ta déclaration est imparfaite.

— Alors, comment comprends-tu les paroles du Bouddha ?

— Assez discuté, dit l'autre. Prenons une tasse de thé.

15

Le rire peut être une fin en soi

Le hoquet de Nasreddin

Il est vrai que de temps en temps, et même assez souvent (certains diraient : à chaque instant), quand le monde devient difficile à comprendre et que nous avons une grande peine à l'admettre, à le dominer, à nous y adapter, le rire est une arme suprême qui offre à la fois le refuge de la dérision et cette évidence, cette plénitude, qui est l'apanage des êtres sains.

Comme les médecins disent, en outre, que le rire est bon pour la santé, enchaînons sans lien quelques contes qui ont fait rire les peuples, ici et là, en leur permettant peut-être de survivre.

Et commençons par Nasreddin Hodja, qui mérite sans conteste cet honneur.

Nasreddin pénètre dans la boutique d'un pharmacien et demande quelque chose pour lutter contre le hoquet.

Aussitôt le pharmacien pousse un hurlement, se jette sur Nasreddin et le frappe très violemment. Nasreddin s'écroule, entraînant plusieurs bocaux dans sa chute, et il se meurtrit douloureusement.

Il se relève, blessé, et demande au pharmacien :

— Mais, animal, pourquoi ce cri ? Et pourquoi me frapper ?

— Parce que, répond le pharmacien, pour lutter contre le hoquet, il n'y a rien de meilleur qu'une bonne frayeur, c'est connu !

Nasreddin lui dit alors, se tenant la tête :

— Mais ce n'est pas moi qui ai le hoquet ! C'est mon fils !

Le cheval indomptable

Le même Nasreddin Hodja raconte à ses amis :

— Un jour où je me trouvais à la cour, on vint présenter au prince un cheval magnifique. Personne ne pouvait le monter, si grande était sa fougue. Il hennissait et ruait de tous les côtés. Alors je m'approchai et je dis : « Comment ! Aucun de vous ne peut monter ce cheval ! Aucun ne peut tenir en selle ! Écartez-vous et laissez-moi faire ! » Alors je m'élançai.

— Eh bien ? demanda un des auditeurs.

— Eh bien, je n'y suis pas arrivé non plus.

Le plat d'aubergines

Nasreddin et un de ses amis pénètrent dans un restaurant. Ils n'ont pas beaucoup d'argent ce jour-là (c'est une assez tenace habitude) et décident de prendre un plat d'aubergines pour deux.

Mais comment les cuisiner ? Ils ne sont pas d'accord là-dessus et se disputent, un bon moment. L'ami de Nasreddin est un homme très entêté, qui veut des aubergines farcies. Affamé, Nasreddin, qui les aurait préférées frites à la tomate, finit par céder. Ils commandent des aubergines farcies.

Ils attendent qu'on leur apporte le plat quand soudain l'ami de Nasreddin s'affaisse. Il paraît très malade, il respire mal, il se tient le cœur d'une main.

Nasreddin se lève précipitamment. Un homme assis à une table voisine lui demande :

— Tu vas chercher un médecin ?

— Mais bien sûr que non ! Je vais voir si on peut encore changer la commande !

Deux femmes dans une barque

Les deux femmes de Nasreddin — raconte-t-on en Turquie — lui demandèrent un jour laquelle des deux il aimait le plus.

Évitant de se prononcer, il répondit, par prudence, qu'il les aimait également toutes les deux.

Elles insistèrent, il persista. Alors la plus jeune des deux lui demanda :

— Si nous étions toutes les deux dans une barque, et si la barque chavirait, laquelle des deux sauverais-tu d'abord ?

Nasreddin se tourna vers la plus âgée de ses deux femmes et lui demanda :

— Toi, tu sais nager un peu, non ?

L'âne volé

Un jour, Nasreddin se fait voler son âne, qui est le compagnon de sa vie. Louant les services d'un crieur public, il promet aussitôt une certaine somme à qui lui rapportera son âne. Peine perdue. Personne ne se présente.

Nasreddin fait alors proférer des menaces. Il annonce que le voleur sera très sévèrement puni, fouetté publiquement. Rien. Personne.

Il fait alors annoncer partout que, si on ne lui rend pas son âne, il fera « ce qu'a fait son père », sans préciser davantage. Et on verra ce qu'on verra.

Le lendemain le voleur se présente et lui rend son âne. Il avoue à Nasreddin qu'il a été très intimidé, très impressionné par cette menace : « Je ferai ce qu'a fait mon père. »

Il demande à Nasreddin :

— Tu l'aurais vraiment fait ?

— Sans une hésitation.

— Et qu'est-ce qu'il a fait, ton père ?

— Il a acheté un autre âne.

L'âne de Goha

Une autre histoire d'âne se rapporte tantôt à Goha, tantôt au même Nasreddin.

Un ami de Goha vint un jour frapper à sa porte et lui dit :

— Toi qui es mon ami, prête-moi ton âne, j'en ai besoin pour une course urgente.

Goha, qui n'avait pas une très grande confiance en

cet ami, et qui de toute manière n'est guère prêteur, lui répondit :

— Je n'ai plus d'âne, je l'ai vendu. Je te l'aurais prêté avec plaisir, mais je ne l'ai plus.

A ce moment, l'âne se mit à braire longuement dans l'étable, à l'arrière de la maison, et l'homme dit :

— Il est là, ton âne !

— Je te dis que je l'ai vendu ! Tu m'as compris ?

L'âne se mit à braire de nouveau, encore plus fort.

— Mais je l'entends braire ! s'écria l'ami. Il est là, ton âne ! Je te dis qu'il est là !

— Par Allah ! s'exclama Goha exaspéré, tu crois mon âne, ou tu me crois ?

Un autre âne volé

Deux habiles voleurs aperçurent un jardinier, nommé Farid, qui revenait du marché en tirant un âne par la longe. L'un des deux voleurs détacha prestement l'animal, glissa la longe autour de son propre cou et se laissa traîner par le jardinier. Un moment plus tard, quand celui-ci se retourna, il vit qu'il traînait un homme et lui demanda, stupéfait :

— Qui es-tu ?

— J'ai le grand honneur d'être ton âne, répondit humblement le voleur. Écoute ce qui m'arriva. Un jour, mon excellente mère, que Dieu lui vienne en aide, s'indigna de me voir rentrer ivre. Elle me dit des paroles amères. Irrité, je lui donnai des coups de bâton, si bien qu'elle adjura le Seigneur d'appesantir sur moi sa redoutable main. Et je fus changé en âne. Aujourd'hui même, après plusieurs années de châtiment, ma mère a supplié le Tout-Puissant de me rendre ma forme originelle. C'est pourquoi tu me vois humain devant toi.

— Je te supplie de me pardonner, lui dit le jardinier, pour les travaux ignobles auxquels je t'ai soumis, et les coups que je t'ai donnés.

— Je te pardonne et je te salue.

Le voleur prit le large. Farid raconta son aventure à son épouse, qui partagea les mêmes regrets. « Nous avons fait travailler un homme comme une bête. Prions Dieu qu'il nous pardonne. »

Ils prièrent tous les deux.

Quelques jours plus tard, Farid se rendit au marché pour y choisir un autre âne. Surprise : il vit le sien. Il le reconnut sans risque d'erreur. C'était bien lui. Alors il s'approcha de l'animal et lui dit très sévèrement à l'oreille :

— N'as-tu pas honte ? De nouveau tu as bu et battu ta mère ? Je ne te rachèterai pas, je le jure !

Et il s'éloigna, très indigné.

L'objet de la dispute

Deux hommes, en pleine nuit, se querellent sous les fenêtres de Nasreddin. Il se lève, s'enveloppe dans une couverture (nous sommes en hiver) et descend pour les faire taire.

Dès qu'il apparaît dans la rue et qu'il essaye de calmer les deux hommes ivres, l'un des deux se jette sur lui, arrache la couverture et s'enfuit en courant.

L'autre ivrogne s'enfuit de son côté.

Nasreddin remonte dans sa chambre, où sa femme lui demande :

— Pourquoi ils se disputaient, ces deux-là ?

— Je crois que c'était à cause de ma couverture, lui dit Nasreddin en se recouchant. Dès qu'ils l'ont eue, ils se sont calmés.

La poule et l'eau de la poule

Un fellah fit cadeau d'une poule à Goha à moins que ce ne fût à Nasreddin, ou à Ch'hâ. Goha la fit cuire et ils la mangèrent ensemble, très satisfaits. Quelque temps plus tard, un autre fellah vint frapper à la porte de Goha et lui dit :

— Je suis le voisin de celui qui t'a fait cadeau de la poule.

Goha l'hébergea et le nourrit. L'homme ne manqua de rien et se retira satisfait.

Quelques jours plus tard, un troisième fellah vint frapper à la porte et dit :

— Je suis le voisin du voisin de celui qui t'a fait cadeau de la poule.

— Il n'y a pas d'inconvénient, lui répondit Goha, selon la formule consacrée.

Il fit entrer l'homme et le pria de s'asseoir devant le plateau du repas. Mais pour toute nourriture il lui présenta une marmite d'eau chaude où flottaient quelques gouttelettes de graisse.

— Qu'est-ce que c'est ? demanda le fellah.

— C'est, lui répondit Goha, la sœur de la sœur de l'eau où a cuit ma poule.

Le commencement de la vie

Trois hommes discutent du moment exact où la vie commence.

— C'est à l'instant précis, dit le catholique, où la semence du père féconde l'œuf maternel.

— Je ne suis pas d'accord, dit le protestant. La vie commence à la naissance même. Aucun doute là-dessus.

— Vous n'y êtes pas du tout, dit alors le juif. Quand les enfants sont partis et quand le chien est mort, alors la vie commence, et pas avant.

La bonne prière

Un pauvre homme entra dans une mosquée, se joignit à la prière commune, à laquelle il ajouta une prière particulière, personnelle, qu'on appelle un *dua*. Il demandait à Allah de lui donner de la nourriture, d'apporter dans sa maison démunie des fruits, de la viande, des légumes, de la semoule, et surtout de ne pas oublier de lui apporter une bouteille de raki, une liqueur qu'il aimait beaucoup.

Un homme qui se tenait devant lui entendit sa prière, se tourna et lui dit :

— Au lieu de demander à Allah du raki, ne ferais-tu pas mieux de lui demander de fortifier ta foi, afin que tu sois sauvé au jour du jugement dernier ?

— Mais non, répondit le pauvre homme. J'ai demandé à Allah ce qui manque, dans ma vie. Et ce qui me manque, ce n'est pas la foi, c'est le raki.

Le dernier gâteau

L'histoire de ce couple gourmand est d'origine coréenne.

On connaissait, dans un village, un couple gourmand. Tout leur plaisir passait dans leur nourriture. Un voisin leur fit cadeau de gâteaux de riz, qu'ils mangèrent avec délectation. A la fin, quand il ne resta qu'un seul gâteau, comme ils le convoitaient tous les deux, l'homme dit à sa femme :

— Je te propose un pari.

— Quel pari ?

— Le premier qui parlera laissera le gâteau à l'autre.

— D'accord, dit la femme.

Ils s'assirent l'un en face de l'autre, séparés par l'unique gâteau, et commencèrent à ne pas parler.

Après une vingtaine de minutes silencieuses, un voleur entra dans la maison. Il y trouva ce couple muet, leur posa quelques questions et n'obtint aucune réponse. Il saisit quelques objets qu'il entassa dans son sac. Toujours pas un mot.

Le voleur prit tout ce qu'il put emporter. Avant de sortir, il décida même d'emporter la femme. Le mari ne disait toujours rien et gardait les yeux fermement fixés sur la bouche de sa femme, qui se débattait dans les bras du voleur.

Il s'agissait d'un voleur vigoureux. Au moment où il franchissait la porte en emportant la jeune femme, celle-ci, incapable de se refréner plus longtemps, s'écria :

— Tu me laisseras partir sans rien dire avec ce voleur ? Tu ne diras donc rien ?

Alors le mari saisit vivement le dernier gâteau, la bouche ouverte, en s'écriant :

— Il est pour moi !

Une langue étrangère

Un Juif vint en visite à Londres. Il se rendit dans un restaurant juif, qu'on lui avait recommandé, et fut assez étonné de voir que le garçon qui le servait était chinois. Il fut encore plus étonné quand il entendit ce garçon s'adresser à lui en assez bon yiddish.

Pendant tout le repas, le garçon chinois ne lui parla qu'en yiddish.

A la fin, au moment de quitter le restaurant, l'homme s'approcha du propriétaire et lui demanda :

— Comment se fait-il que votre garçon chinois parle yiddish ?

— Chut !... fit le patron. Il est venu à Londres pour apprendre l'anglais.

La première difficulté

C'est une histoire européenne.

Un enfant ne parlait pas. Tous les examens médicaux menaient aux mêmes conclusions : il est en excellente santé, ses cordes vocales sont parfaites, la raison de ce mutisme nous est inconnue.

L'enfant grandit. Il apparaissait bien fait et vigoureux, mais il ne parlait toujours pas. Il fit des études comme il put, réussissant assez bien dans les épreuves écrites, mais échouant régulièrement à l'oral — et pour cause. On lui trouva néanmoins un travail satisfaisant, pour lequel il n'avait pas besoin de parler. Quand vint le temps du service militaire, il fut réformé, car les examinateurs ne purent lui arracher une seule parole. Il reprit sa vie.

Un jour, alors qu'il avait vingt-six ans et qu'il prenait le thé chez une amie de sa mère, il dit soudain :

— Je peux avoir un autre sucre ?

La surprise, parmi les personnes présentes, fut immense. La mère s'écria :

— Mais tu parles ?

Le jeune homme se contenta de hocher la tête.

— Mais pourquoi n'as-tu jamais parlé ? reprit la mère. Pourquoi, pendant toutes ces années, es-tu resté dans le silence ? Pourquoi n'as-tu pas dit même un mot ?

Le jeune homme lui répondit :

— Parce que, jusqu'à maintenant, tout allait bien.

Les trous de mémoire

Tous les psychiatres du monde connaissent et racontent l'histoire du patient qui vient voir son médecin et lui dit :

— Docteur, j'ai des trous de mémoire.

— Un instant, dit le docteur.

Il donne un ordre bref à sa secrétaire, ou répond au téléphone, puis il revient à son patient et lui demande :

— Et depuis combien de temps avez-vous ça ?

— Depuis combien de temps j'ai quoi, docteur ?

Rothschild et Silberman

Il est difficile de choisir une histoire drôle dans le trésor laissé par la tradition juive. En voici une assez longue, qui se passe au début du vingtième siècle.

Un pauvre homme qui vivait dans un pauvre village au fond de la Pologne, et qui s'appelait Silberman, ramassa tout l'argent dont il disposait pour se rendre à Paris, son rêve de toujours.

A Paris, dès son arrivée, il rencontra un autre homme et ils se reconnurent. Cet homme, c'était Rothschild. Amis d'enfance, Silberman et Rothschild s'étreignirent, se congratulèrent, bénirent le hasard qui les réunissait. Rothschild fit immédiatement déménager Silberman du très modeste hôtel où il était descendu et l'installa chez lui, somptueusement, avec valet de chambre et salle de bains. Il l'amena dès le lendemain au Moulin-Rouge et au Casino de Paris. Puis il lui montra la tour Eiffel, le musée du Louvre, les Folies-Bergère et les autres monuments de Paris. Il l'invita dans des boîtes de nuit, et chez Maxim's. Il le prit avec lui dans un voyage qu'il fit à Biarritz et à Monte-Carlo. Bref, il lui montra tout ce qu'il y avait de beau et d'important en France.

Après un mois d'émerveillement, Silberman remercia son ami retrouvé et revint en Pologne.

Deux années passèrent. Alors le sort voulut qu'une affaire financière conduisît Rothschild tout près du village où habitait son ami, en Pologne. Malgré la modestie de sa demeure, Silberman insista pour recevoir Rothschild chez lui et s'occupa de lui du mieux qu'il put.

Au matin du huitième jour, Silberman conduisit Rothschild à la gare, car le financier devait repartir. Les deux hommes étaient en avance. Et soudain Silberman dit à Rothschild :

— A propos, tu me dois soixante-dix dollars.

— Pourquoi ça ?

— Parce que tu es resté sept jours chez moi. Sept jours à dix dollars, ça fait soixante-dix dollars.

D'abord extrêmement surpris, Rothschild s'indigna. Il croyait que Silberman était un ami et voici que celui-ci lui réclamait soixante-dix dollars pour prix de son hospitalité ! Rothschild refusa de payer. Il refusa tout net. Mais Silberman n'en démordait pas. Il demandait soixante-dix dollars.

Alors que la querelle se développait, Silberman déclare tout à coup à son ami d'enfance :

— Ici toutes les discussions doivent se régler devant le rabbin. C'est la coutume. Je suis prêt à accepter la décision du rabbin. Et toi ?

— Moi aussi, dit Rothschild.

Comme il restait du temps avant l'arrivée du train, ils se rendirent auprès du rabbin, un homme d'âge et de réflexion, qui les reçut et les écouta. Ils exposèrent clairement le problème. Le rabbin se caressait doucement la barbe, les yeux mi-clos. A la fin il déclara, sans la moindre hésitation, que Silberman avait raison et que Rothschild devait lui payer ce qu'il demandait.

En silence, rose de colère, Rothschild compta soixante-dix dollars et les donna à Silberman. Après quoi, très rapidement, tout seul, les dents serrées, il reprit le chemin de la gare.

Le train venait de s'arrêter. Rothschild, encore tout amer, s'assit dans un compartiment de première classe où sa place était réservée. Tout à coup il entendit la voix de Silberman qui l'appelait. Il mit le nez à la fenêtre et il vit son vieil ami courir vers lui en brandissant les billets de banque.

— Tiens ! dit Silberman à Rothschild. Prends-les ! Je n'en veux pas ! Je te les rends !

Rothschild hésitait à reprendre les billets. Il ne comprenait pas ce soudain changement dans l'attitude de Silberman. Il finit par lui en demander la raison, car Silberman insistait tant et plus.

— Pourquoi toute cette histoire ? dit-il. Pourquoi exiger de moi soixante-dix dollars pour ensuite courir après moi et me les rendre ?

Et Silberman répondit, tandis que le chef de gare fermait les portières :

— Écoute, à Paris, et en France, tu m'as montré la tour Eiffel, le Moulin-Rouge, le Lido. Tu m'as montré les Folies-Bergère et le casino de Monte-Carlo. Et moi je me suis dit : qu'est-ce que je vais pouvoir lui montrer ici ?

Le sifflet retentit. Le train déjà s'ébranlait. Silberman conclut, en accompagnant un instant son ami qui s'en allait :

— Alors j'ai pensé : la seule chose que je peux lui montrer, c'est quel con de rabbin nous avons.

Pour ne plus être ridicule

Une histoire née dans le Caucase, chez les Nartes, donne une recette intéressante pour échapper à toute moquerie.

Une femme, qui s'appelait Satana, désirait épouser son frère Uryzmag à la barbe de neige, mais celui-ci refusait, disant :

— On n'a jamais vu pareille chose chez les Nartes ! Je ne pourrai plus me montrer dans les rues ! Tout le monde rira de moi !

— Je vais te dire comment te prévenir contre le rire des gens, lui dit alors Satana, sa sœur. Prends un âne, mets-lui ta selle et ta bride d'argent, enfourche-le à l'envers, saisis sa queue avec tes deux mains et promène-toi pendant trois jours au milieu des Nartes.

Uryzmag à la barbe de neige suivit les indications de Satana. Le premier jour, tous ceux qui le virent éclatèrent de rire en le montrant du doigt. Le deuxième jour ne rirent que ceux qui ne l'avaient pas vu la veille. Le troisième jour, personne ne rit.

Le quatrième jour, il épousa sa sœur.

Le pape au paradis

Avant le pape Jean-Paul II, la chrétienté connut un souverain pontife qui prit le nom de Jean-Paul Ier. Il était apparemment un homme faible et conciliant, mais il ne resta qu'un mois sur le trône de saint Pierre. Le Seigneur le rappela à lui. Bien entendu, Jean-Paul Ier fut admis *ipso facto* dans le paradis et mis en présence du Christ, qui le reçut avec bienveillance et lui dit :

— Oui, je sais, ton pontificat fut un peu court. Mais j'ai mes raisons. Je t'expliquerai.

— Que ta volonté soit faite, répondit Jean-Paul Ier d'une voix émerveillée. Comment pourrais-je, moi, humble créature, discuter tes décisions radieuses ? Il t'a plu de me prendre auprès de toi, et il est écrit : « Tu ne connaîtras ni le jour, ni l'heure. » Je te remercie, ô Seigneur, je me sens comblé par ta grâce, je...

Le pape s'interrompit, car il venait d'apercevoir au loin, dans les nuées, quelque chose qui le troublait. Le Christ remarqua ce trouble et lui en demanda la raison.

— Mais, dit le pape, n'est-ce pas l'archevêque de Canterbury que je viens d'apercevoir là-bas, entre deux nuages ?

— C'est bien possible, répondit le Christ.

— L'archevêque de Canterbury est ici ?

— Mais pourquoi pas ?

Et pour dissiper la confusion encore humaine du pontife, le Christ lui dit en souriant :

— Ne crois pas, Jean-Paul, que tous les archevêques de Canterbury sont ici. Car il y eut parmi eux de sinistres canailles. Mais tu dois comprendre une chose : ici, dans mon paradis, sont admises toutes les créatures humaines qui se sont montrées justes et bonnes, comme toi.

— Sans tenir compte de leur religion ?

— Les religions, répondit le Christ avec douceur et intelligence, sont les divisions de la terre. Par les folles querelles qu'elles engendrent, par la tension extraordinaire qu'elles entretiennent dans les esprits, peut-être sont-elles utiles au maintien, à la survie de cette terre minuscule à laquelle j'ai attaché tant de prix. C'est là, vois-tu, une vieille et ardente question. Lequel est préférable, le fanatisme ou le silence ? L'obscurité du cœur, ou la lumière passionnée ? Nous en discutons très souvent, le Bouddha et moi, et nous sommes en désaccord sur quelques points de très grande importance.

— Le Bouddha est ici ? demanda le pape, qui montrait un visage singulièrement étonné.

— Mais comment n'y serait-il pas ? Il fut un des meilleurs à vivre sur la terre. Son intelligence est profonde, presque illimitée. Je te conseille d'aller le voir de temps en temps. Sa présence pourra t'aider à supporter l'éternité.

— Et... Luther ? demanda Jean-Paul Ier d'une voix qui tremblait légèrement. Il est ici ?

— J'ai quelque peu hésité, lui répondit le Christ, car son caractère est exécrable, mais finalement, après un séjour assez bref dans le purgatoire, je l'ai admis. Il est, au fond de lui-même, un homme de justice et de bonne volonté, et cela compte avant toutes choses. Ainsi, ne crois pas que tu rencontreras chez moi un grand nombre de papes. L'éternité réserve des surprises. Je ne t'en dis pas plus.

— Alors, dit le pape, Confucius est ici ?

— Cela va sans dire.

— Et Zoroastre ?

— Bien entendu.

— Et Ramakrishna ?

— Mais comment donc !

Alors le pape baissa la voix et prononça le mot qui lui agaçait les lèvres :

— Et Mahomet ? Mahomet est ici ?

— Mais naturellement, Mahomet est ici ! Où pourrait-il être ?

Le Christ se retourna et dit d'une voix forte, pardessus son épaule :

— Mahomet ! Deux cafés !

Le fantôme du vieux joueur

Cette histoire américaine, qui a pour théâtre les territoires de l'Ouest, raconte que lorsque le vieux Bill

Maloney mourut, en 1871, il avait tout perdu au jeu. Frappé par une sorte de malédiction, que les joueurs de roulette appellent la « main noire », il laissait une famille à la misère. Cette famille se dispersa et survécut vaille que vaille. Mais un petit-fils du vieux Bill, qui s'appelait Teddy Maloney et qui n'avait que dix ans à la mort de son grand-père, montra vite de très étonnantes qualités. Travailleur, obstiné, économe, il réussit à reconstituer un cheptel, il acheta de bonnes terres, il construisit le plus beau ranch de la région. Il ne buvait pas, il ne fumait pas et il tournait légèrement la tête quand il passait devant la porte à double battant du saloon, à travers laquelle sortaient par bouffées, pour se dissoudre dans la rue, la fumée du tabac, la musique et les rires des femmes.

A vingt-neuf ans, encore célibataire, Teddy Maloney était considéré comme la gloire montante de la petite ville de Silverton et les échos de sa vertu rassuraient les honnêtes gens.

Une fin d'après-midi, alors qu'il sortait de la banque avec la paye de ses employés, au moment où il s'apprêtait à rentrer au ranch, il entendit soudain une voix qui lui disait :

— Écoute-moi, Teddy.

Teddy mit aussitôt la main sur la crosse de son revolver et tourna vivement la tête. Il ne vit personne autour de lui. Mais la même voix lui dit :

— Écoute-moi bien, Teddy. Et n'aie pas peur. C'est moi, Billy.

— Qui ?

— Billy Maloney, ton grand-père.

Teddy fit quelques pas hésitants dans la rue, regarda de tous les côtés et se vit dans l'obligation d'admettre que son grand-père lui parlait.

— Où es-tu ? demanda-t-il entre ses dents.

— Tu sais très bien où je suis.

— Et que veux-tu ?

— Je veux te donner un conseil, Teddy. De là où je suis, je vois clairement toutes choses. Tu vas faire exactement ce que je te dis.

— Je t'écoute, grand-père, dit le jeune homme.

— Rentre à la banque et liquide ton compte. Prends tout ce que tu as.

Teddy obéit à la voix de son grand-père et, juste avant la fermeture de la banque, il empocha tout son argent. Quand il s'apprêtait à sortir, la voix lui dit :

— Vends toutes tes actions. Toutes tes dernières pépites.

— Tu es sûr ?

— De là où je suis, je vois toutes choses, répondit la voix très reconnaissable du vieux Billy. Vends tout et fais-moi confiance.

Un moment plus tard, Teddy sortit de la banque lourdement chargé. La voix lui dit :

— Va chez le marchand de bétail. Vends toutes tes vaches.

— Toutes mes vaches ?

— Fais ce que je te dis.

Quand les vaches furent vendues, la voix dit encore :

— Vends les terres et le ranch ! Vends tout !

Teddy, persuadé que le grand-père, de l'endroit où il se trouvait, sentait venir une absolue nécessité de vendre, vendit. Des hommes d'affaires étonnés, vers la tombée du jour, achetèrent les terres et le ranch pour une somme qui leur parut très acceptable.

Teddy sortit de leur bureau alors qu'il faisait déjà nuit. Il portait un gros sac sur son épaule et deux épaisses sacoches en bandoulière. La voix du grand-père lui dit alors :

— Va au cercle.

— Au cercle ?

— Fais ce que je te dis.

Guidé par la voix invisible, Teddy Maloney pénétra pour la première fois dans la salle maudite, suivi par des regards où brillait la lumière de la surprise. La voix lui dit à quelle table de roulette il devait s'asseoir, et enfin :

— Joue le quatorze.

— Le quatorze ?

— Oui. Tu m'as bien entendu.

— Et combien je joue ?

— Tu joues tout.

— Tout ?

— Absolument tout. Sur le quatorze.

Comme on le pense, un conciliabule inquiet réunit

les administrateurs du cercle, lesquels, comme c'est l'usage, ne jouissaient pas d'une réputation sans accroc. Ils passèrent quelques coups de téléphone et acceptèrent finalement l'enjeu.

Teddy Maloney joua tout sur le quatorze.

Le dix-sept sortit.

Alors la voix du vieux Bill dit à l'oreille de son petit-fils, avec une pointe d'amertume :

— Tu vois, Teddy, nous avons perdu.

L'avare parfait

Un homme d'une avarice aiguë rencontra un mendiant qui lui demanda un dinar.

— Pour qui me prends-tu ? lui dit l'avare. Pourquoi ne me demandes-tu qu'un dinar ? Ce n'est pas digne de moi !

— Alors, dit le mendiant, donne-moi deux dinars.

— Non, lui répondit l'homme avec hauteur. Cela n'est pas digne de toi.

Le pet fondateur

Un Bédouin fortuné, qui s'appelait Aboul-Hossein, décida un jour, sur les conseils de ses amis, de prendre femme. Il choisit une jouvencelle belle comme la pleine lune et, pour le jour de ses noces, il ouvrit en grand les portes de sa maison et fit servir un splendide festin. Tous les invités mangèrent et burent dans le contentement. On promena l'épouse dans toute la maison, vêtue de robes qu'on changeait à chaque passage. A la fin, les femmes l'introduisirent dans la chambre nuptiale et la préparèrent pour l'entrée de l'époux.

Aboul-Hossein entra au milieu d'un cortège. Il s'assit un instant sur un divan, avec dignité. Puis il se leva pour remercier les femmes et leur donner congé, quand soudain — calamité des calamités — il lâcha un pet qui est décrit, dans *Les Mille et Une Nuits*, comme « terrible et grand ».

Toutes les femmes firent mine de parler ensemble, comme si elles n'avaient rien entendu, et l'épouse, en riant, fit résonner ses bracelets. Mais Aboul-Hossein, la honte au cœur, sortit dans la cour, sella sa jument et s'enfuit dans les ténèbres de la nuit.

Il arriva au bord de la mer, il vit un bateau qui partait pour l'Inde, il s'y embarqua.

Il avait décidé de se faire oublier dans son propre pays. Il abandonnait toute une vie.

En Inde, comme il était un individu de qualité, il se refit une vie brillante, il devint l'homme de confiance d'un roi, il vieillit riche et respecté.

Après plus de dix ans, le mal du pays le saisit. Il soupirait sans cesse en pensant à sa ville et à sa maison. Un jour il s'échappa, il se déguisa en derviche et il finit par arriver sur la colline qui dominait sa ville. Les larmes aux yeux, il reconnut la terrasse de sa vieille maison et les maisons avoisinantes.

Il descendit de la colline et prit des chemins détournés pour arriver à sa maison. En marchant dans une rue, le cœur agité par l'émotion, il vit une vieille femme qui épouillait une petite fille d'une dizaine d'années. Et au passage, sans le vouloir, il entendit la petite fille qui demandait :

— En quelle année je suis née ?

— Tu es née, lui répondit la vieille femme, deux ans après l'année où Aboul-Hossein a pété.

Aboul-Hossein s'immobilisa. Son pet était devenu une date importante dans les annales de la ville. Il était entré dans l'histoire. Et le malheureux se dit : « Mon pet se transmettra à travers les âges aussi longtemps que les fleurs naîtront sur les palmiers ! »

Alors il fit demi-tour en courant, il s'enfuit pour ne plus revenir, il retourna en Inde et, à jamais marqué par le temps, il vécut dans la tristesse jusqu'à sa mort.

La femme du capitaine de police

Comme exemple des ruses multiples que les hommes ont prêtées aux femmes (en les inventant eux-mêmes, la plupart du temps), un conte égyptien nous décrit un gag célèbre, qu'on pourrait dire vaudevillesque.

On connaissait au Caire un Kurde au visage si

rébarbatif, noir et poilu, qu'on le nomma capitaine de police et qu'il devint l'épouvantail de son quartier.

Pour lutter contre la solitude, par l'entremise d'une marieuse, il trouva une jeune fille qui accepta de l'épouser et qui s'engagea à ne jamais sortir de la maison du Kurde, laquelle maison se composait d'une seule et unique chambre.

On célébra les noces, et chaque jour le capitaine de police faisait son dur travail de policier, tandis que sa jeune épouse restait enfermée dans la maison. Et rien ne semblait devoir troubler la sécurité de l'esprit du Kurde.

Il arriva ce qui souvent arrive. De l'autre côté de la rue travaillait un jeune boucher, qui chantait à longueur de temps. Cette voix joyeuse fascina la femme du Kurde, qui voulut connaître le boucher. Elle lui commanda de la viande, il la livra, et il ne ressortit pas immédiatement.

Ce jour-là le capitaine de police rentra beaucoup plus tôt que d'habitude, alors que sa femme se trouvait, comme il est dit, « en puissance de copulation ». Elle sauta sur ses pieds et se hâta de cacher son amant dans un coin de l'unique chambre derrière une corde à laquelle pendaient divers habits. Puis elle s'enveloppa dans un grand voile et descendit le long du petit escalier à la rencontre de son époux.

Celui-ci devina quelque anomalie.

— Pourquoi ce voile ? demanda-t-il à sa femme.

— Je vais te le dire, répondit-elle à haute voix. Il y avait dans la ville du Caire un homme très jaloux, capitaine de police comme toi, qui surveillait sa femme de très près. Il la tenait enfermée dans une maison composée d'une seule pièce, comme la nôtre. Un jour, comme elle était avec son amant et que son mari rentrait plus tôt qu'à l'ordinaire, elle l'entraîna sur un divan, comme je le fais avec toi. Puis elle lui jeta un voile sur la tête, comme ça !

La femme saisit son voile, en enserra fermement la tête du Kurde, en continuant d'une voix sonore :

— Et quand il eut la tête bien prise dans le voile, elle cria très fort à son amant : « Hé ! Vite ! Sauve-toi ! » L'amant sortit de sa cachette et se précipita dans la rue. Voilà l'histoire de ce voile.

Voyant que son amant s'était enfui, elle défit alors le voile. Le Kurde ne savait que penser. Que signifiait cette histoire sans queue ni tête ? Pourquoi cette femme, dont parlait sa femme, avait-elle crié à son amant : « Vite ! Sauve-toi ! » ? Le mari n'avait-il pas entendu ? Était-il sourd ? Le Kurde ne comprenait pas. Il ne savait pas s'il devait rire ou se fâcher. Aussi décida-t-il de ne rien faire, de crainte de mal faire. Sa barbe et ses touffes de poil ne s'en portèrent pas plus mal.

Il vécut longtemps. Le boucher rendait visite à sa femme assez souvent. Et le capitaine de police mourut à la fin comme un bienheureux, content, prospère, entouré de nombreux enfants, qui tous n'avaient pas hérité, que Dieu en soit loué, de sa laideur.

Les chiens velus

L'histoire dite « du chien velu » (shaggy-dog story) est un classique anglo-saxon du vingtième siècle. Elle a servi de modèle à une multitude d'absurdités réjouissantes.

Voici l'original[1].

Un Anglais cherche, par les petites annonces, et en promettant une belle récompense, à retrouver son chien chéri, qu'il décrit comme « extrêmement velu ».

Un Américain, touché par cette histoire, et voulant aussi empocher la récompense, se procure un chien très velu, semblable au disparu, et va sonner à la porte de l'Anglais. Il est reçu par un majordome, qui regarde le chien et s'écrie :

— Velu, monsieur, mais pas à ce point-là !

*

* *

Une variation présente deux dames, également anglaises, en train de prendre leur habituel whisky dans le bar du *Titanic*. On entend un fracas épouvantable, tout est renversé, l'avant d'un énorme iceberg

---

1. Rapporté par Robert Benayoun dans *Les Dingues du nonsense*, éditions Pauvert et Balland.

pénètre dans le bar, et l'une des deux dames remarque :

— J'ai demandé de la glace, mais ceci, franchement, frise le ridicule.

*
* *

On connaît aussi le chien qui joue au poker avec son propriétaire, dans un bar. Un nouveau venu s'en étonne. Il admire l'intelligence du chien.

— Rien de bien fameux, dit un habitué. Dès qu'il tire un beau jeu, il remue la queue.

La parole de Dieu

Srulek, qui est le Nasreddin polonais, ou le Goha, ou une autre forme de Ch'hâ, entra brusquement chez le rabbin et lui dit :

— Rabbin, rabbin, Dieu a parlé !

— Quoi ? Qu'est-ce que tu racontes ?

— Oui, il a parlé à Pinkus ! Pinkus m'a dit qu'il a parlé avec Dieu !

— Je crois bien que Pinkus est un menteur, dit le rabbin.

— Et pourquoi Dieu parlerait à un menteur ? dit alors Srulek.

Autre parole de Dieu

Un homme demandait à Dieu, inlassablement (nous raconte une histoire juive) :

— Toi qui es la puissance même, je t'en prie, donne-moi cent mille dollars ! Ce n'est rien, pour toi ! Tu peux faire tout ce que tu veux ! L'espace n'existe pas et cent ans, c'est comme une minute ! Mille ans, c'est comme une minute ! Cent mille dollars, pour toi, c'est comme un sou ! Je t'en supplie, donne-moi un sou !

Dieu répondit :

— Attends une minute...

Le bon régime

Une autre histoire juive raconte qu'un homme d'un certain âge, qui se sentait très fatigué, prit rendez-vous chez un médecin de renom.

Le médecin prit sa tension, examina le fond de ses yeux, ses poumons, sa gorge. Il lui fit passer un cardiogramme, un encéphalogramme, différents tests et analyses. Quand les résultats des analyses furent connus, le médecin convoqua le patient, vérifia certains détails, écrivit pendant un bon quart d'heure des lignes pressées sur une page blanche, et finalement dit ceci :

— J'ai tout inscrit ici. A partir d'aujourd'hui, vous ne fumerez plus et vous ne boirez plus une goutte d'alcool, sous aucun prétexte. Vous supprimerez le sucre et toutes les matières grasses, même l'huile de tournesol. Vous supprimerez également les pommes de terre, les haricots et généralement tous les féculents. Vous vous abstiendrez de faire l'amour. Voici ce que vous pourrez manger : de la salade et des poireaux cuits, sans aucun assaisonnement, quelques navets à la vapeur, des pommes au four — naturellement sans sucre — et deux fois par semaine cent grammes de viande maigre grillée. Enfin, une fois par semaine, vous aurez droit à un yaourt nature et à un morceau de poisson bouilli, sans huile ni beurre. Si vous ne suivez pas mes instructions, vous en avez pour trois mois.

— Et si je les suis, demanda l'homme, je peux espérer vivre plus longtemps ?

— Certainement pas, dit le médecin. Mais le temps vous paraîtra plus long.

Le message du chat

Ce récit se trouve dans un recueil de vieilles histoires irlandaises.

Une nuit de novembre, un pauvre paysan se leva. Il devait se rendre à la ville, assez distante, pour essayer d'y vendre son veau. Dans la nuit noire et froide, il attela son cheval, qui rechignait autant que lui. Et ils se mirent en route, avec le veau. Au long du chemin, ils rencontrèrent les lanternes d'autres paysans, qui se dirigeaient vers la même foire, sous la pluie.

Le veau ne trouva preneur que vers le milieu de l'après-midi, à un prix médiocre. Le paysan découragé se paya un morceau de jambon et un ou deux verres, puis il reprit le chemin de sa ferme, enveloppé dans sa misère, laissant le cheval aller à son pas. Sa tête fatiguée tomba sur sa poitrine. Il sommeillait, il se réveillait aux cahots de la route, il sommeillait encore.

Comme il passait devant le cimetière d'Inchigeela, un chat passa sa tête à travers les barreaux et lui dit :

— Dis à Balgeary que Balgury est mort.

La tête vide, le paysan ne fit guère attention aux paroles du chat. Il rentra chez lui, pansa son cheval et retrouva sa femme, à la nuit tombée.

— Alors, lui dit-elle, comment était la foire ?

— Oh, dit-il en buvant une tasse de thé près du feu, comme toutes les foires.

— On t'a donné un bon prix, pour le veau ?

— Non.

— Il y avait beaucoup de monde ?

— Comme d'habitude, je suppose. Je n'ai pas compté.

— Et quelles nouvelles ? Qu'est-ce qu'on raconte ?

— Ma foi, on ne raconte rien.

— On ne raconte rien à la foire ? s'écria la femme.

— Non. Rien de particulier.

— Alors tu as fait tout ce chemin et on ne t'a rien raconté ? Tu n'as appris aucune nouvelle ? Tu aurais aussi bien fait de rester à la maison !

Le paysan, qui voulait avant tout qu'on le laissât tranquille, se rappela soudain le chat.

— Ah oui, dit-il à sa femme. Une seule chose : comme je passais devant le cimetière d'Inchigeela, au retour, j'ai vu un chat à travers les barreaux de la grille.

— Tu parles d'une nouvelle ! dit sa femme.

— Et le chat m'a dit : dis à Balgeary que Balgury est mort.

A ce moment leur chat, qui sommeillait devant le feu, se dressa brusquement et dit au paysan, l'air très irrité :

— Tu ne pouvais pas me le dire plus tôt ! Je vais être en retard pour l'enterrement !
Il sauta hors de la maison et disparut.

L'inondation

Une histoire africaine, qui comme les autres fait évidemment éclater le simple cadre du divertissement, donne un rôle à Dieu dans un drame humain.
Une inondation ravage un pays. Un homme s'est réfugié au premier étage de sa maison, qui est entourée par les eaux. D'autres hommes, dans une pirogue, s'approchent et proposent de l'emmener.
Il refuse en disant :
— Non ! Je fais confiance à Dieu ! Il ne permettra pas que les eaux emportent ma maison ! Allez-vous-en !
Les sauveteurs s'en vont. Les eaux montent encore, si bien que l'homme se réfugie sur le toit de sa maison. Un hélicoptère s'approche alors, un câble est envoyé, des hommes font signe à l'isolé de saisir ce câble, de se laisser tracter.
Il refuse.
— Non, dit-il. Jamais ! Je fais toute confiance à Dieu ! Il ne permettra pas que mes prières soient vaines !
L'hélicoptère s'en va.
L'eau monte encore, la maison est recouverte, l'homme est emporté et noyé.
Le voici en présence de Dieu à qui il dit, très amer :
— Mais comment as-tu pu permettre que ma maison soit détruite et que je perde la vie ? Moi qui te priais sans cesse ! Comment est-il possible que tu ne sois pas venu à mon secours ?
— Qu'est-ce que tu me racontes ? lui dit alors Dieu. Je t'ai envoyé deux barques et un hélicoptère !

La pénurie de poisson

Au début des années 1980, au moment où la plus sévère pénurie frappait la Pologne, on y racontait comme pour se défendre, des histoires de circonstance. En voici une.

Un homme assez âgé pénètre dans une boutique et dit :
— Je voudrais une sole, s'il vous plaît.
— Ah, nous n'avons pas de sole.
— Eh bien alors une belle limande.
— Nous n'avons pas non plus de limande.
— Dans ce cas, je prendrai un merlan.
— Nous n'avons pas de merlan.
— Alors du colin.
— Nous n'avons pas de colin, monsieur.
— Bon. Qu'est-ce que je vais prendre, dans ce cas ? Je sais : je vais prendre juste quelques sardines.
— Nous n'avons pas de sardine.
— Ça ne fait rien. Donnez moi une belle anguille.
— Nous n'avons pas d'anguille.
— Et de la truite ?
— Non plus.
Impatienté, le commerçant interrompt alors le client, qui allait demander autre chose, et lui dit :
— Monsieur c'est une boucherie, ici. C'est l'endroit où il n'y a pas de viande. L'endroit où il n'y a pas de poisson, c'est en face.

Le bon partage

A la même époque on racontait aussi, à Varsovie, qu'un Russe et un Polonais, se promenant ensemble dans une rue, trouvent par chance un sac plein de dollars.
Ils sont émerveillés.
— Je propose, dit le Russe, que nous partagions en frères.
— Je préférerais moitié-moitié, dit le Polonais.

Mal partout

Le cinéaste iranien Abbas Kiarostami, dans son film *Le Goût de la cerise*, fait raconter à un de ses personnages l'histoire suivante.
Un homme va voir un médecin et lui dit :
— Docteur, j'ai mal partout. Quand je me pose le doigt sur la tête, j'ai mal. Quand je me le pose ici, sur le ventre, c'est pareil. Quand je me touche le genou,

j'ai mal ; le pied, j'ai mal. Que dois-je faire ? Comment me soulager ?

Le médecin l'examine et lui dit :

— Votre corps n'a rien. C'est votre doigt qui est cassé.

16

Écoutons aussi les leçons des fous (et des ivrognes)

Les gros caractères

Si le monde est absurde — ou en tout cas opaque, indéchiffrable —, il faut écouter la voix de ceux dont l'esprit est apparemment déréglé. Peut-être ont-ils plus de chance que nous (nous, les « normaux ») de pénétrer dans le fourré où nous vivons. Peut-être ont-ils un contact direct avec le nœud obscur des choses.

Dans toutes les traditions — non sans prudence et dérision — le « fou » a été très soigneusement écouté. Certaines des histoires qui lui sont attribuées peuvent apparaître comme les plus sensées du monde. Et il en est de même des ivrognes, voire des drogués, qui ont provisoirement perdu l'esprit pour notre plus grand bénéfice.

Là aussi la logique est mise à mal, les relations ordinaires sont renversées, une autre lumière s'allume.

Ceci se passe à la cour du Japon. Un courtisan écrit une lettre et utilise pour cela d'énormes caractères.

Un autre passe et s'étonne :

— C'est une lettre ?

— Oui.

— Je n'ai jamais vu d'aussi gros caractères. Il doit s'agit d'une affaire très importante.

— Pas du tout. Mais j'écris à un sourd.

La clé perdue

Une des plus belles histoires dites « de fous » est aussi une des plus anciennes. L'origine précise en est inconnue. On l'a racontée en Inde et en Perse. Aujourd'hui, après de longs cheminements, elle est devenue en Occident une entrée clownesque.

Cela se passe la nuit, dans une rue, près d'une lanterne publique (au cirque, la lanterne est remplacée par un rond de lumière sur le sol). Un homme se tient baissé, le nez près du sol, et semble chercher quelque chose.

Un autre homme passe et lui demande :

— Qu'est-ce que tu cherches ?

— Je cherche ma clé.

— Tu as perdu ta clé ?

— Oui.

— Et tu l'as perdue ici ?

— Non.

— Mais alors, si tu l'as perdue ailleurs, pourquoi la cherches-tu ici ?

— Parce que, ici, il y a de la lumière.

Le grain de blé guéri

Dans une histoire contemporaine, mais dont la structure est également très ancienne — histoire qui se raconte dans tous les établissements psychiatriques — un homme est soigné parce qu'il se prend pour un grain de blé.

Il est un jour déclaré guéri et il sort.

Un moment plus tard, le psychiatre le voit revenir en toute hâte, apparemment épouvanté.

— Qu'avez-vous ? demande le docteur.

— C'est terrible, répond l'homme. En sortant j'ai rencontré une poule.

— Et alors ? lui dit le docteur. Vous savez bien que vous n'avez rien à craindre ! Que vous n'êtes pas un grain de blé !

— Oui, docteur, moi je le sais. Mais est-ce que la poule le sait, elle aussi ?

La bonne opération

Cette histoire iranienne contemporaine se passe également dans un établissement psychiatrique. Décision a été prise de faire sortir quelques lunatiques de l'asile. Auparavant, le directeur leur fait passer un petit test très simple. Ils sont trois.

Le directeur demande au premier :

— Combien font deux fois deux ?

— Soixante-quatorze, répond l'homme.

Désolé, le directeur décide que ce patient n'est pas encore guéri. Impossible de le libérer. Il demande au second :

— Combien font deux fois deux ?

— Mardi, répond l'homme.

Le directeur, devant cette réponse, prend la décision qui lui paraît s'imposer : il faudra garder ce malade un peu plus longtemps.

Il demande alors au troisième :

— Combien font deux fois deux ?

— Quatre.

Le directeur est enchanté. Il ordonne qu'on libère cet homme, dont l'esprit est assaini. Avant qu'il franchisse la porte de l'asile, il lui demande cependant :

— Comment as-tu trouvé la bonne réponse ?

— Très simplement. En soustrayant mardi de soixante-quatorze.

L'illusionniste et le perroquet

Saint-Exupéry — bon illusionniste amateur — aimait à raconter l'histoire suivante, qu'il tenait pour la plus drôle du monde.

Le paquebot *Normandie* est en train de battre le record de la traversée de l'Atlantique. A bord, un illusionniste doit donner une représentation, dans laquelle figure un perroquet.

Or, son perroquet personnel vient de mourir. Apprenant que le capitaine en possède un autre, il va lui demander l'autorisation de l'utiliser, pour un simple tour de passe-passe.

— Moi, dit le capitaine, je ne me mêle pas de ces choses-là. Il faut demander au perroquet.

L'illusionniste s'adresse donc au perroquet du capitaine, oiseau assez grincheux d'un certain âge, qui demande ce qu'on attend de lui exactement.

— Presque rien, dit le magicien. A un moment donné, je vous fais disparaître, c'est tout.

— Pas question, dit le perroquet. Je ne veux absolument pas disparaître.

L'illusionniste argumente longuement, explique le tour, tant et si bien que le perroquet du capitaine se laisse convaincre. Ce n'est qu'un jeu, lui a dit l'illusionniste.

La représentation commence. Ce soir-là, les chaudières du navire, lancé à la conquête du ruban bleu, sont au maximum de puissance. L'illusionniste procède à ses manipulations habituelles, montre le perroquet, le dissimule derrière un voile noir.

A cet instant, les chaudières du paquebot explosent. Le bâtiment tout entier est englouti.

Plus tard, sur la mer, on retrouve le perroquet très mécontent qui marche de long en large sur une planche en répétant :

— Mais quel jeu de cons ! Quel jeu de cons !

Le radeau du Bouddha

Une des plus célèbres paraboles du Bouddha, se rapportant au bon ou au mauvais usage qui peut être fait de son enseignement, raconte ceci.

Un voyageur parvient au bord d'un très large fleuve. De son côté la rive est dangereuse, effrayante et peuplée de bêtes sauvages. De l'autre côté la rive paraît sûre et sans danger. Il ne voit aucun pont pour franchir le fleuve, aucun bac. Il prend alors la résolution de construire un radeau avec des branches d'arbres, de l'herbe et des feuilles. Puis, en se servant de ses mains et de ses pieds, il traverse le fleuve à l'aide de ce radeau. Il parvient en sécurité sur l'autre rive, qui est en effet paisible et rassurante.

Puis il se dit : « Ce radeau m'a été d'un très grand secours. Il m'a permis de passer d'une rive à l'autre. Il serait bon que je le transporte en tout lieu avec moi. »

Et il s'éloigne, avec le radeau sur ses épaules.

Le Bouddha considérait cet homme, qui portait un radeau sur son dos, comme dépourvu de raison. Il recommandait à ses disciples de se débarrasser « même des bonnes choses », et même d'un excellent enseignement, sous peine de se comporter comme des fous.

Le poids de la porte

On trouve un écho de ce radeau indien dans une histoire d'origine soufi.

Un derviche, en pénétrant dans un pays qu'on appelait précisément le pays des fous, vit une femme qui portait sur son dos une lourde porte.

— Pourquoi t'es-tu ainsi chargée ? demanda-t-il.

— Parce que ce matin, en partant au travail, mon mari m'a dit : il y a des objets de valeur dans la maison. Que personne ne passe cette porte. C'est pourquoi, en sortant, j'ai pris la porte avec moi. Pour que personne ne puisse la passer.

— Veux-tu, lui demanda le derviche, que je te dise quelque chose qui rendra complètement inutile le fait de charrier cette porte ?

— Certainement pas, répondit-elle. La seule chose qui pourrait m'aider, c'est de me dire comment rendre cette porte moins lourde.

— Ça, je ne peux pas te le dire, répondit le derviche.

Et ils se séparèrent.

Le non-volontaire

Une histoire qu'on attribue parfois à Nasreddin Hodja (mais on ne prête qu'à ceux qui possèdent) raconte que le khalife de Bagdad fit annoncer un jour à son de trompe, dans toute la ville, qu'il donnerait sa fille en mariage, quarante coffres remplis d'or et d'immenses territoires fertiles à l'homme qui, à l'instant même, serait capable de porter un message urgent à son frère, lequel se trouvait aux prises avec des rebelles tenaces, quelque part dans le nord du pays.

Comme on le pense, le voyage n'était pas de tout repos. Il fallait traverser des régions insalubres, des marécages, des montagnes occupées par des brigands, et même des forêts où des fantômes et des monstres se rencontraient assez souvent.

L'homme qui surmonterait tous ces obstacles verrait son bonheur assuré.

En entendant cette annonce, un homme, qu'on disait fou, s'élança en direction du palais. Il courut à toute vitesse, bousculant les passants, renversant les étalages. Il écarta brutalement les gardes, monta sans attendre les escaliers, pénétra dans le palais, évita d'autres gardes, parvint enfin à la salle du trône.

Là, hors d'haleine, il fendit la foule des courtisans. Les cheveux défaits, il se trouva enfin en présence du khalife et lui cria :

— Khalife ! Khalife !... Pas moi !

La bonne pensée

Un jeune Anglais parfaitement ivre vient un jour trouver Norman Vincent Peale, auteur d'un livre alors célèbre, *The Power of Positive Thinking.* Le jeune homme ivre demanda à l'auteur quelle différence il pouvait établir entre une pensée positive et une pensée négative.

Remarquant aisément l'état dans lequel se trouvait le jeune visiteur, Peale lui dit :

— Revenez donc me voir quand vous serez sobre, je serai heureux de vous répondre.

— Je vous remercie, répondit le jeune homme, mais quand je suis sobre, je m'en fous.

Le miroir de Goha

Alors que l'Égypte était soumise par le terrible Tartare Timour-Lenk, qui était boiteux, borgne, horriblement laid, et qui avait un pied de fer, il fit convoquer Goha, dont il avait entendu parler. Alors qu'il bavardait avec Goha, le barbier de Timour entra, lui rasa la tête et lui présenta un miroir pour qu'il s'y regardât.

En se regardant, Timour se mit à pleurer. Goha

pleura lui aussi, gémit et frappa le sol de ses mains pendant deux ou trois heures. Timour avait fini de pleurer depuis longtemps. Goha continuait sans relâche.

Timour lui demanda :

— Mais qu'est-ce que tu as ? Moi, je pleure parce que je me suis regardé dans le miroir de ce barbier de malheur et que je me suis trouvé vraiment laid, horrible. Mais toi ? Pourquoi cet océan de larmes ?

Et Goha répondit :

— Quoi de surprenant ? Tu ne t'es regardé qu'un bref instant dans le miroir et tu as pleuré pendant une heure. Mais moi, qui dois te regarder toute la journée, combien de temps devrai-je pleurer ?

Le fou et la prière

Une histoire islamique — où l'on fait aussi, parfois, figurer Goha — raconte qu'un fou faisait toujours sa prière dans la solitude. On le disait pourtant initié aux mystères profonds.

Après maintes sollicitations, il se laissa persuader d'assister à une prière commune, un vendredi.

L'imam dit d'abord : « Dieu est le plus grand. » Après quoi il se mit à chanter : « Louanges à Dieu. »

A ce moment, le fou se mit à beugler de toutes ses forces dans la mosquée, imitant un bœuf.

Quand la prière fut terminée, on lui dit que pour un acte pareil on devrait lui trancher la tête, comme on mouche une chandelle. Mais le fou répondit :

— Je n'ai fait qu'imiter l'imam.

— Que veux-tu dire ?

— Au moment où il chantait « Louanges à Dieu », il achetait un bœuf. C'est pourquoi j'ai poussé un meuglement. Je prends exemple sur ce saint homme. Quoi qu'il fasse, je fais la même chose.

Comme ceux qui avaient invité le fou à la prière ne comprenaient pas, ils interrogèrent l'imam, qui leur dit :

— Oui, c'est vrai. En disant « Dieu est le plus grand », je pensais à une propriété que j'ai loin d'ici. Et quand je me mis à changer « Louanges à Dieu », je me suis rappelé que j'avais besoin d'un bœuf. Alors, j'ai entendu un beuglement dans la mosquée, et...

Il s'interrompit, car le fou, de nouveau, se mettait à beugler.

Une idole de plus

Une histoire d'origine arabe raconte qu'un fou inconsolable passa toute une nuit, en pleurant, devant la demeure sacrée. Il disait, appuyé contre la porte :

— Si tu ne m'ouvres pas, je frapperai ma tête contre cette porte, comme on le fait avec le marteau, jusqu'à ce qu'elle se brise. Alors je serai délivré de la souffrance qui m'agite.

Une voix s'éleva à l'intérieur de la demeure et lui dit :

— Rien ne sera perdu pour une tête brisée, car l'océan ne vaut pas plus qu'une goutte de rosée. Deux ou trois fois, cette demeure a été remplie d'idoles, mais toutes les idoles de l'intérieur ont été brisées. Qu'importe si une idole se brise aussi à l'extérieur. Car si tu brises ta tête en la frappant toute la nuit contre la porte, tu n'auras abattu qu'une idole de plus.

Dans la tempête

Nasreddin Hodja, comme beaucoup de « fous », ou de simples d'esprit, se caractérise souvent par un comportement inattendu, qui paraît illogique, insensé.

Ainsi, on le voit assis à l'arrière d'une pirogue qui traverse tant bien que mal un bras de mer. Deux hommes devant lui rament avec vigueur. Nasreddin ne fait rien.

Soudain une tempête se lève. Elle se montre violente. Des vagues dangereuses secouent la pirogue. Les deux rameurs s'épuisent à lutter contre la mer, qui menace à chaque instant d'engloutir le trop frêle esquif.

Ils se retournent pour jeter un coup d'œil à Nasreddin et le voient qui, très étrangement, prend de l'eau dans la mer et la verse dans la pirogue. Ils s'en étonnent, ils crient :

— Mais que fais-tu ? Tu es fou ? C'est le contraire qu'il faut faire ! Pourquoi mets-tu de l'eau dans la pirogue ?

— Ma mère, répond Nasreddin, m'a toujours dit qu'il faut être du côté du plus fort !

L'éternuement

Un commerçant chinois, qui vivait en bonne harmonie avec son épouse mais que la jalousie agaçait quelquefois, dut partir pour un long voyage.

Il dit à sa femme, avant de s'en aller :

— Quand je serai loin, comment saurai-je que tu penses à moi ?

— C'est bien simple, lui répondit-elle. Chaque fois que tu éternueras, tu sauras que je pense à toi.

L'homme se mit en route. Parvenu aux portes de la ville, il rencontra un bonze et ce bonze éternua brusquement.

— Mauvais signe, se dit l'homme soudain très inquiet. Je n'ai même pas franchi les murailles et ma femme pense déjà à ce bonze !

Le tamis de Mahmud

Héros de la plus célèbre histoire d'amour de toute la tradition islamique, Mahmud perd Leila, la femme qu'il aime, et perd du même coup la raison.

Il saisit un jour un tamis et commence à passer de la terre dans ce tamis avec une sorte de frénésie. La terre passe à travers le tamis. Mahmud remet dans le tamis des poignées de terre et sans arrêt il recommence.

Un homme passe, le regarde et s'étonne.

— Que cherches-tu ? demande-t-il à Mahmud.

— Je cherche ma bien-aimée.

— Tu espères la trouver en la cherchant là ?

— Je la cherche partout, si je veux la trouver un jour quelque part.

La boussole

Des voyageurs, en traversant un désert, trouvèrent une boussole et vinrent la montrer à Nasreddin en lui demandant :

— De quoi s'agit-il ?

Nasreddin saisit la boussole, l'examina et éclata en sanglots. Un instant plus tard, cessant brusquement de pleurer, il se mit à rire, à rire très fort.

— Pourquoi pleures-tu ? Et pourquoi ris-tu ? lui demandèrent les voyageurs.

— Je me suis mis à pleurer en pensant à votre ignorance, répondit Nasreddin, car vous ne savez pas ce qu'est cet objet. Et puis je me suis mis à rire en pensant à la mienne. Car je ne le sais pas non plus.

Le nez mordu

Au cours d'une querelle, un Chinois mordit le nez d'un autre homme. On les conduisit devant un juge, et le premier affirma hautement que le second s'était mordu le nez lui-même.

— Mais le nez est au-dessus de la bouche ! s'écria le juge. Comment a-t-il pu se mordre le nez ?

— Il est monté sur un banc, répondit l'accusé.

Goha et la cigogne

On raconte dans *Les Mille et Une Nuits* qu'un jour les amis de Goha lui dirent :

— N'as-tu pas honte de passer ta vie comme un fainéant ? Et de n'user tes dix doigts que pour les porter, pleins de nourriture, à ta bouche ? Ne crois-tu pas qu'il est temps d'en finir avec ta vie de vagabond et de te conduire comme tout le monde ?

Goha ne répondit rien. Quelques jours plus tard il attrapa une grande et belle cigogne. Il monta sur sa terrasse et, en présence de ceux qui lui avaient fait des reproches, il coupa les magnifiques plumes des ailes de l'oiseau, avec un couteau acéré, puis il coupa son long bec merveilleux (terreur des rats et des grenouilles) et enfin il lui coupa ses hautes et fines pattes. Après quoi il poussa le malheureux oiseau dans le vide en lui disant :

— Vole ! Vole !

— Mais pourquoi cette folie ? lui demandèrent ses amis.

— Cette cigogne m'ennuyait, répondit Goha, car

elle n'était pas comme les autres oiseaux. Maintenant, elle peut se conduire comme tout le monde.

Le moustique et le buffle

Un moustique, posé sur la corne d'un buffle dans les rizières de l'Annam, s'imagina qu'il était très lourd. Il prit sa plus haute voix et cria à l'adresse du buffle :

— Est-ce que je suis trop lourd ? Si je te pèse, dis-le, et j'irai me poser ailleurs.

Le buffle entendit la voix, cessa de brouter, regarda à droite et à gauche et demanda avec étonnement :

— Qui me parle ?

— C'est moi.

— Qui, moi ?

— Moi. Un moustique.

— Et où es-tu donc ?

— Je suis sur ta corne gauche.

— Tu as bien fait de me le signaler, dit le buffle. Sans cela je n'aurais jamais su que j'avais sur ma corne gauche un imbécile.

Le caftan de Nasreddin

Nasreddin Hodja, le ventre creux comme à l'ordinaire, errait un jour dans les rues d'une ville quand il entendit, à l'intérieur d'une belle et riche demeure, les bruits chaleureux, et très attirants, d'une fête. Il se présenta et demanda à être reçu pour participer aux réjouissances, mais il était si mal vêtu que deux gardiens, brutalement, lui refusèrent l'entrée.

Aussitôt il s'en fut emprunter à un ami un caftan rehaussé d'or. Enveloppé dans ce vêtement de magnifique apparence, il se présenta de nouveau à la porte de la maison et cette fois on le fit entrer avec les honneurs.

Nasreddin prit place autour des plats qu'on venait de servir, tout en remerciant avec politesse. Alors, très soigneusement, il souleva l'un de ses bras et laissa traîner la manche de son beau caftan dans la sauce d'un plat.

En même temps, semblant s'adresser à cette manche, il lui disait :

— Tiens, mange.

Le maître de maison s'étonna, s'indigna, s'écria :

— Mais que fais-tu ? Tu es fou ?

— Pas du tout, répondit Nasreddin. Ce n'est pas moi qui suis l'invité, c'est mon caftan. Il est normal que ce soit lui qui mange.

La pierre à barbe

Cette histoire nous vient du Sénégal.

Une hyène qui chassait rencontra une pierre qui avait une barbe. Elle s'écria :

— C'est bien la première fois que je vois une pierre à barbe !

Aussitôt elle tomba morte.

Un moment plus tard, la pierre la ramena à la vie et lui dit :

— C'est toujours comme ça avec les pierres à barbe. Si quelqu'un dit : « C'est la première fois que je vois une pierre à barbe », il meurt aussitôt. C'est la loi.

La hyène demanda pardon pour son ignorance, rentra chez elle et pensa, par cette occasion, venir à bout de son vieil adversaire, le lièvre.

Elle lui dit, en mentant affreusement :

— J'ai rencontré une chose extraordinaire. C'est une pierre qui a une barbe. Le problème est qu'elle tue n'importe qui, tout de suite, à moins qu'on ne dise en la voyant : « C'est la première fois que je vois une pierre à barbe. » Si tu ne dis pas cette phrase, tu meurs. Tu as bien compris ?

— J'ai bien compris, dit le lièvre. Allons voir ça.

Ils arrivèrent auprès de la pierre à barbe et la hyène dit au lièvre :

— Allez, dis la phrase, sinon gare à toi !

— J'ai oublié la phrase. Qu'est-ce que je dois dire ?

— Mais si, rappelle-toi ! « C'est la première fois... »

— C'est la première fois, répéta le lièvre.

— « Que je vois. »

— Que je vois.

— « Une pierre »...

— Une pierre.
— « Une pierre à... »
— Une pierre à...
— Achève, maintenant !
— Achève maintenant !
— Mais non, achève ta phrase !
— Mais non, achève ta phrase ! répéta le lièvre.
— Mais que tu es bête ! hurla la hyène.
— Mais que tu es bête ! cria le lièvre.
— Espèce d'idiot ! Crétin ! Tu ne peux pas te rappeler une phrase aussi simple ? « C'est la première fois que je vois... »
— « C'est la première fois que je vois... »
— Une pierre à barbe ! hurla la hyène au sommet de la rage.
Elle tomba morte aussitôt.
La pierre à barbe dit au lièvre :
— Je lui avais pardonné une première fois, mais deux, c'est vraiment trop.
— Je suis de ton avis, lui dit le lièvre.
Et il rentra tranquillement à la maison.

L'homme à la barbe

Cette autre histoire de barbe est persane. Elle a été racontée, entre autres, par Fariduddin Attar.

Des oiseaux qui traversaient à tire-d'aile un grand désert aperçurent un homme solitaire, assis devant l'entrée d'une grotte. Ils se posèrent un moment auprès de lui et un des oiseaux, qui connaissait le solitaire, lui dit après l'avoir salué :
— Tu es toujours là ?
— Toujours, répondit l'homme, qui peignait lentement sa longue barbe avec un morceau de bois taillé.
— Et dis-moi : as-tu trouvé la réponse ?
— La réponse à quoi ?
— A la question que tu te posais.
— Non, dit l'homme, je n'ai pas trouvé la réponse.
— Mais quelle est cette question ? demanda un autre oiseau.

L'homme eut un geste de lassitude, comme s'il ne désirait pas partager un secret qu'on devinait profond. Mais les oiseaux, ravis d'entendre un beau conte d'ermite pendant leur halte, insistèrent si vivement que l'homme, que dévorait sans doute le besoin de parler de lui, leur dit :

— Je vivais près du centre d'une ville et je me conduisais, je pense, comme un homme honnête. J'avais une femme et quelques enfants. Depuis un certain temps, sans que je puisse fixer un point précis à la naissance de ce désir, je me sentais tourmenté par une violente envie d'aubergine. L'envie de manger des aubergines ne me quittait ni le jour, ni la nuit. En même temps je me disais, quelque chose me disait que, si je mangeais des aubergines, un malheur allait me frapper. Un grand, un terrible malheur. J'essayais de penser à autre chose, à mon travail, à ma famille. A des oranges. A des moutons. Mais toujours l'aubergine revenait. De plus en plus forte. L'aubergine.

Les oiseaux écoutaient avec attention, laissant le vent chaud du désert agiter leurs ailes. L'homme parlait en se peignant la barbe.

— Finalement, comme vous pensez — sinon il n'y aurait pas de conte — mon désir me submergea. Ma mère trouva des aubergines, elle les fit cuire, à la façon qu'elle pensait que je les aimerais, et me les servit, chaudes, odorantes. Je commençai à les manger, sous l'œil de ma mère. Mais à peine avais-je mangé la moitié, oui, la moitié d'une aubergine, qu'on frappa à la porte. Un homme entra et il posa devant moi la tête de mon fils. On venait de couper la tête de mon fils.

L'homme se tut un moment et les oiseaux respectèrent sa douleur, qui semblait le dominer tout entier. Il gardait la tête penchée vers le sol aride. Seule sa main allait et venait dans sa barbe.

— Alors, dit-il, j'ai décidé que je passerais le reste de ma vie à chercher le rapport qui existe entre le fait de manger des aubergines et la tête coupée de mon fils. J'ai tout abandonné, absolument tout, je suis venu ici, et depuis ce jour je cherche la réponse à cette question.

— Et tu n'as rien trouvé? demanda un autre oiseau.

— Rien.

— En attendant, comment vis-tu dans le désert ?

— Je mange des brins d'herbe, de la terre, des morceaux d'écorce que m'apporte le vent. Je trouve de l'eau en pressant de l'argile dans le fond de ma grotte. Et je réfléchis, comme vous voyez.

Soudain, après un court silence, un jeune oiseau se mit à rire franchement.

— Pourquoi ris-tu ? lui demanda le solitaire, surpris.

— Je ris parce que je sais pourquoi.

— Pourquoi quoi ?

— Pourquoi tu n'as pas trouvé la réponse.

— Et pourquoi je n'ai pas trouvé la réponse ?

— Parce que tu ne penses pas à ta question.

— Moi ? dit l'homme indigné. Mais je ne pense qu'à ça !

— Erreur, lui répondit le jeune oiseau, qui riait toujours. Tu ne penses qu'à ta barbe.

Ce qui suivit étonna les oiseaux. L'homme regarda sa main, avec une certaine gravité, et sa main cessa de peigner sa barbe. Il ne resta silencieux qu'un très court instant. La remarque du jeune oiseau était si juste qu'elle s'imposa au solitaire avec la force d'une illumination totale. Sans la moindre agitation, pénétré soudainement d'une vérité nouvelle qui lui apparaissait avec tous les détails jusqu'alors dispersés, brusquement cohérents, il dit d'une voix calme :

— Tu as raison. Je vois que tu as raison, jeune oiseau. Tu as totalement raison. Écoute-moi. Un jour, j'étais ici depuis quelques mois, un an peut-être, quand tout à coup par terre j'ai vu quelque chose qui brillait. Une pierre qui brillait. Je l'ai ramassée. Tenez, la voici. C'est du mica.

Les oiseaux se passèrent le mica de bec en bec, tandis que l'homme continuait :

— En me regardant dans ce bout de mica, je vis que j'avais une barbe déjà longue. Une barbe que je trouvai magnifique. Alors, vite, je ramassai un morceau de bois, je le taillai pour en faire un peigne et je me mis à soigner ma barbe ! A démêler, à peigner, à lisser, à entretenir ma barbe !

Il se laissait emporter par le mouvement de ses paroles et il s'énervait. La plus dure des colères, qui est la colère contre soi-même, l'emportait.

— Et vous avez raison ! criait-il. Je ne pensais plus

qu'à ma barbe ! Avant, je ne pensais qu'à l'aubergine, et retiré dans le désert je ne pensais plus qu'à ma barbe ! Toute ma vie était consacrée à ma barbe !

Il se dressa, pris de fureur, il saisit sa barbe à deux mains. Il hurlait aux échos du désert :

— Mais c'est fini ! Vous allez voir, je vais l'arracher, cette sale barbe ! Cette barbe maudite ! Je l'arrache ! Je la disperse ! Je la jette !

Il faisait comme il disait, il s'arrachait les poils par poignées et le sang jaillissait de sa peau déchirée, tachant le sol ocre.

— Le vent l'emporte ! Bientôt je n'aurai plus de barbe ! Plus du tout ! Plus un poil de barbe !

L'homme s'arrachait les derniers poils de barbe en criant de rage. Soudain il s'arrêta, car il venait de reconnaître le rire du jeune oiseau. Il tourna vers cet insolent son visage sanglant, misérable, et lui demanda :

— Pourquoi ris-tu ?

Le jeune oiseau répondit en se frottant les ailes, car il s'apprêtait au départ, comme les autres :

— Pourquoi je ris ? Parce que maintenant encore tu ne penses qu'à ta barbe !

Et tous les oiseaux, en riant, s'envolèrent.

Le changement des eaux

Une légende populaire arabe raconte ceci.

Autrefois, il y a très longtemps, Khidr, qui était le maître de Moïse, lança à l'humanité un avertissement terrible. A une certaine date, à moins d'être précautionneusement emmagasinée, toute l'eau de la terre allait disparaître. Elle serait remplacée par une eau nouvelle qui rendrait tous les hommes fous.

Un seul homme suivit cet avis. Il rassembla une grande quantité d'eau et la mit quelque part en réserve. Lorsque le jour annoncé par Khidr se leva, les cours d'eau cessèrent de couler, les puits se tarirent, toute la terre se dessécha. L'homme prévoyant entreprit de vivre dans sa retraite, buvant son eau sauvegardée.

Quelque temps plus tard, l'eau nouvelle tomba du ciel, les ruisseaux et les puits se remplirent. L'homme quitta son abri et revint parmi ses semblables. Il trouva qu'ils tenaient des discours, et qu'ils accomplissaient des gestes, totalement différents, et étranges. Ils avaient oublié ce qui s'était passé et même l'avertissement. L'homme essaya de leur parler, mais ils le prirent pour un fou. Certains lui montrèrent de l'hostilité, d'autres de la compassion. Ils ne le comprenaient pas.

Il refusa de boire l'eau nouvelle et revint à sa retraite. Là, il continua de boire l'eau tenue en réserve. Assez vite la solitude lui devint très difficile à supporter, comme sa singularité, car il était à nul autre pareil. Il revint parmi les autres et il but lui aussi l'eau nouvelle. Alors il oublia jusqu'à l'endroit où il gardait sa provision d'eau, et les autres le considéraient comme un fou qui, par miracle, avait retrouvé la raison.

L'amnésique

Deux histoires coréennes nous présentent un amnésique.

Un jour, après une longue et pénible marche, un amnésique vit un ruisseau. Il ôta ses vêtements pour se plonger dans l'eau claire, et les accrocha à un arbre.

Au sortir de l'eau, entièrement nu, il aperçut ces vêtements et se dit :

— Tiens ! Quelqu'un a oublié ses vêtements et son chapeau ! Je vais les mettre !

Il enfila les vêtements, mit le chapeau, les chaussures, et partit content.

*
* *

Le même amnésique continua son voyage en compagnie d'un bonze à qui il demandait à chaque instant son nom et sa destination. Le bonze, qui ne manquait pas d'être agacé par cette question répétée sans cesse, résolut de pousser à bout la faiblesse de l'amnésique.

Ils passèrent la nuit dans la même chambre

d'auberge. Au matin, voyant son compagnon très profondément endormi, le bonze lui rasa les cheveux et lui passa une de ses robes. Puis il sortit avec les vêtements de l'amnésique.

Lorsque celui-ci se réveilla, et se vit dans la glace, il s'écria :

— Tiens, voici le bonze qui était avec moi hier soir. Mais où suis-je, moi ? Me suis-je perdu ? Il faut absolument que je me retrouve.

Et il partit à sa propre recherche.

Les limites de l'idiotie

Nasreddin Hodja — finissons avec lui ce chapitre — apporta un sac de blé au moulin, pour le faire moudre. En attendant son tour, il posa son sac auprès des autres sacs. Avec sa main, les yeux mi-clos, machinalement il prenait des poignées de grain dans les autres sacs pour les mettre dans le sien.

Le meunier le surprit et s'écria :

— Hé ! Qu'est-ce que tu fais ?

— Oh, rien, répondit Nasreddin. Je suis idiot. Je fais n'importe quoi.

— Si tu es idiot, pourquoi ne prends-tu pas plutôt du grain dans ton sac pour le mettre dans les autres ?

— Parce que je suis idiot, dit Nasreddin, mais pas à ce point-là.

17

Le temps est notre maître : Peut-on jouer avec son maître ?

L'homme qui était allé chercher de l'eau

Si le temps est notre maître indiscutable, le maître à qui tout obéit, même les pierres et les étoiles (et même les contes), nous pouvons parfois le soumettre, quand il accepte de s'y prêter, à ce qu'on appelle les jeux de l'esprit.

Voici d'abord une histoire indienne, extraite d'un méandre du *Mahâbhârata*.

Deux hommes marchaient dans la campagne. L'un d'eux, le plus âgé, dit à l'autre :

— Je suis fatigué. Va me chercher un peu d'eau dans ce puits que je vois là-bas, au bout du champ. Je t'attendrai sous ces arbres, à l'ombre.

Le jeune homme traversa le champ. Parvenu auprès du puits, il y rencontra une jeune fille qui puisait de l'eau. Se sentant attiré par cette jeune fille d'une manière irrésistible, il lui adressa doucement la parole, il lui demanda son nom. Elle lui répondit avec un sourire. Un instant plus tard, il lui proposa de porter sa jarre d'eau jusqu'au village. Elle accepta. Au village, il fut invité à partager le repas dans la maison de la jeune fille. Il fit la connaissance de toute sa famille et finit par demander la main de celle qui l'avait conduit là. On la lui accorda. Lorsque la cérémonie du mariage fut accomplie, il se mit au travail dans les champs du village. Il eut des enfants et s'occupa de leur éducation. Un d'eux mourut de maladie.

Les parents de sa femme moururent eux aussi, un après l'autre, et il devint à son tour chef de famille. Son fils aîné se maria et quitta le village, où il revenait une fois par an. Puis sa femme, dont les cheveux avaient blanchi, fut saisie d'une fièvre inguérissable et quitta la vie.

Il la pleura, car il l'avait beaucoup aimée.

Quelques jours plus tard, une soudaine inondation ravagea la campagne. Le paysan fut emporté avec les autres dans un large tourbillon d'eau boueuse. Il se débattait, il essayait de tendre la main pour saisir les cheveux de son plus jeune enfant, qui se noyait sous ses yeux. Soudain, sans qu'il pût dire pourquoi, il se rappela son ancien ami, le vieil homme qui lui avait demandé de l'eau.

Aussitôt il se retrouva en terrain sec, traversant un champ, une jarre d'eau à la main. Il revint auprès du vieil homme assoupi sous un arbre. Quelque chose, dans l'air redevenu pur et léger, semblait indiquer au paysan qu'il se trouvait au seuil même du grand mystère de Vishnu, le dieu qui maintient en place les mondes.

Le vieil homme se réveilla et lui dit en se redressant :

— Le soleil est déjà bas. Tu as été bien long. Je m'apprêtais à venir te chercher.

*
* *

Une variante de cette histoire indienne se trouve dans la tradition soufi.

Un homme nommé Haydar est sur le point d'être admis dans la longue chaîne des sheikhs. Il doit apporter de l'eau à son maître, qui est un homme très vénérable. Prudemment, il traverse la foule, un verre d'eau à la main, s'incline devant le vieux sheikh et lui tend le verre. Mais le vieux, qui parle en agitant ses mains, heurte le verre, qui tombe et se casse.

A cet instant précis, Haydar se sent transporté à travers les airs et se retrouve au bord d'un précipice. Non loin de là, il aperçoit une ville inconnue et y dirige ses pas.

Il entre dans un restaurant, fait un repas très agréable, cherche de l'argent dans ses poches pour payer et n'en trouve pas. Terriblement confus, il fait part de son embarras à l'hôtelier, qui lui dit :

— Mais ici on ne paye pas ! Tu n'as qu'à dire *Bismillah ir-Rahman in-Rahim.* C'est tout.

— *Bismillah ir-Rahman in-Rahim ?*

— Tu l'as dit.

Haydar se réjouit de cet accommodement et commande un café, puis un autre. Pour payer le café, il lui suffit de réciter un verset sacré. Et ainsi de suite. La même bonne aventure lui arrive chez un tailleur, où il acquiert de beaux vêtements neufs contre récitation d'un autre verset (à vrai dire plus long que le précédent).

— Tu n'es pas d'ici, lui dit le tailleur.

— Non. Je suis arrivé aujourd'hui. Je ne connais pas bien vos coutumes.

— Et tu n'as pas de logement, sans doute ?

— Non.

— J'ai une petite chambre au-dessus du magasin. Elle est à toi, si tu la veux.

— Je te remercie.

— Ferme ta porte avant de te coucher et place une bougie allumée sur ta fenêtre. Car les femmes viennent ici pendant la nuit, pour prendre ce qu'elles désirent.

Haydar fait comme on lui dit. De la fenêtre, la nuit, il regarde les femmes qui s'approchent de la boutique du tailleur et qui commencent à se servir. Une de ces femmes le frappe par son allure, par sa beauté. Possédé par un amour soudain, Haydar ne peut pas dormir, pas une seconde. Le lendemain il parle de cette femme au tailleur, qui lui dit :

— Mais c'est très simple : la nuit prochaine, allume une seconde bougie et va l'offrir à cette femme. Si elle l'accepte, c'est très bon signe.

— Elle reviendra ?

— Elles reviennent toutes les nuits.

La nuit suivante la femme accepte la bougie allumée des mains de Haydar et se retire sans un mot. Pendant la journée, le chef de justice fait convoquer Haydar à son bureau et lui dit :

— Si je comprends bien, tu veux épouser ma fille ?

— C'est exactement ça, répond Haydar (qui avait craint d'être convoqué pour quelque méfait).

— Elle t'a accepté. Mais avant de l'épouser, tu dois connaître les trois règles fondamentales qui régissent la vie dans notre ville. D'abord, tu ne dois pas voler. En second lieu, tu ne dois pas mentir. Et troisièmement, tu ne dois pas convoiter la femme d'un autre.

— Je suis d'accord, dit Haydar, qui trouve les trois conditions très raisonnables.

Un magnifique mariage unit Haydar à une épouse splendide, dévouée et fidèle. Un jour, elle le voit revenir à la ville en mangeant une pomme qu'il a trouvée dans les champs.

— Tu as volé cette pomme, lui dit-elle. La pomme appartient au propriétaire de la terre que tu traversais. Je dois te quitter.

Elle prépare ses affaires et s'en va, inflexible, laissant Haydar le cœur brisé. Mais comme il est nouveau dans le pays, son beau-père lui pardonne. Après tout la faute est légère. Sa femme revient, la vie reprend.

Un matin de très bonne heure, alors qu'il est encore au lit, quelqu'un frappe à sa porte.

— C'est un ami qui veut te voir, lui dit sa femme, déjà levée.

Haydar, à moitié endormi, se tourne sur le côté en murmurant :

— Dis-lui que je ne suis pas là.

— Tu viens de mentir, lui dit sa femme.

Sans un mot de plus, elle prépare à nouveau ses affaires et s'en va pour la deuxième fois.

Haydar se retrouve devant son beau-père, qui veut le punir sévèrement et l'exiler. Haydar se défend avec éloquence et sincérité. Une deuxième fois il est pardonné, une deuxième fois sa femme revient à la maison et le cours des journées heureuses se rétablit.

Les années passent, nombreuses, rapides. Sa femme perd peu à peu sa beauté. Haydar a pris l'habitude de faire chaque jour une promenade près de la rivière. A travers les branches d'arbre, il regarde les jeunes filles qui se baignent.

Quelqu'un le voit, le dénonce à sa femme. Elle le quitte pour la troisième fois.

Haydar est amené devant le chef de justice, son beau-père.

— Tu as convoité une autre femme, lui dit celui-ci. Tu as brisé successivement les trois règles de notre pays. Tu es banni, et cette fois c'est sans pardon.

Haydar est saisi par deux hommes de grande force qui le traînent jusqu'au bord d'un précipice, à cet endroit même où, il y a longtemps, il s'était si soudainement retrouvé.

Ils le saisissent par les bras, par les jambes, le balancent deux ou trois fois, puis ils le lancent dans l'abîme.

Il se sent flotter un instant dans l'air.

Puis il se retrouve devant le vieux sheikh qui lui dit, en montrant les débris de verre :

— Tu te prétends un homme de qualité, et tu ne peux même pas me servir correctement un verre d'eau ?

Le long chant d'oiseau

Une ancienne histoire chrétienne, qui nous arrive d'Italie, raconte qu'un saint homme traversait une forêt en méditant sur cette parole des *Psaumes* : « Mille années devant tes yeux, comme la journée d'hier qui est passée. »

Soudain, son attention fut captée par le chant d'un oiseau sur la haute branche d'un arbre. Le saint homme leva la tête et écouta le chant merveilleux de cet oiseau, pendant une heure, dans le ravissement. Après quoi il se dit qu'il était temps de rentrer et se mit en route.

Mais au sortir de la forêt, en s'avançant dans un paysage autrefois familier, il ne reconnaissait rien. Des maisons où on l'accueillait avec chaleur le matin même n'étaient, dans l'après-midi, que ruines offertes aux ronces. D'autres demeures s'élevaient là où, au matin de ce même jour, il n'y avait rien que terre et roches. Quant aux gens qu'il rencontra, outre que leurs vêtements lui parurent singuliers, il ne les connaissait pas.

Le saint homme avait passé trois cents ans à écouter le chant de l'oiseau, trois siècles entiers. Les feuilles étaient tombées trois cents fois autour de lui, et trois cents fois avaient reverdi, mais l'homme conservait la même apparence, oublieux du poids de la chair, de la fatigue, des hurlements de la faim, de la voracité du temps. Captivé par une goutte invisible de ce que les chroniqueurs ont appelé le paradis, il s'était vu protégé de la nuit, de la vieillesse et de la mort.

Après quoi il reprit sa vie, attentif à tous les chants d'oiseaux. Il revint à plusieurs reprises à la même place, dans la forêt. Mais le phénomène de ravissement — que maintenant il recherchait — ne se produisit jamais plus.

Une journée à Los Angeles

On raconte à Los Angeles, dans les milieux du cinéma, souvent fortunés — et oisifs, chacun se trouvant toujours en train de « travailler sur un projet » —, l'emploi du temps d'une journée ordinaire :

— Vous vous levez à huit heures. Vous prenez un jus d'orange et vos vitamines. Une promenade d'une demi-heure, avec votre chien, vous prépare au breakfast. Après quoi vous lisez la presse et le courrier. Vers dix heures et demie, première visite à la piscine, gymnastique, bain, soleil et toilette complète. Après quoi vient l'heure du lunch, qu'on peut partager avec des amis.

Après le lunch et le café, il n'est pas rare qu'on ait un film à voir en projection privée, ou bien une petite course à faire, des coups de téléphone à donner, ou bien encore une cassette en retard. Vers seize heures tennis, ou équitation, ou golf. Au retour deuxième visite à la piscine et fitness de l'après-midi. Après ces exercices, la douche et le massage, il est recommandé de se laisser aller à une petite sieste.

Quand on se réveille de la sieste, on a quatre-vingts ans.

L'insecte et l'escargot

Un escargot japonais montait lentement le long d'un tronc de cerisier. On était en février, ou mars. L'escargot rencontra un insecte qui lui dit :

— Mais où vas-tu ? Ce n'est pas la saison ! Il n'y a pas de cerises sur cet arbre !

— Il y en aura quand j'arriverai, répondit l'escargot sans s'arrêter.

Le tambour du voleur

Au milieu de la nuit, raconte une histoire persane, de l'autre côté de la rue, un homme vit un voleur qui tentait de s'introduire dans une maison. L'homme saisit une lumière, la dirigea sur le voleur et s'écria :

— Que fais-tu là ?

Surpris, le voleur s'immobilisa et répondit :

— Moi ? Je joue du tambour.

— Que veux-tu dire par jouer du tambour ?

— Tu me demandes ce que je fais et je te réponds. Je te dis : je joue du tambour.

— Mais je ne vois aucun tambour ! dit l'homme en élevant sa lanterne. Et je n'entends rien.

— Tu n'entends rien, lui dit le voleur, parce que c'est un tambour un peu particulier. J'en joue maintenant, et tu entendras le son demain matin.

Le vieillard et l'enfant

Un conte africain des plus secrets évoque magnifiquement la nature même du temps des hommes.

Un enfant se perdit un jour dans une forêt obscure et peuplée de bêtes féroces. A la tombée de la nuit, il rencontra un vieillard qui semblait égaré, lui aussi, et qui lui proposa de chercher leur chemin ensemble. L'enfant, qui tremblait de frayeur et de fatigue, mit sa main dans celle du vieillard. Ils marchèrent un moment sans parvenir à sortir d'une inextricable mêlée de troncs, de branches, de lianes et de hautes herbes. Aussi décidèrent-ils — car ils étaient épuisés l'un et l'autre — de faire halte pour la nuit. Le vieillard transportait quelque nourriture, qu'il partagea avec l'enfant. Ensuite, malgré les cris des bêtes qui chassaient dans l'ombre, ils s'endormirent.

Au matin, alors qu'ils se remettaient en mouvement, le vieillard demanda à l'enfant le nom de son village. Il se trouva que ce village était bien connu du vieillard.

— C'est là que je vais moi aussi, dit-il.

Le vieillard leva son visage vers le soleil, qu'on apercevait dans une trouée, et choisit une direction. L'enfant mit sa main dans la sienne et le suivit. Il se demandait qui pouvait être cet homme, qui disait appartenir à son propre village. L'enfant ne le connaissait pas et pourtant dans sa démarche, dans ses gestes, et même dans les accents brisés de sa vieille voix, quelque chose lui semblait familier. Au cours de cette journée de marche, où ils mangèrent des fruits et quelques escargots crus, le vieillard parut prendre protection de l'enfant. Il lui évita de marcher dans des fondrières dangereuses, il l'écarta d'un arbre où se tenait un assez gros serpent.

Au fur et à mesure qu'ils avançaient, l'enfant se sentait pris d'un sentiment étrange et oppressant. Le vieillard parlait peu et tournait rarement son visage vers lui.

— Tu es sûr que nous sommes sur le bon chemin ? demanda l'enfant, dans la matinée.

Le vieillard lui répondit :

— Oui, oui. Il est impossible que je me trompe.

— Comment se fait-il que je ne te connaisse pas ? demandait aussi l'enfant. Comment t'appelles-tu ?

— Tu me connais, répondait le vieillard. Tu me connais, mais tu m'as oublié.

Ils marchèrent pendant la plus grande partie de la journée, très péniblement, dans le grand enchevêtrement végétal. L'enfant sursautait à chaque branche cassée, à chaque cri d'oiseau, à chaque piqûre d'insecte. Mais le vieillard, bien qu'il avançât très lentement en raison sans doute de la faiblesse de son âge, écartait les frayeurs de l'enfant, serrait toujours sa main dans la sienne et de temps en temps lui donnait à manger et à boire.

— Tu es sûr que nous sommes sur le bon chemin ? demanda l'enfant vers le milieu de la journée.

— Oui, oui. Il est impossible que je me trompe.

Malgré l'aspect rassurant du vieillard, qui semblait en effet connaître son chemin (et pourtant, pensait l'enfant, ne m'a-t-il pas dit qu'il s'était égaré comme moi ?) le sentiment d'oppression persistait. L'enfant ne reconnaissait aucune des formes, aucune des odeurs de la forêt. Tout lui semblait inquiétant et nouveau. Même les heures de la journée ne lui paraissaient pas les mêmes qu'à l'ordinaire. Même la fatigue, qui accablait son corps fragile, lui semblait une fatigue d'une espèce nouvelle, que jusqu'alors il n'avait pas connue.

Quand l'après-midi lui parut avancée — mais il n'aurait pas pu dire avec exactitude combien de temps s'écoulerait encore avant le soir — l'enfant demanda pour la troisième fois :

— Tu es sûr que nous sommes sur le bon chemin ?

— Oui, oui, répondit le vieillard. Il est impossible que je me trompe.

Comme pour donner raison au vieillard, un instant plus tard les arbres s'entrouvrirent et une clairière apparut.

— Voici le village, dit le vieillard. Nous sommes arrivés.

Le vieillard et l'enfant s'avancèrent dans la clairière, où s'élevaient les cases d'un village. L'enfant reconnut aussitôt ce village comme le sien. Il vit que des hommes et des femmes venaient saluer le vieillard, avec circonspection d'abord puis avec joie, comme quelqu'un qu'on n'a pas vu depuis quelque temps, un ami qu'on croyait perdu.

Chose curieuse : personne ne semblait reconnaître l'enfant et l'enfant lui-même ne reconnaissait personne. Il vit la case d'où il était parti la veille, il la reconnut, mais il ne put reconnaître ceux qui à présent l'occupaient. Que s'était-il passé ? Il essaya de poser une question à deux ou trois enfants qu'il rencontra, il voulut demander où étaient sa mère, son père, toute sa famille, mais personne ne semblait entendre sa voix. Personne ne faisait attention à lui. Il tenta d'agripper par la main la jambe d'une femme qui passait, mais il ne put saisir cette jambe. Sa main semblait avoir traversé l'air.

En se retournant brusquement, debout au milieu de la clairière, il vit que son corps, contrairement aux autres corps qui s'agitaient autour de lui, ne projetait aucune ombre sur la terre. Sans savoir pourquoi, il prit peur. Il cria, mais personne ne bougea. La plupart des habitants du village, assis tout autour du vieillard, paraissaient écouter de sa bouche un récit de voyage. L'enfant se précipita, il sauta au milieu du groupe, il voulut interrompre le récit, se manifester — mais il ne troubla même pas l'air tiède et calme de la fin du jour. Il ne parvenait même plus à faire trembler une feuille d'arbre, à aplatir sous ses pieds une touffe d'herbe.

Il courut jusqu'à une petite mare, où il avait l'habitude de se mirer. Il s'agenouilla et se pencha au-dessus de l'eau, mais il ne vit que l'eau. Ce miroir, qu'il connaissait bien, ne lui renvoyait plus son image.

Alors il sentit que le vieillard s'approchait et venait s'agenouiller près de lui. Il vit l'image du vieillard apparaître dans l'eau, à l'endroit exact où aurait dû se trouver la sienne. Le vieillard trempa ses mains dans l'eau et les passa sur son visage fatigué. A ce moment, une femme âgée, qui pouvait être une de ses femmes, vint auprès de lui et se mit à lui laver le sommet de la tête, les épaules et le cou.

L'enfant regardait cette scène. Il sentait en lui, de plus en plus fort, un désir de sommeil. Sans doute, se disait-il dans l'assoupissement qui l'enveloppait, faut-il attribuer ce désir de dormir à ma longue marche dans la forêt. Demain, tout me sera plus clair.

Avant de perdre sa faible et dernière conscience, il entendit la femme aux cheveux blancs demander au vieillard :

— Tu n'as rencontré personne dans la forêt ?

— Non, répondit le vieillard. Non, je n'ai rencontré personne.

Les visions du sultan Mahmoud

Il est raconté dans *Les Mille et Une Nuits* que le sultan Mahmoud, un des plus sages qui régnât jamais sur l'Égypte, se laissait souvent accabler par des accès de tristesse sans cause. Le monde et sa vie lui paraissaient alors d'une totale noirceur et il se plaignait de sa destinée, allant jusqu'à envier la condition du plus démuni de ses paysans.

Un jour d'abattement, alors qu'il refusait de manger et de s'occuper des affaires de son pays, ne désirant que la venue soudaine de la mort, on vint lui annoncer l'arrivée d'un personnage extraordinaire, qu'on disait magicien et docteur, le plus étonnant de la terre. Il ordonna avec lassitude qu'on le fît entrer et il vit apparaître un personnage décharné, qui venait du Maghreb lointain, un homme d'une centaine d'années qui ne portait pour tout vêtement qu'une barbe prodigieuse et une ceinture autour des reins. On eût dit quelque très ancien corps semblable à ceux que les laboureurs d'Égypte retiraient quelquefois des sépultures de granit — un ancien corps aux yeux très vifs.

Il s'avança vers le sultan, le prit par la main, et le conduisit jusqu'à une des quatre fenêtres de la salle du trône. Ces quatre fenêtres étaient dirigées vers les quatre points cardinaux.

On ouvrit la première fenêtre et le vieil homme dit au sultan :

— Regarde !

Le sultan mit la tête à la fenêtre et vit une immense armée de cavaliers qui se précipitaient, le sabre au clair, vers la ville. Certains avaient mis pied à terre et commençaient à escalader les murailles en poussant des cris de guerre et de mort.

Le sultan blanchit d'horreur. Alors le vieil homme referma la fenêtre pour l'ouvrir tout aussitôt. L'armée avait soudainement disparu. Tout était calme.

Le vieux conduisit le sultan jusqu'à la seconde fenêtre, l'ouvrit et lui dit :

— Regarde !

Le sultan regarda par la deuxième fenêtre et vit que toute la ville n'était qu'un brasier flamboyant, couronné de nuages noirs qui aveuglaient l'œil du soleil. Un vent sauvage poussait les flammes vers le palais même. Le sultan cria et des larmes jaillirent de ses yeux. Alors le vieil homme referma la fenêtre, puis il la rouvrit, et le sultan vit que la ville s'étendait devant lui comme auparavant, calme et belle.

A la troisième fenêtre, lorsque le vieil homme lui ordonna de regarder, le sultan vit une inondation toute-puissante qui déferlait sur la ville et emportait pierre sur pierre. A la quatrième fenêtre, au lieu des prairies vertes qui s'étendaient ordinairement dans cette direction, le sultan ne vit qu'un affreux désert brûlé. Puis ces visions s'évanouirent et l'ordre des choses parut rétabli.

Alors le vieil homme saisit le sultan par la main, le conduisit près d'un petit bassin et lui ordonna de se pencher pour regarder l'eau. D'un mouvement brutal, l'homme venu du Maghreb plongea toute la tête du sultan dans l'eau. Tout à coup le sultan se retrouva au pied d'une montagne, près de paysans qui riaient en le montrant du doigt. Il leur déclara qu'il était le sultan Mahmoud, il insista, il cria en tapant du pied, mais les fellahs continuaient de rire à toute gorge. Le chef des fellahs s'approcha de lui, arracha ses vêtements et ornements princiers, pour lui donner en échange un simple habit de paysan et un petit bonnet. Puis il lui dit :

— Si tu ne veux pas mourir de faim, travaille !

— Je ne sais pas travailler ! répondit Mahmoud.

— Alors tu nous serviras de bête de somme !

Ils le chargèrent de leurs outils et Mahmoud, exténué, les suivit jusqu'à un village où toute une ribambelle d'enfants se moqua de lui. Il passa la nuit dans une étable abandonnée où on lui jeta un morceau de pain dur et un vieil oignon.

Le lendemain, quand il se réveilla, il était devenu un âne, un âne véritable, avec des sabots, une queue, des oreilles. On lui passa une corde autour du cou et le sultan Mahmoud, transformé en âne, tout le jour traîna la charrue. Puis il tourna la roue du moulin, les yeux bandés, assez souvent fouetté. Cela pendant cinq ans, avec injures, privations et mépris.

Puis, tout soudainement, il se retrouva sous sa forme d'homme, marchant dans les rues d'une ville inconnue. Un vieux marchand l'accosta et lui proposa un travail étrange.

— Va te poster à la porte du hammam. A chaque femme qui sortira, demande si elle a un mari. Si elle n'a pas de mari, épouse-la immédiatement. Je te payerai pour cela. Mais si tu refuses d'épouser la femme qui n'aura pas de mari, tu n'auras rien, et tu seras chassé de cette ville.

Il se trouva que la femme qui se déclara célibataire était très âgée et très dégoûtante. Le sultan Mahmoud essaya de se défiler, il alla même jusqu'à s'écrier qu'il était un âne, il voulut montrer ses oreilles et sa queue, ainsi que son membre, en répétant qu'il était un âne et qu'une femme n'épouse pas un âne.

Il fit un effort surhumain pour se délivrer de la vieille, qui l'accolait avec tendresse, et, au bout de cet effort, il fit sortir sa tête du bassin.

Il se retrouva dans la salle du trône, avec son vizir et le vieil enchanteur. Une femme délicieuse lui présentait un sorbet sur un plateau. Toute sa misérable aventure, si longue et dure, se réduisait à cette plongée de sa tête dans le baquet. Il était donc le sultan. En réalité.

Il regardait autour de lui en se frottant les yeux.

Alors le vieil homme lui dit :

— Je ne suis venu que pour te donner conscience des bienfaits qui ont été rassemblés sur ta tête.

L'homme sortit sans une autre parole.

Le sultan Mahmoud regagna son trône, respira deux ou trois fois, et demanda d'un ton ferme quelle était la prochaine affaire.

La tête et les deux femmes

Un autre exemple de notre jeu avec le temps nous est donné par un récit amérindien, d'origine Modoc.

Une vieille femme, qui vivait pauvrement, envoya ses deux filles auprès du grand chef Blaiwas, en espérant qu'elles vivraient heureuses auprès de lui. Mais elle leur recommanda de prendre le chemin de droite, dans la forêt, car le chemin de gauche menait au repaire du redoutable Wus.

Les deux filles, étourdies, oublieuses, et séduites par l'aspect plaisant du chemin de gauche, tombèrent rapidement entre les mains redoutables de Wus. Elles passèrent une nuit auprès de lui, dans une hutte chaude. Le lendemain matin il les laissa partir, mais au fur et à mesure qu'elles s'éloignaient, elles voyaient que leurs beaux vêtements se transformaient en loques boueuses, que leurs colliers n'étaient que des brins d'herbe desséchés et tordus, que les provisions qu'elles transportaient dans leurs paniers se pourrissaient et qu'elles devenaient elles-mêmes de vieilles femmes bossues, répugnantes, aux cheveux blancs et aux dents jaunes.

Aussi revinrent-elles auprès de Wus, ensorcelées.

Leur vieille mère, informée de ce malheur, ouvrit son paquet sacré pour réciter ses chants magiques. Et le charme opéra d'une étrange façon.

Wus, qui avait maintenant deux bouches de plus à nourrir, ramenait un cerf de la chasse. Or, ce cerf se faisait de plus en plus pesant, dur à traîner. Wus, pour s'alléger, coupa un quartier du cerf et le suspendit à un arbre. Mais le gibier était encore trop lourd. Wus détacha un autre quartier, puis un autre, et finalement abandonna tout ce qui restait.

Pourtant, même sans son fardeau, il avançait très difficilement. Un poids mystérieux l'écrasait. Il pouvait à peine soulever ses pieds. Il se débarrassa de ses vêtements, de ses mocassins, de son arc, de ses flèches. Mais rien ne pouvait le soulager.

Alors, désespéré, il s'arracha un bras et le jeta. Pour s'alléger davantage, il s'arracha l'autre bras. Accablé par une insupportable sensation de pesanteur, il se débarrassa de ses deux jambes, puis de son ventre, puis de toutes ses côtes et de ses épaules.

Sa tête continua de rouler seule jusqu'à la hutte, où commença, pour les deux sœurs, une triste existence. La tête se mettait chaque jour sur les genoux de l'une des deux, tandis que l'autre devait lui gratter le cuir chevelu et la peigner. Elle ne voulait jamais les quitter des yeux, et elle ordonna aux deux sœurs de lui construire un échafaudage, du sommet duquel elle pouvait à chaque instant les observer. Les deux sœurs devaient même l'emmener à la chasse et la hisser jusqu'au sommet d'un arbre, d'où elle s'envolait en criant pour aller frapper à mort le gibier.

Un jour, dans la forêt, elles rencontrèrent Blaiwas. Il reconnut immédiatement la tête de Wus, qui roulait des regards rageurs dans le panier. Il reconnut aussi, sous l'apparence des deux vieilles femmes, les deux sœurs, dont il connaissait l'existence. Aussitôt, il construisit une hutte de transpiration, très solide, la garnit de pierres chaudes et y enferma la tête de Wus, qui hurlait de protestation et menaçait d'exterminer tout le monde. Mais Blaiwas boucha très soigneusement les ouvertures de la hutte de transpiration, en disant que le monde n'est pas fait pour des têtes sans corps. La tête surchauffée s'envola d'elle-même avec une force irrésistible, frappa le mur de pierre de la hutte et éclata en un millier de morceaux.

Quand Blaiwas pénétra dans la hutte, c'est le cadavre tout entier de Wus qu'il découvrit. Il le fit brûler. Pendant que le feu consumait le cadavre, lentement les deux femmes se redressaient, leurs cheveux redevenaient noirs, leurs rides s'effaçaient, leurs vêtements apparaissaient intacts et propres. Sur les cendres de Wus, elles devinrent les femmes de Blaiwas.

La main coupée

Parfois, le délai temporel est réduit, limité à quelques heures, à quelques minutes. Mais c'est avec ce délai que l'histoire se plaît à jouer.

Un dignitaire, raconte Fariduddin Attar, attrapa un voleur, dans une rue de la ville et lui fit aussitôt couper la main, au milieu de la foule.

Le voleur ne dit rien, ne cria pas. Il ramassa la main coupée et s'éloigna. Un peu plus loin, il pénétra dans un grand marché populaire, un caravansérail. Là, il se mit aussitôt à hurler, à taper des pieds, à se rouler par terre.

— Pourquoi ces affreuses plaintes ? lui demanda quelqu'un. Quand on t'a coupé la main, tu as gardé le silence. Pourquoi crier et t'agiter maintenant ?

Le voleur répondit :

— Parce que là-bas, tous me tenaient pour un voleur et personne ne me plaignait. Ici, dans ce marché, il y a forcément d'autres voleurs. Il y a même, très certainement, des hommes à qui on a coupé la main. Ceux-là savent ce que je souffre et peuvent me plaindre. C'est pour eux, vois-tu, que je crie.

18

Si rien n'est séparable,
l'au-delà serait-il en nous-mêmes ?

Le fil de l'araignée

L'existence de l'au-delà est constamment attestée et contestée par les histoires de tous les temps.

Dostoïevski et après lui Akutagawa Ryûnosuke ont raconté cette ancienne histoire indienne.

Le Bouddha Çakyamouni se promenait un jour au paradis quand, se penchant sur le bord d'un étang, il aperçut les profondeurs douloureuses de l'enfer. Là se débattait un célèbre bandit, aux prises avec les diables. Il s'appelait Kandata.

Or, le Bouddha savait que ce criminel, traversant une forêt, avait épargné une araignée sur laquelle allait se poser son pied. Pour cette seule bonne action, Çakyamouni, pris de pitié, décida qu'on devait faire grâce au criminel. Une araignée du paradis tissait calmement sa toile auprès de lui. Le Bouddha saisit ce fil et le laissa glisser dans le trou du gouffre infernal.

Kandata aperçut ce fil scintillant et l'empoigna. Il se mit à s'élever le long du fil, vers la lumière et les parfums célestes. L'effort était rude. A un certain moment, fatigué, Kandata s'arrêta un instant pour se reposer et il regarda vers le bas.

Il vit alors que des centaines, des milliers de damnés s'étaient accrochés au même fil et montaient très péniblement à sa suite. Effrayé, furieux, Kandata leur cria que ce fil lui appartenait et qu'ils devaient le lâcher aussitôt. A peine avait-il crié que le fil se rompit.

Kandata, avec tous les autres, retomba au fond de la nuit et de la douleur.

Çakyamouni, qui avait tout observé, reprit sa promenade tranquille dans les prairies de l'au-delà.

L'image de Dieu

Les habitants d'un village turc, Karatepo, célèbres par leur balourdise, n'avaient jamais vu de chameaux. Un de ces habitants, qui avait planté de belles pastèques, vit un jour apparaître un animal extraordinaire, très haut, de couleur beige, qui pénétra dans son jardin et mangea ses pastèques, en les soulevant entre ciel et terre.

— Quel est cet animal ? demanda l'homme. Je ne vois qu'une explication possible : ce n'est pas un animal, c'est Dieu lui-même !

Alors il se prosterna au milieu de ses plates-bandes saccagées et dit à l'adresse du chameau qui s'éloignait, repu :

— Ô Dieu beige au long cou flexible, tu m'as donné ces pastèques et tu me les as maintenant reprises. Que puis-je faire ? Que ton nom soit béni !

Le dieu des fourmis

Un homme, dit un petit conte soufi, s'aperçut avec joie qu'il connaissait le langage des fourmis.

Il s'approcha d'une fourmi et lui demanda :

— Avez-vous un dieu ?

— Bien sûr, dit la fourmi.

— Comment est-il ? Est-ce qu'il ressemble à une fourmi ?

— Pas exactement, répondit-elle. Nous n'avons qu'un dard. Lui, il en a deux.

La bonne prière

Saint Nicolas, qui marchait auprès de la mer, rencontra un homme qui priait à haute voix et criait :

— Dieu, je t'en prie, ne m'aide pas ! Dieu, je t'en prie, ne m'aide pas !

Saint Nicolas s'arrêta et fit remarquer à l'homme

qu'il priait au contraire du bon sens, et qu'il fallait dire au contraire :

— Dieu, aide-moi ! Dieu, aide-moi !

L'homme se mit aussitôt à prier de cette façon. Saint Nicolas prit place sur un bateau et s'éloigna vers la haute mer.

Quelques moments plus tard, l'homme avait oublié les recommandations de saint Nicolas et ne savait plus comment prier. Il appela le saint, mais celui-ci ne pouvait plus l'entendre. Alors il ôta son manteau, l'étendit sur la surface de la mer, s'assit dessus et se mit à ramer avec ses bras.

Il atteignit ainsi, assez rapidement, le bateau qui emmenait saint Nicolas et lui demanda :

— Hé ! J'ai oublié ! Comment m'as-tu dit de prier ?

— Ne change rien, surtout ! lui répondit le saint.

Enfer et paradis

Un vieux Chinois, avant de mourir, fit un vœu. Il désirait voir l'enfer et le paradis. Comme sa vie s'était déroulée dans l'honnêteté, son vœu fut exaucé.

On le conduisit d'abord en enfer. Il y vit des tables couvertes de nourritures délicieuses, mais les convives paraissaient affamés et furieux. Assis à deux mètres des tables, ils devaient utiliser de très longues baguettes et ne parvenaient à faire pénétrer aucune nourriture dans leurs bouches. D'où leur souffrance et leur colère.

Ensuite on transporta le vieil homme au paradis et il y vit exactement le même spectacle.

— Oui, raconta-t-il à son retour. Les mêmes tables, la même nourriture, les mêmes baguettes. Mais tous les convives semblaient heureux et rassasiés.

— Pourquoi ? lui demanda quelqu'un.

— Parce qu'ils se nourrissaient les uns les autres.

La lecture et le paradis

Une histoire juive aborde à son tour la question du paradis.

Un jeune homme voyait un vieil homme consacrer toutes les heures de sa vie à la lecture. Il lisait sans arrêt, le jour et la nuit, et quand on lui demandait la raison de cette persévérance, il répondait :

— Je lis pour parvenir un jour au paradis.

Des années plus tard, alors que le vieil homme était mort, le jeune homme, lui-même devenu mûr, se lança dans un grand voyage à la recherche de la vérité. Comme il est d'usage dans ces sortes de voyages, il traversa des peines extrêmes, des contrées stériles et épineuses. Il rencontra des voleurs de multiples espèces (et même ceux qu'on appelle les voleurs de cœurs), des monstres, des précipices, des énigmes et des tentations.

Si fort était son désir de vérité qu'il put franchir tous les obstacles et parvenir enfin, tout au sommet d'une montagne, dans une grotte où la révélation suprême l'attendait.

Il entra et, non sans quelque surprise, il trouva dans cette grotte le vieil homme, dont la réputation terrestre, entre-temps, avait atteint le degré même de la sainteté.

Or, dans la grotte, le vieil homme était toujours en train de lire. L'autre s'approcha respectueusement de lui et lui demanda :

— C'est donc ici le paradis ?

— C'est ici.

— Et tu continues à lire ?

— Je continue.

— Tu as donc passé toute ton existence terrestre à lire pour parvenir au paradis et, ton vœu accompli, tu continues à lire ?

— Comme tu vois.

— Tu ne lisais donc que pour lire ?

— Oui, dit alors le vieil homme. Mais ici, je comprends ce que je lis.

Le plus grand nom

Un homme, un jour (nous rapporte une histoire d'origine islamique), demanda à Jésus quel était le plus grand nom de Dieu.

— Tu n'es pas digne de le savoir, lui répondit Jésus. Pourquoi désirer ce que tu n'es pas en mesure de posséder ?

L'homme insista si vivement qu'à la fin Jésus se laissa convaincre et lui apprit le plus grand nom de Dieu. L'homme s'en alla, tout brillant de joie. Il s'élança dans le désert d'un pas rapide et aperçut une fosse pleine d'ossements desséchés.

L'homme réfléchit un instant au bord de la fosse et décida de faire appel au plus grand nom, de tenter sa première expérience. En prononçant le nom, il demanda à Dieu de ranimer ces ossements.

Aussitôt les ossements se réunirent, une chair les unit et ils retrouvèrent la vie. Mais il se trouva que ces ossements étaient ceux d'un lion affamé, qui tua l'homme d'un seul coup de griffe et le dévora.

Après quoi, il laissa les ossements de l'homme dans la fosse qui avait contenu les siens.

Le passage de la rivière

La présence de l'impossible, ou si l'on préfère du surnaturel, peut quelquefois mettre de très mauvaise humeur, comme dans cette anecdote zen.

Un moine âgé, qui faisait un pèlerinage, rencontra un jeune moine qui suivait la même route. Ils bavardèrent et se découvrirent un grand nombre de points communs. Aussi décidèrent-ils de continuer ensemble leur voyage sacré.

Ils parvinrent au bord d'une rivière. Le bac était déjà parti. Le moine âgé s'assit sur la berge pour attendre le retour du bac. L'autre moine, sensiblement plus jeune, continua d'avancer. Il marchait sur l'eau.

Quand il fut au milieu de la rivière, il se retourna pour dire à l'autre :

— Viens ! Tu peux le faire, toi aussi ! Il te suffit de prendre confiance !

Le moine âgé secoua la tête et resta assis au bord de l'eau. L'autre insista :

— Si tu as peur, je peux t'aider ! Viens ! Tu vois bien que c'est possible, puisque je le fais !

Le moine âgé secoua de nouveau la tête et resta sur place. L'autre acheva de passer la rivière et attendit son compagnon sur l'autre rive.

Le moine âgé traversa un peu plus tard, grâce au bac.

— Pourquoi as-tu traîné ? lui demanda l'autre.

— Et qu'est-ce que tu as gagné à te presser ? dit le moine âgé. Si j'avais su quel genre d'homme tu es, jamais je n'aurais accepté de faire ce pèlerinage avec toi !

Le moine âgé souhaita à l'autre bon voyage et partit seul de son côté.

Toujours à la porte du paradis

Il existait, nous dit un conte soufi, un homme excellent, qui avait cultivé toute sa vie les qualités qui sont requises pour pénétrer au paradis. Il donnait aux pauvres, il aimait les autres, il supportait les contrariétés avec patience, il vieillissait dans une réputation de sagesse.

Il n'avait qu'un défaut, l'étourderie d'esprit. Mise en balance avec ses hautes qualités, cette étourderie n'était à vrai dire qu'une faute très secondaire. De temps en temps, il lui arrivait de ne pas remarquer un pauvre qui tendait la main sur son chemin. Quelquefois, ses soucis personnels lui faisaient oublier la présence des autres.

Et surtout, il aimait dormir. Le sommeil était sa faiblesse. Quand il dormait, certaines possibilités d'accroître son savoir, de pratiquer la véritable humilité ou de parfaire son aptitude à la vertu passaient à côté de lui sans le réveiller et ne revenaient jamais.

Quand il mourut, tandis qu'il s'avançait sur le chemin du paradis, il s'arrêta un moment pour examiner sa conscience. Après réflexion, il décida que les grandes portes devaient s'ouvrir pour lui. Son mérite lui semblait suffisant.

Quand il arriva, il trouva les portes fermées. Une voix lui dit :

— Sois vigilant. Les portes ne s'ouvrent qu'une fois par siècle.

Il s'assit pour attendre, l'esprit agité. Mais comme il était seul, comme il avait perdu toute occasion d'exercer sa bonne âme et de rendre service à ses frères humains, il eut beaucoup de peine à maintenir son attention. Après un temps qui lui parut interminable, sa tête vacilla et tomba sur sa poitrine. Un instant, ses paupières se fermèrent. A cet instant, si bref, les portes s'ouvrirent. Avant qu'il ait eu le temps de rouvrir parfaitement les yeux, elles se refermèrent avec un grondement à réveiller les morts.

Le ménage de Dieu

Un peu partout, au Moyen-Orient, on raconte que Moïse se promenait un jour dans la campagne, quand il vit un berger en prière.

Le berger disait, à haute voix :

— Ô Dieu, je t'en prie, laisse-moi réparer tes vêtements, lacer tes chaussures. Laisse-moi démêler tes cheveux, laver tes oreilles. Laisse-moi nettoyer ton devant de porte, balayer ta demeure jusque dans les coins, chasser la poussière et les puces. Laisse-moi...

Moïse interrompit le berger et lui dit avec violence :

— Mais tais-toi ! Ne vois-tu pas que tu blasphèmes atrocement ? N'as-tu pas honte de t'adresser à Dieu de cette façon ?

On entendit alors la voix de Dieu dire à Moïse :

— Mais de quoi te mêles-tu ? C'est vrai que depuis quelque temps on n'a pas fait le ménage chez moi !

La présence de Vishnu

Assez souvent, dans les histoires les plus anciennes, avant que ne surgisse le dualisme occidental, les choses apparaissent comme inséparables. Cette notion, qu'on appelle quelquefois l'interdépendance, est à la base même de la pensée bouddhique. L'objet regardé ne peut pas être séparé de celui qui le regarde. De nombreux textes, anecdotiques ou poétiques, ont longuement insisté sur l'unité et l'« inséparabilité » du monde, concept aujourd'hui fondamental dans la science la plus avancée, la plus rigoureuse.

Une histoire indienne montre un homme, disciple d'un maître célèbre, qui ramasse du bois dans une forêt. Il entend un grand fracas et voit accourir un éléphant déchaîné, qu'un cornac s'efforce vainement de maîtriser.

— Sauve-toi ! lui crie le cornac. Écarte-toi ! L'éléphant est devenu fou !

Le disciple, à qui l'on avait appris que la divinité, en l'occurrence le dieu Vishnu, se trouve en toutes choses, laissa l'éléphant se précipiter vers lui et ne bougea pas.

— Mais écarte-toi ! criait le cornac. Sauve-toi ! Je ne peux pas contrôler l'éléphant !

Au lieu de s'écarter, l'homme se prosterna devant l'éléphant furieux. Celui-ci le saisit avec sa trompe et le projeta violemment contre un arbre.

L'homme tomba sur le sol, brisé, ensanglanté. On le transporta dans un hôpital. Son guru vint le voir et lui dit :

— Mais pourquoi tu ne t'es pas écarté ?

— Maître, je me suis rappelé votre parole, que Vishnu est en toutes choses. Je me suis incliné pour saluer le dieu, qui était évidemment dans l'éléphant...

— Malheureux ! lui dit le guru. Pourquoi n'as-tu pas écouté le cornac ? Vishnu était aussi dans sa voix !

La pierre et la motte de terre

Une pierre et une motte de terre tombèrent ensemble dans la mer, nous dit une histoire arabe.

La pierre, en tombant au fond de l'eau, gémissait :

— Je suis noyée ! Je suis perdue ! Seul le fond de la mer écoutera mes plaintes !

La motte s'anéantit. Personne ne sait ce qu'elle devint. Mais on dit que, sans langue, elle parla, et que certaines oreilles très fines entendirent ceci :

— Il ne reste plus rien de moi dans les deux mondes, rien, pas la moindre parcelle. On ne verra plus mon corps, on ne verra même plus mon âme. Tous deux sont fondus dans la mer qui, elle, est clairement visible.

Le démon souffrant

Une histoire sans origine connue, mais qu'on rencontre un peu partout, dit qu'un démon rencontra un autre démon, lequel se roulait sur le sol, criait et pleurait, comme saisi par une douleur sans égale.

— De quoi souffres-tu ? demanda le premier démon.

L'autre répondit, entre deux plaintes :

— J'ai un ange en moi. Et il me tourmente.

La fête de la défaite

Il est même parfois difficile de séparer deux notions résolument contradictoires. Il est dit dans le *Mahâbhârata* que la victoire est une forme de défaite. Un événement historique semble le confirmer.

En 1389, dans le Kossovo, se préparait une terrible bataille entre les Serbes, qui défendaient leur sol, et les envahisseurs turcs, supérieurs en nombre. Deux jours avant cette bataille, que chacun savait décisive, le prince Lazar, commandant en chef des troupes serbes, reçut un message de la Vierge Marie, apporté par un oiseau de Jérusalem.

Le message disait :

— Tu as le choix entre deux royaumes, ici et là-haut. Lequel choisis-tu ?

Le prince Lazar choisit le royaume céleste. En conséquence, il perdit lourdement la bataille de Kossovo, où ses armées connurent un massacre.

Mais sa victoire spirituelle, selon la promesse de la Vierge, fut immense et durable, au point que le jour de la bataille devint, pour tous les Serbes, sous l'occupation ottomane, un grand jour de fête secrète.

Le champ de bataille du Kossovo se couvre à chaque printemps de fleurs rouges. En 1913, en traversant la plaine, toute l'armée serbe reconstituée marcha sur la pointe des pieds pour ne pas réveiller les morts.

Qui est le plus grand ?

Une histoire Inuit a parfaitement répondu à cette question.

La Lune au rond visage parcourait le ciel, allongée dans son traîneau, et disait en fanfaronnant :

— Je suis la plus grande ! Je suis plus grande que le Soleil lui-même.

Un tout petit lac, perdu au milieu de la toundra, entendit les vantardises de la lune et lui dit :

— Vaniteuse ! Regarde-moi, et tu verras que je suis le plus grand !

La Lune se pencha vers la Terre et vit son reflet dans le lac.

— Je suis plus grand que toi, ajouta le lac, puisque tu peux loger chez moi et qu'il reste encore beaucoup de place !

La Lune et le lac se querellèrent si fort qu'ils réveillèrent un petit rongeur qui dormait. Il sortit de son terrier, s'étira et bâilla si fort que son œil gauche se ferma. Avec son œil droit, seul ouvert, il regarda le lac, puis la Lune, et il déclara :

— En fait, le plus grand de tous est mon œil droit, puisqu'il contient tout à la fois la Lune et le lac !

Une chouette qui chassait dans les parages entendit le rongeur, plongea sur lui et l'engloutit.

— On voit maintenant qui est le plus grand, se dit la chouette. C'est mon estomac, qui contient le rongeur, son œil, le lac et la Lune.

19

La vérité, et alors ?

Dire la vérité

Si nous cherchons la vérité (laquelle, selon Victor Hugo, finit toujours par être inconnue), c'est que nous croyons qu'elle existe. Il s'agit là d'une croyance, aussi fragile que les autres.

Dans certains cas, il est cependant indiscutable que la vérité — ou tout au moins une vérité partielle — existe. Par exemple, dans une courte histoire arabe, où l'homme très irrité dit à sa femme :

— Je te répudie si tu ne me dis pas la vérité ! As-tu volé quelque chose dans ma poche ?

La femme répondit, en le regardant dans les yeux :

— J'ai volé. Je n'ai pas volé.

L'homme réfléchit un instant. Il comprit que, de toute manière, son épouse avait dit la vérité, comme il le lui demandait.

Et il se calma.

Le crocodile et la vérité

René Daumal a rapporté cette histoire indienne.

Un crocodile démesuré, monstrueux, dévorait tous les voyageurs qui tentaient de franchir un fleuve. Le sort l'avait placé dès sa naissance à cet endroit-là, tout près d'un gué, et il accomplissait avec application son travail de vrai crocodile.

Cependant, il entendait parler avec amertume de la

mauvaise réputation qu'on lui faisait dans les parages. Des oiseaux, des poissons, lui rapportaient tout le mal qu'on disait de lui. On disait en particulier du crocodile qu'*il ne connaissait pas la vérité*.

Ces racontars le peinaient et lui posaient problème. Il réfléchissait longuement, presque totalement enfoui dans la vase, tandis que les passants se faisaient de plus en plus rares (ils préféraient, et on les comprend, traverser ailleurs).

Un jour, en plein midi, il vit une femme radieuse s'avancer sur la berge, s'apprêter à franchir le gué. Aussitôt le monstre jaillit, dégoulinant de vase, et se jeta devant la femme, la gueule ouverte. La voyageuse s'immobilisa et cria de frayeur.

— Connais-tu la vérité ? demanda le crocodile.

— Oui, dit-elle.

— Eh bien, si tu me dis la vérité, je ne te dévorerai pas.

La femme lui répondit presque immédiatement :

— La vérité, c'est que tu vas me dévorer.

Alors le crocodile écarquilla les yeux et ouvrit un moment sa longue tête plate. Car il est vrai que la vérité, quand on l'entend soudainement, laisse un moment désarçonné, la bouche ouverte et les yeux ronds.

Lorsque le crocodile secoua sa gueule et reprit ses petits esprits, bien entendu la femme était déjà sur l'autre rive.

Que sais-je ?

Tchouang-tseu nous livre ce dialogue :

— Connaissez-vous une vérité qui puisse être unanimement admise, par tous les êtres ? demandait-on un jour à un sage chinois nommé Wang Yi.

— Comment pourrais-je connaître une pareille vérité ? répondit le sage.

— Savez-vous au moins que vous ne la connaissez pas ?

— Comment pourrais-je le savoir ? répondit Wang Yi.

— Autrement dit, les êtres humains ne connaissent rien ?

— Comment le saurais-je ?

Vérité et Mensonge en voyage

Une histoire Haoussa, venue d'Afrique, nous raconte ceci.

Mensonge et Vérité, qui voyageaient chacun de son côté, se rencontrèrent et décidèrent de faire route ensemble. Vérité s'était mise en route pour récupérer certaines dettes auprès de ses clients. Mensonge, de son côté, allait son chemin ordinaire, apportant aux habitants de la Terre espoir, illusion, déception.

Vérité prit la direction du voyage. Mais dans tous les villages qu'ils traversaient, les deux compagnons trouvaient un accueil désagréable : femmes maussades, coups de bâton, portes claquées.

— Nous mourons de faim et de soif, dit Mensonge. A mon avis, tu n'es pas un bon guide. Laisse-moi donc prendre la tête.

Vérité céda sa place à Mensonge. Ils arrivèrent dans une ville, où Mensonge repéra une maison d'où sortaient des groupes de femmes âgées, silencieuses, courbées en deux. Il comprit qu'un événement funeste venait de se passer là. En effet, le fils unique de la maîtresse de maison était mort la veille. On voyait sous un abri sa tombe fraîchement creusée. Les autres femmes venaient apporter leurs condoléances.

Mensonge prit une mine affligée et s'assit près de cette tombe.

— Pourquoi pleures-tu ? lui demanda la mère.

— Nous venions pour ressusciter un enfant mort, mon amie et moi, mais hélas ça nous est impossible.

— Et pourquoi ? demanda la mère, aussitôt prise d'un espoir fou.

— Parce que nous n'avons pas mangé depuis plusieurs jours, comprends-tu. Mon génie me harcèle, il exige sa part de nourriture, faute de quoi d'autres personnes mourront.

— C'est mon enfant qui est mort ! s'écria la femme. Si je vous donne un bon repas, vous pourriez le ressusciter ?

— C'est notre métier, de ressusciter les morts, répondit Mensonge (en faisant signe à Vérité de se taire). Nous sommes venus pour ça. Mais notre génie est extrêmement vorace. C'est ça, le malheur.

La femme s'empressa de leur préparer un repas considérable. Après quoi, tandis que Mensonge et Vérité digéraient, la femme leur apprit que le père du roi venait lui aussi de mourir. De là ces chants funèbres qu'on entendait à présent dans la ville.

— Ah, ah, dit Mensonge. Le père du roi est mort...

— Peux-tu ressusciter mon fils, maintenant ? lui dit la femme. Ton génie a-t-il assez mangé ?

— Il a assez mangé, répondit Mensonge. Conduis-moi auprès de la tombe et fais dire au roi que les ressusciteurs de morts sont de passage dans la ville.

On prévint le roi, qui se montra très étonné, très intrigué. Des membres de son entourage lui conseillèrent de profiter de l'occasion et de faire ressusciter son père. Mensonge fit dire qu'il était prêt à ressusciter le père du roi. Une agitation terrible s'empara de la cour.

Pendant ce temps, selon les instructions de Mensonge, on avait édifié une clôture tout autour de la tombe de l'enfant. Quand il jugea le moment favorable, devant une grande partie de la population de la ville, Mensonge se glissa à l'intérieur de l'enclos, seul. On entendit les éclats sourds d'une conversation d'outre-tombe, après quoi Mensonge ressortit et déclara à la mère, d'une voix haletante, tout brillant de sueur :

— Ton fils veut bien revenir, il est là, il est prêt, mais le père du roi le retient par la main. Le père du roi dit qu'il ne laissera pas revenir l'enfant sans lui. Va dire ça au roi. Fais vite.

On courut informer le roi que son père, en quelque sorte, demandait l'autorisation de revenir sur terre. Mais comme le roi et sa femme — et cela, Mensonge le savait, ou tout au moins il s'en doutait — avaient empoisonné le père du roi, ils ne désiraient en aucune façon son retour. Tout au contraire : ils exigeaient qu'il restât parmi les ombres et ils le firent savoir à Mensonge.

Celui-ci dit à la femme malheureuse qu'à son grand regret, devant l'obstination du roi, il devait renoncer à ramener le fils sur terre.

Après quoi il prit congé, accompagné de Vérité. Celle-ci n'avait récupéré aucune créance. Mensonge avait le ventre plein. La vie lui semblait longue et prometteuse.

— Celui qui achète avec du mensonge, payera avec la vérité, lui dit Vérité.

— Peut-être bien, lui répondit Mensonge.

Après quelques jours de voyage, ils se séparèrent. Chacun suivit, seul, son propre chemin.

Les trois vérités du serin

Une histoire arabe donne, comme il arrive souvent, la parole à un animal.

Un homme captura un serin, qui aussitôt lui dit :

— Que veux-tu de moi ? Vois mes pattes maigres, ma tête et mon cou minuscules. Que peux-tu en espérer ? Rends-moi la liberté et je t'apprendrai trois vérités utiles.

— Trois vérités ?

— Oui. Écoute-moi bien. Je te dirai la première alors que tu me tiendras encore dans ta main. Je te dirai la deuxième quand je serai en sûreté sur une branche. Et je te dirai la troisième lorsque j'aurai atteint le sommet de cette colline.

— C'est entendu, dit l'homme, qui se sentait curieux de connaître ces trois vérités. Dis-moi la première.

Alors le serin lui dit :

— Si tu perds une chose, serait-elle aussi précieuse que ta vie, tu ne dois jamais la regretter, pas un instant !

Fidèle à sa parole, l'homme desserra sa main. Le serin se percha sur une branche, d'où il révéla la deuxième vérité :

— Si on te raconte une absurdité, n'y crois sous aucun prétexte avant d'en avoir eu la preuve !

L'oiseau vola jusqu'au sommet de la colline. L'homme lui cria :

— Quelle est la troisième vérité ?

— C'est, lui dit l'oiseau, que j'ai dans mon corps deux admirables joyaux, qui pèsent chacun vingt miscals. Si tu m'avais tué, ils seraient maintenant à toi.

L'homme se laissa tomber sur le sol, profondément déçu, et se mordit le doigt jusqu'au sang. A ce moment, il entendit l'oiseau qui riait. Il se releva et lui demanda la raison de ce rire.

— Tu n'es qu'un fou, lui dit l'oiseau. Je t'ai d'abord dit de ne jamais regretter une chose perdue. Or, tu regrettes ces joyaux. Je t'ai dit ensuite de ne jamais croire une absurdité, sous aucun prétexte. Or, je te dis que je porte deux joyaux qui pèsent vingt miscals chacun, alors que ma chair tout entière ne pèse pas plus de deux miscals, et tu le crois ! Adieu, tu n'es qu'un fou.

Et l'oiseau s'envola, tandis que l'homme tombait de nouveau sur la terre.

Les oreilles du roi Midas

Parfois la vérité est tellement forte que tous les objets du monde la connaissent et la répètent.

Un concours de musique, raconte Ovide dans *Les Métamorphoses*, opposa Apollon au dieu Pan. Ils prirent comme juge le mont Tmolus, qui donna la préférence à Apollon. Mais le roi Midas, qui aimait se promener sur les pentes de cette montagne, contesta la décision. Il lui semblait que la musique de Pan était la meilleure.

Pris d'une soudaine colère — ce qui lui arrivait assez souvent —, Apollon décida de se venger sur les oreilles de Midas, qui avaient si mal écouté. Il les allongea, les remplit de longs poils gris et les fit mobiles à la base. Des oreilles d'âne.

Midas essaya de les cacher sous une tiare de pourpre. Mais son serviteur-coiffeur, qui avait l'habitude de couper au fer les longs cheveux du roi, savait tout. Il connaissait la métamorphose extraordinaire des oreilles. D'un côté, craignant un châtiment terrible, il n'osait révéler cette difformité. D'un autre côté, il était torturé par le désir constant de tout dire, et dans l'impossibilité de se taire.

Dans un endroit retiré, le serviteur-coiffeur creusa un trou dans la terre. Il y dit à voix basse quelles étaient les oreilles de son maître, confiant ainsi son secret à la terre. Puis il reboucha soigneusement le trou, pour effacer toute trace des mots qu'il avait prononcés. Après quoi il revint au palais, soulagé, et garda désormais le silence.

A cet endroit poussa un massif de roseaux. Un an passa. Les roseaux grandirent. Et chaque fois que le vent les agitait, on les entendait murmurer : « Midas, le roi Midas a des oreilles d'âne. »

*
* *

On connaît une version coréenne de cette histoire. Le serviteur-coiffeur est devenu un chapelier. C'est lui qui fabrique le chapeau destiné à cacher les oreilles d'âne du roi (on ne sait pas pourquoi ces oreilles sont là). Le chapelier ne peut pas garder son secret, car il est malade de rire. Après l'avoir confié à la terre, il meurt.

Ce sont également des bambous qui poussent sur la tombe du secret. Le roi coréen ordonne de les couper et de planter des arbres à la place. Mais les arbres, eux aussi, connaissent le secret des oreilles du roi et le répètent quand le vent les agite.

Le livre et la clé

Court dialogue entre deux soufis :

— Je vendrai *Le Livre de la vérité* pour une centaine de pièces d'or, et certains hommes diront : Ce n'est pas cher.

— Et moi, dit l'autre, je livrerai la clé qui permettra de le comprendre, et certains hommes n'en voudront pas, même si je la donne pour rien.

La vraie fleur

Une histoire arabe ou juive (on la raconte dans les deux traditions) montre une autre manière de déceler la vérité dans un monde livré à l'artifice, ou si l'on préfère au virtuel.

La reine de Saba, lorsqu'elle reçut la visite du grand Salomon, avec qui elle rivalisait de sagesse, lui proposa une sorte d'énigme. Elle le conduisit dans une pièce de son palais où des artisans prodigieux avaient rempli l'espace de fleurs artificielles. On eût dit une prairie miraculeuse, où des fleurs multiples et odorantes se balançaient doucement sous l'effet d'une brise inconnue.

— Voici mon énigme, dit la reine. Une de ces fleurs, une seule, est une vraie fleur. Peux-tu me l'indiquer ?

Salomon regarda attentivement autour de lui. Il fit appel aux trésors de sa sensibilité, à toutes les forces de sa concentration. Il ne put désigner la vraie fleur. Alors, comme il suait en abondance, il dit à la reine de Saba :

— Il règne ici une chaleur inhabituelle. Peux-tu demander à un de tes serviteurs d'ouvrir une fenêtre ?

La reine ordonna qu'on ouvrît une fenêtre.

— Voici la vraie fleur, dit le roi, un instant plus tard.

Il ne pouvait pas se tromper. Une abeille, entrée par la fenêtre, venait de se poser sur la seule vraie fleur.

S'il est toujours difficile d'être Salomon, disent les commentateurs de cette histoire, il est encore plus difficile d'être l'abeille. Mais le plus difficile, à chaque époque, est d'être la fleur.

Le secret du coffre

Nuri Bey, qui vivait en Albanie, était un homme d'une sagesse profonde. Il avait épousé une femme très sensiblement plus jeune que lui.

Un soir, alors qu'il rentrait dans sa demeure plus tôt qu'à l'ordinaire, un serviteur, homme de toute confiance, lui dit :

— La conduite de ton épouse est aujourd'hui suspecte. Permets-moi de te le dire. Elle s'est enfermée dans sa chambre avec un coffre. Ce coffre est assez vaste pour contenir le corps d'un homme. Il appartenait à ta grand-mère et on ne devrait y trouver que des broderies anciennes. Je crois que, si tu l'ouvres, tu n'y trouveras guère de broderies. Ton épouse ne m'a pas autorisé à ouvrir le coffre, moi qui suis le plus vieux, le plus dévoué de tes serviteurs.

Nuri Bey pénétra dans la chambre de son épouse. Elle était assise, apparemment frappée de tristesse, près du coffre massif.

— Peux-tu me montrer ce qu'il y a dans le coffre ? demanda Nuri Bey.

— Pourquoi veux-tu le voir ? Est-ce à cause des soupçons de ton serviteur ? Ou bien parce que tu ne me fais plus confiance ?

— Ne serait-il pas plus simple de l'ouvrir, demanda Nuri Bey, sans aucune arrière-pensée, sans aucun détour ?

— Je crois que ce n'est pas possible, dit la femme.

— Le coffre est fermé ?

— Oui.

— Où est la clé ?

La femme montra la clé, qu'elle tenait à la main, et dit :

— Renvoie ton serviteur et je te donnerai la clé.

Le serviteur fut aussitôt renvoyé. La femme donna la clé à son mari et sortit de la chambre. Le trouble était apparemment dans son cœur et dans son esprit.

Nuri Bey réfléchit un moment.

Quand il eut envisagé toutes les possibilités, qui étaient multiples, il fit appeler quatre jardiniers. Il leur demanda, au milieu de la nuit, de transporter le coffre jusque dans un champ, le plus loin possible de la maison, et de l'enterrer profondément. Ce qu'ils firent.

Après quoi on ne parla plus jamais de ce coffre.

Le mensonge de la vérité

Une histoire populaire indienne raconte qu'un jeune prince, galopant à travers ses terres, s'éprit à la passion d'une jeune paysanne et demanda aussitôt sa main.

Mais le père de la jeune fille lui dit :

— Je ne peux pas te donner ma fille, car tu ne connais pas la vérité. Cherche-la, trouve-la, reviens, et je te donnerai ma fille.

Le prince, sans attendre, se mit en quête de la vérité. Il la chercha dans les champs, dans les forêts, au bord des fleuves, il la chercha dans les villes et dans les déserts. Il demandait :

— Avez-vous vu la vérité ? La connaissez-vous ? Savez-vous où je pourrais la rencontrer ?

Partout on lui répondait que la vérité n'était pas là.

Oui, bien sûr, on l'avait connue autrefois, elle était passée par cette ville ou près de ce fleuve, mais sans s'attarder, sans rester longtemps. Elle était vite repartie. Dans quelle direction ? On ne le savait pas très bien. La vérité était ailleurs, plus loin, toujours plus loin.

— Ici, disait-on au prince, on ne la connaît plus.

Sa recherche entêtée et épuisante dura des années. A la fin, fatigué, découragé, les cheveux déjà blanchis, il s'assit au sommet d'une montagne près de l'entrée d'une grotte.

Il voulait se reposer un moment et se sentait prêt à abandonner sa recherche.

A l'intérieur de la grotte il entendit un bruit, une sorte de grognement. Il se leva et s'approcha, l'épée à la main, craignant la présence d'un fauve, d'un ours. Il distingua une lourde silhouette sombre, qui lui parut être celle d'une femme.

Il entra dans la grotte, où régnait une odeur fétide. Là, accroupie sur le sol, quand ses yeux se furent habitués à l'obscurité, il vit en effet une femme, vieille et hideuse, couverte de pustules et de chancres, ridée, poilue, puante.

Elle leva vers lui ses yeux glauques et lui demanda ce qu'il désirait.

— Je cherche la vérité, répondit-il.

— Tu l'as trouvée, dit-elle.

— Tu es la vérité ?

— Oui.

— Comment en être sûr ?

Elle lui en donna des preuves : par exemple, elle savait tout de lui, son nom, son âge, son aventure.

Il lui demanda :

— Suis-je le premier à te trouver ?

— Tu es le premier.

Après un moment d'étonnement, le prince ajouta :

— Je suis très heureux de t'avoir trouvée. Je vais pouvoir épouser la femme que j'aime, si toutefois elle m'a attendu. Que veux-tu que je dise aux hommes, à ton sujet ?

— Ne leur dis rien.

— Mais tous veulent te connaître ! Ils vont m'interroger ! Il faudra bien que je leur raconte quelque chose ! Que leur dire ?

Alors la femme repoussante répondit au prince :

— Dis-leur que je suis jeune et belle.

20

Enfin, quelques grains de sagesse (peut-être)

Le soldat blessé

Le Bouddha, ainsi qu'il est rapporté, disait qu'un homme frappé par une flèche doit avant tout, et le plus rapidement possible, se soigner. L'erreur serait de se demander d'abord d'où vient la flèche, qui l'a tirée, dans quel bois elle a été taillée, etc.

Rumi, le poète persan, a repris presque mot pour mot cette parabole.

Un guerrier fut blessé par une flèche, dans une bataille. On voulut arracher la flèche et le soigner, mais il exigea de savoir d'abord qui était l'archer, à quel type d'homme il appartenait et où il s'était placé pour tirer. Il voulut aussi connaître la forme exacte de son arc, quelle sorte de corde il utilisait. Pendant qu'il s'efforçait de recueillir tous ces renseignements, il mourut.

Les deux sandales

Une histoire indienne contemporaine raconte.

Un homme voyage dans un train. Le wagon est agité par un soudain cahot et l'homme perd l'une de ses sandales, qui tombe au-dehors.

Il saisit aussitôt sa deuxième sandale et la jette.

Un autre homme, à côté de lui, s'étonne de ce geste. L'autre lui répond :

— Je n'ai que faire d'une seule sandale. Et si

quelqu'un trouve celle qui est tombée, elle ne lui servira pas davantage. Autant qu'il trouve les deux.

Trouver l'esprit

Un des *koans* les plus célèbres de l'histoire du bouddhisme zen est le suivant.

Un moine vint trouver un maître et lui demanda :

— Je voudrais pacifier mon esprit, qui est turbulent et instable. Je t'en prie, pacifie mon esprit.

— Soit, lui dit le maître. Apporte-moi ton esprit, ici, devant moi, et je le pacifierai.

— Mais lorsque je le cherche, dit le moine, je ne le trouve pas.

— Ça y est, répond le maître. J'ai pacifié ton esprit.

Le secret de la vie

Autre *koan*.

— Maître, demande un disciple, dis-moi le secret de la vie.

— Je ne peux pas.

— Pourquoi ?

— Parce que c'est un secret.

La défaite de Dieu

Un rabbin très célèbre et très vénéré défendait avec énergie un certain point de doctrine. Il s'affirmait absolument sûr de la justesse de son interprétation.

Comme ses adversaires, tout aussi opiniâtres que lui, refusaient d'écouter ses arguments, il s'écria :

— Si la loi est bien telle que je l'enseigne, que ce caroubier en décide !

Aussitôt, l'arbre qu'il montrait du doigt recula de cent coudées. Mais les adversaires de Rabbi Eliezer lui dirent :

— Un caroubier ne prouve rien.

— Alors, dit-il, si la loi est bien telle que je l'enseigne, que l'eau de ce canal en décide !

Aussitôt, l'eau du canal se mit à couler dans l'autre sens. Mais les adversaires entêtés de Rabbi Eliezer lui dirent :

— L'eau du canal ne prouve rien.
Alors il leur dit :
— Si la loi est bien telle que je l'enseigne, que les murs de cette école en décident !
Aussitôt les murs de l'école penchèrent comme s'ils allaient tomber. Rabbi Josué s'adressa aux murs et leur dit avec une grande virulence :
— Mais de quoi vous mêlez-vous ? En quoi cette discussion entre des sages vous concerne-t-elle ?
Alors les murs s'immobilisèrent, par respect pour la parole de Rabbi Josué, et ne s'écroulèrent pas. Mais, par respect pour Rabbi Eliezer, ils ne se redressèrent pas davantage. Ils restèrent penchés.
A ce moment une voix céleste se fit entendre et dit :
— Mais que se passe-t-il ? Pourquoi importuner Rabbi Eliezer ? La loi est toujours comme il le dit !
Rabbi Josué se dressa sur ses pieds et s'écria, à l'intention de la voix céleste :
— La loi n'est plus au ciel ! Elle nous a été donnée, au sommet du Sinaï, une fois pour toutes, et nous n'avons plus à nous soucier d'aucune voix céleste, puisqu'il est écrit dans la Torah, qui nous fut donnée sur le Sinaï : « On se réglera sur l'opinion de la majorité ! »
Un peu plus tard, après cette scène mémorable où Rabbi Josué avait ouvertement dénié la valeur des miracles, le prophète Élie apparut à un autre saint homme, Rabbi Nathan, qui lui demanda :
— Mais que faisait Dieu à ce moment-là ?
— Il riait, lui répondit Élie. Il riait à pleine gorge et il disait : « Mes enfants m'ont vaincu ! Mes enfants m'ont vaincu ! »

Le meilleur rabbin

Trois Juifs, de différentes communautés, se vantaient des qualités de leurs rabbins.
Le premier disait :
— Le nôtre a une foi si forte, et il est animé d'une telle crainte de Dieu, qu'il ne cesse de trembler nuit et jour. Il faut l'attacher avec des sangles, sinon il tomberait de son lit.
— Le nôtre, dit le deuxième Juif, est d'une sainteté

si grande que Dieu ne cesse de trembler devant lui, tant il a peur de lui déplaire. Voilà pourquoi, d'ailleurs, le monde ne va pas fort ces temps derniers. Dieu n'arrête pas de trembler.

Le troisième Juif prit alors la parole et dit :

— Vos deux rabbins sont formidables, je n'en doute pas. Mais le nôtre, à mon avis, les dépasse. Pendant une longue période, il ne cessa de trembler. Pendant une autre longue période, Dieu ne cessa de trembler devant lui. Après quoi il se mit à réfléchir sérieusement. A la fin, il demanda à Dieu : « Écoute, pour quelle raison devrions-nous trembler ? »

La solution

Autre dialogue relevant de la tradition juive — avec un étrange accent zen.

Un étudiant se rend auprès d'un vieux rabbin et lui dit :

— J'ai bien réfléchi et j'ai pris une décision. J'ai décidé de mourir.

— Ce n'est pas une solution, lui dit le rabbin.

Le jeune homme s'en va et revient une semaine plus tard en disant :

— Tu avais raison. J'ai bien réfléchi et j'ai décidé de vivre.

— Ce n'est pas une solution, lui dit le rabbin.

— Mais tu m'as dit que mourir n'était pas une solution ! Maintenant tu me dis que vivre n'est pas une solution. Alors quelle est la solution ?

— Parce que tu crois qu'il y a une solution ? lui dit le rabbin.

Le chasse-mouches

Un maître japonais, nommé Baso, demanda à un autre maître, nommé Hyakujo :

— Quelle vérité enseignes-tu ?

Pour toute réponse, maître Hyakujo éleva son chasse-mouches.

— Est-ce là tout ? demanda Baso. N'y a-t-il pas autre chose ?

Maître Hyakujo abaissa son chasse-mouches.

Le maître qui pleure

Un autre maître zen, nommé Shaku Soen, se promenait chaque soir dans les rues d'un village proche. Entendant des lamentations qui s'élevaient d'une maison, il y pénétra discrètement. Il vit qu'un homme était mort. Sa famille, ses amis le pleuraient.

Il s'assit et pleura avec les autres.

Un vieil homme le remarqua. Étonné de voir un maître aussi fameux pleurer comme d'ordinaires humains, il lui dit :

— Pourquoi pleures-tu ? Je pensais que toi, au moins, tu étais au-dessus de ça.

— C'est justement parce que je pleure que je suis au-dessus de ça, répondit le maître.

Et il continua de pleurer.

Par-delà la pensée

Un disciple prit une certaine position, qu'il avait vu prendre à son maître, et demanda à celui-ci :

— Maître, à quoi pensez-vous en faisant ceci ?

— Je pense, lui répondit le maître, à ce qui est au-delà de la pensée.

— Et comment faites-vous ?

— En ne pensant pas.

La paix universelle

Une histoire arabe sous forme de fable rappelle que le monde est ce qu'il est — en tout cas pour le moment.

On rapporte dans *Les Mille et Une Nuits* l'aventure d'un coq admirable, qui s'appelait Voix-de-l'Aurore et constituait l'orgueil de sa basse-cour. S'étant un jour imprudemment égaré de sa ferme, il aperçut un renard qui venait vers lui. Aussitôt, Voix-de-l'Aurore s'élança jusqu'au sommet d'un mur en ruine, où le renard ne pouvait en aucune façon l'atteindre.

Le renard leva la tête vers le coq et lui fit une annonce extraordinaire :

— Si tu savais ce que je suis chargé de te dire, tu

descendrais du mur pour venir embrasser ma bouche !

Le coq se garda de descendre. Il ne daigna même pas répondre. Alors le renard, qui reprenait son souffle, lui dit que le sultan des animaux, le lion, et le sultan des oiseaux, l'aigle, avaient rassemblé autour d'eux dans une prairie verdoyante tous les animaux de la création, les tigres, les léopards, les vautours, les corbeaux, les antilopes, les chacals, les lièvres, sans oublier les lynx, les panthères, les serpents, les pigeons, les loups et tous les autres.

— Par décret impérial, dit le renard, il a été décidé que la paix, la sécurité et la fraternité vont désormais régner sur toute la terre. Toutes les vieilles inimitiés vont disparaître. Tous les efforts vont tendre vers le bonheur universel.

Et le renard ajouta :

— Il a été décidé que tout contrevenant sera traduit devant la cour suprême. Et c'est moi qu'ils ont choisi comme héraut, pour proclamer l'excellente nouvelle, avec ordre de rapporter tous les noms des récalcitrants. Descends, viens m'embrasser. Sinon tu risques de tomber sous les coups terribles de la nouvelle loi, qui ne reculera devant aucune férocité pour établir la paix universelle. Allons, réponds-moi, viens !

Alors le coq le regarda pour la première fois et lui dit :

— Je t'honore, mon frère, en qualité de représentant de l'aigle, notre sultan. Si je ne te répondais pas, ne va pas croire que ce fut un signe d'arrogance. Non ! Cent fois non ! Mais j'étais fort troublé par ce que je vois là-bas.

— Que vois-tu ? demanda le renard. Rien de calamiteux, j'espère ?

— Eh bien, répondit le coq, il me semble bien que je vois, dans un tourbillon de poussière, toute une bande de faucons de chasse qui s'approchent à tire-d'aile !

— Des faucons ? demanda le renard en tremblant. Es-tu sûr ?

— Et sur le sol, reprit le coq, je vois une chose qui

court très vite, une chose haute sur pattes, longue, mince, avec des oreilles rabattues.

— N'est-ce point un chien lévrier que tu vois ?

— C'est bien possible.

— Qu'Allah nous protège ! s'écria le renard. Tu me vois obligé de prendre congé de toi.

— Tu n'attends pas le chien et les faucons ?

— Oh non !

— Mais ne m'as-tu pas dit que tu venais en héraut de la part de nos souverains pour annoncer la paix universelle ?

— C'est vrai ! répondit le renard. Mais les lévriers et les faucons ont oublié de venir au congrès !

Le renard détala aussi vite que possible. Le coq, satisfait de sa bonne ruse, rentra au poulailler et raconta son aventure à ses compagnes. Tout le monde donna de la voix pour célébrer son grand triomphe. Et ils continuèrent à vivre au jour le jour, tantôt en paix, tantôt en guerre.

Le passe-muraille

Une histoire chinoise nous dit le contraire, qui est en fait la même chose.

Pu Sonzling raconte, dans ses *Histoires de Liaozhai*, qu'un homme passa quelques mois dans un monastère taoïste, où le supérieur connaissait l'art de passer sans blessure à travers les murailles. Au moment de quitter le monastère, l'homme, qui s'appelait Wang, demanda au moine de lui apprendre cet art.

— Je serais si heureux, lui dit-il, de pouvoir passer à travers les murs.

Le moine sourit et donna son accord. Il apprit à Wang une formule secrète, lui dit de la réciter et de se lancer contre un mur. Wang hésitait. Le moine l'encouragea.

— Baisse un peu la tête et fonce. N'hésite pas.

Wang prit quelques mètres d'élan, récita la formule, baissa la tête et fonça, sans hésitation. Le mur parut s'effacer devant lui, et Wang se retrouva hors de la pièce, indemne et fou de joie. Il remercia vivement le moine, qui lui donna quelques sages conseils, et rentra chez lui.

A peine arrivé, il ne put s'empêcher de révéler à sa femme qu'il connaissait l'art de passer à travers les murs. Comme on pense, sa femme refusa de le croire. Alors, suivant à la lettre les instructions du moine, Wang prit son élan, récita la formule secrète, baissa la tête et s'élança contre un des murs de sa maison. Cette fois, le choc fut très rude. A demi assommé, Wang tomba à terre, tandis que sa femme éclatait de rire. Bientôt, une bosse volumineuse se forma sur son front, où sa femme, qui ne pouvait s'arrêter de rire, appliquait des compresses.

L'auteur de ce conte ajoute que Wang, semblable à des milliers d'autres humains, maudit celui qui lui avait enseigné l'art de passer à travers les murailles. Ainsi en est-il de tous les trucs — et même de tous les savoirs qu'on nous enseigne. Nous les utilisons jusqu'à ce qu'un mur refuse de s'ouvrir devant nous. Alors, dit le conte, nous sommes amers et furieux. L'attitude la plus sage, pour Wang, eût été sans doute de garder cet art secret, pour quelque occasion exceptionnelle, et de ne pas se vanter de le posséder, pour le simple plaisir de susciter l'admiration des autres.

Plus sage encore : ne jamais tenter de s'en servir, sous aucun prétexte.

Le départ des bateaux

Un maître zen dit à un de ses disciples, en lui montrant la mer :

— Tu dis que l'esprit commande à la matière. Eh bien, empêche ces bateaux, là-bas, de prendre le large.

Le disciple abaissa le store de la fenêtre par laquelle ils regardaient.

— Oui, dit le maître en souriant, et en relevant le store, c'est bien, mais tu as dû te servir de tes mains.

Alors le disciple ferma les yeux.

Autre secret du monde

Un disciple demanda à son maître chinois :

— Quel est le secret du monde ?

Le maître leva lentement son index et le tint tendu devant lui.

Le lendemain, le maître était absent. Un pèlerin survint, rencontra le disciple et lui demanda :

— Quel est le secret du monde ?

Le disciple, à son tour, comme il l'avait vu faire à son maître, leva lentement son index et le tint tendu devant lui.

Le pèlerin se retira.

Quand le maître revint, il demanda à son disciple ce qui s'était passé en son absence.

— Un homme est venu. Il m'a demandé le secret du monde.

— Et que lui as-tu répondu ?

— J'ai fait ce geste.

Le disciple leva lentement son index et le tint tendu devant lui. Aussitôt le maître saisit une épée acérée et, d'un seul coup, il trancha ce doigt.

Le disciple recula en chancelant, tenant sa main saignante.

Alors, en regardant le disciple, le maître leva lentement son index et le tint tendu devant lui.

La récompense

Un court poème arabe rapporte qu'une goutte de pluie, tombant dans la mer, s'écria :

— Ô mer ! Que je suis peu de chose auprès de ton immensité !

Cette goutte d'eau fut recueillie et nourrie par un coquillage. Elle s'y transforma en une perle splendide, qui finit par briller sur la couronne d'un roi.

Vivante, visible, précieuse et unique — pour s'être affirmée néant.

Une réponse

Dernier *koan*.

— Maître, demanda un disciple, pourquoi est-ce que le Bouddha est venu de l'Ouest ?

Le maître montra de la main un poteau, devant la porte, et répondit :

— Regarde ce poteau, là.

— Je ne comprends pas, dit le disciple, en regardant le poteau.

— Moi non plus, dit le maître.

21

La fin des contes

La chair des contes

Des histoires nous parlent aussi des histoires, comme ce court dialogue soufi :

On disait un jour à Bahandin Naqshband :

— Tu nous racontes des histoires, mais tu ne nous dis pas comment les déchiffrer.

— Que dirais-tu, répondit le conteur, si un homme qui vient te vendre des fruits les consommait sous tes yeux, n'en laissant que la peau dans ta main ?

Les histoires ont-elles un sens ?

Un homme écoutait les histoires que racontait un sage professionnel et voyait qu'elles étaient interprétées tantôt dans un sens, tantôt dans un autre sens. Il s'en plaignit : à quoi bon, dans ce cas, raconter des histoires ?

Le conteur lui répondit :

— Mais c'est tout ce qui fait leur valeur ! Quelle importance accorderais-tu à une tasse où on ne pourrait boire que de l'eau, à une assiette où on ne pourrait manger que de la viande ? Et j'ajoute, écoute-moi bien : une tasse et une assiette ont une contenance limitée. Que dire alors du langage, qui paraît devoir nous fournir une nourriture infiniment plus large, plus riche, plus variée !

Il se tut un instant, puis rajouta :

— La véritable question n'est pas : « Quel est le sens de cette histoire ? De combien de manières puis-je la comprendre ? Peut-on la ramener à un seul sens ? » La question est : « Cet individu auquel je m'adresse, peut-il tirer profit de ce que je vais lui raconter ? »

Pour mémoire

On prête à Rumi cette remarque :

— Quand le temps se sera écoulé, quand nous ne serons plus, alors on verra si on se souvient encore de nous. Les vieilles lois sont toujours les plus fortes. Ayez confiance. Vous avez entendu beaucoup d'histoires qui commencent par « il était une fois un lion ». Avez-vous entendu beaucoup d'histoires qui commencent par « il était un fois un chacal » ?

Face à l'océan

Une anecdote persane très ancienne présente le conteur comme un homme isolé, debout sur un rocher face à l'océan. Il raconte sans cesse, histoire après histoire, en prenant à peine une pause pour boire, de temps en temps, un verre d'eau.

L'océan l'écoute calmement, fasciné.

Et l'auteur anonyme ajoute :

— Si un jour le conteur se tait, ou si on le fait taire, personne ne peut dire ce que va faire l'océan.

Ce qu'il reste, après l'oubli

Une histoire juive, venue de Pologne, raconte pour finir ceci.

Dans une petite ville, où vivait une communauté juive, existait une cérémonie particulière, instituée il y a bien longtemps, qui se célébrait dans la forêt tous les trente ans. Un vieux rabbin, qui connaissait précisément le rituel de la cérémonie, le transmit à sa mort à un autre rabbin.

Quand le temps fut venu, celui-ci conduisit un petit groupe de fidèles dans la forêt, à l'endroit précis, et célébra la cérémonie selon le rite exact. Après quoi tout le monde rentra.

Les années s'écoulèrent. Quand le temps de la cérémonie revint, trente ans plus tard, le rabbin, à son tour, était mort. De la cérémonie précédente, ne restaient vivants que trois ou quatre fidèles, qui partirent dans la forêt avec quelques néophytes et un autre rabbin.

Arrivés dans la forêt, il leur fut difficile de se rappeler l'endroit exact. « C'est dans cette clairière », disait l'un. « Pas du tout, disait un autre, c'est beaucoup plus loin ! » Ils choisirent finalement un emplacement sans être bien sûrs que c'était le bon, célébrèrent la cérémonie selon les rites et rentrèrent.

Trente ans plus tard, ne restaient vivants que quelques-uns des néophytes d'autrefois. Sous la conduite d'un nouveau rabbin, accompagnés d'un groupe de jeunes, ils partirent à nouveau dans la forêt. Cette fois il leur fut impossible de reconnaître même une clairière. Tout avait changé, tout se mêlait dans leurs mémoires. Et même le rite de la cérémonie leur semblait incertain, imprécis. Fallait-il dire cette prière d'abord ? Ou bien cette autre ? Ils ne savaient plus.

Ils firent de leur mieux et rentrèrent en ville.

Trente ans plus tard un nouveau groupe, guidé par un nouveau rabbin, s'aventura dans la forêt. Ils avaient entendu parler d'une cérémonie importante qui s'y déroulait autrefois. Quel jour ? On ne savait pas exactement. A quel endroit ? Sous quelle forme ? Impossible de le dire avec certitude.

Le rabbin et les fidèles errèrent dans la forêt pendant deux heures, sous la pluie, sans célébrer la cérémonie, puis ils rentrèrent. Ils se retrouvèrent à la synagogue.

Un des fidèles dit, découragé :

— Nous avons tout oublié. La prochaine fois, ce ne sera même pas la peine de retourner dans la forêt.

— C'est vrai, dit le rabbin, nous avons oublié tous les détails de la cérémonie. Mais tout n'est pas perdu. Nous avons quand même une bonne raison d'être satisfaits.

— Pourquoi serions-nous satisfaits ? demandèrent les fidèles.

— Parce que nous pourrons toujours raconter l'histoire.

Quelques pistes pour une bibliographie impossible

Par définition, dans le domaine de la littérature orale, aucune bibliographie n'est possible. Près d'un tiers des histoires que renferme ce livre m'ont été racontées de vive voix. J'en remercie les transmetteurs.

Les autres viennent de plus de deux mille ouvrages, que je n'ai évidemment pas le temps, ni d'ailleurs la place, de citer ici, d'autant plus qu'il en paraît de nouveaux chaque mois. Il est bon de se référer constamment aux publications des Éditions L'Harmattan, Phébus, Sindbad, Gallimard (« Connaissance de l'Orient » et même maintenant « La Pléiade »), Hachette, Nathan...

Je peux aussi indiquer quelques collections de base, sans la connaissance desquelles toute recherche serait hasardeuse. Elles ont en quelque sorte préparé le travail. Le goût de recueils de contes et de fables existe depuis longtemps. Les *Fables* de Bidpaï sont déjà publiées au XVe siècle, en incunable. Au XVIIIe siècle, *Le Cabinet des fées* présente plus de quarante volumes. Cent ans plus tard, nous pouvons suivre plusieurs collections, comme, chez Ernest Leroux, la *Collection des contes et chansons populaires,* qui sont irremplaçables pour certaines traditions africaines (plus de trente volumes entre 1880 et 1914).

A la même époque, les Éditions Maisonneuve publient plus de soixante volumes des *Littératures populaires de toutes les nations,* qui ont connu une réédition photostatique dans les années 1960, ainsi que la série *Conteurs et Poètes de tous pays.* Il faut y rajouter, pour enfants et adolescents, la célèbre *Collection de contes et légendes de tous les pays,* chez Fernand Nathan. J'ai également consulté plus de trente volumes des publications de l'Institut d'ethnologie, qui sont très précieuses.

Pour l'Afrique, il est indispensable de faire appel à la série *Classiques africains*, chez Armand Colin, où Amadou Hampaté-Bâ a fait un énorme travail. Il faut aussi chercher aux Éditions Khartala, Peeters, Stock, Présence africaine, L'Harmattan...

Une série intéressante, concernant l'Inde, a été publiée dans les années 1930 par les Éditions Chitra, relayées par Maisonneuve. Elle s'appelle *Feuillets de l'Inde*. Elle est à compléter par un grand nombre de publications séparées, dont les premières parurent au XVIIIe siècle (*Contes et Légendes indiennes*, traduites par Galland, 1724) et qui continuent aujourd'hui à paraître (*Océan des rivières de contes*, par Somadeva, « La Pléiade », NRF, 1997).

Avec les diverses éditions des *Mille et Une Nuits*, les *Contes et Légendes arabes* de René Basset, publiés en trois volumes par Maisonneuve en 1924, sont le point de toute recherche dans le domaine islamique, où les ouvrages se comptent par centaines (Éditions Desclée de Brouwer, Sindbad, Érasme, Le Rocher, Le Courrier du livre, Édisud, Fleuve et flamme, Phébus, Selaf, etc.).

Sur la France, où nous sommes évidemment très riches, il existe un grand nombre d'ouvrages spécialisés. On peut recommander ceux de Van Gennep et de P. Sébillot (*Le Folklore de France*, 1904) ainsi que les compilations de Collin de Plancy, qui publia au XIXe siècle dix-sept volumes de *Légendes*. Une recherche province par province est ici nécessaire. J'ai trouvé pour ma part plus de mille recueils, souvent répétitifs. Impossible en tout cas de ne pas connaître les treize volumes du *Trésor des contes*, publiés par Henri Pourrat à la NRF.

J'ai également consulté une centaine d'ouvrages en anglais, particulièrement pour les récits des Indiens de l'Amérique du Nord. Il faut faire appel à l'espagnol et au portugais pour l'Amérique latine. Les contes japonais, chinois, cambodgiens et vietnamiens sont assez largement représentés dans des éditions en langue française (Éditions Aubier, Picquier, POF, Gallimard, PAF, Albin Michel...).

Je n'ai jamais retranscrit littéralement un de ces récits, comme je l'ai dit en introduction. J'ai préféré rechercher une communauté d'écriture. Comme le dit un proverbe indien : « Le parapluie est à toi, mais la pluie est à tout le monde. »

J.-C. C.

Table

Entretiens avec le Dalaï-Lama

La force du bouddhisme

Jean-Claude Carrière &
Sa Sainteté le Dalaï-Lama

1994 : l'écrivain Jean-Claude Carrière est reçu par Sa Sainteté le Dalaï-Lama dans le monastère où il réside, au nord de l'Inde. Les deux hommes abordent des problèmes de notre temps – violence, pollution, surpopulation –, mais aussi de grandes questions métaphysiques telles la mort ou la réincarnation.
C'est l'occasion pour le Dalaï-Lama d'exposer sa conception du monde, et de dire sa foi en l'Homme et en l'avenir.

(Pocket n° 4455)

Deux années

Cet ouvrage a été imprimé en France par

à Saint-Amand-Montrond (Cher)
en janvier 2009

POCKET - 12, avenue d'Italie - 75627 Paris Cedex 13

— N° d'imp. : 90145. —
Dépôt légal : mai 1999.
Suite du premier tirage : janvier 2009.